河南省社会科学院哲学社会科学创新工程试点项目

文献概论等科目外，还先后选修了中国古代文学、中国文学批评、历史文献学、史学理论等科目，查阅了大量的文学文献和史学文献，受到严谨规范的学术训练，尤其对唐五代文学文献比较熟悉。在确定学位论文选题时，鉴于之前的同门大多选择一部唐人别集进行深入研究，佟培基教授建议她另辟蹊径，把研究的视野转向唐诗总集研究。经过反复考虑，她最终确定以《方回〈瀛奎律髓〉的唐诗观》作为硕士学位论文选题，论文完成后经过修改发表在《唐代文学研究》上。在攻读博士学位期间，她又延续了这一领域的研究，以卷帙更加浩繁的《唐诗类苑》作为研究对象，循序渐进地取得了一些阶段性成果。巧合的是，受河南大学文学院的邀请，我分别参加了杨波同志的硕士和博士学位论文答辩，其论文均获得了优异的成绩。她博士毕业后来到河南省社会科学院文学研究所工作，我们又成了唐诗研究的同行和同事。如今，她的研究成果终于要正式出版了，作为亲眼见证了她一路成长的前辈，我也很乐意为此书的出版作序。

这部书稿共分 7 个部分。作者利用最原始的人物传记资料和各种地方志的记载，详细考察了张之象的生平事略、生活交游、著述和思想历程等基本情况，对张之象的生平资料进行全面的发掘和综合整理，补充完善了对《唐诗类苑》编纂者的研究。重点分析了《唐诗类苑》的编纂背景、基本面貌、文献来源等主要内容，并通过分析《唐诗类苑》与前代类编诗文总集的比较、与同时代唐诗总集的比较以及对后世唐诗总集的影响等，恰切地评价《唐诗类苑》在唐诗学史上的编纂成就及不足，指出这部书因为自身体例上的特殊，对后世诗文总集和类书的编纂在正面和负面都有显著的影响。全书最后还附录有《张之象年谱》（以下简称《年谱》），通过对张之象的主要生平事迹、重要交游人物、著述活动与其他情况进行编年，为深入研究明代中后期东南文坛的学术活动状况以及中下层文士之间的交往活动提供翔实可信的文献材料。总体来说，这部书稿具有以下几个显著的特点。

一是知人论世继承传统。通过考察张之象的家世生平、交游活动、

序

　　诗文总集是文学作品存在和流传的重要形态，也是时代思潮和作家风格的具体反映。在现存清代以前400多种唐诗总集中，明人编选唐诗总集的数量和质量都堪称空前，反映出明代诗坛对唐诗无与伦比的尊崇态度。其中明代上海学者张之象"取数百家之言，积二十余载之力而始成"的《唐诗类苑》200卷，是现存最早、规模最大、按题材分类编纂的唐诗总集，其编纂体例和选诗标准对明清诗文总集与类书的编纂都产生了不同程度的影响，在唐诗史上具有一定的典范意义和学术影响。2011年，杨波同志以《〈唐诗类苑〉研究》为选题，在博士论文研究的基础上，申报国家社科基金青年项目并获得立项，最终以良好等级结项。她的研究成果为学界研究古代文学思潮的嬗变提供了一种新的视角，在唐诗文献整理研究领域具有重要的学术意义，对于研究唐诗流播史亦有一定的参考价值。

　　杨波从事唐诗文献的整理与研究有其学术渊源。2002年9月，杨波带着对学术研究的憧憬与向往，来到河南大学中国古典文献学专业开启新的学习历程。她为人朴实，勤奋踏实，先后师从吴河清教授和佟培基教授，在开封铁塔湖畔整整学习了6年，分别于2005年和2008年获得硕士学位和博士学位。她在入学之初就明确把"唐诗整理与研究"作为自己的研究方向，在学习硕士、博士课程期间除了主修版本学、目录学、校勘学、文字学、音韵学、训诂学、唐诗文献整理、汉魏六朝文献整理、书学

中原学术文库·青年丛书

《唐诗类苑》研究

A STUDY OF *CLASSIFIED COLLECTION OF TANG POEMS*

杨　波／著

社会科学文献出版社
SOCIAL SCIENCES ACADEMIC PRESS (CHINA)

学术创作，挖掘出张之象生命历程中某些规律性的东西。作者认为，张之象出身明代中后期一个中等官宦之家，一生历正德、嘉靖、隆庆、万历四朝，虽然"博综群籍，诗文高绝"，却屡试不第，交游主要集中在四个地方：（一）长期定居于本郡松江府；（二）因仕宦漂泊而客寓南京；（三）曾于杭州短暂出仕浙江藩幕僚佐；（四）终隐居于家乡秀林山，以著述终老。编纂有《唐雅》《唐诗类苑》《古诗类苑》《彤管新编》《太史史例》等多种文献典籍，既体现了张之象的文学思想，也反映出其所处时代的某些共同特质。

二是辨章学术遵守法度。考察《唐诗类苑》的基本面貌，凸显出该书在编纂体例上的典型意义，分析了该书在性质归属问题上引起歧义的深层原因。关于《唐诗类苑》的编排体例，作者主要从四个方面加以分析。第一，《唐诗类苑》采用以类系诗的编排原则进行编纂，这也是《唐诗类苑》最具特色的学术价值所在。第二，张之象对作品的取舍相当严谨，收录作品有明确的时限概念，特别是按时代先后顺序编排唐诗的做法，为后来清《全唐诗》的编纂提供了一些借鉴。第三，收录的作品虽然多以网罗全备、妍媸不择为宗旨，但是大致能保持作品的完整性，不像一些类书经常出现大幅度的删节现象。第四，对互见、重出、异文、阙文等特殊情况有自己的处理办法。《唐诗类苑》在编排体例上具有典型意义，为清编《全唐诗》提供了一些借鉴，在唐诗研究史上具有承前启后的过渡意义，其学术地位和多重影响不容忽视。在分析《唐诗类苑》一书的性质归属问题时，作者从类书和总集两个角度切入，指出《唐诗类苑》因为采用了"以类相从"的辑录方法，常常被人们视为类书。但由于《唐诗类苑》上承《文选》和《文苑英华》，无论编纂宗旨、收录诗人诗作的范围还是编纂体例等方面，都跟上述诸书具有相同或类似的性质，符合常见意义上文学总集的特征，故《唐诗类苑》应当归属于分类编纂的文学总集。同时，由于受时代限制，其自身又存在一些缺陷，如采录文献资料尚未完备、缺少作家小传、书目排序过于杂乱、分类不当、校勘不精、误收错收等现象，在使用时需要加以甄别。

三是数据统计考辨源流。通过数据统计分析《唐诗类苑》的文献来源，梳理出明代所见唐五代诗文集的大致范围，从一个侧面反映出明代中后期唐诗文献的利用状况。衡量一部学术著作价值的标准，其中很重要的一项就是这部著作的参考文献范围。学界关于唐五代文人别集的研究成果非常丰硕，但作者仍能在前人研究的基础上提出一些新的看法。她根据《唐诗类苑·引用诸书》进行了细致的数据统计，指出这部唐诗总集共采录了历代文献典籍173种，其中唐五代人的诗文别集107种，约占采录文献总数的62%；唐代以来的诗文总集48种，约占采录文献总数的28%；其他文献包括稗史小说、诗文评、登科录、类书等18种，约占采录文献总数的10%。借用精确的数据统计表达学术见解，一方面可以更加直观地反映出张之象编纂这部诗集时采录文献的来源范围，另一方面可以直观地展示出唐诗文献在明代中后期的流传和存佚情况。上述这些从研究方法和角度来看，还是非常新颖的。

四是比较研究有新创获。作者在行文中大量采用了比较分析的方法，从宏观到微观，从某一点到整个面，既有与前代类编诗文总集的比较，又有与同时代唐诗总集的比较，及其对后世诗文总集和类书的影响等，可谓纵横交错，反映出《唐诗类苑》在唐诗学史上的编纂得失，彰显出《唐诗类苑》独特的文献价值和学术价值。同时指出，由于时代和自身的局限性，一部200卷的总集存在一些失误甚至错误在所难免，故不能求全责备。总之，编成于嘉靖中后期的《唐诗类苑》，既继承了前代学者关于诗文总集的编纂经验，又反映了编纂者在诗文总集编纂方面的探索实践，还折射出明代中后期文献典籍的传播情况、诗学发展的基本脉络和一个时代的审美风尚，兼具文学批评的共性特征和个体实践的典型意义。

五是编纂年谱很见功力。目前，学界对于张之象及其周围一大批东南文人活动情况的研究还有很多亟待开掘的领域。《年谱》通过对张之象的主要生平事迹、广泛交游、著述活动与其他情况进行编年，为深入研究明代中后期东南文坛的学术活动状况以及中下层文士之间的交往活动提供了翔实可信的文献材料。从卷末列举的近400种参考文献来看，作者在搜集并梳理各种人物传记资料时确实狠下了一番工夫。张之象的活动范围主要集中在上海、南京及浙江一带，他与各类人物交往广泛，从文坛耆宿到后起之秀，从地方官吏到方外人士等，曾接触过社会各阶层的人物，有人物传记的就有40多人，相关的文献资料亦浩如烟海。作者采用了大量的文献材料，如莫如忠《故浙江按察司知事王屋张公墓志铭》、焦竑《国朝献徵录》卷八四《浙江按察司知事张公之象墓志铭》、王彻《王屋先生传》、过庭训《本朝分省人物考》、王兆云《皇明词林人物考》、何三畏《云间志略》、《崇祯松江府志》、《嘉庆松江府志》、《同治上海县志》等，详细辨析了张之象的主要生平行迹，其中很多文献甚至是首次使用。作者以张之象的社会活动为中心，以张之象及其交游的相关文献记载为依据，选取与其交游事迹可征者，对当时文坛地位较显要者和文学创作成就较大者进行较为详细的考证，如顾璘、蔡羽、文徵明、王宠、吕柟、马汝骥、陆深等被张之象视为父辈的名公巨卿，如徐献忠、何良俊、何良傅、董宜阳、朱邦宪、茅坤、黄姬水、冯惟讷、欧桢伯等被张之象视为金石之交的同郡学子，如方思道、许国、丰坊等张之象未曾谋面却倾慕其人的朋友，从不同侧面反映了张之象在明代中后期东南文坛的地位与作用。由简入繁易，由繁入简难。随着年龄和阅历的增长，作者的研究水平也在不断提升。她在撰写博士论文时，《年谱》部分原本撰写了6万多字，成书时为了让行文更精练，最终压缩到1.5万多字。她将《年谱》与书中张之象生平交游研究部分相互参照使用，各有分工，既不重复，又可节省文字篇幅，可见其用心之深。《唐诗类苑》是一部数百万字的大部头唐诗总集，研究起来需要花费很大精力，杨波同志研究这部著作已有十多年，可见其研究的专注之恒和功力之深。《〈唐诗类苑〉研究》是对《唐诗类苑》全面系统研究的首创之作，具有专题研究的开创性，显示了杨波同志在科研方面的雄厚实力。

杨波同志具有比较扎实的文献功底和严谨的治学态度，近年来学术视野更加宽阔，学术成果也日渐丰硕。2010 年以来，她先后出版有《诰命敕命真迹》《菊谱》《千秋一曲舞霓裳》《乡党有德泽教化——万历三贤话吕坤》《三国戏曲集成·明代卷》5 部专著，还参与了《韩愈集注译》《柳宗元集注译》《姚合集校注》等多部著作的整理工作，在同龄年轻人中是比较勤奋的，成果也是比较丰硕的。近来杨波同志还担任着文学研究所副所长职务，行政工作也相当繁忙。她在科研、行政一肩挑的情况下，要处理好行政工作和科研工作的关系，合理地分配时间。作为一名科研人员，要把主要精力放在科研工作方面。期待她再接再厉，在以后的科研工作中更上层楼，推出更多优秀的研究成果。

葛景春

2019 年中秋于河南省社会科学院

（葛景春，河南省社会科学院资深研究员、河北大学博士生导师，享受国务院特殊津贴，曾任中国唐代文学学会理事、中国李白研究会副会长、中国杜甫研究会副会长等职务）

目录
CONTENTS

引　言

一　选题的学术意义和研究现状

诗文选本是文学作品存在和流传的重要形态，也是时代思潮和作家风格的具体反映。明代诗坛对唐诗的尊崇无与伦比，明人编选唐诗总集更是盛况空前。明嘉靖年间上海学者张之象编纂的唐诗总集《唐诗类苑》，正是明代众多诗文选本中极有特色又颇具争议的一部作品。本书的研究对象是张之象及其编纂的类编唐诗总集《唐诗类苑》，在进入研究正题之前，有必要对课题的研究对象、选题背景及研究现状等加以简要探讨。

（一）《唐诗类苑》的命名缘起

《唐诗类苑》200卷，明上海张之象编辑、王彻补订，约编成于嘉靖中后期，刊刻于万历二十九年（1601），是现存最早、规模最大、体系较为完备的类编唐诗总集。此书按类排列，力求全备，共收录了1472位唐五代诗人的诗作28067首，分为39个大类1093个小类，内容涵盖初、盛、中、晚唐各个时期，对明清时期编纂的《唐诗纪》（170卷）、《全唐诗》（900卷）、《渊鉴类函》（450卷）、《御定佩文斋咏物诗选》（486卷）等大型文化典籍的成书发挥了一定的作用。

选本能反映出时代特点和选者的欣赏趣味，其命名则蕴含着选者的诗学倾向和学术旨趣。《唐诗类苑》一书得名的由来，大致有以下三层含义。一是受刘孝标《类苑》和李昉《文苑英华》等文献典籍命名的影响。南朝梁刘孝标所著《类苑》，《隋书·经籍志三》著录为"《类苑》一百二十卷，梁征虏刑狱参军刘孝标撰"①，今已佚。此书首以"类苑"二字命名，其书内容涵盖面广，观点括综百家，思维贯穿古今，在当时就已经引起人们的关注。唐初大型类书《艺文类聚》卷五八《刘之遴与刘孝标书》中有相关记载："闲闻足下作《类苑》，括综百家，驰骋千载。弥纶天地，缠络万品。撮道略之英华，搜群言之隐赜。铅摘既毕，杀青已就。义以类聚，事以群分。述征之妙，杨班俦也。"② 同书同卷亦载有梁刘孝标《答刘之遴借〈类苑〉书》："九冬有隙，三余暇时，多游书圃，代树萱苏。……是用周流坟素，详观图牒。搦管联册，纂兹英奇。蜇蜇之谋，止于善草；周周之计，利在衔翼。故鸠集斯文，盖自缀其漏耳。岂冀藏山之石，播于士大夫哉！"③ 而宋初官修的诗文总集《文苑英华》，是一部选录上起魏晋、下迄五代的重要文学总集，对唐以后编选的诗文总集在内容和形式上产生的影响都极为深远。显然，张之象的目的是上承《文苑英华》，博采群籍，通过编纂成一部有影响的唐诗总集而留名青史。二是受《艺文类聚》《初学记》等类书编排方法的影响。张之象编纂《唐诗类苑》的思路可谓别出心裁，谓"诗无类书，诗之有类书也，自兹刻始"④，意图将有唐近300年间的全部诗歌按照题材进行分类，并在此基础上汇编成诗中的类书。三是受唐顾陶《唐诗类选》、宋赵孟奎《分门纂类唐歌诗》

---

① （唐）魏徵等撰《隋书》，中华书局，1973，第1009页。

② （唐）欧阳询等编纂《艺文类聚》卷五八《杂文部》四，上海古籍出版社，1982，第1043页。

③ （唐）欧阳询等编纂《艺文类聚》卷五八《杂文部》四，上海古籍出版社，1982，第1043页。

④ 《唐诗类苑》卷首《唐诗类苑凡例》，北京大学图书馆藏明万历二十九年（1601）曹仁孙刻本。以下凡征引《唐诗类苑》的相关内容，均出自此版本，不再一一著录。

和王安石《唐百家诗选》、明高棅《唐诗品汇》等诗歌总集编纂内容和编纂体例的影响，意在编纂一部与众不同的唐诗总集。由此可知，《唐诗类苑》在名称上有袭用《类苑》或《文苑英华》之意，而在编排方法上则继承了《艺文类聚》《初学记》等类书的编纂传统，"类则甲乙兼收，苑则妍媸不择"①，在编纂内容和体例上则借鉴了《唐诗类选》《分门纂类唐歌诗》《唐百家诗选》《唐诗品汇》等诗歌总集的长处，体现出广收博取的编纂宗旨和相对宽泛的收录标准。

（二）选题的学术意义

唐诗研究是中国古典文学研究中的重要组成部分，唐诗总集研究又是唐诗研究中的重要内容。作为唐诗保存和流传的重要形态，唐诗总集也是时代思潮和作家风格的具体反映。在现存的清代以前的400多种唐诗总集中，明人编选唐诗总集的数量堪称盛况空前，反映出明代诗坛对唐诗无与伦比的尊崇态度。其中张之象编纂的《唐诗类苑》200卷，是现存最早、规模最大，按题材分类编辑的唐诗总集，为学界研究古代文学思潮的嬗变提供了相对独特的视角，在唐诗研究史上具有不容忽视的典范意义和文化影响。

一般认为，清代康熙年间御定《全唐诗》900卷，是以明人胡震亨《唐音统签》和清人季振宜《全唐诗稿本》为基础编纂而成的集大成之作。作为明代中期收录唐代诗歌比较全备的大型总集，《唐诗类苑》规模宏大、体例特殊，对《全唐诗》的成书也发挥了一定的作用。但由于此书400多年来流传范围不广，目前只有北京大学图书馆藏本、日本内阁文库藏残本和日本国会图书馆藏本等几个同一系统的版本，国内学界对张之象及《唐诗类苑》的总体状况关注较少，部分学者在从事唐诗学研究时虽然也论及其基本面貌、编纂体例等内容，但总体来说尚不够深入，仍有

---

① （明）赵应元：《刻唐诗类苑序》，《唐诗类苑》卷首。

很多亟待开掘的空间。直到 20 世纪末，随着续补《四库全书》的几部大型丛书的完成，《唐诗类苑》才与《古诗类苑》一起，逐渐进入更多当代学者的关注视野。2006 年 4 月，上海古籍出版社重新影印出版了日本学者中岛敏夫的整理本《唐诗类苑》，为张之象及其《唐诗类苑》的深入研究提供了更加便捷的载体。《唐诗类苑》按题材分类编选唐诗的做法，在诗学史上具有比较独特的意义，而其大而全的收诗标准和编纂目的，对于明清时期文学总集的编纂整理起到"导夫先路"的作用。

《唐诗类苑》在当前唐诗研究中独特的学术价值主要体现在四个方面。首先，通过分析《唐诗类苑》的编纂体例和整体规模，将其与前后不同时期编纂的唐诗总集进行比较，能够大致勾勒出明人对唐诗全集的真实构想。张之象编纂的《唐诗类苑》，是现存规模最大、编纂较早、体系较为完备的唐诗分类总集。因其于晚近长期未被纳入研究者的视野，直至日本学者中岛敏夫整理本的刊印，才引起国内学人的研究兴趣，故而外界对其基本面貌、编纂体例、性质归属、学术价值等方面不甚明了，对张之象《唐诗类苑》的利用和研究更是几近空白，而这些恰恰是《唐诗类苑》研究中最不可或缺的内容。以此作为选题，在唐诗文献整理研究领域具有一定的代表意义，对于研究唐诗的流播史亦有重要的参考价值。

其次，通过深入研究《唐诗类苑》的分类情况，既可以对唐代相同题材的诗歌进行纵向和横向的比较，又可以对历代类编唐诗总集进行纵向和横向的比较，还可以对张之象编纂的几部诗文总集进行综合比较，从而为全面把握某一题材作品的发展演进规律、深入探究某位作家的审美取向与其作品的传播情况等方面提供更为精准的理论依据和内容支撑。

再次，通过梳理《唐诗类苑》的文献来源和收录实况，可以总结明代中期唐诗文献的利用状况。探究由唐至明唐诗总集、诗文别集、稗史小说、诗文评、类书等文献的渊源流变，对于认识和整理明清唐诗学的发展有很大的帮助，同时能够为研究明代文学思潮的嬗变提供不同的视角。

最后，《唐诗类苑》的收录标准和分类方法对于明清时期总集和类书的编纂都具有重要的借鉴意义。按照清人对"集部"的分类，除唐人别集、诗文评之外的唐诗集子都属于总集的范畴，主要包括以《唐音统签》《全唐诗》为代表的唐诗全集，以《唐四家诗》《唐百家诗》为代表的唐诗合集，以及以《河岳英灵集》《唐诗三百首》为代表的唐诗选集三大类型。《四库全书总目·总集类小序》又按照收录标准将总集分为两大类："一则网罗放佚，使零章残什，并有所归；一则删汰繁芜，使莠稗咸除，菁华毕出。是固文章之衡鉴，著作之渊薮矣。"由于研究旨趣的限定，很多学者关注富于理论价值的"文章衡鉴"类总集，而"著作渊薮"类诗文总集则乏人问津，缺少更加深入的开掘。张之象的《唐诗类苑》就属于后一类总集，特别是其"网罗放佚，使零章残什，并有所归"的功能尤为突出，故不仅可供披沙拣金，使其作为一部诗歌总集的意义得到彰显，对于此后类书的编纂也具有重要的借鉴意义。

（三）选题的研究现状

唐诗分类研究最早可追溯至晚唐，宋元明清发展传承，至当代则蔚为大观。因为关注的视角各有侧重，研究的范围不断拓展，采用的方法屡有创新，所以一些致力于唐诗分类研究的当代学者在研究著作、期刊文章和学位论文等方面都取得了相当丰硕的研究成果。与唐诗总集研究的整体热闹景象相比，明人张之象及其《唐诗类苑》研究在学界研究中相对冷寂，但也自有其内在的学术规律与传播特点。

关于张之象及《唐诗类苑》的相关问题研究，学界的关注大致可分为两个阶段：2006 年以前，关于张之象及其作品的相关研究较明代中后期其他作家作品的研究稍显寥落。2006～2016 年十年间，关于张之象及其著作的相关研究不断深入，出现了一批较为直接的研究成果。下面试从《唐诗类苑》的版本著录及刊刻情况、2006 年以前中外学者的相关研究成果、近十年来中外学者的相关研究成果等几个方面简要加以论述，略陈己见，不当之处，敬祈学界方家正之。

1. 版本著录及刊刻情况

《唐诗类苑》200 卷，初刻本为明万历二十九年曹仁孙刻本，北京大学图书馆藏，齐鲁书社 1997 年据初刻本影印出版，收入《四库全书存目丛书》。《唐诗类苑》的相关记载见于《明史·艺文志》《天禄琳琅书目后编》《四库全书存目》等书目典籍，均著录为《唐诗类苑》200 卷。陈伯海、朱易安《唐诗书录》对相关版本情况著录颇详，云"《唐诗类苑》二百卷，明张之象辑，王彻补订。录唐千余家诗数万首，按类编排"。除了明代初刻本外，《唐诗类苑》还存有以下几个版本：一是明万历十四年（1586）卓氏崧斋活字印本①；二是清戴明说辑《唐诗类苑选》三十四卷本，系就张之象《唐诗类苑》选录 7800 余首而成，有清顺治十六年（1659）梅墅石渠阁刻本；三是清光绪刻本；四是清吴荣芝重辑本，200卷，刻本。1990 年，日本汲古书院以内阁文库藏本为底本，残缺部分以国会图书馆藏本配补整理后，将《古诗类苑》130 卷、《唐诗类苑》200卷分别影印出版。2006 年 4 月，上海古籍出版社据中岛敏夫整理本重新影印出版。

2. 2006 年以前中外学者的研究成果

2006 年以前，学界对于唐诗分类或类编诗歌总集的研究层出不穷，但对张之象及其《唐诗类苑》总体关注不多。在相对冷寂的研究中，中岛敏夫、袁行霈、陈伯海、陶敏、陈尚君等中外前辈学者分别在相关文章、著作中，对张之象《唐诗类苑》的主要内容、编纂体例、版本流传等情况简要加以著录或叙述，研究成果很有见地、颇有分量，为张之象及其著作研究开启了可资参照的方向，打下了坚实的文献基础。

---

① 此本系明卓明卿所辑《唐诗类苑》，是卓氏割取张之象《唐诗类苑》中初、盛唐部分而成，有明万历十四年（1586）卓氏崧斋活字印本。

日本学者中岛敏夫教授对张之象《唐诗类苑》的研究更有筚路蓝缕之功。他对中国古代典籍的整理研究非常关注，先后出版有《盛唐》《中国名诗鉴赏》《古诗类苑》《唐诗类苑》《中国神话人物资料集——三皇五帝夏禹先秦资料集成》《唐诗选》等著作。中岛敏夫教授整理影印《唐诗类苑》和《古诗类苑》时，还为这两部著作撰写了《前言》，编制了索引等。其中《唐诗类苑》全书共7册，前6册影印原书200卷，第七册为索引和研究论文《〈唐诗类苑〉研究——从〈唐诗类苑〉看唐诗主题的展开》。索引分《索引凡例》《诗人名汉语拼音检字》《诗人姓笔画检字》《诗人姓四角号码检字》《诗人别诗体索引》《作者名校勘表》《联句一览表》《分类项目一览》《〈唐诗类苑〉〈古诗类苑〉各部诗数对照表》《〈唐诗类苑〉〈古诗类苑〉各部收诗对照表》《〈唐诗类苑〉〈全唐诗〉收诗情况对照表》等，使用极为方便，对学界研究此书大有裨益。这就是中岛敏夫整理本《唐诗类苑》，也是最早对张之象《唐诗类苑》进行深入研究的学术著作。这部著作中关于《唐诗类苑》与《全唐诗》中所收录诗人诗作的比较、校勘等内容尤见功力，是一部具有独创意义的学术著作，出版后在日本学界引起很大反响，为对张之象及其《唐诗类苑》展开深入系统的研究提供了便捷的文献依据。但此书也存在几个比较薄弱的方面，如对张之象的生平交游及诗学倾向和《唐诗类苑》的编排体例、文献来源、学术地位等方面，均没有进一步的考究，而这些在很大程度上最能体现《唐诗类苑》的成书价值，恰恰是研究《唐诗类苑》最不可或缺的内容。

袁行霈、佐竹保子两位学者合著的《评中岛敏夫整理本〈唐诗类苑〉及其研究》，是两位学者为中岛敏夫整理本共同撰写的一篇书评，也是学界较早对《唐诗类苑》进行关注的研究文章。文章大致分析了中岛敏夫在整理研究《唐诗类苑》时所做的大量工作，以及中岛敏夫研究《唐诗类苑》的方法、特点、价值，对国内文学研究的启发等内容，认为他所采用的"应用统计的方法，将资料加以量化处理，从数字中得出结论"等研究方法，"得出的结论有些是很新鲜的"，"开辟了运用电脑从事文学研究的新路"，称赞这一成果"是一件费时费力而又有意义的工作"①，给予了较高的评价。陈伯海先生是唐诗学研究的大家，对张之象及其编纂的唐诗总集关注较早；相关的研究成果较多，在学术视野和深入程度方面都具有重要的价值和意义。下文将重点介绍，兹不赘述。此外，祁欣《历代的唐诗选本述略》是较早关注唐诗选本编纂总体情况的文章。文章从整理和研究唐诗选本的意义入手，重点考察了历代唐诗选本的类型、特点、影响等状况，将宋元明清几个时期的唐诗选本划分为四种类型，其中张之象《唐诗类苑》200卷被划归"各种大型总集"的范畴。② 陶敏、李一飞合著的《隋唐五代文学史料学》中关于"明人编纂的隋唐五代诗文总集"部分，曾对张之象及其《唐诗类苑》进行简单客观的评论，认为此书"全如类书体例"，"分类虽过于琐屑，但对按题材查找诗篇提供了一定的方便"，"在明人所编唐诗总集中，此书收诗数仅次于《唐音统签》，但卷帙繁重，流布不广，所收作品亦遭后人冗滥之讥"。陈尚君在《〈诗渊〉全编求原》一文中③，将《诗渊》《分门纂类唐歌诗》《分门纂类唐宋时贤千家诗选》等诗歌总集与《唐诗类苑》的题材分类进行了综合比较，反映出明代类书或诗歌选本分门别类的大致情况。孙琴安《唐诗选本提要》收录有《唐诗类苑提要》④，对《唐诗类苑》的版本、内容、体例等情况加以简要叙述。

这一时期的其他相关研究文章，虽然也谈及张之象及其作品，但对作家作品研究的深度和广度都有待深化。如罗时进《清编〈全唐诗〉与重

---

① 袁行霈、佐竹保子：《评中岛敏夫整理本〈唐诗类苑〉及其研究》，《中国典籍与文化》1996年第3期。
② 祁欣：《历代的唐诗选本述略》，载《唐代文学研究年鉴（1984年）》，陕西人民出版社，1985，第270~286页。
③ 陈尚君：《〈诗渊〉全编求原》，原载《咸宁师专学报》1993年第3期和《文献》1995年第1期，后又收入《唐代文学丛考》一书。
④ 孙琴安：《唐诗选本提要》，上海书店出版社，2005，第116~118页。旧版名为《唐诗选本六百种提要》，陕西人民教育出版社，1987。

编〈全唐五代诗〉》认为，历代学者在唐代诗歌的大规模整理工作中都做出过不懈的努力，其中南宋赵孟奎的《分门纂类唐歌诗》和明张之象的《唐诗类苑》"收诗都超过 40000 首"，与明清时期编纂的其他大型诗歌总集"对总集唐一代诗歌进行了重要的奠基工作"。张浩逊在《谈谈唐诗的分类研究》一文中指出，唐人编选的"《搜玉小集》可能是最早的唐诗分类选本"，"唐代以后，分类编选唐诗的风气始终不衰"，比较有代表性的本子有《分门集注杜工部集》（编纂者不详）、《分门纂类唐歌诗》（南宋赵孟奎编）、《唐诗类苑》（明张之象编）、《类编唐诗七言绝句》（明敖英编）、《唐人咏物诗》（明末清初聂先等人编）等，其中张之象《唐诗类苑》"是现存最早的按题材（主题）分类的唐诗选集。由于该书分类极细，后出之唐诗分类选本颇受其影响"①。戴萌的《吴承恩与南京国子监》一文②，谈及吴承恩在嘉靖年间应邀到南京国子司业朱大韶的宅第，与何良俊、文嘉、黄姬水、张之象等分韵赋诗之事，可为张之象生平事迹和交游的佐证。李锦旺《明清"古诗—唐诗"系列选本中的乐府体例之争》一文，比较分析了明清时期张之象、臧懋循等人编纂的 6 种较有影响的系列选本，认为张之象的诗史观念具有"反对片面地以古律今，而主张以通变的、历史的眼光来考察诗歌的盛衰变化"的特点，给予张之象及其作品以相当中肯的评价。朱易安《明代诗学文献》一文认为，"明人辑选前代诗歌以唐代诗歌为最多"，"嘉靖以后，古诗和唐诗合选似乎成为一种风气"，而张之象编选的大型诗歌总集《唐诗类苑》与《古诗类苑》，就是这种时代风尚的产物。③ 沈文凡《唐宋诗分题材研究与构想——以考古诗、邸报诗及类分意识为中心》一文，对南宋赵孟奎《分门纂类唐歌诗》、明杨廉《唐诗咏史绝句》、明敖英《类编唐诗七言绝句》等唐诗总集进行了比较，展示了唐以来人们对唐诗题材的认识轨迹，其中"明张之象

---

① 张浩逊：《谈谈唐诗的分类研究》，《吴中学刊》1997 年第 4 期。
② 戴萌：《吴承恩与南京国子监》，《南京史志》1998 年第 5 期。
③ 朱易安：《明代诗学文献》，《南京师范大学文学院学报》2003 年第 1 期。

《唐诗类苑》以类编次，而且类目极细"① 的特点，为唐诗分题材研究提供了借鉴。王宏林等则对《唐诗类苑》的分类问题简加论述，认为"明张之象《唐诗类苑》也是按照题材编集，江河湖海、名山怪石、树木花草都独立成条，却没有明确把山水诗当成一类加以汇集"。睦骏《〈卓氏藻林〉辨伪》一文，通过对相关的文献材料进行排列比较，既考证了明人卓明卿的《卓氏藻林》一书剽窃自嘉靖年间王良枢的《藻林》，又分析了卓明卿剽窃张之象《唐诗类苑》的类似情况，从侧面反映出明代文化事业方面的不良风气。② 这些研究成果从不同角度、不同层面论及张之象及其著作，虽不够深入系统，却为推进相关研究打下了一定的基础，自有其学术价值所在。

3. 近十年来中外学者的相关研究成果

2006 年以来，上海古籍出版社重新影印出版了中岛敏夫整理本《唐诗类苑》和《古诗类苑》，相关的研究成果数量和质量逐年提升，为张之象及其著作研究带来新的气象，突出表现在关于张之象生平交游方面的研究、关于张之象著述活动的研究、关于《唐诗类苑》的专题研究三个方面。

关于张之象生平交游方面的研究。这类成果主要集中在包括张之象在内的"云间四贤"的相关研究方面。所谓"云间四贤"，是时人对张之象、徐献忠、何良俊、董宜阳四位松江华亭才子的并称。据明人何三畏《云间志略》卷一九《董太学紫冈先生传》记载："（董宜阳）与同里何良俊元朗、张之象玄超、徐献忠伯臣，号称'四贤'。"③ 范濂《云间据目抄》卷一《何良俊传》亦有类似记载："范叔子曰：'张、董、徐、何，云间所称四贤也。'"④ 云间是旧时松江府的别称，府治在华亭县（今上海市松江区一带），因西晋文学家陆云曾自称"云间陆士龙"而得名。杨波

---

① 沈文凡：《唐宋诗分题材研究与构想——以考古诗、邸报诗及类分意识为中心》，《吉林大学社会科学学报》2003 年第 6 期。

② 睦骏：《〈卓氏藻林〉辨伪》，《古籍整理研究学刊》2005 年第 5 期。

③ （明）何三畏：《云间志略》，台北学生书局，影印明天启刊本。

④ （明）范濂：《云间据目抄》，明万历癸巳年（1593）刊本。

《焦竑〈国朝献征录〉的文献价值》一文，曾以张之象为例论及《国朝献征录》"在考订史实、考证作家生平事迹方面的巨大贡献"①，通过比较《明史·文苑传》中的张之象小传与《国朝献征录》收录的莫如忠《浙江按察司知事张公之象墓志铭》，虽非专论张之象之文章，却对张之象的家世、仕履、交游、著述等情况进行了相对完整的叙述，是较早论及张之象生平交游的文章。杨波博士论文《唐诗类苑研究》首章专论张之象的生平与思想，通过搜集、整理和分析很多第一手的文献材料，分别从"张之象生平事略""张之象交游考""张之象的学术思想"三个层面进行了全方位的考述，是关于张之象生平、籍贯、科举、仕宦、著述等方面较为全面细致的研究。论文后附《张之象年表》，对张之象的生平行迹进行了更为详赡的排列，为进一步研究张之象及其周围的士人群体提供了一些线索和脉络。

"云间四贤"以何良俊的学术影响最大，其相关研究成果也最多，其次是对徐献忠和张之象的研究，关于董宜阳的研究成果较少。翟勇曾先后发表了一系列关于何良俊及其相关研究的文章，其论文《明代嘉、隆年间松江士人文化特征》对"博学多览，著述等身"，号称"四贤"的松江学者徐献忠、何良俊、董宜阳、张之象等人的著述情况简要加以论述，认为张之象编纂的书籍"卷帙之富，古今罕见"。而其博士论文《何良俊研究》附录的《何良俊年谱》中，在"（明武宗正德二年丁卯）腊月十二日"下录有"张之象"条，有关于张之象生卒年月的文献记载和相关考辨。然而仔细辨识后发现，此条内容引证文献和考辨文字与杨波《张之象年表》中对应的条目相似度极高，都是引自"莫如忠《崇兰馆集》卷一九《故浙江按察司知事王屋张公墓志铭》"，并根据陈垣《中西回史日历》和《二十史朔闰表》对张之象的生卒年月日进行辨析，不同之处在于《何良俊年谱》引莫如忠文献时著录为"卷十九"，将《张之象年表》中以阿拉伯数字形式表述的西

---

① 杨波：《焦竑〈国朝献征录〉的文献价值》，《河南教育学院学报》（哲学社会科学版）2007年第5期。

历纪年转为汉字表述。尤其需要指出的是,《何良俊年谱》在此条下所加按语中沿袭了"百度百科"中关于"张之象"条的错误,称"张之象生卒年是 1496～1577 年",而紧随其后关于张之象生卒年的考辨文字,则近乎照搬了《张之象年表》中的相关内容,认为张之象的生卒年是 1508～1587 年,行文前后矛盾,可见其对待学术研究或有不够审慎之处。①

关于徐献忠及其著作的相关研究成果,相对比较全面深入的要数陈斌发表的多篇论文。其《明代华亭诗人徐献忠简谱》一文,在"明嘉靖二十三年甲辰"条下录有《甲辰解官归,承张子济之、何子元朗、包子元达、吴子仲、张子玄超、莫子子良、董子子元过访》一诗,并分别对何良俊、张之象、莫如忠、董宜阳、包节五人的生平字号、科举仕宦、著述情况等进行了简要叙述,对张之象的评价是"博综群籍,辑有《唐雅》《彤管新编》《古诗类苑》《唐诗类苑》等"。而《徐献忠生平及诗学著述考》一文,则在重点分析张所望重刊徐献忠《乐府原》之事时,引用了郑怀魁所撰《乐府原序》,称"伯臣耻折腰为令,遽投簪逸泖上,与张玄超氏商榷声诗,并称云间之杰。既姑蔑守叔翘君,玄超犹子也,手为伯臣讨正是编,属予序而锓诸郡"②,指出张之象以徐献忠的晚辈自居,为徐献忠校订《乐府原》时,还曾经嘱托郑怀魁为此书撰序,是对徐、张二人亲密关系的又一佐证。陈斌在其博士论文《明代中古诗歌批评研究》中,对"明代中古诗歌选集与总集"这一专题进行了简要梳理和总结,并将明代中古诗歌的编选活动归为两大类:"一是对《文选》诗类与《玉台新咏》的增补,一是明人自己编选各类中古诗集。"③ 作者在文章中不仅简

---

① 关于《何良俊年谱》和《张之象年表》中张之象生卒年的相关考证内容,参见杨波《唐诗类苑研究》,河南大学 2008 年博士学位论文,第 174 页;翟勇《何良俊研究》,上海大学 2011 年博士学位论文,第 134 页。

② 陈斌:《徐献忠生平及诗学著述考》,《福建师范大学学报》(哲学社会科学版)2012 年第 3 期。

③ 陈斌:《明代中古诗歌批评研究》,福建师范大学 2007 年博士学位论文,第 166、180 页。

要介绍了张之象《古诗类苑》的编纂、凡例、序言等情况，还将此书与同一时期冯惟讷编纂的《古诗纪》加以比较，客观反映出作者对明代中古时期编纂的各种诗歌总集的看法。

关于董宜阳及其著作的相关研究成果相对较少，其中以翟勇《明代嘉、隆年间松江士人文化特征》、秦凤《明代松江府作家研究》①、武光杰《嘉靖"云间四贤"唐诗接受研究》② 等较为深入。翟勇的文章前面已述及，兹不赘述。秦凤《明代松江府作家研究》一文，通过大量搜集明代松江府有文集传世的 125 位作家的相关文献材料，大致以时代先后为序，采用考论结合的方法，对有明 300 年间"松江文学发展的总体面貌和地域特色"进行了较为详赡的论述。武光杰《嘉靖"云间四贤"唐诗接受研究》一文则首先总体考察了嘉靖"云间四贤"的生平与交游，接着分析了嘉靖"云间四贤"唐诗接受的背景与明代中期文学复古思潮的兴衰和前辈学者的诗学思想有密切关系，并分别列专章分析了徐献忠、何良俊、张之象与董宜阳唐诗接受的大致情况。

关于张之象著述活动的研究。台湾学者陈炜舜《张之象〈楚范〉题解》一文，不仅对张之象的生平著述简加介绍，而且把《楚范》一书定性为"楚辞学史上较早的修辞学著作"，"楚辞修辞学著作之嚆矢"③，并对其进行了翔实的考辨，指出《楚范》存在编次不当、自乱体例、仍主协韵、讹误时见等不足之处，同时说明四库馆臣对张之象的讥讽有欠公允。查清华《明人选唐的价值取向及其文化蕴涵》一文，把张之象及其唐诗选本放在明代中后期这一大的文化背景中去分析，认为"明代是一个全面宗唐的时代，明人选唐诗盛况空前"④，张之象所辑唐诗选集《唐雅》是明弘治、隆庆年间选诗观念的产物，书中尊崇的"诗必盛唐"观

---

① 秦凤：《明代松江府作家研究》，上海师范大学 2006 年硕士学位论文。
② 武光杰：《嘉靖"云间四贤"唐诗接受研究》，山东大学 2010 年硕士学位论文。
③ 陈炜舜：《张之象〈楚范〉题解》，《文献》2006 年第 2 期。
④ 查清华：《明人选唐的价值取向及其文化蕴涵》，《文学评论》2006 年第 4 期。

念带有明显的台阁趣味，其唐诗总集《唐诗类苑》则是万历至崇祯末选本朝着规模大而全方向发展的具体体现。李庆《中岛敏夫先生的中国文史研究》一文，对日本学者中岛敏夫的成长背景、学术传承、研究领域、著述情况进行了全面的介绍，并对中岛敏夫收集整理、研究出版《唐诗类苑》和《古诗类苑》的相关情况和学术贡献给予高度的评价，认为他"为中国古代诗歌研究，提供了非常有用的资料"。杨焄《张之象〈古诗类苑〉编纂考》一文，通过分析《古诗类苑》一书的编纂过程、成书时间、部目分类、编纂体例、编排方式等相关内容，指出"张之象所编的《古诗类苑》《唐诗类苑》并非类书之流，在编撰方面实际上是继承了以往某些总集的体例"①，"由于其独特的编排方式，为后人研究某一类诗歌提供了不少的便利"②，"省却了许多翻检之劳"③，开清人王闿运《八代诗选》专收杂体诗体例之先河。2009 年，杨焄《明人编选汉魏六朝诗歌总集研究》一书出版，书中对包括张之象《古诗类苑》在内的十六种明代中后期汉魏六朝诗歌总集进行了全面的研究，并细致分析了上述总集与明代诗学演变的关系，对于了解明代诗学的复杂状况具有非常重要的参考价值。④ 王嘉川《李维桢〈史通评〉编纂考》一文，详细考辨了李维桢、郭孔延与《史通》之间的关系，指出郭孔延和李维桢两人均是依据李维桢家藏张之象万历年间校刻本《史通》修订自己的著作，其中郭孔延根据张之象校刻本才得以补全《补注》《因习》两篇文章，从一个侧面说明张之象刊刻前代典籍的严谨态度。⑤ 解国旺在其《明代古诗选本研究》一

---

① 杨焄：《张之象〈古诗类苑〉编纂考》，《华东师范大学学报》（哲学社会科学版）2007 年第 1 期。
② 杨焄：《张之象〈古诗类苑〉编纂考》，《华东师范大学学报》（哲学社会科学版）2007 年第 1 期。
③ 杨焄：《张之象〈古诗类苑〉编纂考》，《华东师范大学学报》（哲学社会科学版）2007 年第 1 期。
④ 杨焄：《明人编选汉魏六朝诗歌总集研究》，陕西人民教育出版社，2009。
⑤ 王嘉川：《李维桢〈史通评〉编纂考》，《首都师范大学学报》（社会科学版）2014 年第 5 期。

书中，曾对"明代古诗选本与文学思潮"这一专题展开论述，指出明代除了旗帜鲜明地标明复古或反复古宗旨的古诗选本外，还有一些"以类书形式编选的古诗选本，如张之象的《古诗类苑》、臧懋循的《诗所》、刘一相的《诗宿》等，文学批评之意味皆不足"。毛姣姣《张之象〈韵经〉研究》以编成于嘉靖十七年（1538）的《韵经》五卷为依据，综合采用内部分析法、历史比较法、透视分离法和数字统计法等研究方法，对张之象《韵经》一书中出现的通转韵、叶韵、转注韵等现象进行了深入分析，并将《韵补》和《转注古音略》进行了全面比较，系统梳理了今韵的音系、性质及其与"平水韵"的联系和区别，初步认定该书古韵部分是在吴棫《韵补》和杨慎《转注古音略》的基础上进行了适当的删减变更，指出今韵的音系兼有"平水韵"的音系框架和明代的实际语音。论文作者对张之象这部韵书给予了相当高的评价，认为它对于不断"完善明代音韵学研究乃至整个汉语语音史研究是十分有意义的"。许连军在《〈唐代舞蹈诗研究〉序》中也对唐诗的分类研究历史简要进行了回顾，列举了几种影响较大的按题材分类编选的唐诗选本，张之象《唐诗类苑》也名列其中。①

关于张之象《唐诗类苑》的专题研究。2008 年以来，杨波先后发表了一系列关于张之象《唐诗类苑》研究的专题文章。其博士学位论文《唐诗类苑研究》，以明代中期文学思想发展为研究背景，围绕张之象的生平与思想、《唐诗类苑》的基本面貌、文献来源及其在后世的地位与影响等几个方面，对张之象《唐诗类苑》进行了全面考察和深入探讨，以期"为进一步的研究提供较确实的依据"②，是中岛敏夫之后较为全面系统的研究成果。《张之象〈唐诗类苑〉编刻考》一文，从明清时期编纂唐诗总集的盛况背景入手，详细考察了张之象的生平著述，分析了《唐诗类苑》的编纂体例、作品分期、收诗标准等内容，认为"以类系诗是张

---

① 杨名：《唐代舞蹈诗研究》，人民出版社，2016，第 1 页。
② 杨波：《唐诗类苑研究》，河南大学 2008 年博士学位论文。

之象编纂《唐诗类苑》时遵循的总原则",“收录作品有明确的时限概念",“追求大而全的收诗标准",“对重出、异文、阙文等特殊情况"①则采取了相对客观公正的态度,叙述了张之象编纂《唐诗类苑》时进行的文献准备、编纂分工、刊刻经过等情况,指出"《唐诗类苑》的编纂与时代风气、个人好尚、诗学主张、科举取士的影响等因素密切相关",虽几经曲折才得以刊刻,但"在唐诗学史和中日学术交流史上有着独特的地位和影响"②。《张之象与〈唐诗类苑〉》一文,对张之象的籍贯生平、家世背景、科举仕宦、著书立说以及《唐诗类苑》在保存唐诗史料、校勘唐五代诗歌、反映明代以前诗文总集的流传情况等方面独特的文献价值进行了考证与论述,指出《唐诗类苑》"是现存最早、规模最大、体系相对完备的著作,是分类唐诗总集的扛鼎之作",“对当时和后世的影响主要体现在总集和类书的编纂两个方面"③,而清康熙年间两部大型官修典籍《渊鉴类函》和《御定佩文斋咏物诗选》均把内府藏本《唐诗类苑》作为一大文献来源,则几乎与其同时编纂的《全唐诗》与《唐诗类苑》之间也应有着某种渊源。《张之象〈唐诗类苑〉编纂得失》一文,既肯定了张之象《唐诗类苑》"在唐诗文献的保存、辑佚、校勘等方面"的文献价值,又指出这部著作在编纂上存在的缺陷和问题,如"采录文献资料尚未全备;缺少作家小传,书目排序过于杂乱;分类不当、校勘不精;误收错收、贻误后学"④ 等情况,同时也给予《唐诗类苑》以客观的评价,认为其作为一部"现存最早、规模较大、分类体系相对完备的唐诗文献",“在学术研究方面仍具有独特的价值和不可取代的学术意义"⑤。《从类书到总集——〈唐诗类苑〉重要参考文献述略》一文,以《唐诗

---

① 杨波:《张之象〈唐诗类苑〉编刻考》,《中国文化研究》2010 年秋之卷。
② 杨波:《张之象〈唐诗类苑〉编刻考》,《中国文化研究》2010 年秋之卷。
③ 杨波:《张之象与〈唐诗类苑〉》,《中州学刊》2011 年第 5 期。
④ 杨波:《张之象〈唐诗类苑〉编纂得失》,《中原文化研究》2013 年第 6 期。
⑤ 杨波:《张之象〈唐诗类苑〉编纂得失》,《中原文化研究》2013 年第 6 期。

类苑·引用诸书》为主要依据，重点梳理了对该书影响较大的前代类书和总集，指出"编纂总集之事带有很大的继承性，后成的著作经常是在撷取前人研究成果的基础上累积而成的"，梳理分析《唐诗类苑》的重要参考文献，"对于总结明代中期的唐诗整理工作，认识唐诗学的发展历程具有一定的学术意义"。2012 年，吴河清、钱振宇合写的文章《论〈唐诗类苑〉的学术价值》，也对《唐诗类苑》的成书与刊刻、编纂方法、现存版本等内容进行了简要考述，分析了学界对《唐诗类苑》的研究相对冷落的三个深层原因，即"一是因为《唐诗类苑》卷帙繁重，刊刻后流传不广；二是受到四库馆臣陈言旧说的影响；三是被明代其他编辑唐诗大家的光芒所遮掩"，指出《唐诗类苑》在"保存唐诗文献、丰富唐诗总集的体例、探讨唐诗总集分类体系从唐到明的发展与演变"等方面具有不可忽视的学术价值①，而张之象在编纂《唐诗类苑》的过程中表现出来的学术眼光和学术视野，也足以确立《唐诗类苑》在唐诗学术史上的地位。

4. 在唐诗总集研究方面做出重要贡献的专家成果举隅

傅璇琮先生是唐代文学研究大家，先后撰写出版了《唐代诗人丛考》（中华书局 1980 年版）、《〈河岳英灵集〉研究》（与李珍华合著，中华书局 1992 年版）、《唐人选唐诗新编》（陕西人民教育出版社 1996 年版）、《唐诗论学丛稿》（京华出版社 1999 年版）、《李德裕年谱》（中华书局 2003 年再版）、《唐代科举与文学》（陕西人民出版社 2003 年增订本）、《唐翰林学士传论》（辽海出版社 2005 年版）、《唐五代人物传记资料综合索引》（与张忱石、许逸民合编，中华书局 1982 年版）等著作，主编有《唐才子传校笺》（中华书局 1987～1995 年版，2002 年重印）、《唐代文学研究》（第 1～10 辑，其中第 1 辑由山西人民出版社 1988 年出版，第 2～10 辑由广西师范大学出版社 1990～2004 年出版）、《唐代文学研究年鉴》（1991～

---

① 吴河清、钱振宇：《论〈唐诗类苑〉的学术价值》，《中国文化研究》2012 年冬之卷。

2001）（广西师范大学出版社 1992～2002 年版）、《中国古代文学通论·隋唐五代卷》（与蒋寅联合主编，辽宁人民出版社 2005 年版）、《唐五代文学编年史》（主编，辽海出版社 2012 年版）等，还先后发表了《闻一多与唐诗研究》①、《唐人选唐诗与〈河岳英灵集〉》②、《盛唐诗风和殷璠诗论》③、《关于中国古典文学学术史研究的思考》④、《〈才调集〉考》⑤、《唐人选唐诗考述四则》⑥、《〈续诗苑英华〉考论》⑦、《从〈玉台后集〉到〈瑶池新咏〉——论唐总集编纂对女性诗什的接受》⑧ 等文章，并以其"斯文自任"的人格魅力和务实创新的学术建树而享誉海内外。

在众多关于"唐人选唐诗"文献典籍整理与研究队伍中，傅璇琮先生是当之无愧的研究第一人。中华人民共和国成立以来，学界先后出版了十多部以"唐人选唐诗"命名的文献典籍和研究著作，其中三部影响较大的研究著作，都与傅璇琮有着密切的关系。一是 1958 年由中华书局上海编辑所（上海古籍出版社的前身）出版的《唐人选唐诗（十种）》。此书共收录十种唐人编选的唐诗总集，其中佚名《唐写本唐人选唐诗》以敦煌石室发现的唐人写本残卷为底本，元结《箧中集》以《随庵丛书》影刻宋代尹家书籍铺刊本为底本，殷璠《河岳英灵集》以《四部丛刊》影印明刻本为底本，芮挺章《国秀集》以《四部丛刊》影印明初刻本为底本，令狐楚《御览诗》和佚名《搜玉小集》以汲古阁本为底本，高仲武《中兴间气集》以《四部丛刊》影印秀水沈氏藏明翻宋刻本为底本，

① 傅璇琮：《闻一多与唐诗研究》，《清华大学学报》（哲学社会科学版）1986 年第 2 期。
② 傅璇琮、李珍华：《唐人选唐诗与〈河岳英灵集〉》，《中国韵文学刊》1988 年 Z1 期。
③ 傅璇琮：《盛唐诗风和殷璠诗论》，《清华大学学报》（哲学社会科学版）1988 年第 3 期。
④ 傅璇琮：《关于中国古典文学学术史研究的思考》，《文学评论》1992 年第 3 期。
⑤ 傅璇琮、龚祖培：《〈才调集〉考》，《唐代文学研究》（第五辑），广西师范大学出版社，1994。
⑥ 傅璇琮：《唐人选唐诗考述四则》，《中国韵文学刊》1994 年第 1 期。
⑦ 傅璇琮、卢燕新：《〈续诗苑英华〉考论》，《文学遗产》2008 年第 3 期。
⑧ 傅璇琮、卢燕新：《从〈玉台后集〉到〈瑶池新咏〉——论唐总集编纂对女性诗什的接受》，《文学评论》2009 年第 3 期。

姚合《极玄集》以元至元刊本为底本，韦庄《又玄集》以古典文学出版社影印日本江户昌平坂学问所官版本为底本，韦縠《才调集》以《四部丛刊》影印述古堂抄本为底本。傅璇琮1958年夏天从商务印书馆调到中华书局上海编辑所，同年12月《唐人选唐诗（十种）》正式出版，所以对此书的出版情况也比较了解。二是1996年由陕西人民教育出版社出版的《唐人选唐诗新编》。此书由傅璇琮主编，在前本基础上有删有增，有改有校，删去《唐写本唐人选唐诗》，增加了《翰林学士集》《珠英集》《丹阳集》《玉台后集》四部集子，共计收录13种唐人编选的唐诗总集，编撰者及相关情况大致如下：（一）《翰林学士集》，许敬宗等撰，以清光绪年间贵阳陈氏影写刊本为底本；（二）《珠英集》，崔融编，根据敦煌遗书写本残卷（即分藏于巴黎的伯3771与藏于伦敦的斯2771）重新加以整理；（三）《丹阳集》，殷璠编，从明刻本《吟窗杂录》和明万历黄德水、吴琯刻本《唐诗纪》等文献中辑录而成；（四）《河岳英灵集》，殷璠编，以北京图书馆所藏宋刻本为底本；（五）《国秀集》，芮挺章编，以《四部丛刊》本为底本；（六）《箧中集》，元结编，以《徐氏丛书》中的影宋抄本为底本；（七）《玉台后集》，李康成编，从《永乐大典》《后村诗话》《乐府诗集》《郡斋读书志》以及黄德水、吴琯的《初盛唐诗纪》等书中辑录而成；（八）《御览诗》，令狐楚编，以毛晋汲古阁刻本为底本；（九）《中兴间气集》，高仲武编，以毛氏汲古阁影宋抄本为底本；（十）《极玄集》，姚合编，以影宋抄本为底本；（十一）《又玄集》，韦庄编，以古典文学出版社影印本为底本；（十二）《才调集》，韦縠编，以《四部丛刊》影宋抄本为底本；（十三）《搜玉小集》，佚名编，以毛晋汲古阁刊本为底本。因为此本校订细致精当，被蔡宛若先生盛赞为"堪称是一部有里程碑意义的唐诗研究佳著"①。三是2014年由中华书局出版的《唐人选唐诗新编（增订本）》。此书由傅璇琮、陈尚君、徐俊三人共同编

---

① 《唐人选唐诗》（六种）之《选注说明》，华夏出版社，1998，第2页。

撰，在陕西人民教育出版社本的基础上进行了适当的增补、覆校，除了收录原有的十三种唐诗总集外，又增录了《元和三舍人集》（佚名编）、《窦氏联珠集》（褚藏言编）和《瑶池新咏集》（蔡省风编），另外《翰林学士集》的编纂者改署为佚名编，从而为广大研究者提供了一部内容更加完整、编撰质量更高的唐人选唐诗文本。此外，还有几种著作受上述三种著作影响较大。如 1998 年由华夏出版社出版的《唐人选唐诗（六种）》，依据 1958 年中华书局上海编辑所本选编了《唐写本唐人选唐诗》《河岳英灵集》《国秀集》《箧中集》《极玄集》《又玄集》等 6 部总集并为其作注，也具有一定的学术价值；1999 年由傅璇琮主编、台湾文史哲出版社出版的《唐人选唐诗新编》，所选唐诗总集及编排体例与陕西人民教育出版社版本相类似；2006 年由昆仑出版社出版的《唐人选唐诗》一书中所收录的十种唐诗总集，与中华书局上海编辑所 1958 年版收录的书目相同，唯编排格式是竖排简体。总而言之，傅璇琮先生在"唐人选唐诗"方面的开拓性研究和整理出版方面的成就，奠定了他在这一研究领域无可替代的地位。

陈伯海先生是在唐诗总集的版本著录与理论研究方面作出突出贡献的又一重量级专家。陈先生认为，唐代是中国古典诗歌发展繁荣的高峰时期，唐代诗歌创作的空前盛况，体制形式的成熟完备，内容体裁的丰富多样，风格流派的纷纭复杂，艺术表现的生动感人，传播后世的深远影响，无不吸引着当时和后世的人们，自唐五代以来关于唐诗辑佚、选编、考证、诂笺、解析、品评或其他论述成果丰硕，单是著述一项就有几千种，逐渐形成了独特的研究对象、研究范围、研究方法和学科体系，这就是一门专门的学问——唐诗学。因为古人偏重于对唐代诗歌内部关系直观印象式的论述而忽略其外部联系的研究，所以那些散见于诗话、笔记、序跋、评点、书信、碑传、杂说等著述中的内容，犹如吉光片羽，很难给人以比较完整的认识。针对古人相对直观零散的唐诗论述和学界普遍存在的"只见树木，不见森林"的视野缺陷，陈伯海一直努力从宏观层面对唐诗研究的根本性问题进行综合研究，从正本、清源、别流、辨体等方面探讨唐诗学的历史演变进程。自 20 世纪 80 年代中期以来，他先后撰写完成了《唐诗学引论》（知识出版社 1988 年初版，东方出版社 1996 年和 2003 年又先后再版）、《中国文学史之宏观》（中国社会科学出版社 1995 年版）、《中国文化之路》（上海文艺出版社 1992 年版）、《传统文化与当代意识》（三联书店上海分店 1991 年版）、《中国诗学之现代观》（上海古籍出版社 2006 年版）、《严羽和沧浪诗话》（上海古籍出版社 1987 年版）等一系列学术研究著作，逐渐构建起体系完备的中国唐诗学学术大厦。他主持编撰的《近四百年中国文学思潮史》（东方出版社 1997 年版）、《中国诗学史》（七卷本，与蒋哲伦、倪进共同主编，鹭江出版社 2002 年版）、《中国文学史学史》（三卷本，与董乃斌、刘扬忠共同主编，河北人民出版社 2003 年版）、《上海文化通史》（上海文艺出版社 2001 年版）、《上海近代文学史》（与袁进合著，上海人民出版社 1993 年版）、《唐诗学史稿》（人民出版社、河北人民出版社 2011 年版）、《唐诗书录》（与朱易安合著，齐鲁书社 1988 年版）、《唐诗论评类编》（山东教育出版社 1993 年版）、《唐诗汇评》（三卷本，浙江教育出版社 1995 年版）、《历代唐诗论评选》（河北大学出版社 2003 年版）等著作，从不同角度、不同侧面展示出对唐诗学发展历程的总体把握和深度开掘。其中《近四百年中国文学思潮史》一书从 16 世纪后期的晚明写起，按照时间顺序全面而系统地考察了中国文学"由传统至现代"的发展历程，指出 17 世纪至 20 世纪，中国文学分别处于从传统思想文化体系内部孕育出近代意识萌芽的阶段、复古思潮卷土重来和新思想萌芽潜滋暗长的阶段、旧文学向新文学过渡的阶段、新文学得到初步确立并在分化与组合过程中曲折前进的阶段，为学界研究中国文学史提供了独特新颖的视角。《中国文学史学史》以纵横结合的写作方式，分别论述了"中国传统的文学史学"、百年来文学史著作编撰的总体情况以及由此体现出来的文学史学的变迁等内容，同时对近代以来国人研究文学史的历史过程及编撰得失作出较为全面详细的评述，标志着"文学史学"作为一个新学科的正式成立。① 《中国诗学史》一书共分七卷，前六卷按历史朝代分为《先秦两汉卷》《魏晋南北朝卷》《隋唐五代卷》《宋金元卷》《明代卷》《清代卷》，第七卷是《词学卷》，全书以诗歌的接受史为视角，以诗歌理论的演进为经，以诗歌的种类活动为纬，将历代诗学观念与接受主体、研究对象之间的互动关系及其在阅读、批评、写作诸环节的展现有机地结合在一起，全景式地考察了中国诗学发展演变的历程，从而架构起一种历史与逻辑相互交融的理论体系。其中《隋唐五代卷》分别论述了隋唐五代诗学的社会背景、隋及唐前期诗学、唐中期诗学、晚唐五代诗学、唐人选唐诗等具有普遍意义和典型特点的内容，从多个侧面反映出中国传统诗学的创作范式和发展流变。

从 1988 年至 1995 年，由陈伯海撰写或主持编纂的唐诗学著作就有四部，其版本及主要内容大致如下。一是《唐诗学引论》。该书紧紧围绕唐诗的总体观，从正本、清源、别流、辨体、学术史、余论等六个方面展开论述，高屋建瓴地勾勒出唐诗学术史的主要脉络，被学界誉为新时期唐诗学研究的奠基之作。二是与朱易安合编的《唐诗书录》②。该著作汇录了与唐诗有关的数千种书目，根据总集、别集、合集、评论等次序加以编次，同时对各种文献典籍的书名、卷次、作者、朝代、版本、馆藏等信息加以著录，系统梳理了唐诗学文献的主要家底，是从事唐诗学研究者的入门向导。三是《唐诗论评类编》（山东教育出版社 1993 年版）。四是《唐诗汇评》（全三册）（浙江教育出版社 1995 年版）。该著作不仅编选了5000 余首唐诗，而且汇录了大量历代的论评资料，在唐诗学研究方面具有集大成的意义。2015 年 6 月至 2016 年 11 月，由陈伯海主编的"唐诗学书系"在上海古籍出版社陆续出版。该书系是陈伯海先生在朱易安、查清华等人协助下，以上述几种著作为基础重新整理修订而成，编纂的基本

---

① 骆玉明：《读〈中国文学史学史〉》，《文学评论》2004 年第 4 期。
② 陈伯海、朱易安：《唐诗书录》，齐鲁书社，1988，第 60~61 页。

目标是"在总结既往历史经验的基础上，为唐诗学学理的当代构建探索道路，以发扬民族优秀文化传统并促进其推陈出新"，旨在从目录学研究、史料学编纂和理论性总结三个方面，全方位地调查考证从事唐诗学建设所需要涉及的资料范围，把握唐诗学作为一门学科所赖以构建和发展的内在逻辑，概括总结能够体现当今时代精神的唐诗学研究范式。[1] 该书系共收录八种专著，分别从历代唐诗总集的版本、目录、源流、概貌、类别、总体构架、各种专题之间的逻辑关系和历史脉络、对诗人诗作的宏观论评和微观解读、对唐诗学术史衍化轨迹及其内在动因的分析、归纳总结唐诗学原理的构建和唐诗学研究范式的创新、深入探讨唐诗意象艺术的流变和特点等内容入手，为推进唐诗学的建设和成熟作出了重要的贡献。其大致内容如下。一是《唐诗书目总录》。该书按照总集、合集、别集、评论及资料等四大类别分类编次，汇录了唐五代时期至公元 2000 年之间约 4000 种唐代书目的作者简介、书名卷次、编排体例主要内容、相关评论、版本流传等信息，具有重要的文献价值，堪称进入唐诗学研究殿堂的一把金钥匙。二是《唐诗总集纂要》。该书共选取 130 多种有代表性的现存历代总集，分别撰写了1000 字左右的内容提要，对各种典籍的相关情况进行了简而不略的论述，大致反映出历代总集编纂的基本概貌。其中《唐诗总集纂要》上册对张之象的生平事迹及其编纂的《唐雅》和《唐诗类苑》两部总集的版本、刊刻、序跋、凡例等情况进行了简洁而又清晰的考述，指出《唐雅》一书"为最早的大型君臣唱和诗集，从中可较全面考见初盛唐宫廷唱和风气，有一定的诗史意义"[2]，认为《唐诗类苑》"规模之宏大，为此前唐诗总集所无，亦为历代唐诗总集中几种规模最大者之一。且将全唐之诗按类书方式编排，对于按题材类别查考唐诗，颇为有用"，同时"书后附载引用书目"、所列 173

---

① 陈伯海等：《〈唐诗学书系〉总序》，转引自《唐诗总集纂要》，上海古籍出版社，2016，第 2～3 页。

② 陈伯海等编著《唐诗总集纂要》（上）"唐雅"条，上海古籍出版社，2016，第 313～314 页。

种书目、四唐年号、诗人姓字等文献材料"亦资检索"①，评价颇为公允。三是《唐诗论评类编》。这部著作首先从上千种文献典籍中分别辑录出与唐诗有关的各种论评资料，接着按照总论、外部关系论、各体论、流变论、流派并称论、题材作法论、作家论、典籍论等八个方面进行分类编次，生动地展示出关于唐诗研究的历史资源、内在联系以及总体构架等。四是《唐诗学文献集粹》。该书以时间为经，以单元为纬，将169个单元的主题串联起来，大致反映出这一学科演进的历史脉络。五是《唐诗汇评》。该书以清编《全唐诗》为主要考察对象，选取了500多家代表性诗人和5000余首唐人诗作，为唐诗研究者提供了内容宏富、使用便捷的文献资料。六是《唐诗学史稿》。该书主要运用接受学的理论，系统而全面地梳理了1000多年来的唐诗学术史，勾画出唐诗学萌生、发展、兴盛、总结等方面的衍化轨迹，同时尽可能地发掘唐诗学发展衍变的内在动因，是一部体系完整、学力深厚的学术性专著。七是《唐诗学引论》。该书紧紧围绕"唐诗是什么""何以是""如何是"之间的根本概念，从五个角度深入探讨了"唐诗学"在正本、清源、别流、辨体、学术史方面的重要价值，堪称唐诗学研究书系的理论纲领。八是《意象艺术与唐诗》。该书从意象艺术的一般原理入手，对"古典诗歌意象艺术的流变和唐诗意象艺术的特点"进行了深入的探讨，为更进一步理解唐诗艺术的魅力开启了门径。总之，这套丛书围绕新时代唐诗学如何才能百尺竿头更进一步这一重大命题，将宏观层面的理论构建和微观层面的诗人诗作论述结合起来，清晰地勾勒出唐诗学发展的衍进脉络和发展趋势，在众多古典文学研究的热门课题中独树一帜，对唐诗学研究的深度开掘起到总揽全局的作用。

孙琴安教授长期致力于中国文学史、唐宋文学和文化史研究，在唐诗

---

① 陈伯海等编著《唐诗总集纂要》（上）"唐诗类苑"条，上海古籍出版社，2016，第387~388页。

研究方面成果也相当丰硕。在其已经出版的 50 多部著作中，关于唐诗研究的学术著作就有《唐诗选本六百种提要》（陕西人民教育出版社 1987年版，上海书店出版社 2005 年再版时改名《唐诗选本提要》）、《唐五律诗精评》（上海社会科学院出版社 1991 年版）、《唐人七绝选》（陕西人民出版社 1992 年版）、《唐代律诗探索》（西南交通大学出版社 1998 年版）、《唐诗与政治》（上海人民出版社 2003 年版）等多部，其中尤以《唐诗选本提要》在学界影响最大。该书的学术价值在于通过搜集历代唐诗选本以补文学史之缺漏，主要表现在三个方面。一是《自序》。作者在《自序》中对中国历代唐诗选本的编纂类型、编纂体例、刊刻情况等进行了较为系统的梳理，指出造成古代唐诗选本分布不平衡现象的主要原因有四个方面，即政治文化中心的转移、地理环境的差别、诗坛盟主的影响、地方传统文化的沿袭。上述原因的纵横交错共同导致唐诗选本大多集中在以山东济南、江苏苏州和常熟、上海松江、安徽桐城、浙江杭州为中心的几个地区，而唐诗选本梓行问世的四个高潮先后出现在南宋时期、明代嘉靖万历年间、清初康熙年间、清乾隆年间，明清时期的唐诗选本不仅在数量上远远多于宋元时期的唐诗选本，而且在诗歌理论和诗学主张等方面的影响也非常深远。二是正文部分。该书共著录唐代以来的唐诗选本 666 种，其中唐代录孙季良《正声集》、崔融《珠英集》、佚名《搜玉小集》等 20种，五代录倪宥《文章龟鉴》、王仁裕《国风总类》、陈康图《拟玄集》等 21 种，宋代录王安石《唐百家诗选》、张九成《唐诗该》、赵师秀《众妙集》、佚名《唐省试诗集》等 33 种，金元时期录元好问《唐诗鼓吹》、黄玠《唐诗选》、杨士弘《唐音》等 12 种，明代录周叙《唐诗类编》、高棅《唐诗品汇》、何乔新《唐律群玉》、李攀龙《唐诗选》、张之象《唐雅》与《唐诗类苑》等 215 种，清代录王夫之《唐诗评选》、顾有孝《唐诗英华》、王士禛《唐贤三昧集》、徐倬《全唐诗录》、纳兰性德《全唐诗选》等 365 种，为读者和相关研究者提供许多便捷，具有重要的参考价值。三是附录部分。附录部分共著录 197 种，主要收录特殊的诗歌选本和民国以后出现的唐诗选本，其中唐宋诗合选本 4 种，日本唐诗选本 16 种，民国时期的唐诗选本 33 种，1949 年以后大陆出版的唐诗选本 121 种，1949 年以后我国台湾出版的唐诗选本 23 种，可以考见近百年来国内外编纂出版唐诗选本的概况，具有独特的文献价值。

综上所述，近年来唐代文学研究领域关于唐诗总集的研究成果呈逐渐上升的趋势，研究论文和学位论文屡有创获。一些前辈学者论断精辟，创见迭出，研究扎实，考证精审，为相关领域的深入研究奠定了学术基础。但由于受所选研究专题的限制，当代学者对张之象及其《唐诗类苑》的关注角度，大多是对《唐诗类苑》版本、内容、体例等方面的外围性介绍，而关于张之象及其《唐诗类苑》的深层次探讨，还有相当大的拓展空间。有鉴于此，选择《唐诗类苑》这部体例较为独特的唐诗总集作为研究对象，在唐诗学研究史上有着特殊的学术价值。

二 选题的研究思路和研究方法

中国古代总集的编纂远远早于别集的编纂。归属于中国古籍传统分类法中经部的《诗经》，是我国最早的一部诗歌总集；西汉刘向编纂的《楚辞》，则是现存最早的辞赋总集；魏晋南北朝以后，总集编纂的类型越来越多，规模越来越大，"宋代开始出现旨在反映一代诗文风貌的断代总集"，明代则出现了一批"巨细兼收，义取全备""旨在求全的断代总集"，对后世影响极大。① 明清时期是中国古代学术研究和典籍整理的又一高峰时期，在诗文总集编纂和学术规律总结方面涌现出大量的著作，堪称中国古代典籍整理和学术研究的集大成时期。

清修四库馆臣的学术观点代表着学界的主流观点，其影响力也较为深远。《四库全书总目》卷一八六《总集类小序》对总集的编纂类型和主要

---

① 曾枣庄：《古籍整理中的总集编纂》，《四川大学学报》（哲学社会科学版）1986 年第 3 期，第 74 页。

特点进行了归纳总结："文籍日兴，散无统纪，于是总集作焉。一则网罗放佚，使零章残什，并有所归；一则删汰繁芜，使莠稗咸除，菁华毕出。是固文章之衡鉴，著作之渊薮矣。"① 根据总集产生的原因和作用，学界一般将总集分为两大类：一类是旨在求精的选本或选集，通过"删汰繁芜"，最终要实现"文章之衡鉴"的目标；另一类是意在求全的总集，通过"网罗放佚"，最终要实现"著作之渊薮"的目标。这两类总集虽然编纂的意图归趋互异，但实际操作中又并行不悖，前者利于揣摩学习，后者可供披沙拣金。长期以来，由于研究人员个人学术旨趣的不同，很多学者都关注富于理论价值的"文章衡鉴"类选本，而对"著作渊薮"类诗文总集较少问津，导致征引相关资料时陈陈相因，缺少较为深入的开掘。鲁迅先生在《选本》一文中曾经对文学选本的深入影响进行过剖析，认为选本"往往能比所选各家或选家自己的文集更流行，更有作用……选本可以藉古人的文章，寓自己的意见，博览群籍，采其合于自己的意见为一集"②，有助于读者深入了解和理解编纂者的编选意图和时代风貌。深究其原因，就在于选本是一种比较特殊的文学批评样式，其中不仅体现出编选者的价值取向和审美标准，而且隐含着某一时代的诗学理念和审美风尚。如同为中唐时期编纂的诗歌选本，令狐楚奉敕编纂的《御览诗》和高仲武编纂的《中兴间气集》所选诗歌均以近体为主，但两部选集的编选标准又各有侧重，同时这两部选集在后世的影响也迥然不同：《御览诗》"御览的性质决定了该集选录诗歌的政治性远大于文学性"③，故而此集选录了大量的歌功颂德之作和艳情之作，因此很少受到研究者的关注，甚至明清时期获得的少许关注也大多评价不高；而《中兴间气集》强调选诗要从诗歌作品本身的审美特质出发，遵循着"体状风雅，理致清新，

---

① （清）永瑢等：《四库全书总目》，中华书局，1965。
② 《鲁迅全集》，人民文学出版社，1981，第156页。
③ 刘勇、黄元英：《唐诗选本〈中兴间气集〉与〈御览诗〉之比较研究》，《求索》2012年第4期，第132～134页。

观者易心，听者竦耳"① 的选录标准，非常注重诗歌的内容、选材与立意，所选诗歌以酬唱应和、吟咏赠别等诗作为主，文学性和艺术性较强。张之象《唐诗类苑》就是属于"著作渊薮"类的总集，尤其是在"网罗放佚，使零章残什，并有所归"方面的功能较为突出，充分彰显出其作为一部诗歌总集的意义。通过对这一课题最新研究现状的全面分析，可以发现对于张之象及其《唐诗类苑》的研究还有不少待发之覆。有鉴于此，本书拟对此展开相关的探讨。

研究思路及研究方法

（1）"知人论世"的方法。本书采用传统的"知人论世"的评价方法，将明代中后期的整体文化背景与张之象个人的创作实践结合起来，以期尽可能地对张之象及其创作给出全面清晰的认识和客观公允的评价。

（2）文献整理与文学批评相结合的方法。本书充分搜集现存的文献或文物资料，对这些资料进行系统梳理和钩沉索引，结合唐宋以来的文学批评成果进行分析，力争使文中的每一部分主要论点有依据，主要依据有条理。

（3）微观和宏观相结合的方法。本书把《唐诗类苑》放在中国古代诗学发展的背景下来进行考察，通过个案的微观研究，对张之象《唐诗类苑》的编纂背景、整体规模、编纂体例、文献来源等尽可能地进行深入的梳理和仔细探究，为相关课题的进一步研究提供更加确实可信的依据。

本书共分7个部分，考察并解决了下列问题。

第一部分：张之象生平与思想研究

这部分内容详细考察了张之象的家世与生平。指出其生平主要分游学成均、稍从禄仕、归隐著述三个阶段，论述张之象的生平经历和思想历程。同时以张之象的社会活动为中心，从先辈、知交等方面去考证张之象

---

① 傅璇琮：《唐人选唐诗新编》，陕西人民教育出版社，1996。

的交游情况，从一个侧面反映张之象在明代中后期东南文坛上的地位与影响。最后也注意从文学、史学、文献学三个方面论述张之象的学术思想。

第二部分：《唐诗类苑》的编纂背景

傅璇琮先生提出过这样一个观点，"研究文学应当从文学艺术的整体出发。所谓整体，包括文学作为独立的实体的存在，还应包括不同流派、不同地区可能互相排斥而实际又互相渗透的作家群，以及作家所受社会生活和时代思潮的影响"。本书也将尽可能地致力于此，以期能够更深刻地挖掘张之象生命历程中某些规律性的东西。

张之象以个人之力编纂完成皇皇 200 卷的《唐诗类苑》，一是建立在前辈学者整理研究唐诗总集的基础之上，二是融入了自己编纂唐诗总集的独特思考，可谓既有继承又有创新。作为明代中后期东南文坛上一位颇有名气的诗人、学者，张之象先后编纂的众多诗文选本如《唐雅》《唐诗类苑》《古诗类苑》《彤管新编》等，不仅体现了张之象的文学思想，也反映出其所处时代的某些共同特质。在灿若星辰的唐诗选家之中，张之象虽然算不上最明亮、最耀眼，但他在我国唐诗学史上无疑占有一定的地位。本书利用最原始的人物传记资料和各种地方志的记载，详细考察了张之象的生平事略、生活交游、著述情况和思想历程等内容，揭示出张之象在明代中后期东南文坛上的地位影响和代表意义，指出张之象于明代嘉靖中后期编成的诗歌总集《唐诗类苑》，既继承了前代学者关于诗文总集的编纂经验，又反映了编纂者在诗文总集编纂方面的探索实践，还折射出明代中后期文献典籍的传播情况、诗学发展的基本脉络和一个时代的审美风尚，兼具文学批评的共性特征和个体实践的典型意义。这部分主要从明代以前唐诗总集的编纂情况和《唐诗类苑》的编纂情况两个层面，深入考察张之象《唐诗类苑》的编纂背景。

第三部分：《唐诗类苑》的基本面貌

如何对《唐诗类苑》的基本面貌进行深入分析，是本书研究的重中之重，它可以为进一步的研究提供比较确实的依据。

本书首先指出，编纂一部唐诗总集，是张之象从青壮年时期就一直着手进行的工作，也是他追求儒家理想、"成一家之言"的具体体现。接着就《唐诗类苑》的编纂宗旨、编纂体例、刊刻经过三个方面展开分析，以探究《唐诗类苑》在体例上的独特之处。《唐诗类苑》的编纂宗旨有四：一是别出心裁，宣传自己的诗学主张；二是追本溯源，倾心于唐代文献；三是拟则盛唐，意图青史留名；四是究意科举，为晚生后进垂示准则。这样的编纂宗旨，实与时代风气、个人好尚、诗学主张、科举取士的影响等因素密切相关。关于《唐诗类苑》的编排体例，主要阐述了四个方面：一是《唐诗类苑》采用以类系诗的编排原则进行编纂，这也是《唐诗类苑》最具特色的学术价值所在；二是张之象对作品的取舍标准相当严谨，收录作品有明确的时限概念，特别是按时代先后顺序编排唐诗的做法，为后来清《全唐诗》的编纂提供了一些借鉴；三是收录的作品虽然多以网罗全备、妍媸不择为宗旨，但是大致能保持作品的完整性，不像一些类书那样经常出现大幅度删节现象；四是对互见、重出、异文、阙文等特殊情况有自己的处理办法。最后指出《唐诗类苑》的编纂具有两个方面的学术意义：其一，它是现存最早、规模最大、编排体系相对较为完备的类编唐诗总集，在编排体例上具有典型意义；其二，它为清编《全唐诗》提供了一些借鉴，在唐诗史上具有承前启后的过渡意义，其学术地位和多重影响不容忽视。本书还对《唐诗类苑》的成书与刊刻经过进行了深入细致的辨析，指出《唐诗类苑》的成书是一个长期的文献积累过程，其纂修、编次、补订、校正皆条理清晰，可谓纲举目张，而这部书的刊刻出版却经历了很多曲折，直至张之象死后十多年才由曹仁孙刊刻出版。

其次，本书从类书和总集两个角度分析了《唐诗类苑》一书的性质归属。本书指出，《唐诗类苑》因为采用了"以类相从"的辑录方法，所以常常被人们视为类书，但由于《唐诗类苑》上承《文选》和《文苑英华》，无论编纂宗旨、收录诗人诗作的范围还是编纂体例等方面，都跟上述诸书具有相同或相类似的性质，符合常见意义上文学总集的特征，故《唐诗类苑》应当归属于分类编纂的文学总集。

最后，分析《唐诗类苑》一书的编纂得失。《唐诗类苑》规模宏大，是一部收录有唐一代诗歌的断代总集，是整理和研究唐五代诗歌的重要文献依据，因而其在文献保存、辑佚、校勘等方面都有着不可替代的文献价值和学术史意义。然而由于受时代限制，其自身又存在不少缺陷，如采录文献资料尚未完备、缺少作家小传、书目排序过于杂乱、分类不当、校勘不精、误收错收等现象不一而足。书中特别指出，《唐诗类苑》一书采录文献中缺少了史传、谱牒、碑志、壁记石刻、书目、艺术、地方志、政典、佛道两藏等方面的内容，并以史传、书目、艺术三个方面的情况为例，来说明这个问题的重要性。

第四部分：《唐诗类苑》的文献来源

这一部分也是本书的重点章节。衡量一部学术著作价值的标准，其中很重要的一项就是这部著作的参考文献范围。据《唐诗类苑》书前的《唐诗类苑·引用诸书》统计，《唐诗类苑》共采录各类文献著作 173 种，其中包括唐五代作家的诗文别集计 107 种，唐宋至明代中期的诗文总集计 48 种，其他文献如稗史小说、诗文评、登科录、类书等计 18 种。本书首先对《唐诗类苑》采录文献的规模进行分析，认为《唐诗类苑》采录的文献资料包括诗文别集、总集、类书、诗话、稗史小说等；其次是对《艺文类聚》《初学记》《文苑英华》《乐府诗集》《唐类编歌诗》《唐诗品汇》等几种重要文献来源的考述，并力求在吸收前人研究成果的基础上提出自己的看法。对《唐诗类苑》收录唐宋以来诗文集状况的分析，可以梳理明、清两代所见唐诗别集的大致范围，进而整理出当时唐诗文献的利用状况，对于我们总结明代中期的唐诗整理工作，认识明、清唐诗学的发展有很大的帮助。

第五部分：《唐诗类苑》的比较研究

只有全面深入的比较，方可彰显《唐诗类苑》独特的文献价值和学术价值。通过分析《唐诗类苑》与前代类编诗文总集的比较、与同时代唐诗总集的比较以及对后世唐诗总集的影响等，特别是《唐诗类苑》与顾陶《唐诗类选》、赵孟奎《分门纂类唐歌诗》、李昉等《文苑英华》、方回《瀛奎律髓》、高棅《唐诗品汇》、黄德水等《唐诗纪》、吴勉学《四唐汇诗》等诗歌总集的比较，评价《唐诗类苑》在唐诗学史上的编纂得失。

第六部分：《唐诗类苑》的地位和影响

《唐诗类苑》的地位表现在三个方面：《唐诗类苑》是现存最早、规模最大的分类唐诗总集，是分类唐诗总集的扛鼎之作；《唐诗类苑》对唐代诗史的划分，使四唐分期说更加完善；《唐诗类苑》对清编《全唐诗》的成书起了重要的作用。

同时本书指出这部书因为自身体例上的特殊，对后世诗文总集和类书的编纂在正面和负面都有影响。但对于古人来说，由于时代和自身的局限性，一部200卷的著作有一些失误甚至错误也在所难免，故不能求全责备。

第七部分：附录部分，即《张之象年谱》

目前，学界对于张之象及其周围一大批东南文人活动情况的研究还有很多亟待开掘的领域。这一部分通过对张之象的主要生平事迹、广泛交游、著述活动与其他情况进行编年，为深入研究明代中后期东南文坛的学术活动状况以及中下层文士之间的交往活动提供翔实可信的文献材料。

总之，《唐诗类苑》是现存最早、规模最大、体系比较完备的分类唐诗总集，在编纂体例、性质归属、文献来源等方面具有独特之处，很值得进一步探究和分析。在明代中期学术风气的影响下，《唐诗类苑》的编纂尚有许多不尽人意的地方，这些都可供后来者借鉴，以便更好地总结传统唐诗研究的经验。本书借鉴以往的研究成果，充分发掘张之象及其《唐诗类苑》在唐诗学史上的价值和意义，深入探讨历代唐诗总集分类系统研究中存在的相关问题，以期为唐诗学研究提供新的视角和依据。

第一章

张之象的生平与思想

第一节　张之象的家世与生平

明代是学术思想极为活跃的朝代，涌现了一大批以学问渊博著称的学者。这些学者的成名成家，大多与其悉心学习、逐渐积累息息相关，而其学术积累的过程，常常又与其家世背景有着非常密切的关系。张之象就是这样一位注重学术传承和实践积累的学者。他编纂了大量的文献著作，内容涉及经史子集四部，尤其以集部最为突出。考察张之象的家世、交游与著述情况，可以从中探寻明代中后期中下层文人的生活状态和学术追求。

（一）官宦门第有家声

张之象（1507～1587），字玄超，一字月鹿，别号王屋，自称碧山外史，人称王屋先生、王屋山人。其先世居于严陵，后来徙居上海，遂为松江上海（今上海市）人。① 他出身于明代中后期一个中等官宦之家，历经

---

① 　关于张之象的籍贯，说法不一。张之象自称云间，《张王屋集》《云间志略》作云间，《张之象墓志铭》《本朝分省人物考》《皇明词林人物考》《崇祯松江府志》《嘉庆松江府志》皆作上海，钱谦益《列朝诗集小传》作华亭，朱彝尊《明诗综》作松江华亭，《同治上海县志》称之象"年四十八遭倭乱，第宅悉被焚掠，遂从西牌楼再徙于郡，子孙遂入华亭籍"。明陶宗仪《辍耕录·诗谶》："'潮逢谷水难兴浪，月到云间便不明。'松江古有此语。谷水、云间，皆松江别名也。"《旧唐书》（转下页）

正德、嘉靖、隆庆、万历四个时期，虽然"博综群籍，诗文高绝"①，却屡试不第，转而致力于"诗歌丽则，种种合作，文章隽永尔雅，可以横鹜西京"②，最后以著述终老。张之象的生平事迹，主要见于莫如忠《崇兰馆集》卷一九《故浙江按察司知事王屋张公墓志铭》③、王彻《王屋先生传》、过庭训《本朝分省人物考》、王兆云《皇明词林人物考》、何三畏《云间志略》以及各种著述序跋、地方志中。下面结合有关文献资料，深入考察张之象的生平行迹，以探求其生存状态和学术旨趣。

《明史》卷二八七《文苑传》三《文徵明传》后附有张之象的一段简短小传，称"张之象，字月鹿。祖萱，湖广参议。父鸣谦，顺天通判。之象由诸生入国学，授浙江按察司知事，以吏隐自命，归益务撰著"④。按：湖广参议，明代正四品官职。《明史》卷七五《职官》四《承宣布政使司》："洪武九年改浙江、江西、福建、北平、广西、四川、山东、广东、河南、陕西、湖广、山西诸行省俱为承宣布政使司，罢行省平章事，左、右丞等官，改参知政事为布政使，秩正二品……十四年增置左、右参议，正四品，寻增设左、右布政使各一人。"按：顺天通判，正六品官职。《明史》卷四〇《地理志》一："顺天府，元大都路，直隶中书省。洪武

(接上页注①) 卷三八《地理志》一《关内道》："华亭：隋县，垂拱二年改亭川，神龙元年复旧。"《明史》卷四〇《地理志》一："松江府：元直隶江浙行省，太祖吴元年正月因之。领县三：西北距南京七百七十里，华亭，倚。上海，府东北。青浦，府西北。"华亭本一小镇，元至元十四年升为华亭府，十五年，改松江府，属江浙行省嘉兴路。二十九年，割华亭东北五乡为上海县，直隶省内。《弘治上海县志》卷一《疆域·沿革》："上海，古华亭之东维耳。"盖上海本自华亭析出，明初与华亭县同属松江府，直隶南京。崔桐称其祖张萱为"松江上海人"，则张之象籍贯当为松江府上海县。

① (清) 宋如林等：《嘉庆松江府志》卷五二《张之象传》，清嘉庆二十三年松江府学刻本。

② (明) 朱察卿：《朱邦宪集》卷五《题桥集序》，北京大学图书馆藏明万历六年朱家法刻增修本。

③ (明) 莫如忠：《崇兰馆集》，明万历十四年冯大受、董其昌等刻本。(明) 焦竑《国朝献征录》卷八四《浙江按察司知事张公之象墓志铭》，据莫如忠所撰张之象墓志铭而来，记载稍异。

④ (清) 张廷玉等：《明史》卷二八七，中华书局，1974，第 7365 页。

元年八月改为北平府，十月属山东行省，二年三月改属北平，三年四月建燕王府，永乐元年正月升为北京，改府为顺天府。领州五，县二十二。"《明史》卷七四《职官》三："顺天府：府尹一人，正三品。府丞一人，正四品。治中一人，正五品。通判六人，正六品，嘉靖后革三人。……顺天府即旧北平府。""顺天府通判，旧六人，内一人管粮，一人管马，一人清军，一人管匠，一人管河，一人管柴炭。嘉靖八年革管河、管柴炭二人。万历九年革清军、管匠二人。十一年复设一人，兼管军匠。"而按察司知事则是正八品官职。《明史》卷七五《职官》四《提刑按察使司》："按察使一人，正三品。副使，正四品。佥事无定员，正五品，详见诸道。经历司，经历一人，正七品。知事一人，正八品。"

张之象先辈世代仕宦。他的曾伯祖父张杰是景泰元年（1450）科举人，曾经担任余姚县令；伯祖父曾任莱州府同知；祖父张萱是弘治壬戌（1502）科进士，官终湖广参议，因为政绩卓著，所以世人将其与汉代何武相提并论；父亲张鸣谦是正德丙子（1516）科举人，初官温州司理，后来擢升顺天通判；叔父张鸣岐是正德己卯（1519）科举人，官授博野令①，可谓"渊源名阀，簪冕蝉联"。从上述这段文字可以看出，张之象有着相当不错的家世背景，其祖父张萱官至正四品的湖广参议，父亲张鸣谦官至正六品的顺天通判，算得上中等的官宦之家。

（二）游学成均赋诗篇

张之象是明中叶享誉东南的诗人、学者。他一生经历曲折，大致经历了青年游学时期、短暂为吏时期、归隐著述时期三个阶段。张之象少时即颖异，"博综群籍，诗文高绝"②，与同郡何良俊、徐献忠、董宜阳俱以文

---

① 博野，《明史》卷四〇《地理志》一《保定府》下："博野：府南。旧治在今蠡县界，直隶保定路。洪武元年徙今治，改属祁州，六年五月还属府。西北有博水，南有唐河，亦曰滱水。又有永安镇巡检司，有铁灯盏巡检司。"

② （清）宋如林等：《嘉庆松江府志》卷五二《张之象传》，嘉庆二十三年松江府学刻本。

章气节名，时称"四贤"①。后以太学生游学成均②，"与何元朗、黄淳甫诸人赋诗染翰，才情蕴藉，深为时贤所推"③。这一时期，是张之象踌躇满志、锐意科举时期，也是他诗文创作的高潮期。

俞宪《盛明百家诗前编·张王屋集》中共收录张之象创作于嘉靖年间的 70 多首诗，内容大多是他与朋友在金陵生活时的交游唱和之作，隐约可见其积极进取的心志，但也有几首诗彰显出他对待科举考试的复杂心态。如《夏夜同元朗叔毗伯羽宴集市隐园次原白韵》写道：

> 习池留赏暮烟生，几处飞霞映水明。
>
> 莲叶浮查窥汉渚，竹枝翻曲度秦筝。
>
> 徒知景色非城市，不见风尘似洛京。
>
> 丽咏况多青琐客，野人樗散愧同声。

《斋居风雨邦宪以新诗见寄赋此答之》诗云：

> 客窗风雨不胜情，忽寄诗篇照眼明。
>
> 雁度远空怀故侣，莺啼深谷喜新声。
>
> 隋珠可贵时难售，郢曲弥高世所惊。
>
> 最是怜才吾有意，逢人常说项斯名。

再如《与姚如晦冯子乔朱邦宪夜集顾汝修馆中话旧》一诗也很典型。

---

① （明）何三畏《云间志略》卷一九《董太学紫冈先生传》："董宜阳字子元，号紫冈。先世汴人，南渡而徙居上海吴汇，又徙居沙冈，故称紫冈先生，复自号七休居士，吾郡之博雅君子也。其于书无所不窥，而独袭心当代典故、郡中文献。游成均，名动都下；屡试不第，遂弃去举子业，专攻诗赋古文词，与同里何良俊元朗、张之象玄超、徐献忠伯臣号称四贤。"台北学生书局影印明天启三年刊本。
② 成均，古之大学。《周礼·春官·大司乐》："大司乐掌成均之法，以治建国之学政，而合国之子弟焉。"《礼记·文王世子》："三而一有焉，乃进其等，以其序，谓之郊人，远之，于成均，以及取爵于上尊也。"郑玄注："董仲舒曰：五帝名大学曰成均。"后泛称官设的最高学府。明何景明《送林利正同知之潮阳》诗："忆在成均共携手，泉山门下相知久。"
③ （明）钱谦益：《列朝诗集小传》丁集上《张经历之象传》，上海古籍出版社，1983。

诗云：

> 明月依然海上城，故人重此叙平生。
>
> 喜看银烛帘前影，愁听铜刀槛外声。
>
> 伏枥岂忘千里志，凌云空负十年情。
>
> 共怜身世浑无定，一曲悲歌泪满缨。

这首诗通过描写常见的生活场景，反映出作者深沉的身世之感。作品共分四层意思。

第一层："明月依然海上城，故人重此叙平生。"作者首先从故友久别重逢的背景写起，交代了当日的时间、地点、人物、主题，"明月依然""故人重叙""海上之城"等文学意象的使用，令人平添几许感慨。

第二层："喜看银烛帘前影，愁听铜刀槛外声。"一群友人再次重逢，围坐在珠帘之内，面对着摇曳的银烛，相互之间嘘寒问暖，诉说别后的种种离情，本来是令人非常惬意的事情，但是诗人的心里却因为想到栏杆外隐隐约约传来的倭乱消息而发愁。这里一"喜"一"愁"，一"看"一"听"，一"影"一"声"，静谧的"银烛"与挥舞的"铜刀"交错闪烁，相互映衬，形成巨大的心理落差，令悲者更悲，痛者更伤情。

第三层："伏枥岂忘千里志，凌云空负十年情。"这句诗化用曹操《龟虽寿》中的名句："老骥伏枥，志在千里；烈士暮年，壮心不已。"诗人虽然年过半百，却一刻也不曾忘记自己当年的凌云壮志，只可惜光阴荏苒，转眼十年过去了，诗人还是在科举考试中折戟沉沙，不仅没有建功立业，反而只能在岁月中蹉跎，白白辜负了大好的时光。

第四层："共怜身世浑无定，一曲悲歌泪满缨。"面对内忧外患的现实生活，想起风雨飘摇支离破碎的家园，这群为生活和事业而奔波的失意才子聚集在一起，将满满的无奈和感伤倾入酒杯，但酒入愁肠更添愁绪，忍不住悲歌一曲，却发现早已涕泗滂沱，泪湿冠缨。这句诗先喜后悲，欲抑先扬，意境深远，酸楚凄凉，将当前颠沛流离的生活状态与没有什么希望的前途命运联系在一起，压抑到极致之后反而升华为一腔慷慨悲壮，与五代诗人韦庄"十年身事各如萍，白首相逢泪满缨"的诗句颇有异曲同工之妙。

张之象对汉魏以来的诗文作品相当熟悉，在创作中常常用一些典故来抒发个人的儒家情怀。如在《斋居风雨邦宪以新诗见寄赋此答之》一诗中，作者用"隋珠可贵时难售，郢曲弥高世所惊""最是怜才吾有意，逢人常说项斯名"来形容自己空有凌云之志而报国无门的失意惆怅；在《金陵杂咏三首》中，作者用"帝城南望有荒台，千古曾经彩凤来"表达自己渴望拥有建功立业的机会，用"春色满前题不得，只惭人拟谪仙才""清音缥缈云深处，谁向山中识买臣"①两句诗，把自己比作才华横溢的谪仙李白和大器晚成的朱买臣，形象地刻画出自己怀才难售的纠结心态，折射出明代中期大量因科举落第而失意的下层文人的真实生存状态。

（三）屡试不第缘数奇

良好的家世背景为张之象提供了衣食无忧的学习环境，相对成熟的科举考试制度为张之象提供了可资借鉴的科举范式。张家的先辈们对张之象寄予了殷切希望，尤其是"父文洲公及母李宜人绝怜之，谓亢张氏者必公也"②，更成为张之象多次参加科举考试的直接动力，对张之象的生活道路影响极深。

明代科举考试规定：凡三年一大比，定于子、午、卯、酉年乡试，辰、戌、丑、未年会试，但是录取的名额十分有限。下面以《崇祯松江府志·岁贡》中"松江府"的情况为例，简要说明科举考试的录取情况。

自明孝宗弘治元年至神宗万历十六年一百年间，进士科共举行三

---

① 买臣，指西汉吴县人朱买臣。初家贫，其妻求离去。武帝时为中大夫侍中，任会稽太守，与韩说破东越有功，官主爵都尉。后因与张汤相倾轧，为武帝所杀。
② （明）莫如忠：《崇兰馆集》卷一九《故浙江按察司知事王屋张公墓志铭》。

十三次，取士一百八十九人，松江府平均每科取士六人；自弘治二年至万历十六年，乡举共举行三十四次，取士四百七十一人，松江府平均每科取士十四人；自弘治元年至万历四十八年，岁贡共取士三百三十九人，松江府平均每年取士二至三人。①

按：《崇祯松江府志·岁贡》按年号统计人数，故万历年间岁贡人数只能全数统计。

自隋朝开科取士以来，每个朝代的儒生入学肄业，都不会甘于"一衿终老"，总希望通过科举进入仕途，为家人博取"封妻荫子"的荣耀，为家族争得出人头地的荣光。明代内阁首辅严嵩虽然在历史上名声不好，但其对于世道人心的看法还是很有道理的，尤其是对功名利禄和权势地位分析得比较透彻，他在《钤山堂集》卷一九《赠胡用甫序》中这样写道："禄与位，世所慕以为荣者也。父母以是望其子，子之欲孝者，以谓非是无以慰悦父母之心，读书为学，纂言为文，凡以为仕禄之具而已。故虽有贤者，不能以自振也。"② 在这个举世皆重读书人的环境氛围中，读书作文已经不仅仅是为了一己前程的私事，而是关乎家族发展走向的大事。所以，即便是"少负才气"、以"博学宏雅，望重一时"的张之象，面对科举考试时也无法从容应对，肆意而为。

嘉靖年间，张之象孜孜不倦地参加科考30余年，却一直没有及第，所以才会有"三辰晏起一科头"的自我嘲讽。这里的"三辰"，当指嘉靖年间张之象参加科举考试未第的三个年份，即壬辰年（1532）、甲辰年（1544）和丙辰年（1556）。朱察卿为其撰写的《题桥集序》，用简洁含情的语言娓娓道来，详述了张之象空有才华却求仕不遇的尴尬情形。序文曰：

山人结发好读书，猎渔坟记，收揽众家。体不胜衣，而口所诵忆

① （明）方岳贡修、陈继儒撰《崇祯松江府志》，崇祯三年刻本。
② （明）严嵩：《钤山堂集》，嘉靖二十四年刻增修本。

者，车不能胜。诗歌丽则，种种合作，文章隽永尔雅，可以横骛西京。故海内缀文之士，倚以扬声，愿望履幕。尝挟策于有司，屡见摈斥。岁己酉复修故业，与都下士决命争首，自谓莫能当矣。数奇，复不偶。①

"题桥"一词，见于东晋常璩所撰写的地方志书《华阳国志》，其中《蜀志》部分有关于成都升仙桥的记载："城北十里有升仙桥，有送客观。司马相如初入长安，题市门曰：'不乘赤车驷马，不过汝下也。'"以此来表达自己渴望致身通显的远大志向。唐代类书《艺文类聚》卷六三和宋代类书《太平御览》卷七三均引作"升迁桥"，所以后人常常用"题桥"、"题柱"或"题桥柱"来形容人们对功名利禄有所抱负。唐代大诗人岑参有一首五言短诗即名《升仙桥》，表达了世间人在实现既定目标前后不同的心态，诗曰："长桥题柱去，犹是未达时。及乘驷马车，却从桥上归。"张之象这部作以"题桥"为题目，有着比较深刻的含义在里面，本意是希望通过努力能够实现自己的科举理想，结果却"屡见摈斥"，在"与都下士决命争首"的过程中一次次品尝失败的苦涩，却只能用"数奇"的理由来安慰自己。张之象虽有旷览不群之才，但因造化弄人而屡试弗第，只好无可奈何地慨叹道："命也！夫天遂不与张子能，终窘张子，不朽业不以势而彰者乎？"

（四）持正不阿暂为吏

明人曾对当时"国家取士之途盖三变"的内容进行过深入的探讨，称"宣、正、成、弘之世，文教大兴，士品乃定，诸服大僚备肺腑者，彬彬然多制科之途矣，而负奇蕴珍之夫，亦间缘他途以起，而未尝限其人；嘉、隆以来，制科益重，缙绅大夫十九其人。其以科贡起者，即有长材异能，多束于资，不得表见。时盖格愈严而人始病"。②据《明史·选举志》记载，明

---

① （明）朱察卿：《朱邦宪集》卷五，北京大学图书馆藏明万历六年朱家法刻增修本。
② （明）叶向高：《苍霞草》，江苏广陵古籍刻印社，1994。

代生员仕进常有以下几种途径："诸生，上者中式，次者廪生，年久充贡，或选拔为贡生。其累试不第、年逾五十、愿告退闲者，给与冠带，仍复其身。其后有纳粟马捐监之例，则诸生又有援例而出学者矣。提学官岁试校文之外，令教官举诸生行优劣者一二人，赏黜之以为劝惩。此其大较也。"① 考察明清时期的科举取士制度，可以发现明代取士之途的三种变化及其反映出的大致特征：明朝初年主要以荐举的形式为主，不太讲究"荐举"是否需要某些资格；明代中期的选举活动以荐举、贡举和制科三科同时并行，虽然也设置有对资格的限制内容，但并不绝对以资格限制人；发展到晚明时期，朝廷转而以科举为重，所以对资格的要求更加具体，凡是涉及与科举考试成绩相关的情况，全部以资格为准。② 清人陶正靖在论述明代生员的出路时有过较为精确的统计，称"臣窃计大县人文之地，诸生恒不减四百人，其能以文词自见者，中式及拔贡出身者，不过十之一而已，其一衿终老者，且十之九"。可以这样说，明代严格执行的选举制度，致使每年能在科举之路上蟾宫折桂的成功者少之又少，全国各地"高才难中式"的现象比比皆是，给很多明代的文人学士带来数不清的遗憾。因此，当身边的亲朋故旧们先后以科举或贡举的方式进入仕途时，张之象还在同参加科举考试的千军万马一起披星戴月，披荆斩棘，在朝着新的目标迈进过程中不断提升自己。

嘉靖中后期，皇帝痴迷于炼丹斋醮写青词。青词的撰写有着严格的书写范式，除了要求"文用四六，音律相协，或十二句，或十六句。修撰者务在实朴，言减意深，不可繁华多语"③ 外，对纸张的数量、纸高的尺寸、文字的间距、留白的艺术甚至书法形式与书章内容的布局等方面，都有一些细致入微的标准。④ 当时，东南地区的文士受这一风气影响较深。

① （清）张廷玉等：《明史》卷六九，中华书局，1974，第 1688~1689 页。
② （明）叶向高：《苍霞草》卷二《三途并用议》，江苏广陵古籍刻印社，1994。
③ （宋）吕元素：《道门定制》，收入《道藏》第 31 册，文物出版社，1988，第 655 页。
④ 关于明代青词的体例范式等情况，可参照徐帅《青词宰相与明嘉靖政局》，江西师范大学 2011 年硕士学位论文。

沈德符《万历野获编》中有关于明人撰青词情状的详细记载，文曰：

> 惟世宗奉玄，一时撰文诸大臣，竭精力为之。如严分宜、徐华亭、李余姚，召幕海内名士几遍，争新斗巧，几三十年。……又嘉靖间倭事旁午，而主上酷喜祥瑞，胡梅林总制南方，每报捷献瑞，辄为四六表，以博天颜一启。上又留心文字，凡俪语奇丽处，皆以御笔点出，别令小内臣录为一册，以故东南才士、缙绅则田汝成、茅坤辈，诸生则徐渭等，咸集幕下，不减罗隐之于钱镠，此后大帅军中，亦绝无此风矣。①

张之象生当其时，适逢其会，浸润诗词文赋数十年，与擅写青词的茅坤、田汝成等人为多年挚友，对于如何撰写青词自然不在话下。当时徐阶自嘉靖三十一年（1552）入阁，始终角逐在政治斗争的中心，曾有人暗示张之象可以仿效司马相如上《子虚赋》从而受到汉武帝赏识的故事，适时阿附同为松江华亭人的徐阶，用自己的如椽大笔和锦绣文章来换取通往仕途的捷径。然而，张之象虽然以"博综群籍，诗文高绝"而闻名于时，却不愿意以青词绿章媚事他人，当初就因为拒绝了"时宰欲其撰青词以进"②的提议，放弃了由国学谒选的机会。性格耿直不阿的张之象认为，嘉靖皇帝痴迷于长生之念而长期不理朝政，以寻求长生不老之药惑言媚上的方士蓝道行和擅写青词的严嵩父子深受宠幸；徐阶刚刚入阁为次相，实力还不足以与恃宠弄权的奸相严嵩抗衡，只能小心谨慎地处理好与严嵩之间的关系，努力撰写出获得嘉靖帝赞许的青词来稳固自己的地位；自己如果以撰写青词之举来曲事徐阶，于公是助长了道教对朝廷的负面影响，于私则对徐阶的声誉不好，最终以不能"令中外谓黄阁有私"为理由，放弃了这次可以通过攀附徐阶而飞黄腾达的机会。王彻《王屋先生

---

① （明）沈德符：《万历野获编》卷一〇《四六》，中华书局，2012，第270页。
② 《嘉庆松江府志》卷五二《张之象传》。

传》就记载了这件事情发生的经过。

> 当是时，徐文贞为相，或风先生通以华牍，可当相如《子虚》得
> 遇汉帝，便待诏承明矣。先生曰："否，否。相国方与天下更始，乌可
> 局影于五斗，令中外谓黄阁有私。"① 谢，弗往，出为浙之藩幕。②

经过多次科考失败的张之象，已经过了知天命之年，曾经年少轻狂的
激情早已被岁月冲洗得静水流深。面对这从天而降的"巨大馅饼"，张之
象反应的迅速和决绝令人吃惊，他连声称"否"，并且将自己不能接受对
方好意的原因直接讲了出来，即"相国方与天下更始，乌可局影于五斗，
令中外谓黄阁有私"。嘉靖四十五年（1566）前后，在多次科考无望的进
退两难之际，当科举考试中那些学子们还在横冲直撞时，年近六旬的张之
象决定退出这个多年同场竞技的舞台，选择了"以例监补浙司幕职"③，
平静地做起了"浙之藩幕"。无独有偶，张之象的一众友人，如徐献忠、
何良俊、董宜阳等人，也都因各种原因怀才难遇，最终选择成为贡生或者
援例而出学。

莫如忠在《故浙江按察司知事王屋张公墓志铭》中描述了张之象短
暂的仕宦生涯及其投劾归隐的原因。

> 当是时，诸监司大吏率视伟公，折节相下，不欲烦以簿书。而公
> 亦因得时乘休暇，幅巾竹杖，驾一艇，啸歌武林山水诸名胜区，以吏
> 隐自命。无何，会御史某者任，苛政，为声虐使公。公不可，遂以岁
> 丁卯飘然投劾归。

张之象起初对自己短暂为吏的生活状态比较满意。在日常生活中，浙

---

① （明）王彻：《王屋先生传》，收录在《唐诗类苑》卷首。
② （明）王彻：《王屋先生传》，收录在《唐诗类苑》卷首。
③ （明）俞宪：《张王屋集》前人物小传。《张王屋集》一卷，明隆庆间《盛明百家
　诗》前编本。

江诸监司大吏对张之象极为佩服，且"率视伟公，折节相下，不欲烦以簿书"，所以他经常驾一叶轻舟，畅游周边的山山水水，生活过得十分惬意。他担任浙司幕之职时，表现出廉而有断的治狱才能，"诸监司长吏雅知先生才，狱有疑者，属之使决，多平反"，受到很多监司长吏的交口称赞，认为他不仅仅是精于辞藻的一介书生，而且颇有吏能。但好景不长，张之象又遇到了一件让他不堪忍受的事情，"同郡某官金事为其长，屡檄作文不能得"①。自古官场就有借势压人的现象，明代中后期这种现象尤为普遍，"诸侯大夫往往挟所有骄人，或受其惠，即犬马蓄之，客利其金钱略遗，不为怪也"②。如果那位秦金事态度稍微温和一些，张之象也许会看在同郡的情分上帮他代笔，但秦姓金事却粗暴地"为声虐使公"，引起了张之象的强烈反感，于是当场赋《庭鹤》以见志，写出了"那堪铩羽向鸡群"的愤激之语。为了保持个人的名誉尊严和人格的端方高洁，向来不喜欢"作钩绳异态，以凌媚人"的张之象"心忽忽不怿。一日，命酒孤山，吊和靖之墓，酒半，呼童子以吴声歌陶令《归去辞》于放鹤亭。遂拂衣归故里"③。

关于张之象"投劾归隐"之事，《嘉庆松江府志》卷五二《张之象传》和《同治上海县志》卷一八《张之象传》等志书中均有记载，不过内容却同中有异，稍有出入。《嘉庆松江府志》记载称，张之象"博综群籍，诗文高绝"，当初"由国学谒选"时，"时宰欲其撰青词以进，拒不应"④。《同治上海县志》卷一八《张之象传》的相关记载则认为，张之象任职浙司幕时，"廉而断。诸监司长吏雅知先生才，狱有疑者，属之使决，多平反；而屠氏二女冤始白。监司长吏率多先生吏能，匪直词藻已也"，颇得同事的认可。但好景不长，"同邑秦嘉楫为金宪，数以笔礼役

---

① （明）莫如忠：《崇兰馆集》卷一九，明万历十四年冯大受、董其昌等刻本。
② （明）王穉登：《燕市集》卷上《赠吴大夫序》，《王百谷集》十九种之一。
③ （明）莫如忠：《崇兰馆集》卷一九，明万历十四年冯大受、董其昌等刻本。
④ 《嘉庆松江府志》卷五二《古今人物传》四《张之象传》。

之。之象曰：'士即一命，当以职事自效，何能为人捉刀耶？'遂投劾归。"① 该传记明确指出当事人的姓名、职位，可以作为前传内容和细节的生动补充。

张之象投劾归隐，并非一般文人的矫情，而是持正不阿的品格使然。这种品格，与张氏一门的家风有关。崔桐《崔东洲集》卷一九《朝列大夫张君传》记述了其祖父张萱因"直亮不阿，忤意巡抚，引疾致政"的经历。文曰：

> （弘治十八年，）（萱）坐当调职至京师。时逆瑾方焰，朝士多濡足其门，君独不往，时论高之。逾年，得嵊县。君曰："官可改，志不可改也。"生而简重，不喜儿弄。弱龄就业于伯兄莱守，以英敏见奇，以第一百九十三名登弘治壬戌进士第②。嘉靖壬午由湖广佥事擢本省参议，主粮储，卒以直亮不阿，忤意巡抚，引疾致政。③

《嘉庆松江府志》卷五二《张鸣谦传》则记载了其父张鸣谦"廉正不阿"、被人诬陷后"请骸骨归"的主要事迹。

> 张鸣谦，字汝益，萱长子，正德丙子科举人。官温州司理，擢顺天通判，廉正不阿。御史张欲令伏谒，鸣谦只长揖，衔之，诬以事。逮杖，已得白，复故官。岁余，请骸骨归。④

政权的更迭往往伴随着大批人物的命运升沉，父辈的经历和现实的无

---

① 《同治上海县志》卷一八《张之象传》。

② 弘治壬戌（1502）科知贡举官为吏部右侍郎王鏊，考试官为吏部左侍郎兼翰林院学士吴宽、翰林院侍读学士刘机，同考试官翰林院侍读白钺、翰林院修撰朱希周。

③ （明）焦竑《国朝献征录》卷八八载为崔桐《湖广布政司参议张君萱传》，内容稍略。按：崔桐，字来凤，海门人。乡试第一，正德十二年（1517）进士及第，授编修。嘉靖中，以侍读出为湖广右参议，累擢国子祭酒，礼部右侍郎。

④ 关于张鸣谦受廷杖一事，《同治上海县志》卷一八《张萱传》记载略同："（鸣谦）谒御史用京兆故礼，长揖不拜。御史衔之，诬劾，廷杖。已而得白，复其官。寻乞归。阁臣张治榜其庐，曰'完名勇退'。"

奈足以使他警醒。从"直亮不阿"的祖父和"廉正不阿"的父亲身上，张之象继承了"持正不阿"的品格。他"平居议论臧贬，务持正不阿；与人交不以盛衰为轩轾"，"自谓一生不悔暗室"，"提身处家，动遵古训"①；单门后进，少有拔俗之韵，必多方延誉；其败名伤检者，即显赫亦摈斥不少假，"劲气刚肠，独立人表，士大夫多敬惮之"②。他曾经愤流俗谄附，反傅咸意，著《叩头虫赋》以见志。文曰：

> 《叩头虫》者，晋傅咸之所作也，以其谦牧自卑，无往不利。余乃谓士之进退必由礼义而得之，不得，固有命也。彼之抑首胁息，情态可嗤，殆类夫奔谗焰热者，枉己辱身，颇伤志操，虽时或有遇，非君子砥节之训矣。故反其意述此赋，以讽当今之士，并以自鉴焉。③

文章开章明义，首先叙述傅咸《叩头虫》中的主题思想是"谦牧自卑，无往不利"，直接声明自己的观点，即"士之进退必由礼义而得之"，如果得不到，就是自己本来的命运罢了；接着，作者列举了那些像叩头虫一样的世人百态，指出这种"类夫奔谗焰热者，枉己辱身，颇伤志操"的行为举止，即便一时能够得到眼前的好处，但绝非"君子砥节之训"；最后，作者再次表明自己撰写此文的目的，旨在"反其意述此赋，以讽当今之士，并以自鉴焉"。张之象"志在冥鸿翔凤，不为世所羁"④，不愿"抑首胁息""奔谗焰热"，友人朱邦宪称此赋甚至可以与"子建赋蝙蝠、士龙赋寒蝉争雄长"⑤，对他远大的志向、高洁的品格、特立独行的举止非常赞赏。《同治上海县志》卷三三《杂记》三载有全文，后有朱邦宪

---

① （明）王兆云：《皇明词林人物考》卷一一《张之象传》，北京大学图书馆藏明万历刻本。
② （明）何三畏：《云间志略》卷一九《张宪幕王屋公传》。
③ （明）张之象：《叩头虫赋》一卷，明刻本。
④ 《同治上海县志》卷三三《杂记》。
⑤ 《同治上海县志》卷三三《杂记》。

跋，对张之象此赋评价极高。文曰：

> 先生为吴宿儒，著述种种，已可汗牛。余独取是赋刻之，岂为其
> 与子建赋蝙蝠、士龙赋寒蝉争雄长哉。知先生志在冥鸿翔凤，不为世
> 所羁矣。读是赋者，不独以文字定先生也。

张之象不愿"抑首胁息""奔谗焰热"，"间从诸贵人游，或罗绮满座，公独敝衫竹跻，披襟命尘，旁若无人。盖公所挟持者甚重，不在世味中也"①，其投劾归隐的举动就不难理解了。但是，作为士人阶层最底层的一员，张之象在根本上是维护现存制度的：他自己参加了多次应试，由于命运多舛，时运不通，没能取得更高的科名，只好把希望寄托在其子孙后代身上。据各种地方志记载，张之象的长子张云门字九夏，是隆庆庚午科举人；长孙张齐颜字伯颜，是万历己卯科举人；曾孙张荩臣字子念，万历乙卯科举人，官至南京工部郎中；等等。《嘉庆松江府志》卷五二《张之象传》："子云门，操尚贞素；孙齐颜，博学嗜古，著有《屯云居稿》；曾孙荩臣能世其学，三世并举孝廉；荩臣兄宝臣亦有文名。"何三畏称赞其"为上海龙华世家，科名累累不绝"，"玄孙荩臣乙卯复举于乡，而宝臣亦负时髦之誉。公之泽将阐扬而光大之，当未有艾矣"。明末清初张氏一门众多子孙以科举出身的盛况，却从一个侧面反映了张之象对科举入仕念念不忘的执着追求。张之象的友人莫如忠曾盛赞张氏一门"渊源名阀，簪冕蝉联，郁然盛矣"②，虽然稍有溢美之嫌，但总体来说还是符合实际情况的。

这一时期的张之象既没有做出什么轰轰烈烈的壮举，也没有大张旗鼓地去践行治国安邦的儒家理想，而是以淡然的心态做人做事做文章，对多年搜集的文献资料和切实可行的编纂经验进行归纳总结，折射出丹心百炼见真淳的儒家情怀和哲理思辨。

---

① （明）王兆云：《皇明词林人物考》卷一一《张之象传》。
② （明）莫如忠：《崇兰馆集》卷一九《故浙江按察司知事王屋张公墓志铭》。

（五）归隐著述为立言

《左传·襄公二十四年》有一段著名的言论："大上有立德，其次有立功，其次有立言，虽久不废，此之谓不朽。"唐代大儒孔颖达曾为这句话作疏解，认为"立言，谓言得其要，理足可传，其身既没，其言尚存"①。明末著名学者焦竑所说过的一段话，也可以看作对古人"立言"情结的生动注解。他说："人之挟才必有以用之，才不用于世与用之于世而不究其材，则必有所寓焉以自鸣，譬之百川灌河，苟不循孔殷之道，其铿锵镗鞳，奔溢而四出者，势也。"② 古往今来，空有才华而不为世所用者或才不得所用者屡见不鲜，他们往往将一腔爱国热情付诸笔墨，任由思想的潮水奔涌而出。熟读经史子集的张之象也不例外。

宋代以来，经济重心逐渐南移，东南地区经济发达，人才辈出，直接或间接影响着文化事业的发展。陶宗仪《南村辍耕录》卷一二《浙江潮候》："杭之为郡，枕带江海，远引瓯闽，近控吴越，商贾之所辐辏，舟航之所骈集，则浙江为要津焉。"经济的繁荣，为文人活动提供了坚实的物质基础。而广泛阅读藏书的主观条件，追求"文必秦汉，诗必盛唐"的时代风气，则直接促进了张之象对汉魏六朝以来学术创作的思考。张之象专力好古，"生而明惠，甫髫治博士家言，类古文辞"③。曾愤后隽称诗者多谬古而师今，为《谈艺篇》以规之。莫如忠《故浙江按察司知事王屋张公墓志铭》称"其诗尔雅冲淡，兴寄寥远，有魏晋风；其文闳深奥衍，出入东西京，不作晚近语。及若缓颊盱衡，考据前闻，剖析疑义，虽当世宿学，皆自以为不如。单辞片楮，传之好事，无不视若拱璧，争购为奇"，一时间纸贵洛阳。要而言之，其治学思想主要有四个来源。

一是家庭环境的熏陶。大约在张之象弱冠之前，其祖父张萱致政在

---

① （明）焦竑：《澹园集》卷一五《雅娱阁集序》，李剑雄点校，中华书局，1999。
② （明）焦竑：《澹园集》卷一五《雅娱阁集序》，李剑雄点校，中华书局，1999。
③ （明）王彻：《王屋先生传》，收录在《唐诗类苑》卷首。

家，前后有五年左右的时间亲自给子孙后辈讲授学问。崔桐《崔东洲集》卷一九《朝列大夫张君传》称张萱"既归，怡情泉壑，谢迹城府，构一亭，扁曰颐拙，日课二子诸孙，其中意豁如也"。父亲张鸣谦和叔父张鸣岐对他期望甚高，经常言传身教，用各自不同的方式指导他的学习，这些都使张之象从小受到正统的儒家熏陶。张之象通过祖辈和父辈的言传身教、耳濡目染，自然而然地得到了符合儒家正统思想的系统培养。

二是多位师长的指导。在张之象逐渐成长的历程中，既有幸得到吕柟、马汝骥两位大儒的悉心指导，又分别受到顾璘、蔡羽、陆深、文徵明、许谷、王宠等名公巨卿的提携指点，使他在古代经典文献的学习和思考等方面受益匪浅。

三是作家自己的读书实践。这也是张之象治学思想最重要的来源。张之象家里藏书丰富，典籍众多。除了年复一年的阅读学习外，他还将"行万里路，读万卷书"的人生信仰付诸实践，并能在前人研究的基础上有所阐发，为其中晚年时期持续不断地推出著述成果奠定了坚实的基础。

四是时代风潮的影响。"物以类聚，人以群分。"明代中后期的学术氛围非常浓厚，张之象又有一群家世良好、多才多艺、热爱读书、喜欢思考的知交友人，一直伴随着他的生活和学习，使得张之象能够不断地博采众长、丰富自我。总之，无论是广泛阅读藏书的主观条件，还是追求"文必秦汉，诗必盛唐"的时代风气；无论是悉心授教的师长先辈，还是交情深厚的莫逆之交，都直接或间接地推动着张之象对古代诗学文献整理的长期思考。

万历年间，上海崇真道院旁边建有四贤祠，用以祭祀晋代张翰、陆机、陆云和南朝梁代顾野王四人。① 张之象《晋司徒掾张翰》一诗既反映

---

① 《嘉庆松江府志》卷一八《建置志》："四贤祠，在细林山崇真道院侧，祀晋张翰、陆机、陆云和梁顾野王，万历中郡人张之象建之。之象没后，里人增祀之，今名五贤祠。"末附张之象《叙》曰："松郡四贤者，家季鹰、陆士衡兄弟与顾野王也。余得崇真道院侧隙地，数弓创，造祠宇，岁两祀之。盖四贤孕灵峰泖，挺秀东南，奉祀之期，必以上巳、重阳，亦存三九之意云。"

出他对乡邦民风民俗的关注，又生动地表达出归隐后的适意。诗曰：

> 季鹰性旷达，本自山林人。浮生贵适意，何物羁我身。
>
> 命驾凌秋风，拂衣还海滨。野脍恋琼鲈，溪羹甘紫莼。
>
> 一杯幸可托，万钟宁足论。黄花有遗唱，情素藉此申。①

张之象曾途经位于上海西南的乌泥泾，见当地修建的黄道婆祠已经荒废，于是筹款捐地，改建于张家浜听莺桥畔，并撰《黄道婆祠记》以志之。文曰：

> 上海西南廿余里为乌泥泾，故有道婆祠云。道婆者，姓黄氏，本镇人也。初沦落崖州，元元贞间，附海舶归。闽广多种木棉，织纺为布，名曰"吉贝"，而道婆最善是业，州里宗之。先此，乌泥泾土壤碗瘠，民多贫困，因谋树艺以给，遂觅种于闽广间。然尚无踏车、椎弓之制，率用手擘去子，线弦竹弧置案间，振掉成剂，厥功甚艰。道婆乃教以制造捍弹纺织之具，既以便民矣。至于错纱配色，综线挈花，又各有法。故被褥帨带之类，织以折枝团凤棋局文字，粲然若写。土人竞相仿习，稍稍转售他方以牟利，业颇饶裕。未几，道婆卒。莫不感恩，洒泣而共葬之。已立祠，岁时享之。越三十年，祠毁。里人赵某再为立祠。今再毁。又数十年于兹矣。顷岁行游其所，问前所谓道婆祠者，业已颓废，鞠为灌莽，抚迹增感，低回噫唏者久之。予遂于居舍之东北隅听莺桥畔舍地二亩，其右为南北周行，乃集里中尝所称尚义者凡若干人，共图兴复经始。方旬而焕然改饬，像设具备，神有栖凭。于是里中庶士咸曰宜之。落成之日，爰来请记。盖是举予实倡之也，义何可辞？先王之制，礼也，法施于民则祀之。吾松之民，仰机利以食，实道婆发之。苟被其泽者，无忘追本之思，则祠祀可不废矣。②

---

① （清）陈田：《明诗纪事》卷一九，上海古籍出版社，1993。
② 《古今图书集成》卷三七一《明伦汇编·闺媛典·闺职部》引，中华书局影印本，第51153页。

晚年的张之象不再去思考如何立德和立功，而是把"立言"作为自己追求的目标，"日惟以诗书为枕席，著述为生涯"，从事各种文献典籍的编纂、出版与传播活动，在整理国故文献的过程中寄托自己的人生理想，浸润着自己的生命历程。张之象不治生产，生活相当艰难，但仍初衷不改，矢志不渝地著述，深受当时东南学界的推崇。据《崇祯松江府志》卷四二《张之象传》载：

> 侍御邢侗观风入吴，趣驾就访。时之象方卧疾，侍御直入，造榻下。……握手慰劳，恨相见之晚。问公所欲，对曰："老人无他嗜，惟嗜丘壑。"因出所著《卖书买山诗》云："不恨空囊贯索无，尚余书卷当青蚨。余今自喜专丘壑，览得天成一画图。"侍御赏叹不已，因檄邑令赠买山钱。

张之象"淹通该洽，号江东人士冠冕"①。他数次科场不第，却并没有长吁短叹、气馁抱怨，而是"下帷愤发，读室中藏书万卷，囊括而精研之，勒成一家言，与海内名士建旗鼓而相向"②，以沉潜的心态积极准备，蓄势待发。他早年屡试不第，"以太学生游南郡，与何元朗、黄淳甫诸人，赋诗染翰，才情蕴藉"，"海内学士大夫号称宿硕"；年近六旬才稍从禄仕，出为浙江按察司知事；隆庆元年（1567），61岁时即投劾归隐，自此纵横群籍，专力著述，内容涉及经、史、子、集，仅万历年间就撰辑有《楚骚绮语》《楚范》，校刻《史通》《文心雕龙》，临终前还应颜洪范的邀请，主持纂修了《万历上海县志》。他历经20余年编纂的诗歌总集《唐诗类苑》和《古诗类苑》，在他卒后十多年，才得以在乡党主持下编纂刊刻，以其独特的编纂体例而流传后世，甚至远播日本；他关于文学、史学理论诸方面问题的探讨，虽未能形成一个成熟的系统，但其观点和结

---

① （明）赵应元：《刻唐诗类苑序》。冯时可《唐诗类苑序》亦云："云间张玄超先生淹通宏博。"
② （明）何三畏：《云间志略》卷一九《张宪幕王屋公传》。

论多能切中肯綮，为后人所吸收和借鉴，① 无怪乎曹耦辟易称赞其"是乌衣郎也，而雕龙乎哉，终挟风雷变化耳"。

（六）结语

综上所述，张之象出生在一个"渊源名阀，簪冕蝉联"的封建官僚家庭。他一生"才伟而位不达"，主要经历了游学成均、出浙藩幕、投劾归隐、专力著述等几个阶段：早年屡试不第，年近六旬才稍从禄仕，六十一岁时又投劾归隐，此后纵横群籍，专力著述，内容涉及经、史、子、集。莫如忠说他"及弱冠操觚，要之白首，而又不能一奏公车之牍，来掌故之求，志诚悼矣。然当举世，方务夸矜势能之荣，而独以鸿文巨藻，大放厥词，为艺林望。令与靦然怀尺、组发尘冠而游者，一得相当，即公考妣所称'能亢其宗以锡羡来裔者'"②，并不完全是对朋友的溢美之词，而是对他一生的真实概括与高度评价。

第二节　张之象交游考

张之象是明朝中后期以文章气节而著称的学者。他在少年时期就表现出颖异于众人的特点，博览群书，写诗作文，交游众多，其生平事迹以莫如忠撰写的《故浙江按察司知事王屋张公墓志铭》最为翔实生动；焦竑《国朝献征录》卷八四收录的《浙江按察司知事张公之象墓志铭》应该是据莫文而录，唯有个别地方记载的文字稍异；其他如王彻《王屋先生传》、过庭训《本朝分省人物考》、王兆云《皇明词林人物考》、何三畏《云间志略》以及《崇祯松江府志》、《嘉庆松江府志》、《同治上海县志》等文献中也都有或详或略的记载。相关记载见于多部典籍，择其要者摘录如下。

莫如忠《崇兰馆集》卷一九《故浙江按察司知事王屋张公墓志铭》

---

① 关于张之象的学术思想，下面设有专节，兹不赘述。
② （明）莫如忠：《崇兰馆集》卷一九《故浙江按察司知事王屋张公墓志铭》。

记载：

> 其所交与，尽寰内贤豪，若先辈金陵顾中丞华玉、吴中蔡翰林九逵、文翰林徵仲、王太学履吉，皆公所严事。而金陵许太常仲颐，吾乡徐奉化伯臣、何翰林元朗、何祠部叔毗、董太学子元、朱太学邦宪，吴兴茅宪副顺甫，济南冯宪副汝言，东粤欧工部祯伯、黎秘书惟敬辈，以雄文高调，埙篪一时，无不推毂，公为交誉者。四明丰翰林存礼，天才豪宕，意少许可，诵公诗，击节称善久之。武林方宪副思道邂逅公太学庑舍，未明，闻语，异之，及晏温识面，阆然定交。古歙许相公维桢闻公名，时其入都造焉，公未起，直叩其榻前，一见语合，握手如平生。其为诸名流所雅慕如此。

《皇明词林人物考》卷一一《张玄超传》记载：

> 其他先辈若金陵顾华玉璘、许仲贻谷，吴门蔡九逵羽、文徵仲徵明、王履吉宠、彭孔嘉年，其乡徐伯臣献忠、何元朗良俊、董子元宜阳皆与公为莫逆交，埙篪一时。此可知公臭味矣。[1]

《云间志略》卷一九《张宪幕王屋公传》记载：

> （张之象）复师事吕泾野、马西园两先生，请质焉，然犹以为未广其耳目而拓其心胸也。所交顾中丞华玉、蔡翰林九逵、文待诏徵仲、茅宪副顺甫、欧工部祯伯、许太常仲颐、王山人履吉、许相国维桢、丰太史存礼，皆当世名公巨卿，而吾乡徐奉化伯臣、何孔目元朗、何祠部叔毗、朱太学邦宪，亦皆其生平金石交也。[2]

王彻《王屋先生传》记载：

---

① （明）王兆云：《皇明词林人物考》，北京大学图书馆藏明万历刻本。
② （明）何三畏：《云间志略》，台北学生书局影印本。

先生既荷重名，海内贤达皆以为东南之宝，欣得一遇，无不愿交也者。若金陵顾华玉、许仲贻，吴门蔡九逵、文徵仲、王履吉，同郡徐伯臣、何元朗、何叔毗、莫子良、董子元、朱邦宪，吴兴茅顺甫，济南冯汝言，东粤欧桢伯、黎惟敬诸公，并以文采雁行，与先生游争相下也，而推之坛坫之上。①

张之象与各类人物的交往，推动并见证了当时东南文化的丰富和繁荣。张之象的活动范围，主要集中在上海、南京及浙江一带。他历经武宗、世宗、穆宗、神宗四朝，从文坛耆宿到后生之英，从地方官吏到方外人士等，曾广泛接触过社会各阶层的人物。莫如忠撰《故浙江按察司知事王屋张公墓志铭》记其生平事迹甚详，为我们提供了关于张之象行踪和交游的线索。俞宪《盛明百家诗前编·张王屋集》中，也保存了张之象和众多朋友唱和赠作70多首。从张之象现存作品及相关资料的记载中，据笔者粗略统计，涉及其所交游的人物，有40余人。张之象的交游大致可分为三大情况：一类是被张之象视为父辈的名公巨卿，如顾璘、蔡羽、文徵明、王宠、吕柟、马汝骥、陆深等；一类是被张之象视为金石之交的同郡学子，如徐献忠、何良俊、何良傅、董宜阳、朱邦宪、茅坤、黄姬水、冯惟讷、欧桢伯等；一类是与张之象未曾谋面却倾慕其人的朋友，如方思道、许国、丰坊等。以下仅就目前所掌握的文献资料，以张之象的社会活动为中心，选取与其交游事迹可征者，对当时文坛地位较显要者和文学创作成就较大者进行较为详细的考证，以期从一个侧面认识张之象在明代中后期东南文坛上的地位与作用。

（一）先辈多名公巨卿

蔡羽（约1470～1541），字九逵，吴县人。由国子生授南京翰林孔

---

① 《唐诗类苑》卷前。

目，自称林屋山人，又称左虚子。年十二操笔为文，已有奇气。稍长，尽发家所藏书，自诸经子史而下，悉读而通之。然不事记诵，不习训故，而融会贯通，能自得师。为诸生，与文待诏徵明齐名。为文必以先秦两汉为法，而自信甚笃，发扬蹈厉，意必己出，见诸论著，奥雅宏肆，润而不浮。诗尤隽永，早岁微尚纤缛，既而溉涤曼靡，一归雅驯，晚更沉着，而时出奇丽。好古文辞，所造实深，自视甚高。然自弘治壬子（1492）至嘉靖辛卯（1531），凡十有四试，阅四十年。羽试辄不售，屡挫益锐，而潦倒场屋，卒无所成。岁甲午（1534）以太学生赴选，然限于资地，亦不能有所振拔，特以程式第二人奏授南京翰林院孔目。居三年，致仕归。羽高自标表，不肯屈抑。或谓其诗似李贺，羽曰："吾诗求出魏晋上，乃为李贺邪？"嘉靖二十年（1541）卒于家，年七十余。生平事迹详见文徵明《甫田集》卷三二《翰林蔡先生墓志》，著有《林屋集》《南馆集》。莫如忠《崇兰馆集》卷一九《故浙江按察司知事王屋张公墓志铭》、王兆云《皇明词林人物考》卷一一《张玄超传》、何三畏《云间志略》卷一九《张宪幕王屋公传》、王彻《王屋先生传》等文献有关于二人交往之记载。

　　文徵明（1470～1559），初名璧，以字行，更字徵仲，以世本衡山人，号衡山居士，学者称为衡山先生，长洲人。幼不慧，稍长颖异挺拔，学文于吴宽，学书于李应祯，学画于沈周，为人和而介。宁王宸濠慕其名，贻书币聘之，辞病不赴。正德末以岁贡生诣都，授翰林院待诏。与祝允明、唐寅、徐祯卿齐名，号"吴中四才子"。世宗立，预修《武宗实录》，侍经筵，致仕归。卒年九十，私谥贞献先生。徵明诗文书画皆工，而画尤胜，世称其画兼有赵孟𫖯、倪瓒、黄公望之长。《明史》卷二八七《文苑传》三《文徵明传》："吴中自吴宽、王鏊以文章领袖馆阁，一时名士沈周、祝允明辈与并驰骋，文风极盛。徵明及蔡羽、黄省曾、袁袠、皇甫冲兄弟稍后出，而徵明主风雅数十年，与之游者王宠、陆师道、陈道复、王谷祥、彭年、周天球、钱谷之属，亦皆以词翰名于世。"生平事迹详见文徵明《甫田集》卷三六附录文嘉撰《先君行略》，著有《甫田集》。莫如忠《崇兰馆集》卷一九《故浙江按察司知事王屋张公墓志铭》、王兆云《皇明词林人物考》卷一一《张玄超传》、何三畏《云间志略》卷一九《张宪幕王屋公传》、王彻《王屋先生传》等文献有关于二人交往之记载，《明史》卷二八七《文苑传》所收张之象小传，即附见于《文徵明传》后。何良俊《何翰林集》卷二二《与文太史衡山书》："近张月鹿、董子元从吴门回，得备询动履之详，知神候精爽，有逾于昔。盖先生清虚恬淡，抱朴葆真，其登跻上寿，岂惟天道，抑人理也。"

顾璘（1476～1545），字华玉，别号东桥居士，苏州人，寓居上元。弘治九年（1496）进士，授广平知县，仕至南京刑部尚书。璘少负才名，诗以风调胜。与同里陈沂、王韦号"金陵三俊"；后宝应朱应登继起，称四大家；与刘麟、徐祯卿称"江东三才子"；与何景明、徐祯卿、边贡、朱应登、李梦阳、陈沂、郑善夫、康海、王九思等号"十才子"。顾璘虚己好士，如恐不及。历官有吏能，晚罢归，构息园，大治幸舍居客，客常满。钱谦益称赞其"处承平全盛之世，享园林钟鼓之乐，江左风流，迄今犹称为领袖也。"嘉靖二十四年（1545）卒，年七十。所著有《浮湘集》《山中集》《凭几集》《息园存稿》《国宝新编》《近言》等，还曾批点元杨士弘的唐诗选本《唐音》。莫如忠《崇兰馆集》卷一九《故浙江按察司知事王屋张公墓志铭》、王兆云《皇明词林人物考》卷一一《张玄超传》、何三畏《云间志略》卷一九《张宪幕王屋公传》、王彻《王屋先生传》等文献有关于二人交往之记载。弘治十年（1497）前后，顾璘移病家居，撰《山中集》，集中收有璘与张之象父张汝益相唱和的诗文。顾璘《山中集》卷三《赠别张汝益还松江》："金陵菊黄酒如乳，吴船系在江亭树。玉尊狼籍犹未收，浮云已暗君行处。草堂索莫增离愁，羡君高义古人流。缊袍不耻狐裘立，千金一诺怜交游。爱而不可见，去亦何时来。明来挟策朝天去，迟君一醉凤凰台。"另，顾璘《息园存稿》卷一四《承朱臣策张汝益顾世安自松江送菊至东省谢以短诗二首》其一："离披五色散秋容，三泖风流得坐逢。好语繁霜知爱惜，寒天留尔伴青松。"其二："后圃香云拂晓台，吴船新送菊花来。深秋客思浑无赖，野兴峥嵘特地开。"故之象以先辈视之。

陆深（1477～1544），初名荣，字子渊，号俨山，上海人。弘治十八年（1505）进士，选庶吉士，授编修。刘瑾嫉翰林官亢己，悉改外，深得南京主事。瑾诛，复职，历国子司业、祭酒，充经筵讲官。奏讲官撰进讲章，阁臣不宜改窜。忤辅臣，谪延平同知，晋山西提学副使，改浙江，累官四川左布政使。松、茂诸番乱，深主调兵食，有功，赐金币。嘉靖十六年（1537），召为太常卿兼侍读学士。世宗南巡，深掌行在翰林院印，进詹事府詹事。深洞究经史，文思警锐。少与徐祯卿相切磨，为文章有名。工书，仿李邕、赵孟頫，赏鉴博雅，为词臣冠。然颇倨傲，人以此少之。他的论诗主张糅进了儒家的观念，主格调而不囿于格调。徐阶《陆文裕公集序》称其"文以通达政务为尚，以纪事辅经为贤，非颛颛轮辕之饰已也"。辛丑（1541）四月，上疏力求罢归，得旨致仕。年六十八卒，赐谕祭，赠礼部右侍郎，谥文裕。《明史》卷二八六《文艺》二有传。生平事迹详见夏言《夏桂洲文集》卷一六《陆公墓志铭》、焦竑《国朝献征录》卷一八许赞撰《通议大夫詹事府詹事兼翰林院学士赠礼部右侍郎谥文裕陆公深墓表》。所著有《俨山文集》100卷、《传疑录》2卷、《书辑》3卷、《史通会要》3卷、《同异录》2卷、《金台纪闻》2卷、《中和堂随笔》2卷、《河汾燕闲录》2卷、《续停骖录》3卷、《玉章漫抄》4卷、《玉堂漫笔》3卷，《圣驾南巡日录》《大驾北还录》《淮封日记》《南还日记》《知命录》《愿丰堂漫书》《科场条贯》《春风堂随笔》《溪山余话》《停骖录》《春雨堂杂抄》《平湖录》《蜀都杂抄》《古奇器录》各1卷，及《诗微校定》《大学经传》《翰林记》，凡20余种。莫如忠《崇兰馆集》卷一九《故浙江按察司知事王屋张公墓志铭》、王兆云《皇明词林人物考》卷一一《张玄超传》、何三畏《云间志略》卷一九《张宪幕王屋公传》、王彻《王屋先生传》等文献有关于二人交往之记载。陆深《俨山续集》卷一〇《与董子元二首》其二序提及张之象："张月鹿云祝枝山所著《苏材小纂》在文府，亦望发来一目。山居卧病，殊苦春寒，有文话商量，不识扁舟肯北下否，拂榻以俟。"《张王屋集》有《上巳日过世具馆中观文裕陆公遗帖感怀》诗。

吕柟（1479～1543），初字大栋，后字仲木，号泾野，陕西高陵人。弘治辛酉（1501），吕柟在辟雍，与马理及秦西涧世观、寇涂水子惇均携妻子同邸居者数年，内外旦夕，以修齐之道相切磨、相观诗也。正德三年（1508）进士第一，殿试赐状元及第，为翰林修撰，历官吏部考功尚宝司卿、国子祭酒、南京礼部侍郎。立朝持正敢言，学守程朱，与湛若水、邹守益共主讲席30余年，家无长物，终身未尝有惰容。嘉靖初，崇拜张载、程朱理学，曾在东林书院讲学，与讲心学的王阳明相抗衡，是张载之后关学的大学者。黄宗羲《明儒学案》卷八称，"（泾野）九载南都，与湛甘泉、邹东廓共主讲席，东南学者尽出其门"。嘉靖己亥（1539），致仕于京。年六十四卒，高陵人为之罢市三日，四方学者咸设位、持心丧，谥文简。生平事迹详见焦竑《国朝献征录》卷三七马汝骥《吕公行状》、薛方山《方山薛先生全集》卷二四《泾野先生传》、冯少墟《少墟集》卷二二《泾野先生传》。所著有《周易说翼》《尚书说要》《毛是说序》《礼问》《春秋说志》《四书音问》《宋四子钞说》《泾野子内篇》《泾野诗文》《泾野先生文集》等书。莫如忠《崇兰馆集》卷一九《故浙江按察司知事王屋张公墓志铭》、王兆云《皇明词林人物考》卷一一《张玄超传》、何三畏《云间志略》卷一九《张宪幕王屋公传》、王彻《王屋先生传》等文献有关于二人交往之记载。

马汝骥（1493～1543），字仲房，号西玄，绥德（今属陕西）人。正德庚午（1510）举乡试，丁丑（1517）中进士，选庶吉士，寻授编修，以谏南巡廷杖，出为泽州知州，世宗时累官礼部右侍郎。汝骥行峭厉，然性故和易，人望归之。年五十一卒，赠尚书，以其德履，谥文简。其诗刻意熔炼，务求典重，其长短皆在于是也，所著有《西玄集》。莫如忠《崇兰馆集》卷一九《故浙江按察司知事王屋张公墓志铭》、王兆云《皇明词林人物考》卷一一《张玄超传》、何三畏《云间志略》卷一九《张宪幕王屋公传》、王彻《王屋先生传》等文献有关于二人交往之记载。张之象嘉靖癸丑（1553）闰三月《注盐铁论原序》："往余尝师事泾野吕公、西玄马公，学儒者言。勖余以立志养气之说，自孔孟求之，毋曲学以阿世。及指称汉代作者，此书为最。其言治理，并可施设，儒者之能事毕在是也。"《云间志略》卷一九《张宪幕王屋公传》亦云："（张之象）复师事吕泾野、马西园两先生，请质焉，然犹以为未广其耳目而拓其心胸也。"①

黄省曾（1490～1540），字勉之，号五岳山人，吴县人。举嘉靖十年乡试，从王守仁、湛若水游。又学诗于李梦阳，以任达跅弛终其身。于书无不览，详闻奥学，近古无比。著有《西洋朝贡典录》《拟诗外传》《客问》《骚范》《五岳山人集》等书。《明史》卷二八七《义苑传》三载有《黄省曾传》。莫如忠《崇兰馆集》卷一九《故浙江按察司知事王屋张公墓志铭》、王兆云《皇明词林人物考》卷一一《张玄超传》、何三畏《云间志略》卷一九《张宪幕王屋公传》、王彻《王屋先生传》等文献有关于二人交往之记载。张之象与省曾子黄姬水交相甚欢，故待省曾亦如严辈。

王宠（1494～1533），字履仁，后字履吉，号雅宜山人，长洲人。少学习蔡羽，居林屋者三年，既而读书石湖。资性颖异，于书无所不窥，而尤详于群经。工书画，行楷皆得晋法，文徵明后推第一。每试辄斥，以年资贡礼部，卒业太学。盖自正德庚午（1510）至嘉靖辛卯（1531），凡八试辄斥，而名日益起。文徵明《甫田集》卷三一《王履吉墓志铭》称"君资性颖异，将以勤诚，于书无所不窥，而尤详于群经，手写经书皆一再过"，又云"文学艺能，卓然名家，而出其绪余为明经试策，宏博奇丽，独得肯綮。御史按试，辄褒然举首，一时声称甚藉，隐为三吴之望"，"从游者日众，得其指授，往往去取高科，登显仕，而君竟不售以死"。卒年四十。《明史》卷二八七《文苑传》三载《王宠传》。清翁方纲编

---

① 马西园，清修《四库全书》避康熙皇帝玄烨讳，改"玄"为"园"字。

《王雅宜年谱》，见《艺文杂志创刊号》。修《东泉志》四卷、《济宁闸河志》四卷，有《雅宜山人集》十卷。莫如忠《崇兰馆集》卷一九《故浙江按察司知事王屋张公墓志铭》、王兆云《皇明词林人物考》卷一一《张玄超传》、何三畏《云间志略》卷一九《张宪幕王屋公传》、王彻《王屋先生传》等文献有关于二人交往之记载。王宠与张汝益、张之象父子均有交往，并为张之象母亲李孺人作墓志铭。《雅宜山人集》卷一〇收录有《张君汝益妻李孺人墓志铭》："嘉靖己丑四月庚寅，上海张君汝益丧其妻李孺人，卜以卒之年十二月甲申葬曹乌泾之原，祔先姑氏。兆谒铭于宠。维汝益与宠世雅善寔耳，悉孺人之贤不诬，乃按其兄祠部君宗文所为状，叙而铭之。"①《雅宜山人集》卷五录《张子月鹿自海上远访越溪庄觞之芙蓉滩作》诗、卷八录《张子月鹿彭子孔嘉金子元宾吴子祁父过越溪庄命酒芙蓉滩作》诗，可见张之象与征士彭孔嘉、金元宾、吴祁父等人亦有交集。何良傅《何礼部集》卷三收有《寄王履吉四首》诗，其四曰："昨见张之象，闻君病已醒。光添少微度，欢动石湖灵。琼草春应探，丹炉昼不扃。定携支遁去，酣舞望湖亭。"②可以推知何良傅、张之象等人与王宠之间经常相互致意、嘘寒问暖的生活状态。

（二）同辈尽宇内贤豪

莫如忠撰写的《故浙江按察司知事王屋张公墓志铭》是关于张之象生平行迹记载最早、最完整、最权威的记录。下文详述，兹不赘述。何三畏是比张之象稍晚的同郡后人，其所撰辑的《云间志略》一书也著录有《张宪幕王屋公传》，记载张之象交游情况的一段文字也相当生动。从内容来看，这段文字明显承袭了莫如忠《故浙江按察司知事王屋张公墓志铭》中的部分内容，但又根据自己搜集的其他材料给予了适当的补充。

---

① （明）王宠：《雅宜山人集》卷一〇，北京大学图书馆藏明嘉靖十六年（1537）董宜阳、朱浚明刻本。
② （明）何良傅：《何礼部集》卷三，金山姚氏复厪景印明嘉靖本。

这段文字主要记录了张之象交游的三种情况：第一类是张之象奉为师长的两位大儒，"师事吕泾野、马西园两先生，请质焉，然犹以为未广其耳目而拓其心胸也"①；第二类是张之象非常尊敬的"当世名公巨卿"，如"顾中丞华玉、蔡翰林九逵、文待诏徵仲、茅宪副顺甫、欧工部祯伯、许太常仲颐、王山人履吉、许相国维桢、丰太史存礼"等②；第三类是张之象的"生平金石交"，即同为松江籍的"吾乡徐奉化伯臣、何孔目元朗、何祠部叔毗、朱太学邦宪"③等人，这三种不同类型的人物，共同构成了张之象的生活空间和文化气场。此外，明人王兆云辑《皇明词林人物考》、明人王彻撰《王屋先生传》以及《崇祯松江府志》、《嘉庆松江府志》、《同治上海县志》等文献中也收录或记载有张之象的传记资料，其内容大多是从莫如忠撰墓志铭中略录删减而成，此处不再一一列举。

在张之象遍布宇内的同辈友人中，以与其并称"云间四贤"的徐献忠、何良俊、董宜阳最为重要。关于"云间四贤"说法的由来，各种文献记载虽细节不同，但四位贤者的名字没有争议。"云间四贤"以徐献忠年龄最长，何良俊、张之象次之，董宜阳年最少。

徐献忠（1483～1559），字伯臣，号长谷，自称九霞山人，人称九霞山长，松江华亭人。嘉靖四年（1525）举人，官奉化令，颇有政绩。后因故徙居吴兴，卒葬九霞山之南，故亦称九霞山人或九霞先生。《明史》卷二八七有传，称其"嘉靖中，举于乡，官奉化知县"。著书数百卷，有《吴兴掌故集》17卷，《水品》《乐府原》《长谷集》各15卷，《金石文》1卷，《六朝声偶集》7卷，《百家唐诗》100卷。与何良俊、董宜阳、张之象俱以文章气节名，时称四贤。卒年七十七，门人王世贞私谥曰贞宪。④

莫如忠《崇兰馆集》卷一九《故浙江按察司知事王屋张公墓志铭》、

---

① （明）何三畏：《云间志略》卷一九《张宪幕王屋公传》，台北学生书局影印本。
② （明）何三畏：《云间志略》卷一九《张宪幕王屋公传》，台北学生书局影印本。
③ （明）何三畏：《云间志略》卷一九《张宪幕王屋公传》，台北学生书局影印本。
④ （清）张廷玉等：《明史》卷二八七，中华书局，1974，第7365页。

王兆云《皇明词林人物考》卷一一《张玄超传》、何三畏《云间志略》卷一九《张宪幕王屋公传》、王彻《王屋先生传》等文献有关于二人交往之记载。王世贞《弇州山人四部稿》卷八九《徐先生墓志铭》，又见于焦竑《国朝献征录》卷八五所收录的王世贞所撰《奉化知县徐先生献忠墓志铭》，收入《续修四库全书》（"史部"第525册），系据明万历四十四年（1616）刻本影印。笔者所见为焦竑《国朝献征录》卷八五《奉化知县徐先生献忠墓志铭》，其文叙述徐献忠生平事迹颇详，录之如下：

嘉靖丁巳秋八月三日①，吴兴寓公前奉化令长谷徐君捐馆舍，春秋七十有七。吴郡王世贞、行部吴与修为经纪其丧而志之。

按状：君讳献忠，字伯臣。其先世有判御药院者，从宋南渡，至华亭家焉。七传而为君父，配某孺人，实生君。君神识茂畅，性操并介，自其髫龄时，雅已慕竹素之事矣。稍长属时义，即倾其作者，补博士弟子，试诸生间，襄然为举首。久之荐应，大凡六上礼部不利。

君既不获逞于时义，乃益务为博猎稗官外家之语，逸壁断载，摩削亡昏旦，农圃医卜，文离覆逆，音声人伎，往往精探。其所由造，虽专门名家，无以难之。而其为诗，自建安以下至大历，鲜有不窥薄，神情妙传，独在江左与贞徽之际而已。文主《尔雅》，不离《象质》；赋颂碑志，取财《东京》然。至于论说兴革、利害、物情、时趣，有味乎言之也。华亭故推陆文裕先生，博精于古，视君为丈人行。其扬扢风雅上下，今昔耳语膝坐，忘其为吾汝也。

君去礼部，为吏部选人，当得县令，人或谓"君少迟一令，何足溷"，徐先生为君谢曰："令易及民耳，且也一第，亦何足溷？"徐先生竟得浙之奉化以去。……二岁入计……亡何，君坐殿罢矣。

---

① 嘉靖丁巳：原稿作"嘉靖己巳"，似误。考嘉靖年间有癸巳、乙巳、丁巳而无己巳，参之以徐献忠的交游活动，则此处当为丁巳年。究其原因，或王世贞撰文时误记，或焦竑录王世贞撰文时误抄，未得核王世贞原集，姑且存疑。

前君为诸生，固已精堪舆家言，而会父府君殁，执君手曰："吾三世不益丁，得无葬有所恨哉？"是而责也。君拜受教，则日夜偕所厚为堪舆者，相地数百里内，获吴兴之福山而葬焉。君又爱其山水清远，士风醇嘉，既罢，则斤置墓田，旁构丙舍，为终老计，不竟称华亭人矣。……探始中声，旁极正变，作《乐府原》《唐诗品》；朱邑既老，不忘桐乡，作《四明平政》；录其集者诗文又数十卷，行于世。……

君娶陆氏，别室吕氏，生四子，为文干、文核、文果、文坛，女六，孙男某。葬九霞山之阳，去其父墓若干里。按谥法，清白守节曰贞，博闻多能曰宪。不佞窃用二陶处士故事，志其大者而拟之，谥曰贞宪先生，且为铭曰："而始乎华亭，而令乎四明，而终乎吴兴。清白守节，博闻多能，曰宪且贞，论以《易》而名，庶几为寓公，为邦先生。"

徐献忠著书甚富，编涉经、史、子、集，除了《大地图衍义》《山房九笈》《三江水利考》《吴兴掌故集》等著作外，还"探始中声，旁极正变，作《乐府原》《唐诗品》；朱邑既老，不忘桐乡，作《四明平政》；录其集者诗文又数十卷，行于世"。徐献忠比张之象等人年长20多岁，虽然在诸生之中"襃然为举首"，被当时博精于古、颇负盛名的陆深视为"丈人行"，却无法通过科举考试入仕，"大凡六上礼部不利"，蹉跎于场屋近20年，担任奉化县令两年多后又因言被罢官，其行事风格或有恃才傲物之嫌。

除王世贞撰文和《明史徐献忠传》外，还有一些地方志中收录有徐献忠的小传。此处仅以何三畏《云间志略》和《嘉庆松江府志》为例，略录其志，作为比较。何三畏《云间志略》卷一四《徐奉化长谷公传》曰：

徐献忠，字伯臣，号长谷，居华亭里，吾郡之闻人也。当为举子时，所读书日且盈寸，素称该博。士大夫皆注意高仰之，而公亦有雄视当时、先登俦辈之志，视取科第如拾芥耳。先是，与冯廷尉同师，席盟古人交。乙酉，同举于乡，赴礼闱试。贞斋江太史以文章宗匠，入为总裁，得伯臣卷，读而大奇之，欲取以冠。多士亟搜其三场不得，诘之，则以违式榜于堂，摈，弗竣试事矣。太史爱其卷，宣言于场屋中，于是海内始知有"云间徐伯臣才子"。伯臣复再试，不第，乃喟然叹曰："吾其如命，何因自决？"请选于铨司。铨司授浙之奉化令。

奉化，古严邑也。吏猾民嚚，号称难理。而伯臣奉公约己，明罚省刑，以抚循之。如修学宫、开河道，核豪强之逋负，革公宴之奢靡，邑以大治。相与刻石颂功，自谓可以安位行志。而会同乡社友沈凤峰恺为宁波守，公以同辈，不愿折腰事之，趋入署中，倨南坐，不少逊。沈意不怿。公愤然曰："而岂以我不能为陶彭泽耶？"遂投簪谢政归。其归也，葺旧庐，治煤圃，读书其中。而无何，倭夷内讧，徙居吴兴里。吴兴多湖山之胜，公时棹扁舟，扣舷吟弄，有倏然物外之思，直与赤松、丹丘作侪伍矣。……而公以七十谢世，葬在吴兴之栖贤山。盖其人生于松而卒于浙也。

公生平绝无嗜好，惟喜著书，有《洪范或问》、《春秋纪传录》、《四书本义》、《大易心印》、《金石文》、《乐府》、《吴兴掌故》、《水品》、《唐诗品》、《四明平政录》及《大地图衍义》、《山房九笈》、《三江水利考》、《分节参同契》藏之家，而真草书法，苏赵世亦珍重之。……其为文自标形神，直抒胸臆，不袭前人口吻，可称赤帜词坛。而其论诗，五言重晋魏，七言取高岑，近体则师大历，于诗无所不工，而尤工于赋。……徐先生有凌云之气、旷世之才，而仅以一举一令终，令人气短。然先生不得以功名发舒其抱负，而能以著述宣泄其牢骚，即一时遇蹇途穷，而有千秋之业在，当与子美、昌黎并垂不朽之声。其视唾拾科名、坐致通显，而文采不见、泯灭无闻、甘与草木腐烂者，所得孰多哉！

《嘉庆松江府志·徐献忠传》所载较王世贞撰文虽然简略，但亦可补王文与《明史》之缺失。照录其文如下：

徐献忠，字伯臣，华亭人。博学才高，日读书盈寸。嘉靖四年举于乡，再试公车被黜，选奉化令。约己惠民，邑大治。致仕归，葬父吴兴。爱弁何诸山之胜，乃徒居焉。其诗溯源汉魏，泛滥三唐，自徒吴兴后，诗格亦进。时顾应祥、刘麟、蒋瑶诸人于岘山为耆英会，争致献忠以为重。卒年七十七。王世贞适行部至，为经纪其丧，而葬于九霞山之阳。门人私谥贞宪先生。（自注：《前志》）①

张之象早年以诸生身份与同郡徐献忠、何良俊、董宜阳一起游学成均，四人趣味相投，同时俱以文章气节名世，时人并称"云间四贤"②；"与何元朗、黄淳甫诸人赋诗染翰，才情蕴藉，深为时贤所推"③。在这一时期，年轻的张之象与一群志同道合的朋友在太学中共同学习、共同生活，踌躇满志，读书作文，希望能早日实现科举入仕的理想。徐献忠《长谷集》卷三录有《龙华寺有怀张玄超》《金陵访玄超叔皮氏》《甲辰解官归承张子济之何子元朗包子元达吴子之仲张子玄超莫子子良董子子元过访》《元朗叔皮入金陵玄超北上送别》《秋日度谷泖有怀张玄超董子元金陵》等诗；卷四有《张玄超持所解〈盐铁论〉来访》；卷一〇录《与张玄超》文一则："北归不得一领教，殊甚渴想，旋即奔走，不能一修问于门下。即日初寒，伏计道履百福。山中静业，君独成缘，闭阁清修，备揽人天之福，区区人间俗吏，事业荒疏，案牍之劳，竟无寸补。虽持后悔，竟负前错。……嗟长水之旧绿，怆棠化之分翼，天涯星散，四海萍飘，言之犹痛，况复相思，近别犹然，可堪阅岁。向来二兄有作，莫恨多投，或能少慰，即同面语人行，不任恋恋。"④ 此外，张

① 《嘉庆松江府志》卷五三《徐献忠传》。
② （明）何三畏：《云间志略》卷一九《董太学紫冈先生传》和《明史》卷二八七《何良俊传》。
③ （清）钱谦益：《列朝诗集小传》丁集上《张经历之象传》，上海古籍出版社，1983。
④ （明）徐献忠：《长谷集》，北京图书馆藏明嘉靖刻本。

之象编辑的《唐雅》26 卷和《太史史例》100 卷，均由长水书院刻印出版。长水书院又名长水书房，是徐献忠的书斋号。其中《唐雅》是嘉靖二十年（1541）长水书院刻本，《太史史例》为嘉靖四十四年（1565）长水书院刻本。

文彭（1489～1573），字寿承，号三桥，徵明长子。以明经廷试第一，官南京国子监博士。少承家学，能诗，善正、行、草书，尤工古隶，咄咄逼其父。《明史》卷二八七附《文徵明传》下，生平事迹详见王兆云《皇明词林人物考》卷一一《文寿承传》。所著有《博士诗集》2 卷。

莫如忠《崇兰馆集》卷一九《故浙江按察司知事王屋张公墓志铭》、王兆云《皇明词林人物考》卷一一《张玄超传》、何三畏《云间志略》卷一九《张宪幕王屋公传》、王彻《王屋先生传》等文献有关于二人交往之记载。文彭《博士诗集》中收录有《送张月鹿浙江宪幕》一诗，可见文彭对张之象文学才华的推崇及对其生平遭际的同情。诗作写道："独抱奇文入帝京，风流江左旧知名。百年作赋追平子，四海何人荐长卿。但有声华垂宇宙，岂须爵位盛簪缨。钱塘江上秋风早，闻看寒潮日夜生。"①

文嘉（1501～1583），字休承，号文水，徵明次子，彭之介弟也。善画山水，能诗善书，其书不能如兄工，而画得待诏一体，鉴赏亦相埒。以诸生久次，贡授乌程训导，擢官和州学正老矣，乃移文乞归，卒年八十三。《明史》卷二八七附《文徵明传》下，生平事迹详见王兆云《皇明词林人物考》卷一一《文休承传》。所著有《和州诗集》1 卷。

莫如忠《崇兰馆集》卷一九《故浙江按察司知事王屋张公墓志铭》、王兆云《皇明词林人物考》卷一一《张玄超传》、何三畏《云间志略》卷一九《张宪幕王屋公传》、王彻《王屋先生传》等文献有关于二人交往之记载。何良俊《何翰林集》卷三有诗并序《朱文石司成坐上分得鸣字在座有文文水吴射阳张王屋黄质山诸君是日招朱射陂驾部以事不赴》，《张

---

① （明）文徵明等：《文氏五家集》卷八，四库全书本。

王屋集》亦载有《秋日同朱驾部子价文山人休承何翰林元朗吴山人汝忠黄山人淳甫过少司成朱象玄官舍宴集以杯中字为韵分得上字》，皆为二人与众多友人诗酒唱和之作。

朱曰藩（1501～1561），字子价，号射陂，江苏宝应人，中大夫朱应登之子。自幼与吴承恩、沈坤等为挚友。年幼时即好古文奇字，解音律，作诗句，已荦荦不群，弗屑屑于举子业。年四十四始举嘉靖甲辰（1544）进士，为浙之乌程令，后擢南京刑部主事，历官兵部车驾司员外郎、礼部主客司郎中，升九江知府，辛酉秋，卒于官。生平事迹详见王兆云《皇明词林人物考》卷九《朱子价传》。所著诗文有《山带阁集》30卷。

盛时泰（生卒年不详），字仲交，号云浦，上元人，嘉靖贡生。幼有藻思逸才，才华横溢，经义轨用古语，援笔万言，川至云涌，累试必冠诸生。为诗宗盛唐，专尚风骨；为古文赋，非姬秦以前不道也。累举，困于有司，遂放情诗酒乐，志《林泉应贡》。自京师归，决意世事，著《大城山樵传》以见志。喜藏书，善画水墨竹石，工书。王世贞见其《两都赋》，赠之诗曰："遂令陆平原，不敢赋三都。"生平事迹详见王兆云《皇明词林人物考》卷一一《盛仲交传》。所著有《苍润轩碑跋》《牛首山志》《城山堂集》。

《张王屋集》载有很多二人交游唱和之作，如《秋夜同吴汝忠黄淳甫盛仲交过何祠部叔皮园亭宴集以秋月扬明辉为韵分得月字》《过仲交馆中作》《还山留别仲交作》《寄题盛仲交鹪息园》等诗。①

许谷（1504～1586），字仲贻，号石城，上元人，顾璘门生。好读书，博涉精诣，以文名。嘉靖乙酉（1525）举于乡，乙未（1535）会试第一。初仕计部，改仪部，转天曹郎，以文选迁南太常少卿，寻谪浙江运副，起为江西提学佥事，仍迁南尚宝卿，放归，嗣顾璘主词坛。归田三十年，未尝通书政府，缙绅至南京造求见，不报谢，年八十三卒。有《省中稿》

---

① （清）钱谦益《列朝诗集》丁集第七亦收录张之象《还山留别仲交作》一诗。

《二台》《许太常归田稿》诸集。

　　莫如忠《崇兰馆集》卷一九《故浙江按察司知事王屋张公墓志铭》、王兆云《皇明词林人物考》卷一一《张玄超传》、何三畏《云间志略》卷一九《张宪幕王屋公传》等文献有关于二人交往之记载。许谷《省中稿》和《许太常归田稿》中均载有其与张汝益、张之象父子交往的诗作。许谷《省中稿》卷一有《张汝益赴温州司理赠歌》，《许太常归田稿》卷六有《文洲寿词》，《省中稿》卷三有《寄张月鹿》诗，《许太常归田稿》卷六有《送张月鹿》诗、卷八有《冬日张玄超过访》诗等，可见双方交往之频繁、关系之密切。① 此外，欧大任《浮淮集》卷六一《金陵逢张玄超同集许仲贻宅》诗可为旁证。诗云："雪满清溪溪水滨，怜余憔悴鬓毛新。秋风久已闻张翰，朗月何期遇许询。文学宴中将别客，太常斋里是醒人。明朝汝颍西游路，江左风流忆葛巾。"②

　　彭年（1505～1566），字孔嘉，号隆池山樵，长洲人。少与文徵明游，以词翰名，时称长者。年六十二卒。《明史》卷二八七《文苑传》三附有《彭年传》。所著有《隆池山樵集》3卷，今存《隆池山樵诗集》2卷。

　　莫如忠《崇兰馆集》卷一九《故浙江按察司知事王屋张公墓志铭》、王兆云《皇明词林人物考》卷一一《张玄超传》、何三畏《云间志略》卷一九《张宪幕王屋公传》等文献有关于二人交往之记载。彭年《隆池山樵诗集》卷上收录有《十九夜松江城下中江提学宅宴罢同大壑紫冈王屋横泾过小舟》《二十一夜大壑祠部宅宴罢再同诸公过小舟》两首诗，记载了当时彭年与莫如忠、张之象、何良傅、董宜阳等人宴集的场面。③

　　吴承恩（约1506～1582），字汝忠，号射阳山人，山阳（今江苏淮安）人。嘉靖中岁贡生，官长兴县丞。工书。英敏博洽，为诗文下笔立

①　（明）许谷：《省中稿》，中央民族大学图书馆藏明嘉靖四十二年（1563）黄国卿刻本；《许太常归田稿》，湖北省图书馆藏明万历十五年（1587）吴自新等刻本。

②　（明）欧大任：《浮淮集》，北京大学图书馆藏清刻本。

③　（明）彭年：《隆池山樵诗集》，北京图书馆藏明刻本。

成，清雅流丽，一时金石之文，多出其手，嘉靖中与张之象等诗酒唱和。李维桢《大泌山房集》卷一二《吴汝忠集序》称赞其云："盖诗在唐，与钱、刘、元、白相上下；而文在宋，与庐陵、南丰相出入；至于组织四六，若苏端明小令新声，若花间草堂调宫征而理经纬，可讽可歌，是偏至之长技也。大要汝忠师心匠意，不傍人门户篱落，以调声誉，故所就如此。"《明史》无传。著有《西游记》《射阳先生存稿》。

何良俊（1506～1573），字元朗，号柘湖、柘湖居士，松江华亭人。良俊与弟良傅皆为俊才，时人以"二陆"方之，后良俊以岁贡授翰林院孔目。张之象与何良俊兄弟自幼相交，情谊深厚，几乎相伴一生，张、何二人及其周围一群好朋友的文集当中，记载二人一起唱和的诗文作品非常多。《明史》卷二八七《何良俊传》称"良俊，字元朗。少笃学，二十年不下楼，与弟良傅并负俊才。良傅举进士，官南京礼部郎中而良俊犹滞场屋，与上海张之象，同里徐献忠、董宜阳友善，并有声"①。后来"以贡生入国学。当路知其名，用蔡羽例，特授南京翰林院孔目"②，后移疾归，又曾避倭乱居住金陵很多年，"年七十始返故里"③。著有《何氏语林》30卷、《四友斋丛说》38卷、《何翰林集》28卷④。

何良俊与张之象的交往，莫如忠《崇兰馆集》卷一九《故浙江按察司知事王屋张公墓志铭》、王兆云《皇明词林人物考》卷一一《张玄超传》、何三畏《云间志略》卷一九《张宪幕王屋公传》、《明史·何良俊传》、俞宪《盛明百家诗后编·何翰目集》、何良俊《何翰林集》等文献中，涉及二人交游的内容或诗文比比皆是。如俞宪《盛明百家诗后编·何翰目集》载《春日花前听李节筝歌作张王屋黄质山每夸余以歌馆之乐书此贻之并要和篇》诗。再如何良俊《何翰林集》在卷二至卷七共收录

① （清）张廷玉等：《明史》卷二八七，中华书局，1974，第7364页。
② （清）张廷玉等：《明史》卷二八七，中华书局，1974，第7364页。
③ （清）张廷玉等：《明史》卷二八七，中华书局，1974，第7665页。
④ 《何翰林集》，又名《柘湖集》。

与张之象同游唱和的诗歌 10 首，卷次与题目分别是卷二《夏日同邢雉山太史张王屋太学舍弟叔皮祠部夜集姚秋涧市隐园杂咏四首》，卷三《朱文石司成坐上分得鸣字在座有文文水吴射阳张王屋黄质山诸君是日招朱射陂驾部以事不赴》，卷四《和董紫冈移居》二首其一①，卷六《送张玄超秋暮还山》《送朱小泉南归兼怀顾小川昆玉张王屋董紫冈朱象冈诸君》，卷七《听李节筝歌张子月鹿盛子仲交席上有咏强余同赋末句同用繁华二字》《盛云浦集客文文水张王屋独不见召旬日后以文水原韵索和书此嘲之》。该集卷八收录有其于嘉靖二十年（1541）四月为张之象著作撰写的《唐雅序》，卷九收录有其于嘉靖二十八年（1549）三月为张之象撰写的《剪彩集序》，卷一八《与叔皮书》中谈及其与张之象等人日常交往的情形，云"吾与王屋三四人皆以忘形见与，但偷惰之人，疲于酬应，更觉为烦耳"。卷二一《与朱文石书》则是评价包括张之象在内的朋友们的优长之处，认为"郡中诸友，小山多才识，王屋长于鉴裁，紫冈习于典故，惜西谷、长谷不在耳"。卷二二《与朱文石书》写道："询公近况，知与吴江、王屋、紫冈诸兄觞咏留连，优游卒岁。"卷二二《与文太史衡山书》称："近张月鹿、董子元从吴门回，得备询动履之详，知神候精爽，有逾于昔。盖先生清虚恬淡，抱朴葆真，其登跻上寿，岂惟天道，抑人理也。"其中提及张之象、董宜阳等朋友从吴门回到松江的情况，可见他们之间的深厚友谊。

何良傅（1509～1562），字叔皮（一曰叔毗），号大壑，良俊弟，松江华亭人。嘉靖十九年（1540）庚子科举人，二十年（1541）辛丑科进士，授行人，迁刑部主事，改南礼部仪制司，晋主客郎中。学早成，体素羸，然立身守官甚严，与人坦易，不设城府。四十七岁即谢病致仕，卒年五十四。《明史》卷二八七有传。生平事迹详见何良俊《何翰林集》卷二五《弟南京礼部祠祭郎中大壑何君行状》。所著有《何礼部集》10 卷。

莫如忠《崇兰馆集》卷一九《故浙江按察司知事王屋张公墓志铭》、

---

① 自注：是日王屋、紫冈过予泖上，偶及时事，犹系心小子，拳拳不忘。

王兆云《皇明词林人物考》卷一一《张玄超传》、何三畏《云间志略》卷一九《张宪幕王屋公传》等文献有关于二人相与结社读书观摩之记载。何良傅自少与其兄何良俊、张之象、莫如忠、徐献忠结社读书，交往唱和，视之象父亲张鸣谦为父辈。何良俊《何翰林集》卷二五《弟南京礼部祠祭郎中大鏊何君行状》："君少有俊才，自弱冠时即锐志于古人之学。尝与今奉化令徐长谷献忠、浙江按察知事张王屋之象及余四人者，买地一区，欲构精庐数间，相与结社读书，尽取古人文章研穷秘奥，朝夕观摩讨论，以几造作者堂室。故君诗一出，人皆摘句嗟赏，以为使进而不已，则可以上窥魏晋，下视唐宋诸人矣。后有出仕者，会遂废。"《嘉庆松江府志》卷五三《何良傅传》："（何良傅）与金陵顾璘、关中马汝骥及同郡徐献忠、张之象以文艺欣赏结诗社，各论撰，成一家言。"

何良傅《何礼部集》中关于二人交往的内容也非常丰富。徐献忠《何礼部集序》："二君（指何良傅与其兄元朗）才相伯仲，如士衡、茂政兄弟，称两何君。自少同张子玄超与予交甚密，遂相订为古文辞。元朗雄深俊拔，玄超婉切，叔毗幽迈，皆非予所及。"何良傅《何礼部集》卷三有《送张文洲之任温州》《寿张文洲》诗二首。其《寿张文洲》："拂袖归来气亦雄，十年高卧大江东。莼鲈不负扁舟兴，京兆犹歌别驾功。黄浦花明春载酒，龙华月白夜闻钟。人间乐事君应最，有子诗名满域中。"《何礼部集》卷一《春雪席上送王屋张兄赴选》："春风酿春阴，二月余冰雪。……忆自童丱时，余昆与相结。艺苑共驰逐，晨昏籍磋切。君才如天骥，奔腾独超绝。灿烂云锦张，思骋黄河决。艳咏追玉台，雅论注《盐铁》。诗成播人口，琼瑶映秋月。风流拟东晋，藻誉凌前杰。著书奏公车，十上字磨灭。鼓瑟违齐好，泣玉遭楚刖。蹉跎三十年，困卧蓬门闭。昔贤朱买臣，五十犹未达。片言动人主，乘轮仗旄钺。功名各有时，蛟龙岂终蛰。兹行扣天阁，壮心犹激烈。"卷三有《腊月廿六日与金子坤黄圣生王淮孺张月麓东麓亭宴集》《谷日与质山王屋琳泉再集寓邸质山有作次韵》《月夜同质山王屋琳泉过林屋先生旧宅用前韵呈琳泉》《董子元移居城南次张玄超韵二首》《奉怀徐伯臣张月鹿》等诗 6 首。卷七《与徐长谷》五则其三亦提及与张之象等人的旧日长水之约:"弟以春仲返辔,三月至都,即有短疏奉侯,想得达矣。……家兄与月鹿想时得谈宴,长水之盟,幸无中断,是所望耳。"

莫如忠(1509~1589),字子良,号中江,松江华亭人。嘉靖十三年(1534)举人,十七年进士,累官浙江布政使。嘉靖二十七年(1548),曾任首辅的夏言因支持收复河套而遭到严嵩诬陷,最终下狱死于西市。莫如忠洁修自好,却不顾个人安危,为夏言经纪其丧。他善写草书,诗文具有体要。卒年八十一。著有《崇兰馆集》20 卷。

唐文献《莫中江先生文集序》:"公在朝与豫章罗念庵先生、武进唐荆川先生及今陆宫保平泉先生,既递相师友,博综古今天地巨丽之文;及退而言返初服,则进何元朗、张玄超、董宜阳、徐伯臣,婆娑里社,相与周旋于麈尾唾壶之侧,风流自命,清虚日来,迄八十而成其为中江先生。夫以方伯之粹,而及元朗、玄超之各自为家,即令进而雁行于文、祝诸君,何勿敌也。"① 莫如忠《崇兰馆集》卷四《期庄张二君山行不至》:"兹游怜二仲,汗漫拟前期。明月相望夜,青山独晤时。入林停策久,弭棹出花迟。少别遥成忆,兰苕折赠谁。"后附庄玄育、张月鹿诗各一首。张月鹿诗云:"五湖君独往,三径我仍留。别梦迷春树,离心逐暮流。未寻梅福市,空羡李膺舟。胜迹应题遍,归时好卧游。"卷六《和答朱九江子价见寄》,附射陂原作,下面自注:"题云从张月鹿扇头见中江新诗感寄。"《张王屋集》亦有《和莫学宪子良新理丛兰馆志适一首》诗。张之象卒后,莫如忠曾为其作《墓志铭》,详细叙述了张之象的生平事迹。焦竑《国朝献征录》卷四亦收录在内。

黄姬水(1509~1574),字淳父(一作淳甫),晚号质山,省曾子,

---

① (明)莫如忠:《崇兰馆集》,中国社会科学院文学研究所藏明万历十四年(1586)冯大受、董其昌等刻本。

吴县人。有文名，学书于祝允明，传其笔法。淳父生而幼敏，藻思秀句，翩翩逼人。髫年选充郡学弟子员。自少为诸生，即以古文辞著声；而于其诸生业亦不废。屡试辄报罢，后不得意，弃诸生归，始务以精丽宏博自喜。嘉靖中叶，倭夷衅作，烽火通于姑苏之台。为避地计，遂携妻子溯江而上，抵于金陵，邂逅何孔目良俊。谕以就去共留，寓于冶城，乃与陪都诸卿大夫游。中年游白下，稍变，而辄淡辞雅调，然其意不能无为工，晚节益自喜为工语。自淳父之工语出，而诸郡中名能诗者争传写之，纸为贵。嘉、隆之际，即东南诸诗人不能先淳父而指屈也。所著有《贫士传》《白下集》《高素斋集》《黄淳父先生全集》等。

何良俊《何翰林集》卷三有诗并序《朱文石司成坐上分得鸣字在座有文文水吴射阳张王屋黄质山诸君是日招朱射陵驾部以事不赴》，《张王屋集》载有《秋日同朱驾部子价文山人休承何翰林元朗吴山人汝忠黄山人淳甫过少司成朱象玄官舍宴集以杯中字为韵分得上字》《秋夜同吴汝忠黄淳甫盛仲交过何祠部叔皮园亭宴集以秋月扬明辉为韵分得月字》等诗。黄姬水《白下集》卷八《猗兰集序》，是其嘉靖三十四年乙卯（1555）为张之象《猗兰集》①所作。此外，黄姬水《高素斋集》卷四有《送张太学月鹿谒选北上》②、卷五有《都门逢王屋张山人》诗，《黄淳父先生全集》卷一五有《送张玄超太学》③，可见二人交情之深。

董宜阳（1510～1572），字子元，号紫冈，自号紫冈山樵、七休居士，上海人。他作诗师法高、岑，晚年尤其嗜好元、白，而文章师法先秦两汉，楷书师法虞永兴，行草师法僧智永，自称生平所嗜好者，惟有书史、石刻、名帖，日坐一室，手丹铅校勘，至丙夜不休。所交尽海内名硕，若吴门文待诏徵明、顾尚书璘、蔡孔目羽、袁太学裦、王太学宠、袁金事裦、彭山人年、陆少卿师道、绥德马文简公汝骥、安福邹文庄公守益、金

---

① （明）黄姬水：《白下集》11 卷，原北平图书馆藏明万历刻本。

② （明）黄姬水：《高素斋集》28 卷，山西省祁县图书馆藏明万历刻本。

③ （明）黄姬水：《黄淳父先生全集》，中山图书馆藏明万历十三年（1585）顾九思刻本。

陵许太常谷、从化黎户部民表、顺德梁评事柱臣、南海欧学正大任、鄞沈山人明臣、歙王山人寅，皆后先为文字交，或千里遗书定交。他与同里何良俊、张之象、徐献忠更号称"四贤"。嘉靖四十年（1561），董宜阳与同里顾从义、俞允文、朱邦宪、沈明臣等人同游荆溪，诗酒唱和，俞允文编为《荆溪唱和诗》1卷，亦可考见其生平行谊。生平事迹以《朱邦宪集》卷一〇《董子元先生行状》、何三畏《云间志略》中记载较为详细。所著书有《名臣琬琰录》《皇明金石录》《云间诗文选略》《云间先哲金石录》《云间近代人物志》《上海纪变录》《中园杂记》《赋临近时》《董氏族谱纪年》《云间百咏》《松志补遗》《金兰集》若干卷，藏于家。

《云间志略》中有关于"四贤"说法的记载，录之如下："董宜阳，字子元，号紫冈。先世汴人，南渡而徙居上海吴江，又徙居沙冈，故称紫冈先生，复自号七休居士。吾郡之博雅君子也。其于书无所不窥，而独究心当代典故、郡中文献。游成均，名动都下。屡试不第，遂弃去举子业，专攻诗赋古文词。与同里何良俊元朗、张之象玄超、徐献忠伯臣号称四贤。"① 王彻《王屋先生传》亦云："（张之象）先生既荷重名，海内贤达皆以为东南之宝，欣得一遘，无不愿交也者。若金陵顾华玉、许仲贻，吴门蔡九逵、文徵仲、王履吉，同郡徐伯臣、何元朗、何叔毗、莫子良、董子元、朱邦宪，吴兴茅顺甫，济南冯汝言，东粤欧桢伯、黎惟敬诸公，并以文采雁行，与先生游争相下也，而推之坛坫之上。"

茅坤（1512～1601），字顺甫，别号鹿门，世称鹿门先生，归安人，嘉靖十七年（1538）进士。善古文，又好谈兵，累官广西兵备佥事。尝提兵戍倒马关，总督杨博奇其才，荐于朝，为忌者所中，落职归。年九十卒。《明史》卷二八七《文苑传》三有传。坤论文心折唐顺之，选《唐宋八大家文钞》144卷，著《白华楼藏稿》《白华楼续稿》《白华楼吟稿》《玉芝山房稿》《耄年稿》《徐海本末》《浙省分署纪事本末》《史记

---

① （明）何三畏：《云间志略》卷一九《董太学紫冈先生传》。

钞》等。

莫如忠《崇兰馆集》卷一九《故浙江按察司知事王屋张公墓志铭》、王兆云《皇明词林人物考》卷一一《张玄超传》、何三畏《云间志略》卷一九《张宪幕王屋公传》、王彻《王屋先生传》等文献有关于二人交往之记载。茅坤数与张之象书信来往，讨论学术问题。《白华楼续稿》卷二有《酬张王屋书》《再与张王屋书》二则。卷三有《再与张王屋书》称自己"《史记钞》刻完，瑾以一册呈览"，"幸公详览而教之"。卷六《楚范序》先详细叙述了与张之象等人交往的情况："《楚范》者，予友云间张君王屋所尝读楚屈原《离骚》而论著者。君少复俊材，好读古先秦以来百家之书，颇自喜。间著词赋、诗歌，则又多仿汉、魏、晋、宋，下及唐开元、天宝、大历、建中以来词人之旨而揣摩之，而无不得其似。方为诸生时，即与邑人徐奉化伯臣、莫方伯子良、何翰林元朗、祠部叔皮，以声诗相唱和海上。当其宴歌游览，情兴所适，辄分曹而赋，其与比音节刻句字，抉肠劘肾，以极骚人之变。片楮所落，学士大夫共传之，以为希世之宝，叹赏不置。而君之才誉亦遂与诸君子后先鳞次相望海内矣。然诸君子并举进士，翱翔中外；或由州郡贡，待诏承明著作之庭，而君独窘，晚岁始得以赀补臬掾。……君名之象，字玄超，王屋者，其托而自号云。"①接着对张之象"困厄而不得志""自悲以才废""恣情山泽之间"的遭遇表达了深深的同情与惋惜。此外，《玉芝山房稿》卷二〇有《云间张王屋过访草堂赋赠》诗②，《茅鹿门文集》卷四有《酬张王屋书》《再与张王屋书》二则。

俞宪（生卒年不详），字汝成，号是堂，又号岳率，南直隶无锡人。嘉靖十七年（1538）进士，历官山东按察使。辑有《盛明百家诗》，著有《是堂学诗》《鹡鸣集》。《皇明词林人物考》卷八《俞汝成传》称："（俞

---

① （明）茅坤：《白华楼续稿》，中央民族大学图书馆藏明嘉靖万历间递刻本。
② （明）茅坤：《玉芝山房稿》，华东师范大学图书馆藏明万历十六年（1588）刻本。

宪）有集若干卷，为词林所赏。公生平精力在《盛明百家诗》艺术，计百卷。抉剔既勤，诠择多当。其自序有曰：'《盛明百家诗》，予自嘉靖癸亥（1563），迄于丙寅（1566）始克，汇次其集，盖尽平生所藏。又四历寒暑，乃得诗一百六十余家，共诗、赋、词一万七千六百首有奇。存之家塾，用诏来裔，且以备老景吟讽之资云尔。'……爰自嘉靖丙寅，迄今隆庆辛未（1571），又六经寒暑，再得诗百七十余家，共诗、词、赋万余首，通前四十九册，并前后目录一册，共成百数，庶几海内兴文之士一览可尽。虽不免遗珠之诮，似亦可供大嚼之欢矣。"又，俞宪《张王屋集》卷前小识："云间张之象玄超，号王屋山人，少负才气，晚以例监补浙司幕职。余初未识其人，其友朱太史文石、何翰林柘湖，予旧识也，二君皆雅尚其诗，乃为铨次，刻存家塾。然柘湖作序，复置蹊径之说，世必有具眼能辨之者。刻才七十余首，仍俟续编。嘉靖甲子春邻郡是堂俞宪识。"①

王寅（生卒年不详），字仲房，一字亮卿，歙县人。少年英气勃勃，自负具文武才，以高才为诸生祭酒。尝北走大梁，问诗于李梦阳不遇，遂入少林习兵杖。复辞家远游，与徐渭、沈明臣同客胡宗宪幕府，参与抗倭。胡宗宪《十岳山人诗集序》称其"高才奇气，屡试不第，而乃畅不平之情，以工于诗。平生所向惟太白，故其诗俊逸，雅有太白之风，而理趣更多，玄解沨沨乎，追古之大雅矣"。中年习禅，事古峰和尚。古峰曰："吾遍游海内五岳，今将遍历海外五岳，而后出世。"寅闻其语而悦之，因自号十岳山人。并与高应冕、祝时泰等人组织西湖八社。《四库全书总目》卷一七七《十岳山人诗集提要》："（王寅）诗音节宏亮，皆步趋北地之派，而铸语未坚，时多累句。"万历乙酉年（1585）六月朔自撰《乐府小序》，则王寅活动至迟在此年。所著有《十岳山人诗集》4卷、《王十岳乐府》1卷，《西湖八社诗贴》亦存其诗，还辑有《新都秀运集》。

王寅《十岳山人诗集》卷三《朱夷白游歙归便寄张济之徐伯臣庄玄

---

① （明）张之象：《张王屋集》1卷，明隆庆间无锡俞宪刻《盛明百家诗》前编本。

育何叔毗张玄超董子元诸知己》云：“论心各自异，结交无浅深。白发伤久别，青山共寄音。避人今渐僻，种树已成林。谁是轻千里，西来肯一寻。”①《张王屋集》有《寄十岳山人王虎文》②诗云：“海内论交总丈夫，英豪谁得似王符。栖真独对三珠树，访道常悬五岳图。何处寄书经岁月，几回飞梦隔江湖。清秋共倚长干市，不惜鹔裘付酒垆。”

冯惟讷（1513~1572），字汝言，别号少洲，青州临朐人。嘉靖十七年（1538）进士，由宜兴令累擢江西左布政使，所举多为民便，嘉靖二十七年（1548）任松江府同知，官至光禄寺卿。惟讷与兄惟健、惟敏，皆以诗文名齐鲁间。随父住南京时，曾与兄冯惟健、冯惟敏一起参加文人社团，讲艺谈诗。惟讷博涉而深思，闳积而约取，发为文章，温淳尔雅；古歌诗取则建安，近体在天宝、大历之间。《四库全书提要》云其所撰《古诗纪》“上薄古初，下迄六代，有韵之作，无不兼收。溯诗家之渊源者，不能外是书而他适，固亦采珠之沧海，伐木之邓林矣”。厥后臧懋循《古诗所》、梅鼎祚《八代诗乘》相继而出，总以是书为蓝本；时人称惟讷此编为诗家圭臬，与《昭明文选》为并辔之作。生平事迹详见焦竑《国朝献征录》卷七一余继登撰《光禄寺卿冯公惟讷墓志》。所著有《风雅广逸》、《楚辞旁注》、《选诗约注》、《汉魏六朝诗纪》（亦称《古诗纪》）、《文献通考纂要》、《唐音翼》、《杜律删注》、《冯光禄诗集》若干卷、《青州府志》18卷行于世。王彻《王屋先生传》有关于二人交往的记录，前文已述，不再录入。

黎民表（1515~1581），字惟敬，自号瑶石山人，人称罗浮山樵，从化人。嘉靖十三年（1534）举人，授翰林孔目，转吏部司务。执政知其能文，用为制敕房中书，供事内阁。万历中官至河南布政使参议致仕。民表性坦夷，好谈书，其诗与梁有誉、欧大任齐名；工书，尤善书法；与王道行、石星、朱多煃、赵用贤同列为“续五子”，而终非四人所可及焉。

---

① （明）王寅：《十岳山人诗集》，南京图书馆藏明万历程开泰等刻本。
② 王虎，古人多不直呼其名，此处为王寅之讳称。

所著有《瑶石山人稿》《北游稿》《谕后语录》《养生杂录》。黎民表《瑶石山人稿》卷六收录有《张玄超诸子集藉树轩得春字》《李伯承张玄超月下过轩中》二诗，卷一四收录有《答张王屋》，卷一六收录有《汝甫过宿轩中同玄超子野赋》①，可为例证。

欧大任（1516～1595），字桢伯，广州顺德人。嘉靖时以贡生历官国子博士，历仕至南京工部虞衡司郎中，故又称虞部公。少俊颖，博涉史籍，工古文辞、诗赋，弱冠及名噪诸生间。与梁有誉、黎民表、梁绍震相友善。读书缵言，确有元本。王世贞品为"广五子"之一。性恭谨，少忤于世，故卒不能致位通显云，年八十卒。所著有《百越先贤志》4卷、《平阳家乘》20卷、《广陵十先生传》1卷、《思玄堂集》8卷、《旅燕集》4卷、《辋中集》1卷、《浮淮集》7卷、《游梁集》7卷、《南翥集》1卷、《北辕草》1卷、《雝馆集》4卷、《西署集》8卷、《秣陵集》8卷、《诏归集》1卷、《蘧园集》10卷、《虞部文集》70卷行于世。

隆庆元年（1567）前后，张之象投劾归隐前，欧大任作诗《金陵逢张玄超同集许仲贻宅》《同张玄超陆华甫姚元白沈子高集邢太常伯羽宅邢六十初度且诞子诸君已有贺章因继此作》二首送之。张之象归隐十年左右，欧大任仍与之有诗唱和。欧大任《雝馆集》卷三《酬张玄超寄褚帖打马图》："十载归来尔荷锄，岂因莼菜与鲈鱼。曾从白下双棕屦，尚忆松陵一草庐。居士戏图沙苑色，河南工习石经书。山斋得此陪行散，不向相如学子虚。"欧大任《秣陵集》卷六《答张玄超见寄》："诗似张鹰调转孤，秀林今胜隐君无。诸山松响风临阁，千里莼香月满湖。受简人宗秦博士，著书家学汉潜夫。乞归我谢鸣驺去，断策从君五色驹。"②

朱大韶（1517～1577），字象玄，号文石，松江华亭人。嘉靖二十六年（1547）进士，选庶吉士，读中秘书。其思云涌川决，顷刻数千言立

---

① （明）黎民表：《瑶石山人稿》，上海古籍出版社影印文渊阁四库全书本。

② （明）欧大任：《欧虞部集十五种》，北京大学图书馆藏清刻本。

就，馆中诸大老无不器重之。历官南雍司业。未几，解任归，筑精舍藏书，构文园，以友朋文酒为事。卒年六十一。生平事迹详见过庭训《本朝分省人物考》卷二六《朱大韶传》、何三畏《云间志略》卷一五《朱司成文石公传》。所著有《经术堂集》。

何良俊《何翰林集》卷三有诗并序《朱文石司成坐上分得鸣字在座有文文水吴射阳张王屋黄质山诸君是日招朱射陂驾部以事不赴》。《张王屋集》载有很多二人交游唱和之作，如《秋日同朱驾部子价文山人休承何翰林元朗吴山人汝忠黄山人淳甫过少司成朱象玄官舍宴集以杯中字为韵分得上字》《朱少司成象玄谢政还乡乃翁余山先生有诗贻之予与子元过访因次韵赋此见意》《六月十五夜宴象玄馆中盆池三莲并开即席赋此》等诗。

朱察卿（1524～1572），字邦宪，号象冈，家黄浦，遂称曰黄浦，又自称醉石居士，上海人。十五补邑弟子员，二十补国学，连举有司，不第，遂弃去。攻古文辞，文不作先秦两汉以下语，时时自铸伟辞，又字字不凿空。生平事迹详见《朱邦宪集》附录沈明臣撰《黄浦先生传》、李维桢《明诰赠奉宜大夫工部营缮清吏司员外郎象冈朱公墓表》①。所著有《朱邦宪集》。

《朱邦宪集》卷二《和张玄超貂字》："爱尔悬车早，秋风萝带飘。为园同郑圃，结客重张貂。树隐山头阁，花莲竹外桥。惭予曾入社，数过不须招。"卷三《送张玄超之京》："才名江左重璠玙，头白弹冠去井庐。解摈已传元叔赋，荐贤谁上孝仪书。堂开白玉三千秘，台筑黄金十丈余。此去知君迈时辈，江湖衰飒独愁予。"卷四《张玄超免官归却寄》二首："老拜功曹禄甚微，性廉常食武林薇。车无薏苡翻成谤，江有鲈鱼合早归。仲蔚阶前芳草没，翟公门外故人稀。凭君词赋凌三谢，推毂于今事已非。""畏途谁任尔疏慵，况复高才岂易容。天地由来同野马，古今那肯

① 此文又见明李维桢《大泌山房集》卷一〇六《赠工部员外郎朱公墓表》。

好真龙。百年白发难逃镜，何处青山可驻节。我亦浮沉波浪里，避人无地着孤踪。"① 这四首诗记述了张之象一生才名远播却仕途不顺的坎坷经历，是对张之象生活状态的真实写照。《朱邦宪集》卷五载其为张之象作《题桥集序》，卷一一有《跋张玄超〈叩头虫赋〉》。

《朱邦宪集》附录沈明臣撰《黄浦先生传》："钜公长者、修文之士，如吴门文待诏徵明、许太仆初、卢尚宝师道、归进士有光、文学彭年、黄姬水、周天球、王穉登，四明张大司马时彻、孝廉余寅、张邦仁、文学沈九畴、吉士沈一贯任子、屠本畯长舆、徐金事中行，兴国吴太守国伦，郡人林祭酒树声、莫副使如忠、何孔目良俊，同邑潘尚书恩、张知事之象、董文学宜阳、处士冯迁、顾光禄卿从礼、太学从德、大理评从义，相与折节忘年，为文字交。"

李维桢《明诰赠奉宜大夫工部营缮清吏司员外郎象冈朱公墓表》："先生之友，吴则文待诏徵明、王司寇世贞、许太仆初、陆玺卿师道、归太仆有光、文学彭年、黄姬水、周天球、王穉登，越则张司马时彻、余太常寅、孝廉张邦仁、左丞徐中行、沈九畴、沈少傅一贯、山人沈明臣、郡守屠本畯，楚则参知吴国伦，同郡则陆少保树声、莫右丞如忠、何孔目良俊、潘尚书恩、张知事之象、董文学宜阳、冯处士迁、顾光禄兄弟从礼、从德、从义，皆韦布往还久之，胥为名臣令士。"

郭第（生卒年不详），字次甫，长洲人。隐于焦山，常为嵩岱游。万历八年（1580），汪道昆主盟白榆诗社，与龙膺、汪道会、道贯、郭第、丁应泰、潘之恒七人结社白榆。所著有《广篇》及《独往生集》。《张王屋集》有《送郭次甫游华山》诗云："豪客西征太华巅，三峰削出镇金天。星坛了了秦京列，云障重重汉畴连。紫气朝凝苍岭上，白莲秋发彩霞边。景纯高迹经行处，赋得游仙更几篇。"

吴旦（生卒年不详），字而待，号兰皋山人。新安（今浙江淳安）

---

① （明）朱察卿：《朱邦宪集》，北京大学图书馆藏明万历六年（1580）朱家法刻增修本。

人。嘉靖间，吴旦与欧桢伯大任、梁公实有誉、黎惟敬民表、辛少偕时行诸人，垂前五子之志，复开抗风轩，以振南国之风，世称南园后五子。嘉靖壬寅（1542），刻陆羽《茶经》，初将《水辨》《茶经外集》附刻其后。有《兰皋集》。《张王屋集》有《赠兰皋山人吴而待》诗云："伐木歌残古道微，似君豪逸世应稀。玄文已发金绳秘，彩翰仍流玉藻辉。千里梦思今下榻，三秋邂逅欲沾衣。燕京此去春光好，莫遣书停雁不飞。"

（三）击节称善忘年交

丰坊（生卒年不详），字存礼，又字存叔、人叔，号人翁，后更名道生，别号南禺、南禺外史、西郊农长，浙江鄞县（今宁波）人。明正德十四年（1519）乡试第一，嘉靖二年（1523）进士，授礼部主事，改南考功主事。后因议礼，触犯了明世宗，被贬为通州同知，免归。性介僻，滑稽玩世，居吴中，贫病以死。丰坊受前辈影响，爱好收藏，且博学工文，精于书法。家有万卷楼，蓄书万卷，为购古书名迹而不惜重金。与天一阁主人范钦交往密切，两家曾有互抄藏书之约。著有《易辨》《古书世学》《鲁诗世学》《春秋世学》《诗说》《万卷楼遗集》等。莫如忠《崇兰馆集》卷一九《故浙江按察司知事王屋张公墓志铭》："四明丰翰林存礼，天才豪宕，意少许可；诵公诗，击节称善久之。"王兆云《皇明词林人物考》卷一一《张玄超传》："四明丰存礼，豪士也，读公文咤曰：'天生老丰，何复生此子！'"

方豪（1482～?），字世杰，后更字思道，居棠陵，自号棠陵山人，后忽更白鹤仙人，又复之，浙江开化人。正德三年（1508）进士，授知昆山县，有异政，民有积逋，特疏请免；迁刑部主事，以谏武宗南巡被杖；历官湖广副使，以平恕称，致仕卒。擅长诗文，与同代文人名士沈周、朱朴、陈句溪、孙太白、郑少谷等交往唱和，时享盛名，浙江《开化县志》有记载。所著有《棠陵集》8卷、《断碑集》1卷、《蓉溪书屋集》4卷、《续集》5卷、《方棠陵集》3卷、《菁屋集》、《韵补》5卷。县志又有《养余录》《老农编》《洞庭烟雨编》《珍忆录》《奉希集》《昆山集》《见树窗集》，多所记载。莫如忠《崇兰馆集》卷一九《故浙江按察司知事王屋张公墓志铭》记载："武林方宪副思道邂逅公太学庑舍，未明；闻语，异之；及晏温识面，阒然定交。"

孙一元（1484～1520），字太初，自称秦（今陕西）人，或云安化王宗人，王坐不轨诛，故变姓名避难。尝辞家入太白山，因自号太白山人。善为诗，豪宕孤骞，前无古人，踪迹奇诡，携铁笛鹤瓢，遍游名胜，足迹半天下。正德间侨居乌程，与刘麟、龙霓、陆崑、吴琎结社唱和，称"苕溪五隐"。性喜学书，印多自制。卒年三十七。《明史》卷二九八、浙江《湖州府志》有记载。所著有《太白山人漫稿》，其卷八《忆王屋山人》云："几时不见鹿皮翁，回首碧云天自空。记得去秋新月夜，豆花棚下说年丰。"①

顾从德（生卒年不详），字汝修，别号方壶山人，上海人，官至鸿胪。其兄顾从礼（生卒年不详），字汝由，历官翰林院典籍、大仆寺丞、光禄寺少卿。其弟顾从义（1523～1588），字汝和，号砚山。嘉靖中诏选端行善书者，从义以第五名授中书舍人。隆庆初以修国史，擢大理评事。能书善画，长于诗歌；笃志慕古，又精赏鉴；好文爱士，吴越间推为风雅薮。著有《砚山山人诗稿》《荆溪唱和集》《阁贴释文考异》等。兄弟三人皆博雅好古，喜收藏。现存最早的原拓《集古印谱》为明隆庆六年（1572）顾汝修所辑，为了和同为明代三大集古印谱之一的范汝桐《集古印谱》相区别，后人称顾汝修所辑为《顾氏集古印谱》。兄弟共著有《芙蓉庄书目》。《张王屋集》收录有《与姚如晦冯子乔朱邦宪夜集顾汝修馆中话旧》《春宵风雨顾舍人汝由馆中宴集出上方名香作供醉归经夕野服尚有余芳因赋此投谢》诗，可见张之象与顾氏兄弟之间经常能聚在一起诗酒唱和。

---

① （明）孙一元：《太白山人漫稿》，四库全书本。按：从孙一元的年龄、活动范围看，他与张之象交往的可能性不太大，但当时是否另有王屋山人，尚未考证出来，姑列于此。

秦嘉楫（生卒年不详），字少说，号凤楼，上海人。嘉靖三十八年（1559）进士，授行人，擢御史，累迁浙江金事，以事左迁光州判官，移南京工部主事，致仕家居。校辑群书，恒手自抄录。著有《凤楼集》。《嘉庆松江府志》卷五二《古今人物传》四《张之象传》："（张之象）同郡某官金事为其长，屡檄作文不能得，投劾归。卜筑细林山，往来优游，遂忘岁月。"① 《同治上海县志》卷一八《张之象传》亦有记载："浙江按察司知事、同邑秦嘉楫为金宪，数以笔札役之。之象曰：'士即一命，当以职事自效，何能为人捉刀耶？'遂投劾归，居细林山。"从这两段文字记载中可以看出张之象性偶傥，不能为小吏而随人俯仰。张之象任浙之藩幕时，秦嘉楫与之既是同郡，又为同僚，更是后来张之象投劾归隐的导火索。

许国（1527～1596），字维桢，号颍阳，歙人。嘉靖四十四年（1565）进士，选翰林庶吉士。隆庆改元（1567），授翰林检讨。奉诏赐一品服，使朝鲜。神宗时累官礼部尚书兼东阁大学士，入赞机务。性木强，遇事辄发，无大臣度。然能谨慎自守，屡遭攻击，不能被以污名。所著《文穆公集》附录载有王家屏《赐光禄大夫柱国少傅兼太子太师吏部尚书建极殿大学士赠太保谥文穆颍阳许公墓志铭》："少傅新安许公以经术侍上青宫。上既即位，益亲近儒硕，遂以公充经筵日讲官，先后周旋毡厦者十年，而相相十年，而以储议弗决，争之，不能得，移疾归。居五季，以万历丙申（1596）十月十八日卒于里第。"② 卒谥文穆。莫如忠《崇兰馆集》卷一九《故浙江按察司知事王屋张公墓志铭》："古歙许相公维桢闻公名，时其入都造焉。公未起，直叩其榻前。一见语合，握手如平生。"

邢侗（1551～1612），字子愿，号知吾，自号啖面生、方山道民，晚号来禽济源山主，世尊称来禽夫子。山东临邑人。明神宗万历二年

① 自注：出《郭志·文苑》。
② （明）许国：《文穆公集》，北京大学图书馆藏明万历许立言等刻本。

（1574）进士。万历三年（1575）任南宫知县，万历十二年（1584）升湖广参议。万历十四年升任陕西太仆寺少卿，同年五月辞官归乡，筑来禽馆等二十六景名"烁园"，攻读其中凡二十六年。家资巨富，后中落。善画，能诗文，工书，博采众长，遍临魏、唐、宋诸大家，尤好右军书，得其神髓。邢侗行草、篆隶，各臻其妙，而以行草见长，晚年尤精章草。当时与董其昌并称"南董北邢"，又与米万钟、张瑞图并称"邢张米董"。传世书迹有《临王羲之帖》《论书册》《古诗卷》《临晋人帖》等。张之象隐居细林山时，邢侗对其极为赞赏，曾为之置买山钱若干。《皇明词林人物考》卷一一《张玄超传》："邢子愿，东鲁逸才，生稍晚，意公已化去。后行部至松，喜公尚在，数存之里巷，为置买山钱若干。"《崇祯松江府志》卷四二《张之象传》："侍御邢侗观风入吴，趣驾就访。时之象方卧疾，侍御直入，造榻下。……握手慰劳，恨相见之晚。问公所欲，对曰：'老人无他嗜，惟嗜丘壑。'因出所著《卖书买山诗》云：'不恨空囊贯索无，尚余书卷当青蚨。余今自喜专丘壑，览得天成一画图。'侍御赏叹不已，因檄邑令赠买山钱。"

莫云卿（？~1587），初名是龙，字云卿，后以字行，更字廷韩，号后朋，更号秋水，华亭人，莫方伯中江翁长子。八岁善读书，一目下数行，亦不再读；十岁善属文，藻思溢发，有圣童之称；十四而补郡博士弟子，声籍籍黉序间二十年。书法钟、王及米，行草豪逸有态。隆庆元年（1567），同梁辰鱼、孙七政、殷都、王穉登、张献翼等人在金陵鹫峰禅寺结社，聚集江南名士四十余人，或征歌度曲，或饮酒赋诗，消磨时光。性豪举，不拘小节，与先辈文徵仲、唐伯虎臭味相埒，绝无松人俗态。律宗杜工部，文法西京，尤长于书画。《云间志略》卷一九《莫云卿传》称其"好攻诗，攻古文词，攻书法，攻弈，又攻画。其诗宗唐，分韵即援笔立就，有八步倚马才。古文词宗西京，间亦出入韩柳，卓然名家。书法无所不窥，而独宗钟繇，宗羲、献，宗米。……辄试辄落第，而督学使者高其名行，以不次贡于廷，廷试第一人，名噪都下，不减士衡入洛云。时相君太宰欲以翰林孔目待诏处廷韩，如文徵仲、何元朗故事，而廷韩意不屑就也。于是又复试，试复一再不利，而竟坐此郁郁，得幽疾以死，享年不满五裘"。所著有《笔尘》及《莫廷韩集》行于世。屠隆《白榆集》卷五《夏夜衙斋宴集张玄超莫廷韩诸君限韵》记载了一众友人日常宴集的情态，诗云："露下芙蓉月满江，当筵且不问为邦。水边人语风吹断，树杪星河夜欲降。自喜琼枝常得并，即如神剑理应双。愿言永结丹霞侣，共指蓬莱瞰石窗。"①

屠隆（1543~1605），字纬真，一字长卿，号赤水，别号由拳山人、一衲道人、蓬莱仙客，晚年又号鸿苞居士，浙江鄞县人。万历丁丑（1577）进士，初令颍上，万历丁丑（1577）至万历癸未（1583）任青浦知县，官至礼部主事，因不拘小节、纵情诗词而罢职。万历十四年（1586），卓明卿创南屏社，以汪道昆为主盟，王穉登、屠隆、潘之恒等为社中诗人。万历十七年（1589），主持编纂《补陀山志》。屠隆追随王世贞"文须秦汉，诗必盛唐"的主张，与胡应麟等并称"末五子"。博学多才，尤精戏曲，《明史》称其"诗文率不经意，一挥而数纸"。生平事迹详见《崇祯松江府志》卷二七《上海守令题名记》、卷三三《屠隆传》，《云间志略》卷四《屠隆传》等。著有《彩毫记》《昙花记》《修文记》《白榆集》《由权集》《鸿苞集》等。《嘉庆松江府志》卷五二《古今人物传》四《张之象传》记载称"青浦县屠隆为赠买山钱"，与上文所载东鲁逸才邢侗为张之象"置买山钱若干"的记述稍有不同，未能辨别孰是孰非，抑或二人均有此举，待考。

颜洪范（生卒年不详），字伯起，一字中起，号峄皋，浙江上虞人。万历癸未（1583）进士，同年任上海县令，行取御史。生平事迹详见《云间志略》卷五《上海令峄皋颜侯传》及《崇祯松江府志》卷二七《上海县令题名记》、卷三三《颜洪范传》。万历十四年（1586），张之象

---

① （明）屠隆：《白榆集》，《续修四库全书》影印明万历龚尧惠刻本。

应县令颜洪范之聘，往任《上海县志》总纂。万历十四年（1586）始修，一年稿成，之象卒，由邑生黄炎为之校，于万历十六年（1588）刊行。王彻《王屋先生传》："春秋八十，颜令君以邑志久残，议修之，非张先生不可。再聘而出。逾年，书成，先生病力矣。其叙事简核，品评卓逸，真实录哉。"《崇祯松江府志》卷三三《颜洪范传》："邑乘未备，聘礼张王屋先生辑成之。又进诸青矜，程艺奖拔，皆知名。治邑五年，擢北台御史。"

《万历上海县志》共 10 卷。卷首有县境、县城、县署、县学四图。陆树声在卷前序中言："吏治之得失，建置之沿革，民生之利病，财赋之赢缩，俗尚之淳漓，与夫筑城、浚隍、海防、河渠、经赋、均则之类，诸凡嗣起所宜续入者，参互采撷，条分胪列，皎如指掌。总之，则义达而事例明，文核而体要备，盖斌斌乎质有其文，于邑志称良焉。"既介绍了上海县的变化，又阐明了修志的意旨。正文分十类、六十一目。每类之前均有张之象所作四言十二句的小序。明代所修上海县志四部，洪武志佚传，弘治、嘉靖二志久湮不得，而此万历志独以传世，成为清修《上海县志》之祖本，故在《上海县志》中最负盛名。

张所敬（生卒年不详），字长舆，人称黄鹤先生，上海龙华里人。自童子时即有文章之誉，弱冠补弟子员，与陈太常子有辈并噪艺林。有《酒志》13 篇及《五慕诗》《三止诗》《潜玉斋稿》《潜玉斋续稿》《春雪篇》等行于世。事迹见《云间志略》卷二十一《张文学长舆先生传》、《崇祯松江府志》卷四二《张所敬传》等。万历十四年（1586），张之象应上海令颜洪范之请，纂修《上海县志》。同时参加纂辑的，还有同乡后辈张所敬，并且"纂辑之功居多"。《同治上海县志》前载万历十六年（1588）陆树声《万历上海县志序》云："志凡若干卷，始事于万历丙戌，越岁，戊子告成。主其事者，上虞颜侯洪范；司纂辑以事雠校者，藩幕张君之象及黄君炎辈六文学也。"①

---

① 六文学，指庠生黄炎、姚遇、张所敬、顾成宪、黄体仁、朱家法。

俞显卿（生卒年不详），字子如，号适轩，吴淞人。嘉靖四十年（1561）举人，万历癸未（1583）进士，授刑部主事，曾任浙江清吏司主事。早岁举孝廉，即留心民瘼，有范希文先忧后乐之志；穆庙末年，坐诬挂冠家居，杜门清修，敦尚孝友；执父丧，蔬食三载，复鬻园以成葬礼，士论高之。生平事迹见范濂《云间据目抄》卷一《俞显卿传》。张之象辑有《古诗类苑》130卷，俞显卿为之补订，并撰有《古诗类苑序》。黄体仁《古诗类苑叙》："（张玄超）网罗历代，自黄虞迄于六朝，列为《古诗类苑》；自唐武德迄于天祐，列为《唐诗类苑》。编蒲织格，几于蚕彩，牛毛绮缚甚逸矣。而家赤贫，不能杀青，挈而授余社友、比部俞子如。子如亦雅有书廨，业已缮写雠校，一旦捐宾客，而不能卒业，笥而藏者十余载。……夫是两书也，玄超集其成而厄于空囊，子如将广其传而抑于短晷，令寓内骚人墨卿日喟喟如壁间枕中之秘，争以不得睹为恨。"

综合以上之论析考辨，张之象一生历正德、嘉靖、隆庆、万历四朝，其交游集中在四个地方：或为松江府人而长期定居于本郡，或仕宦漂泊而客寓南京，或短暂出仕浙江藩幕，或隐居秀林山。从张之象与当时文坛众多人物的交往，可以看出他在当时影响甚大。然而时过境迁，隐居秀林山后，作为醇儒的张之象渐见寂寥，于林下泉间寻求心灵的抚慰和平衡。这群文人学士的交往聚散，与当时东南地区的经济发展、地理环境、历史文化背景、文人心态等有很大关系。他们或居官，或游览，或求学，或应试，或寓居，或访友，热衷于文学创作、诗酒唱和，共同营造了浓厚的创作氛围，客观上为东南地区文化的繁荣作出了不可估量的贡献。

第三节　张之象的学术思想

张之象是明中叶蜚声东南文坛的诗人、学者。他一生驰骋于嘉靖、隆庆、万历初年的文坛，创作并校刻了大量的文学、史学著作。但一直以来，学界对张之象的研究比较零散、简略，缺乏实际考察、辩证思考和整体观照。真正系统、深入的研究，是从20世纪90年代日本学者中岛敏夫整理出版《唐诗类苑》开始的。20 多年来，直接相关的研究专著仅有一部，公开发表的专题性学术论文十余篇，关于张之象的生平、交游、思想、著述、诗歌创作和理论主张等方面的研究，仍有不少待发之覆。以下将从文学、史学、文献学等方面出发，对张之象的学术思想初步加以探讨。

（一）张之象著述及文学思想考略

张之象一生藏书万卷，著作等身，内容涉及学术专著、诗文集、读书笔记、文献史料等方面。他的文学思想，在一定程度上反映了当时文学思潮的嬗变，具有鲜明的时代特色。

1. "综贯群籍，笃志好古"

有明一代，文坛的主要倾向是复古。受明代前后七子"文必秦汉，诗必盛唐"的影响，张之象早年"综贯群籍，笃志好古"①，为诸生时，"即与邑人徐奉化伯臣、莫方伯子良、何翰林元朗、祠部叔皮，以声诗相唱和海上"，"当其宴歌游览，情兴所适，辄分曹而赋，相与比音节，刻句字，抉肠剔肾，以极骚人之变。片楮所落，学士大夫共传之，以为希世之宝，叹赏不置。而君之才誉，亦遂与诸君子后先鳞次相望海内矣"②。

张之象一生多次参加科举考试，却屡试不第，遂发誓"甘为蠹鱼，生死文字间"，"悉取青箱所遗群籍，楗门牡，且莫窥览，恒手一编"③。著有《剪彩》④《翔鸿》《听莺》《避暑》《题桥》《猗兰》《击辕》《佩剑》《林栖》《隐仙》《秀林》《新草》诸集，以及《张王屋集》1 卷、《叩头虫赋》1 卷、《云间百咏》1 卷、《韵经》5 卷⑤；辑有《诗学指

---

① （明）魏留耘：《彤管新编后序》，（明）张之象：《彤管新编》，明嘉靖三十三年（1554）刻本。
② （明）茅坤：《茅鹿门文集》卷一三《楚范序》，中国科学院图书馆藏明万历刻本。此序又见茅坤《白华楼续稿》卷六，中央民族大学图书馆藏明嘉靖万历间递刻本。
③ （明）王彻：《王屋先生传》，《唐诗类苑》卷前。
④ 《剪彩》，《明史》著录为《剪绡集》2 卷。
⑤ 《韵经》5 卷，《明史》著录为《四声韵补》5 卷。

南》、《韵学统宗》、《韵苑连珠》、《楚语》、《楚范》、《楚林》、《楚翼》、《赋林七萃》、《群书异同》、《太史史例》、《史记发微》、《史记评林》、《新旧注盐铁论》（有 10 卷本和 12 卷本）、《楚骚绮语》、《唐雅》、《回文类聚》、《诗纪类林》（包括《古诗类苑》130 卷和《唐诗类苑》200 卷，《明史》著录为《古诗类苑》120 卷、《唐诗类苑》200 卷，以及《彤管新编》、《万历上海县志》等集）；刻有《老子道德经注》、《文心雕龙》、《史通》等，不下千百卷。赵应元《刻唐诗类苑序》称其"淹通该洽，号江东人士冠冕"①。

张之象著作，《明史》著录仅有六种，其他史志记载详略不同。王彻《王屋先生传》尤为详备，文曰：

> （张之象）不堪嚣埃，乃卜筑秀林山麓，聚书万余卷，充韧其中，用以自娱。学者望之如宛委然，而问字之踵相接。其地有松寮、竹所、菊径、莼湖、桃源、柳陌、梅岭、杏坛、鹿窝、鹤馆、石楬、洼樽、梁铭、李箓，又有枕烟亭、御风台、夜月潭、春云洞、振衣冈、勒驾关、铁砚斋、丹砂井、椒兰室、紫翠房、揽秀阁、飞仙桥、四贤祠、八咏碑、丛桂林、采莲径、狎鸥渚、放鹤滩诸名迹，先生各为标咏，可方我家右丞《辋川》诸什也。日坐山斋，焚香隐几，肆力著述，剥啄不膺。间与知己唱酬弹射，而所著益饶。有《剪彩》《翔鸿》《听莺》《避暑》《题桥》《猗兰》《击辕》《佩剑》《林栖》《隐仙》《秀林》《新草》诸集；所辑有《诗学指南》《韵学统宗》《韵苑连珠》《楚语》《楚范》《楚林》《楚翼》《赋林七萃》《群书异同》《太史史例》《史记发微》《新旧注盐铁论》《唐雅》《回文类聚》《诗纪类林》等集。每游戏而为法书，则纵笔如飞，妍媚娟秀，摹临古迹，居然优孟。

---

① （明）冯时可《唐诗类苑序》亦云："云间张玄超先生淹通宏博。"

综合诸家文献著录，参以各大图书馆现存书目，将可以搜集到的张之象著作，简略考订如下。

（1）《剪彩集》2卷，明张之象撰。明嘉靖二十八年（1549）程卫道刻本。每半叶十行十八字，白口，左右双边。

（2）《翔鸿集》1卷，明张之象撰。明嘉靖三十四年（1555）朱大英刻本。以上两种别集当为张之象卜筑秀林山时所著诗集。

（3）《张王屋集》1卷，明张之象撰。明隆庆间无锡俞宪刻《盛明百家诗》前编本。前有俞宪作于嘉靖四十三年（1564）春的小序，称其旧识朱大韶、何良俊皆"雅尚其诗，乃为诠次，刻于家塾"，计70余首。诗中多张之象与其友人交游唱和之作。《同治上海县志》卷二七《艺文志》："《张王屋集》《金陵唱和编》，俱张之象撰。"其中《张王屋集》分《猗兰》《剪彩》《翔鸿》《听莺》《避暑》《题桥》《林栖》《隐仙》《佩剑》《击辕》十集。与一般记载有所不同。《光绪华亭县志》卷二〇《艺文志》："《张王屋集》分《剪彩》《翔鸿》《听莺》《避暑》《题桥》《猗兰》《击辕》《佩剑》《林栖》《隐仙》，共十集。张之象著，《郭府志》载。按《宋府志》：彩作绡。"《朱邦宪集》卷五《题桥集序》："王屋山人《赋得司马相如》一卷，已自为序，复命予序之，岂以予亦慕相如而知山人哉？"黄姬水《白下集》卷八《猗兰集序》："嘉靖单阏岁玄月，黄子去闾邑，审遁阻，将采荣青山以老也，弭霞轸于白门。旅逢王屋山人，相与晤言累日，手持一编示黄子曰：'兹集也，友人金陵俞元海氏命材锓梓。子其叙之。'……昔仲尼游于诸侯，莫能用，隐于谷之中，见香兰焉与众草为伍，援琴鼓之，作《猗兰操》。嗟乎！明王不作，而王者之香不采而佩；伤兰者，伤道也。……文若干首，命曰《猗兰集》。"

（4）《叩头虫赋》1卷，明张之象撰。明刻本。《同治上海县志》卷三二《杂记》三载有《叩头虫赋并序》，文曰：

《叩头虫》者，晋傅咸之所作也。其谦牧自卑，无往不利。余乃谓士之进退必由礼义而得之，不得，固有命也。彼之抑首胁息，情态可嗤，殆类夫奔谄焰热者，枉己辱身，颇伤志操，虽时或有遇，非君子砥节之训矣。故反其意述此赋，以讽当今之士，并以自鉴焉。……况穷通之有定，信命运之难更。干人者未必果获，屈膝者安可复申，是以非义之钱而赵勤弗惜，阉人之贵则高允所轻。

此序后有朱邦宪跋，曰："先生为吴宿儒，著述种种，已可汗牛。余独取是赋刻之，岂为其与子建赋蝙蝠、士龙赋寒蝉争雄长哉？知先生志在冥鸿翔凤，不为世所羁矣。读是赋者，不独以文字定先生也。"

（5）《云间百咏》1卷，明张之象撰。《同治上海县志》卷二七《艺文志》载："《云间百咏》一卷，许尚撰。附张之象、刘邦辅、董宜阳所撰各一卷。文渊阁著录。"宋许尚撰《华亭百咏》1卷，以华亭古迹各为绝句，大抵感慨今昔，数首以后，语意不免重复，然所注尚足资考订。

（6）《韵经》5卷，梁沈约撰，明张之象撰。《明史》《同治上海县志》《光绪华亭县志》均著录为"《四声韵补》五卷"。明嘉靖十八年（1539）长水书院刻本。每半叶十行十八字，小字双行，白口，左右双边。明代著名学者杨慎转注《韵经》，上海图书馆藏有明万历刻本，《四库全书存目丛书》收入经部"小学类"。全书5卷：卷一为"平声上"，卷二为"平声下"，卷三为"上声"，卷四为"去声"，卷五为"入声"。每卷下有"梁吴兴沈约休文撰类、宋会稽夏竦子乔集古、渤海吴棫才老补叶、明弘农杨慎用修转注、清河张之象月麓编辑"字样。卷前有万历戊寅（1578）李良柱《刻韵经小序》。《光绪华亭县志》卷二〇《艺文志》："《四声韵补》五卷，张之象著。按：黄烈《云间文献》载有《韵经》5卷，浙江刊本又云江夏郭正域序而重刊之。其书采吴才老《韵补》、杨升庵《转注》而成，又自称有家藏沈约《四声韵本》云云，疑即此书也。"

（7）《楚范》6卷，明张之象撰。茅坤《白华楼续稿》卷六《楚范序》云："《楚范》者，予友云间张君王屋所尝读楚屈原《离骚》而论著者。"《四库全书总目》卷一九七《诗文评类存目》之《楚范提要》指出其内容及缺陷："是编割裂《楚辞》之文，分标格目，以为拟作之法。分十二编，曰辨体，曰解题，曰发端，曰造句，曰丽词，曰叶韵，曰用韵，曰更韵，曰连文，曰叠字，曰助语，曰余音。屈宋所作，上接风人之遗，而下开百代之词赋。性情所造，音律自生，所谓文成而法立者也。之象乃摘其某章某句，多立门类，限为定法，如词曲家之有工尺。以是拟骚，宁止相去九牛毛乎？"《光绪华亭县志》卷二〇《艺文志》："《楚范》六卷，《四库全书存目》《宋府志》《云间文献》云是书论断《楚骚》体裁及造句、用韵、遣字诸义，分十二门。"《文渊阁存目》载："《云间志略》分《楚范》《楚语》《楚林》《楚翼》四目，《楚范》乃论骚体裁及造字、用韵诸类，凡十二门。"

（8）《太史史例》100卷，明张之象汇辑。明嘉靖四十四年（1565）长水书院刻本，四川大学图书馆藏。每半叶二十行十八字，白口，双鱼尾，左右双边。卷前有张之象《太史史例序》。《朱邦宪集》卷五《题桥集序》："（张之象）尝挟策于有司，屡见摈斥。岁己酉（1549）复修故业，与都下士决命争首，自谓莫能当矣，数奇，复不偶，遂以章句、禅、诸子益肆力艺林，覃思著述。著桓氏《盐铁论》，纂辑《司马书法》以见志。"《四库全书总目》卷九〇《史评类存目》二《太史史例提要》："是编取《史记》所书，分类标列为二百八十九例，摘其文以系于各类之后，名目皆极琐屑。夫文字详略，势无定体，本不可以例言，况太史公成一家之书，往往意在文外，尤不得尽以定法拘之。而之象乃毛举细微，以为事事有例，此又以说春秋家之窠臼，移而论史矣。"钱谦益《列朝诗集小传》作《司马司法》100卷。《同治上海县志》卷二七《艺文志》："《太史史例》一百卷，张之象撰。《文渊阁书目》、《云间文献》作《文例寻绎》、《史记书法》，标列二百八十九例，摘其文而分系之。"《光绪华亭县志》卷二〇《艺文志》："《太史史例》一百卷，《四库全书存目》《宋府志》《郭府志》作一百三十卷。《云间文献》云是书寻绎《史记》书法，标例二百八十七，摘其文而分系之。"

（9）《史记发微》2卷，明张之象著。《光绪华亭县志》卷二〇《艺文志》："《史记发微》二卷，据《郭府志》载。"

（10）《史记评林》，明张之象著。明何三畏《云间志略》卷一九《张宪幕王屋传》："（所著）有《史记评林》，费几年精力始就。客傥得而赝刻之，当路者欲罪其人，其人惶恐，请以百金为寿，公笑而却之，非长者不及此。"张之象《校刻史通序》云："迩吴兴凌子遇知纂刻《史记评林》，曾不研审，往往自用，至以知几为宋人。"末附程一枝写给张之象的信函，亦云："过吴兴，受凌氏《评林》，则见先生所以发司马氏微甚诚，诸家所未逮也。何先生之谈《易》，易若是哉！今春凌生以班掾书延不佞雪上，盖三月矣。不佞而后知凌氏《评林》多得之先生，而掩之为己有也。岂谓吾党中亦有盗挟欤？"

（11）《史记汇》10卷，明张之象著。《光绪华亭县志》卷二〇《艺文志》："《史记汇》，张之象著。据《宋府志》载。"

（12）《盐铁论注》12卷，汉桓宽撰，明张之象注。一为明嘉靖三十三年（1554）张氏猗兰堂刻本，每半叶九行十七字，小字双行，同细黑口，左右双边。一为明嘉靖三十三年（1554）张氏猗兰堂刻、程荣重修本，佚名跋并录卢文弨校，每半叶九行十七字，白口，左右双边。一为明末刻本，每半叶九行二十字，小字双行，同白口，四周单边。一为清王谟"增订汉魏丛书"本，每半叶十八行四十四字，小字双行，黑口，单鱼尾，四周单边。前有张之象"嘉靖癸丑（1553）闰三月朔旦"《注盐铁论序》，卷尾王谟识语云"全书篇目仍旧张氏，加以详释，釐为十二卷。从书并举，张氏注、刊刻皆有功于桓氏者也"，可证此本从嘉靖三十三年（1554）张氏猗兰堂刻本而来。《四库全书总目》卷九一《儒家类》一《盐铁论提要》云："其著书之大旨，所论皆食货之事，而言皆述先王、称六经，故诸史皆列之儒家。黄虞稷《千顷堂书目》改隶《史部·食货类》中，循名而失其实矣。明嘉靖癸丑（1553），华亭张之象为之注，虽无所发明，而事实亦粗具梗概。"《同治上海县志》卷二七《艺文志》载："《盐铁论训解》，张之象撰。据《府志》补。前志《子部·杂家》有《新旧注》一书，亦张之象撰。注云：一作《盐铁论新旧注》，未知即是书否，今附见于此。"

（13）《盐铁论注》10 卷，汉桓宽撰，明张之象注，明钟惺评，明万历中金阊拥万堂刊本。又有湖南艺文书局梓行的"增订汉魏丛书"本，据明涂祯刻本重刻，前有张敦仁《重刻盐铁论并考证序》、清顾广圻《盐铁论考证后序》、明都穆序、明涂祯自序，张敦仁和顾广圻对张之象注《盐铁论》颇有微词，认为《盐铁论》为张之象所乱，"卷第割裂，字句踳谬"。此本每半叶十行二十字，白口，单鱼尾，左右双边。文中多处出现"张云""胡云""涂云""王云""卢云""华本"等字样，批驳张之象乱加窜改、增删之处。

（14）《楚骚绮语》6 卷，明张之象辑，明凌迪知重订，明万历四年（1576）凌迪知刻文林绮绣本。每半叶八行十七字，小字双行，同白口，左右双边，书前有凌迪知万历四年（1576）八月所撰《楚骚绮语叙》，称"余窃有惧焉。学如荆公，尚为欧老讥而且未悟，则《骚》之奇而玄者何如？苟徒以词而不本其悲惋凄怆之意，岂特如落英之误用已哉？余故为读《楚骚》者惧之"。《四库全书总目》卷一三八《类书类存目》二《楚骚绮语提要》云："是书摘《楚辞》字句以供捃扯，已为剽剟之学。又参差杂录于二十五赋，不复著出自何篇。亦与黄省曾《骚范》同一纰陋。"《宋府志》《光绪华亭县志》均著录。

（15）《唐雅》26 卷，明张之象辑。现存四个版本：一为明嘉靖二十年（1541）长水书院刻本，浙江图书馆藏，前有嘉靖辛丑（1541）四月既望何良俊撰序，每半叶十八行十七字，白口，左右双边。二为明嘉靖二十九年（1550）清河张氏刻本，存 21 卷，北京大学图书馆藏。三为明嘉靖三十一年（1552）无锡县刻本，每半叶九行十七字，白口，左右双边，南京图书馆藏本有丁丙跋。四为明万历吴勉学刻本。《四库全书总目》卷一九二《总集类存目》二《唐雅提要》："是集取唐君臣唱酬之作二千余篇，分部五十有三①，以类编次，自武德迄于开元，以天宝而后风格渐卑，故不与焉。其论似高而无当，盖是时七子之派方炽，故遵其'诗必盛唐'之说也。"

（16）《回文类聚》4卷，明张之象辑。《同治上海县志》卷二七《艺文志》载："旧本十卷，为宋淮海桑世昌纂，是编增以明代之作。"桑世昌《回文类聚原序》："《诗苑》云：回文始于窦滔妻，反覆皆可成章。旧为二体，今合为一，止两韵者谓之回文，而举一字皆成，读者谓之反覆。又上官仪曰：凡诗对有八，其七曰回文，对情亲因得意、得意逐情亲是也。白尔或四言，或六言，或唐律，或短语，既极其工，且流而为乐章，盖情词交通，妙均造化，此文之所以为无穷也。"朱存孝康熙戊子（1708）撰《回文类聚序》："《回文类聚》四卷，乃宋臣桑世昌泽卿所纂，后明人张之象玄超复加增订。披阅之次，似觉玄超之所增订者杂乱无绪，是以将彼旧增，并予所习见之什，纂为续集，附于卷后，重锓诸木。"

（17）《唐诗类苑》200卷，明张之象辑。现存两个版本：一为明万历二十九年（1601）曹仁孙刻本，一为清光绪刻本。《四库全书总目》卷一九二《总集类存目》二《唐诗类苑提要》："初，赵孟坚有《分类唐诗》，佚阙不完，世无刊本，之象因复有此作。凡分三十六部，以类隶诗。意取博收，不复简择。故不免失之冗滥。盖类书流也。"此书按诗的主题分门类编次，收唐五代诗歌3万多首，为张之象历20年之久编成，早于明胡震亨的《唐音统签》1033卷和清季振宜的《全唐诗》770卷，故而在编纂时间和收诗规模上都具有奠基意义。

（18）《古诗类苑》130卷，明张之象辑，俞显卿补订，明万历三十年（1602）俞显谟、王颍、陈甲刻本。每半叶十行二十一字，白口，左右双

边。是编与《唐诗类苑》均因张之象家贫不能刊，万历庚子、壬寅始为曹氏、俞氏刊行。《凡例》云"是编首自上古，下迄陈隋，一枝片玉，搜括无遗"。《四库全书总目》卷一九二《总集类存目》二《古诗类苑提要》却对其评价不高："其书以冯惟讷《诗纪》为稿本，较唐诗易于为力。汉以后箴铭颂赞，冯本不录，之象增之。……正宜尽从刊削，而复捃摭续貂，殊不免伤于嗜博。又割裂分隶，门目冗琐……足见其随意剽掇，不尽考古书矣。"① 所持标准不同，看法亦大相径庭，亦即所谓的"仁者见仁，智者见智"。《万历上海县志》卷二七《艺文志》载："《诗纪类林》《诗学指南》，俱张之象撰。"其中《唐诗类苑》与《古诗类苑》合称《诗纪类林》。《光绪华亭县志》卷二〇《艺文志》："《古诗类苑》，张之象编。按：《宋府志》云 120 卷，《云间文献》云 130 卷，浙江刊本。是书取上古迄陈隋之诗，分类编之。其搜罗未竟者，同邑俞镇卿补焉。"②

（19）《彤管新编》8 卷，明张之象辑，明嘉靖三十三年（1554）魏留耘刻本。每半叶十行十八字，白口，左右双边。魏学礼《彤管新编序》云："旧有《彤管集》，集自蒙古以上而首鲁，悉闺人辞。然帙乱而篇略，不识集者谁何，盖纂采而未卒者。云间张之象更而新之，首周终蒙古，视昔倍而举例饬。……卷凡八，诗歌、铭颂、辞赋、赞诔凡六百五十四首，璇玑图诗凡一篇，序、诫、书、记、奏疏、表凡三十三首。"《四库全书总目》卷一九二《总集类存目》二《彤管新编提要》："是编以世所传《彤管集》篇帙未备，更为辑补。自周迄元，凡诗歌、铭颂、辞赋、赞诔六百五十四首，璇玑图一篇，序、诫、书、记、奏疏、表三十三首。采掇颇富，而伪舛亦复不少。"

（20）《万历上海县志》，明颜洪范修，明张之象等纂辑。万历十四年（1586），"上洋颜令君议修邑志而难其人，礼聘公。公时已寝疾，而令君

---

① 关于张之象《古诗类苑》与冯惟讷《古诗纪》的编纂先后问题，后文将详加分析，兹略。

② 俞镇卿，当为俞显卿之误。

意益瘥，公乃力疾往，再阅月而书成。其纪载博雅，义例精详，一时日之实录。而公自是亦不起，若有待以毕志云"。前有万历十六年（1588）十一月陆树声序，称是志"始事于万历丙戌，越岁戊子告成，主其事者上虞颜侯洪范，司纂辑以事雠校者，藩幕张君之象暨黄君炎辈六文学也"，"凡嗣起所宜续入者，参互采摭，条分胪列，较若指掌。总之则义达而事例明，文核而体要备，斌斌乎质有其文，于邑志称良焉"。张之象作《序例十则》，曰地理志、河渠志、赋役志、建设志、秩祀志、官师志、选举志、人物志、艺文志、杂志，从中亦可窥见其旨趣。

（21）《老子道德经注》，张之象刻本。魏王弼《老子道德经注》现存最早的版本，相传为明华亭张之象刻本。现今流传的清浙江书局翻刻本，实际上已据清武英殿刻本做了部分校订，非张之象原本。明刻《道藏》中的《道德真经注》较接近张之象原本，但讹误很多。今有慕容真点校的《道教三经合璧》[①]，将老子的《道德经》、庄子的《南华经》和列子的《冲虚经》汇为一编，并取魏王弼，晋郭象、张湛三家权威性的注释。《道德经》以明华亭张之象本为底本，《南华经》《冲虚经》均以明世德堂本为底本，参据他本校正。

（22）《史通》，张之象刻本。万历五年（1577），张之象根据秦柱家藏宋本《史通》校刻。每半叶七行十二字，白口，单鱼尾，左右双边，书后有"万历五年张之象撰"《刻史通序》。傅璇琮先生盛赞张之象对《史通》"有着摧陷廓清之功"[②]。

（23）《文心雕龙》，张之象刻本。万历七年（1579），张之象根据秦柱家藏本《文心雕龙》校刻。后有"万历七年张之象撰"《刻文心雕龙序》。《四库全书总目》卷一九五《诗文评类》一《文心雕龙提要》："其书《原道》以下二十五篇，论文章体制；《神思》以下二十四篇，论文章

---

① 《道教三经合璧》，慕容真点校，浙江古籍出版社，1991。
② 傅璇琮：《史通出版说明》，中华书局，1961 年 12 月影印本。

工拙；合《序志》一篇，为五十篇。""是书自至正乙未刻于嘉禾，至明弘治、嘉靖、万历间，凡经五刻。"张之象将《文心雕龙》与《史通》并刻，从他对待学术一贯审慎的态度，可以推知此本的文献价值亦很高。

2. 编纂总集，妍媸不择

中国古代诗文选本的发展过程大致可分为三个阶段：一是六朝时期，是古代诗文选本的滥觞期，以梁萧统《文选》、南朝徐陵的《玉台新咏》为代表。二是唐宋元时期，是诗文选本的发展时期，以宋郭茂倩《乐府诗集》和元左克明《古乐府》为代表。三是明清时期，是诗文选本发展的高峰期，以明陆时雍的《古诗镜》、沈德潜的《古诗源》等为代表。

明人选诗之风尤盛，中后期出现过不少明人编纂的诗歌总集。叶德辉《书林清话》卷七记载明代刻书工价之廉、明人刻书之风尚说："数十年读书人，能中一榜，必有一部刻稿。屠沽小儿，身衣保暖，殁时必有一片墓志铭。"受时代风尚的浸染，张之象也编刻了几部大型的总集。这些诗歌选本，不仅具有重要的古典文学理论意义，而且具有很高的文献价值。

（1）嘉靖前期，张之象在仕途上锐意进取，又受前后七子的影响，故而所编选的诗文总集带有明显的复古倾向和台阁意味。此期选本以《唐雅》和《彤管新编》为代表。

明人辑选前代诗歌的历史悠久，尤以辑选唐代诗歌为最多。自明初高棅的《唐诗品汇》和《唐诗正声》刊出，大型的唐诗总集源出不绝。仅嘉靖前后刊行的唐诗总集就有邵天和的《重选唐音大成》15卷（嘉靖五年刻本）、樊鹏的《初唐诗》3卷（嘉靖十三年刻本）、张之象的《唐雅》26卷（嘉靖二十年刻本）、李默和邹守愚的《全唐诗选》18卷（嘉靖二十六年刻本）等。

唐诗总集的辑选，与明代各种诗学思潮交替出现有密切的关系。嘉靖时期的唐诗选本，都不同程度地受到李攀龙《古今诗删》的影响。在"诗必盛唐"观念影响下，嘉靖二十年（1541），张之象辑《唐雅》26卷。该书录唐武德至开元间君臣唱酬之作千余篇，后附赋颂4卷。清彭元瑞《天录琳琅书目后编》卷二〇《唐雅》："明张之象撰。书二十六卷，分五十二类：曰天文、四时、节序、山岳、水圈、京都、关境、桥梁、宫殿、楼阁、宅第、亭榭、持照、临与、郊丘、祭祀、宗庙、社稷、释奠、封禅、明堂、朝会、扈从、省直、诞辰、储嗣、婚姻、共宴、酺宴、宠锡、戒励、赦宥、奉使、祖饯、眺望、怀古、感旧、哀伤、挽歌、畋猎、军戎、经史、字书、器用、跃武、巧艺、寺观、祥瑞、花卉、果木、鸟兽、昆虫。录唐君臣唱酬诗赋，自武德至开元帝王七人，公卿百六十八人，宫闱八人，外国二人。"虽遵循格调论者的选诗理念，但对具体作品的选择标准有所变化。书前有嘉靖辛丑（1541）何良俊序，谓此编专取君臣唱酬之作，便于"上下之间""精神流通"，带有明显的台阁趣味。《四库全书总目》卷一九二《总集类存目》二《唐雅提要》："其论似高而无当，盖是时七子之派方炽，故遵其'诗必盛唐'之说也。且赋虽古诗之流，而自汉以来，体裁'久别'杂入'喜雨'诸赋，亦为例不纯。"

明中期开始有通代女子诗集的编纂，张之象所编的《彤管新编》、田艺衡嘉靖三十六年（1557）所编的《诗女史》、俞宪嘉靖至隆庆年间编的《盛明百家诗》前编末集置《淑秀总集》1卷，是其较为卓著者。《诗女史》是目前刊行时间最早的收录明代女子诗作的通代女子诗总集，《淑秀总集》是最早的明朝当代诗集，张之象所编的《彤管新编》，则起到了先例的作用。《彤管新编》共8卷，收周至元代妇女作品。其中卷六、卷七共收唐代诗人54人，多从笔记小说中采得。今有明嘉靖三十三年（1554）魏留耘刻本。魏学礼《彤管新编序》云："若夫彤管之编，述古宫闱之义；览周之作，则有温柔和凯之风，凄婉嘉徐之则；睹汉之制，则有典古正毅之懿，慨忼信直之体；魏晋则雅郁而沉深，清逸而弘永；宋齐迄唐，则妩润而闳肆，芬敷而悗节。……观乎张氏之旨，将为别述之籍，彤管肇称，义取女史；新编标首，以别旧集。陶阴蹉谬，鄙人操割；篇什之衰，则惟仍故梓章。"魏留耘《彤管新编后序》称："张玄超集《彤管新编》，余阅之，见其首述《三百篇》中之女妇所作，而终于元。其立义精，其搜采博，古今闺秀相去千载而若聚于一室间，挹其容，接其辞，鸣呼，何其要而广也。"这些女子诗总集，是清代女诗人总集编辑繁荣的先声。

（2）嘉靖中后期，张之象由浙江按察司知事归隐。出于对明代前期诗学发展的理性思考，诗歌总集的编纂向着大而全的方向发展。此期选本以《古诗类苑》和《唐诗类苑》为代表。

选家的价值取向决定着选本的内容，选本的内容又取决于个人的学识及其所处的社会人文环境。嘉靖、万历年间，古诗和唐诗合选似乎成为一种风气，各类合集如雨后春笋般大量涌现。如吴琯仿冯惟讷《古诗纪》的体例，与黄德水等辑成《唐诗纪》，初、盛唐部分 170 卷先行刊行；臧懋循以《古诗纪》为本，辑成《古诗所》56 卷、《唐诗所》47 卷；钟惺、谭元春编《诗归》51 卷，由《古诗归》15 卷和《唐诗归》36 卷构成；唐汝询、唐汝谔兄弟分别撰有《唐诗解》50 卷和《古诗解》24 卷；陆时雍撰《古诗镜》36 卷、《唐诗镜》54 卷等；这些均与当时的选诗风尚有关。张之象所辑《古诗类苑》130 卷和《唐诗类苑》200 卷，就是这一诗学思潮的产物。

经历了汉魏六朝以迄唐宋千余年的积累和发展，传统文学在明代已难以别开生面。以李梦阳、何景明为代表的"前七子"，李攀龙、王世贞为代表的"后七子"主张继承汉、魏、盛唐，将批评的目光转向复古，意在总结前代诗文创作的艺术规律，从而使诗文批评获得了较大的发展。他们留心体制，注重古诗的法与体，以为"自秦汉而下文愈盛，故类愈增；类愈增，故体愈众；体愈众，故辩当愈严"①，推动诗文选本向着大而全的方面发展。张之象的《古诗类苑》，正是在这样的诗学背景下产生的。

《古诗类苑》130 卷，是张之象编纂、俞显卿补订的古诗总集。张氏从过去的总集、别集、经传、诸子、史部、笔记、类书、丛书、方志以及

---

① （明）徐师曾：《文体明辨序说》，人民文学出版社，1962。

残碑断简中搜集了大量的资料，"是编首自上古，下迄陈隋，一枝片玉，搜括无遗"①，然后分类排比，在此之前还没有卷帙如此之巨的古诗总集。编者认为乐府诗乃一代典章，其排列条贯与音乐有关，所以未加分割，完全按郭茂倩《乐府诗集》次序未予变动；其他则按照《初学记》《艺文类聚》等类书分部，而且更加琐碎，并有不合理之处。如此书本名古诗，书中又列"古诗"一项，令人费解。编者贪多务得，真伪杂糅，滥收、误收之处也不少，但其创始之功不可没也。《四库全书总目》卷一九二《总集类存目》二《古诗类苑提要》却对其评价不高："其书以冯惟讷《诗纪》为稿本，较唐诗易于为力。汉以后箴铭颂赞，冯本不录，之象增之。……正宜尽从刊削，而复捃摭续貂，殊不免伤于嗜博。又割裂分隶，门目冗琐……足见其随意剽掇，不尽考古书矣。"四库馆臣言"其书以冯惟讷《诗纪》为稿本"，其实不确。虽然冯惟讷《古诗纪》出版在前，但冯书前所列引用书目即有《古诗类苑》，故冯编纂《古诗纪》时可能曾参考张氏稿本。《古诗类苑》的凡例中也提到《古诗纪》，因为张之象生前家贫不能刊刻，以稿授其同里俞显卿；显卿亦未刻而卒，直至万历庚子（1600）才得以刊刻。

《唐诗类苑》是现存最早、按主题分类的唐诗总集，收录了张之象尽一切努力所能汇集到的全部唐诗。规模虽繁富，然不免失之冗滥。后面将列专章论述，兹不赘述。

综上所述，张之象著述宏富，笃志好古，其著述带有深深的时代烙印。茅坤《茅鹿门文集》卷一三《楚范序》曰："君少负俊材，好读古先秦以来百家之书，颇自喜。间著词赋、诗歌，则又多仿汉、魏、晋、宋，下及唐开元、天宝、大历、建中以来词人之旨而揣摩之，而无不得其似。"其友人莫如忠亦云："其诗尔雅冲淡，兴寄寥远，有魏晋风；其文闳深奥衍，出入东西京，不作晚近语。"② 张之象的著作，尤其是其诗歌选本，在中国诗学体

---

① 《古诗类苑凡例》，《古诗类苑》卷前。
② （明）莫如忠：《崇兰馆集》卷一九《故浙江按察司知事王屋张公墓志铭》。

系的建构方面有着独到的眼光,体现出一代诗学家的理性选择。

(二) 张之象的史学思想

嘉靖、万历以后,明代已经步入由盛转衰的时期,却在思想界掀起了狂波巨澜。当时社会上尚文风气十分浓厚,文人士大夫刊刻了大量的著作,以求名垂青史。这种"立言"观念,为明代史学的繁荣局面创造了条件。正如我国台湾学者吴智和指出的那样:"明代史家何其多,著述也一向称盛,只因无人注意之,加以陈言旧说,偏见诬蔑,牢固人心,咸指目明人无学,史学荒芜。……明人的史学的成就,仍然有它一定的贡献,只是并不显得特别的突出。明末清初一些闪耀的大家,强烈地吸引学术界人士的注意力,因此,相对地,明代三百年间的史学,就显得黯淡无光。有此结果,其原因固然很多,无人研究并提出成果,也是一个重要的因素。"① 稽文甫先生也认为,晚明时代"是一个动荡时代,是一个斑驳陆离的过渡时代。照耀这一时代的,不是一轮赫然当空的太阳,而是许多光彩纷披的明霞"。② 张之象的史学研究,就是明代中晚期史学界的一抹颇有特色的彩霞。

张之象生活的年代,正处在明代史学由勃兴期向繁荣期过渡的阶段。他的史学研究,涉及范围广泛:既校辑了卷帙浩繁的《太史史例》,又校刻了唐刘知幾的《史通》,还参与修纂了《万历上海县志》。其史学成就,突出表现在以下几个方面。

1. 秉承儒家传统,撰辑《太史史例》

明代中后期,前后延续了一百多年的文学复古主义浪潮汹涌。在前后七子"文必秦汉,诗必盛唐"③ 的主张影响下,汉代司马迁的《史记》格

---

① 吴智和:《谢肇淛的史学》,《第二届国际汉学会议论文集》(明清与近代组),台北"中研院",1987,第49页。

② 稽文甫:《晚明思想史论》,东方出版社,1996,第1页。

③ 《明史》卷二八七《文苑传》三,中华书局,1974,第7381页。

外受到推重。张之象《太史史例》一书，就是一部系统研究《史记》的专书。全书共 100 卷，分为 287 类。四川大学图书馆今存有明嘉靖四十四年（1565）长水书院刻本。张之象卷首所撰《太史史例序》，详述了其编辑《太史史例》的始末。

序文首先概述了司马迁写《史记》的过程，并高度评价了《史记》"前未有比，后可为法"的史学地位。文曰：

> 自古书契之作而有史官，其载籍博矣。及孔子生于周季，伤道不行，无以自见后世，始因鲁史而作《春秋》。其他文辞有可与人共者，弗独有也。至于为《春秋》手自笔削，子夏之徒盖不能赞一辞。其以《春秋》授教弟子，则曰："后世知我者以《春秋》，而罪我者亦以《春秋》。"孔子既没，诸子百家嗣兴，各师《论语》，以空言著书，惜于历代故迹放散纷纭，靡所统系。迨汉司马氏子长世职太史，工于著作，乃仰稽孔子之意，据《左氏传》《国语》《世本》《战国策》《楚汉春秋》之言，撰十二本纪、十表、八书、三十世家、七十列传，上下三千载，凡计五十二万六千五百言，勒成一书，是为《史记》，载笔之体于斯备矣。大抵著书立言者，述之易，作之难。易编年而为纪传，盖自子长发之。前未有比，后可为法。六经之下，仅睹此作，非豪杰特起之士不能也。故谓周公之后五百岁而有孔子，后孔子又五百岁而在斯乎？比之于《春秋》之义，其所自任不浅。世固未与之，而良史之才若是，亦伟甚矣。

其次，张之象陈述了自己编辑《太史史例》是出于"以便检阅，以备遗忘，宣明轨范，龟鉴来学"的目的。

> 予少无他嗜，耽玩典籍，周览博涉，尤笃是书。虽不能至哉，然心固向往之也。反覆钻味，积有岁月，求端讨绪，洞识指归，于是敢竭不才，稍加纂理，旷分区别，较然可寻。凡为二百八十七类，总一

百卷，名曰《太史史例》，以便检阅，以备遗忘，宣明轨范，龟鉴来学。操史笔者傥，未必无可采云。

这从一个侧面反映了《史记》在明代的现实价值。明代，《史记》在科举制义中开始占有重要分量。据《明史》卷六九《选举志》一记载："国初举业有用六经语者，其后引《左传》《国语》矣，又引《史记》《汉书》矣。《史记》穷而用六子，六子穷而用百家，甚至佛经、《道藏》摘而用之。"《太史史例》就是迎合读者需求应运而生的产物。全书分类编排，摘取《史记》之文系于各类之后，各冠以定法。如卷一"先世"，卷二分"父母""父兄""兄弟"，卷三分"夫妻""子孙"；卷七分"姓名""邑里""称字""称号"等。对《史记》的分类研究，在张之象之前已有学者做了一定工作，但像他这样比较详细而深入地对其进行探讨并自成体系的，基本上没有。

最后，张之象指出自己私自进行史书研究，是传统的儒家观念使然。

> 嗟乎！夫世之所贵道者，书也。书不过语，语有贵也。语之所贵者，意也。意有所随，意之所随，不可以言传也。子长之书法，其意愈深，则其言愈缓；其事愈烦，则其言愈简。微而显，绝而续，正而奇，文见于此而起义于彼，离合变化不可名物，龙腾虎跃不可缰锁，岂拘儒曲士所能通其说乎？读是书者果能参考互观，引伸触类，因书以见道，得意而忘言，精诣神解，如庄子斩轮之对，释氏舍筏之喻，则不传之妙，千载可求。由此而入太史之门，虽达孔子之室亦可也。如使句拟字袭，泥象执文，以为得作者之情，而不知其所讽习者，古人之糟粕已耳。好古弥笃，去古亦远，适以此书累之也，又岂予本初辑书之意哉？书既梓成，因题首简，愧非史职，窃有事于此越俎之思，无所遁罪。若云以俟知我，则何敢望焉。浙江等处提刑按察司经历司知事云间张之象序。

诚如《四库全书总目》卷九〇《史评类存目》二《太史史例提要》所评价的那样："是编取《史记》所书，分类标列，为二百八十九例①，摘其文以系于各类之后，名目皆极琐屑。夫文字详略，势无定体，本不可以例言，况太史公成一家之书，往往意在文外，尤不得尽以定法拘之。而之象乃毛举细微，以为事事有例，此又以说春秋家之窠臼，移而论史矣。"② 受时代风气的浸染，《太史史例》虽然有其自身的缺陷，但也不失为一种治学的方法，自有其启示意义。

2. 究意文献典籍，校刻《史通》

余英时先生认为，"史学和时代是一种很明确的动态的关系"③，没有一个历史学家可以完全脱离时代。嘉靖、万历时期，读史之风盛行。张溥认为，明人这种好读史书的风气胜过了宋代："东汉以后，好学之士，莫盛于宋。然《通鉴》既出，温公尝苦人不读，能讫一遍者惟王胜之，余多睡去。今古学大开，史鉴诸书，家贮一本，览诵不倦，为胜之者往往而有，窃谓此事可以傲宋。"④ 吴中士子多究心史籍，张之象的友人何良俊《四友斋丛书》中记载有一段他与当时的兵部尚书聂豹的一段对话：

> 壬子冬到都，首谒双江先生。先生问别来二十年，做得什么功夫。余对以二十年惟闭门读书，虽二十一代全史，亦皆涉猎两遍。先生云："汝吴下士人，凡有资质者，皆把精神费在这个上。"盖先生方谈心性而黜记诵之学也。⑤

张之象也不例外。他在《太史史例序》中称："予少无他嗜，耽玩典籍，周览博涉，尤笃是书（指司马迁《史记》）。虽不能至哉，然心固向

---

① 张之象《太史史例序》所载为二百八十七例，《太史史例》一书后附《太史史例提要》亦为二百八十七例，则《四库全书总目》一书正文有误。
② （清）永瑢等：《四库全书总目》，中华书局，1965。
③ 余英时：《历史与思想》，台北联经出版社，1976，第263页。
④ （明）姚允明：《史书》卷首《张溥序》，四库全书存目丛书本。
⑤ （明）何良俊：《四友斋丛书》卷五，中华书局，1959，第43页。

往之也。反覆钻味，积有岁月"。时代的动荡带来思想上的巨大变化，张之象校刻《史通》，就是对当时重视考据的史学思潮的最好诠释。

刘知幾是唐代著名的史学评论家。他写于唐中宗景龙四年（710）的《史通》一书，是一部博大精深的史学理论著作。全书共 20 卷 49 篇。①《史通》包含内容丰富，刘知幾在《自叙》里说："夫其书虽以史为主，而余波所及，总括万殊，包吞千有。自《法言》以降，迄于《文心》而往，因以纳诸胸中，曾不芥者同东施效蒂芥矣。"学界对此书评价极高②，认为"产生于盛唐时代的刘知幾《史通》，是我国古代最系统、最具特色的体例完备的历史学理论著作。他创造的中国传统史学理论著作的体裁体例，成为此后史家模拟的榜样"。③ 但是，《史通》写成后，并未得到应有的重视，传世稀少。

明代中叶，"李梦阳、何景明倡言复古，文自西京，诗自中唐而下，一切吐弃，操觚谈艺之士翕然宗之。明之诗文于斯一变"④。文学复古运动直接影响史学古籍的大量刊刻，从理论与实践上推动了明代史学的发展。嘉靖年间，对《史通》的注释与整理逐渐展开。如果说陆深开明代《史通》研究之风，那么，张之象则奠定了《史通》研究的文献基础。

陆深洞究经史，文思警锐。他在《史通》研究上的贡献表现在两个方面：一是采其精粹为《史通会要》，二是校刻并重刊《史通》。我们今

---

① 《史通》四十九篇，分内篇三十六，外篇十三。

② 关于学界对《史通》的评价，任继愈先生认为，《史通》"这部书是我国第一部成系统的史论，是研究刘知幾思想的主要材料"（任继愈：《刘知幾的进步的历史观》，《文史哲》1964 年第 1 期）。韩国磐先生认为"这是中国第一部系统的史评类专著"（韩国磐：《隋唐五代史纲》，人民出版社，1979，第 497 页）。瞿林东把《史通》看成中国"第一部综论性的史学批评专书"（瞿林东：《中国古代史学批评纵横》，中华书局，1994，第 28 页）。尹达先生则把《史通》看成一部富有思想性的史学理论著作（尹达主编《中国史学发展史》，中州古籍出版社，1985，第 159 页）。高国抗先生在《中国古代史学概略》中也明确指出："《史通》是我国第一部史学理论专著。"（高国抗：《中国古代史学史概要》，广东高等教育出版社，1985，第 180 页）

③ 周晓瑜：《〈史通〉的撰著指导思想与方法》，《文史哲》1999 年第 5 期。

④ 《明史·文苑传》。

天所能见到的最早的《史通》版本，就是嘉靖十四年（1535）的陆深刻本。陆深《题蜀本史通后》云：

> 深在史馆日，尝于同年崔君子钟家获见《史通》，写本伪误，当时苦于难读也。年力既往，善本未忘。嘉靖甲午之岁（1534）参政江藩时，同乡王君舜典以左辖迁自蜀川，惠之刻本。读而终篇已，乃采为会要，颇亦恨蜀本之未尽善也。明年乙未，承乏西来，得因旧刻校之，补残刊谬，凡若干言。乃又订其错简，还其确文，于是《史通》始可读云。昔人多称知几有史才，考之益信。兼以性资耿介，尤称厥司。顾其是非任情，往往捃摭贤圣，是其短也。至于评骘文体，憎薄牵排，亦可谓当矣。善读者节取焉可也。前史官陆深书于布政司之忠爱堂。凡校勘粗毕，伪舛尚多，惜无别本可参对也，方俟君子。

陆深所见的蜀刻本，详情已无法查考。他因无别本可供比勘，虽然自序说"订其错简，还其缺文"，实际上却不能完全做到。

陆深以后，第二个校刻《史通》的便是张之象。张之象一生刻过许多书，但现在留存的却很少。河南大学图书馆藏有张之象万历五年（1577）刻本，20卷。此本卷首有彭光荪题签；卷内版心下记写工和刊工名，不为多见。又曾为于省吾双剑誃架上所庋，钤有"彭氏甘亭、瑞轩、于省吾印、双剑誃"几方印章。① 今有中华书局1961年影印本。

张之象在《史通序》中首先叙述了刘知几撰《史通》的经过。文曰：

> 《史通》者，唐刘子玄知几所撰也。以汉求司马迁后封为史通子，兼取《白虎通》之义，名曰《史通》，盖知几所自定。若此，知几当长安神龙间，三为史官，颇不得志，愤懑悁悒，数欲求退。其与萧至忠等诸官书是已，既而以前代史书，序其体法，因习废置，摭其

---

① 按：彭光荪，号甘亭，太仓人。曾与顾广圻同为胡克家校元本《资治通鉴》、宋本《文选》。

述作，深浅曲直，分内外篇，著为评议，备载史策之要。剖击惬当，证据详博。

接着，张之象详细梳理了《史通》在唐宋时期的流传与影响。

> 获麟以后①，罕睹是书。当时徐坚重之，云"居史职者宜置座右"。玄宗朝诏其家录进，上读而善之，其书遂盛行于世。历岁滋久，寖就散逸。宋儒朱晦翁犹以未获见《史通》为恨。

最后，张之象以文献家的识见，细述明代校刻《史通》的情形，表明自己"相与铨订，寻讨指归"，校刻《史通》的目的是"将图不朽"。

> 逮我明嘉靖间，吾乡俨山先生陆文裕公始购得《史通》抄本及他刻本，采撰《会要》，多所阐明。已而是正，翻梓川蜀，犹自谓伪舛尚多，惜无别本可校。先辈之究意史学勤且笃矣，是知求古书残缺之余，于千载散亡之后，岂不甚难？而不可不慎也。迩吴兴凌子遇知纂刻《史记评林》，曾不研审，往往自用，至以知幾为宋人。夫知幾姓氏初非奥僻，名著唐室，炯如日星，今古仰之，世尚有不知其人者。嗟乎！其人且不知，又安知《史通》何书哉！及览《龟策传》，首列评语则题曰"槐野王公"，而不知《史通》固已具载也。笔自知幾，凿凿难掩，错谬如斯，余可例见。疑误后学，执执其咎，为惋怅者久之。偶梁溪友人秦中翰汝立视予家藏宋刻本，字整句畅，大胜蜀刻，俨山先生所未及睹者。小子何幸，觏此秘籍，批阅抚玩，良慰素心。乃相与铨订，寻讨指归，将图不朽。复与郡中诸贤俊徐君虞卿、冯君美卿等参合众本，丹铅点勘，大较以宋本为正，余义通者，仍两存之。反覆折衷，始明润可读，庶无遗憾。斯文之寄，属在何人。不

---

① 获麟：一指春秋鲁哀公十四年（前479）猎获麒麟事。相传孔子作《春秋》至此而辍笔。亦以指春秋末期。二指汉武帝太始二年（前95）捕获白麟事。三喻指著作的绝笔。此处当指第一种情况。

与广传，恐遂废没。于是乃倡义捐赀，镂板流布，非敢自秘。与世之知知幾者共欣赏焉。……万历五年岁次丁丑夏五月既望碧山外史云间张之象撰。

张之象将友人秦柱家藏的宋刻《史通》校对刊行，"增七百三十余字，删六十余字，复于《曲笔》《因习》二篇，补其残阙，遂为完书"，"自是以后，皆以张本为祖矣"。因张之象所见的宋本不知下落，加之明人刻书常有自称根据宋本而又随意改动的习气，所以一般人对张之象刻本仍不免怀疑。直到清代校勘家何堂用朱氏影抄本核对，才证明张之象刻本确系依据宋本校刻。何堂跋："从从叔小山假得李氏所藏华亭朱氏影宋抄本，与此张氏刻互勘，无大相乖舛，知序中所云曾见梁溪秦氏家藏宋本不虚也。"华亭朱氏是明中叶的大藏书家，主人朱邦宪与秦柱、张之象都是同时友人。他的抄本，当系据秦氏所藏的宋本影抄本而得。

傅璇琮先生对张之象评价甚高，认为"张之象的刻本对《史通》是有着摧陷廓清之功的。因为陆深虽是明朝第一个整理《史通》的人，但由于他所见的本子少，校订工作也因此做得不多，而张之象根据完整的宋本校正重刻，就比陆深'抱残守缺'的方式要好得多了"。张之象以后的各种有关《史通》的补校、补注以及评释本，虽然各有其价值，"但《史通》正文，都是采用张之象刻本，或就张刻本加以校改的。在现代流传的各种版本中，张之象刻本无疑是一部较为完善的祖本"。

3. 力主文核义达，主修《万历上海县志》

任何一项文化事业的发展，都要以经济为基础，方志编修亦然。明代江南地区社会经济发达，"自金陵而下，控故吴之墟，东引松、常，中为姑苏。其民利鱼稻之饶，极人工之巧，服饰器具，足以炫人心目，而志于富侈者争趋效之"。[①] 商品经济的发展，不仅为方志的兴盛提供了雄厚的

---

① （明）张瀚：《松窗梦语》卷四《商贾纪》，中华书局，1985。

物质基础，而且丰富了方志记述的内容。当时"南署颇称燕闲，士大夫咸缓带舒绅，乐其无事"，他们不但参与编修府州县志，并且还以个人力量编撰各类专志，乡镇志、山水志、塘志、闸志、寺观志、官司志等亦编纂成书。万历十四年（1586），隐居在家的张之象，受上海县令颜洪范的礼聘，主持编修《上海县志》。

"方志乃一方全史"①，是我国珍贵的文化典籍。上海是东南名邑，隶属南直隶松江府，自汉代以来就有编修方志的优良传统，当时多是图经、地记或风俗志、人物传之类，由于年代久远，大多散佚湮灭。刘纬毅所编《汉唐方志辑佚》一书，共辑录佚志440种，涉及明代南直隶的有62种。这些古志为以后方志编修提供了较早的体例。清同治十三年（1874）江苏按察使应宝时《同治上海县志序》云：

> 县之有志，创于明洪武间顾彧，弘治间郭经成之，其后郑洛书、颜洪范、史彩、李光耀、范廷杰重修者五，而嘉庆十七年（1812）李农部、林松复编辑焉，是为《嘉庆上海县志》。

则明代共修《上海县志》四次，最后一次即由颜洪范领修、张之象主纂的《万历上海县志》。张之象一生著述宏富，修此志时尤见功力。

《万历上海县志》共10卷，卷前有万历十六年（1588）十一月陆树声序，称是志"始事于万历丙戌，越岁，戊子告成。主其事者，上虞颜侯洪范；司纂辑以事雠校者，藩幕张君之象暨黄君炎辈六文学也"②。全书分为10类，共61子目，分别是：一、地理志，括有分野、疆域、乡保（附村里）、镇市、风俗（附岁序）、形胜（附园亭）；二、河渠志，括有海、江、浦、诸水、水利（附堰闸）；三、赋役志，括有田粮、税课、鱼课、物产、户口、贡赋、徭役、匠班、屯田、军需、盐课、盐榷；四、建

---

① （清）章学诚：《章氏遗书》卷二八《外集》一《丁巳岁暮书怀投赠宾谷转运因以志别》。

② 指黄炎、姚遇、张所敬、顾成宪、黄体仁、朱家法6人。

设志，括有公署、儒学、仓库、城池、兵卫、邮递、津梁、坊巷、寺观、丘坟（附义冢）；五、秩祀志，括有祠庙（附祠堂、生祠）、坛遗；六、官师志，括有历官表、宦迹；七、选举志，括有科贡表、辟召、荐举、封赠、录荫、例贡、儒士、武举；八、人物志，括有贤达、孝友、方介、文学、武功、义行、隐逸、游寓、贞节；九、艺文志，括有书籍、法帖；十、杂志，括有仙释、方术、祥异、兵燹、遗事。

清代乾嘉时期著名学者章学诚说过："凡欲经纪一方之文献，必立三家之学，而始可以通古人之遗意也。仿纪传正史之体而作志，仿律令典例之体而作掌故，仿《文选》《文苑》之体而作文征。三书相辅而行，阙一不可；合而为一尤不可也。"① 其实，早于章学诚一个半世纪的张之象，已经在实践这一理论了。

首先，仿纪传正史之体而作志。

张之象对司马迁的《史记》进行过深入研究，校刻过刘勰的《文心雕龙》和刘知幾的《史通》，故而对正史之纪传体例相当明晰。与前代和时人经常采用的体例稍有不同，张之象不是按照建置沿革、山川形胜、风俗物产、馆阁苑囿、城池学校、户口田赋、关隘津梁、寺观、名宦、人物、流寓、科甲、题咏等类目编次，而是先制定出《序例十则》，作为修志时遵循的总纲领，即地理志、河渠志、赋役志、建设志、秩祀志、官师志、选举志、人物志、艺文志、杂志。其中仿正史人物列传作《人物志》，仿《史记》作《河渠志》，仿《汉书》作《地理志》《艺文志》，改《后汉书》的《百官志》为《官师志》，仿《新唐书》作《选举志》，改《元史》的《祭祀志》为《秩祀志》，此外还设置有《赋役志》、《建设志》和《杂志》。他还对参与修志的人员进行分工，自己负责纂辑，而以黄炎、姚遇、张所敬、顾成宪、黄体仁、朱家法等人进行校雠，各司其职。

———————

① （清）章学诚著、叶瑛校注《文史通义校注》卷六《外篇》一《方志立三书议》，中华书局，1985，第571页。

邑志尤重人物，取舍贵辨真伪。张之象在《人物志》中径以儒家立德、立功、立言的"三不朽"思想为指针，以"劲节高标，含真流耀。虽无典型，梁月犹照。韦布缙绅，闺壶丈夫"作为收入《人物志》的取舍标准。文曰：

> 古三不朽，得一者传。功、德尚矣，言亦次焉。劲节高标，含真流耀。
>
> 虽无典型，梁月犹照。韦布缙绅，闺壶丈夫。谁云异调，范世同符。
>
> 作《人物志》。

载入县志列传的人物，不论布衣之士还是名宦缙绅，不论功勋卓著的大丈夫还是志操高洁的节妇闺门，只要"劲节高标"，均录入史册，以使之"含真流耀"。

其次，仿律令典例之体而作掌故。

所谓掌故，本指旧制、旧例，泛指一国的典章制度或乡里人物等故实。嘉靖中，东南沿海遭受倭寇侵扰，上海首当其冲，因而修筑城墙，增设了海防，并划出西境的北亭、新江、海隅三乡设青浦县，疆域变化很大。张之象在编纂《上海县志》时，并未简单地对前代史志照抄照搬，而是结合本土实际，内容涉及"吏治之得失，建置之沿革，民生之利病，财赋之赢缩，俗尚之淳漓，与夫筑城、浚隍、海防、河渠、经赋、均则之类，诸凡嗣起所宜续入者，参互采摭，条分胪列，皎如指掌"①，从各个方面记载上海的沿革变化，被誉为"一时之实录"。如其《赋役志》曰：

> 任土作贡，彻田为粮。计口议徭，厥有典常。土膏渐饶，物力时绌。

---

① （明）陆树声：《万历上海县志序》，《万历上海县志》卷首。

杼轴告空，飞鞔靡极。源之将竭，其流曷支。轸念东南，休养
是宜。

作《赋役志》。

《建设志》曰：

琴廨宣猷，芹宫敷教。诘戎威远，设险御暴。杠梁利涉，宅里
旌贤。

邱垄埋玉，梵宇通元。鼎峙棋分，辨方正位。圯坏咸修，规制
斯备。

作《建设志》。

《秩祀志》曰：

爰命重黎，地天乃绝。崇德报功，往牒罔缺。粢盛丰洁，坛宇
穹隆。

右文锡祉，灵爽攸钟。载在祀典，以似以续。禁彼昏淫，毋滋
谄渎。

作《秩祀志》。

《官师志》曰：

扰扰横目，厥有攸司。渐摩覆露，是攸是师。一夫得情，百年
诵德。

桃李不言，下自成陌。甘棠识爱，岘石兴怀。非独彰往，将以
诏来。

作《官师志》。

再次，仿《文选》《文苑》之体而作文征。

人物之次，艺文为要。张之象编辑《唐雅》《彤管新编》《唐诗类苑》

《古诗类苑》《太史史例》等著作时，曾参阅了大量的古代文化典籍，对《文选》《文苑英华》等大型诗文总集以及《艺文类聚》《初学记》等类书的编排体例非常熟悉，了然于心。故晚年编纂《上海县志》时，深知每个朝代都有可流传千古的作品，只有将文献载籍尽可能地收罗完备，并加以分类编排，选取菁华之作，才能有文献可征。其《艺文志》曰：

> 书契肇阐，代垂汗青。载籍未备，文献曷征。教洽菁莪，俊乂接武。
>
> 羽翼经传，焜煌艺圃。晋唐遗迹，凤翥龙蟠。并擅妙墨，为世奇观。
>
> 作《艺文志》。

其保存历代文献的拳拳之心跃然纸上，与清代章学诚所谓"凡本朝前代学士文人，果有卓然成家，可垂不朽之业，无论经史子集、方技杂流、释门道藏、图画谱牒、帖括训诂，均得净录副本，投柜送馆，以凭核纂"①，颇有异曲同工之处。

最后，张之象还对其设置《杂志》一目的原因加以说明，文曰：

> 自昔志乘，钜眇咸宗。教存二氏，艺备百工。上天示象，妖祥类至。
>
> 狼燧鲸波，惨毒尤肆。爰及惩劝，轶事遐陬。泰山土壤，河海细流。
>
> 作《杂志》。

章学诚也曾解释过《丛谈》的性质和成因："此征材之所余也。古人书欲成家，非夸多而求尽也。然不博览，无以为约取也。既约取矣，博览所余，揽入则不伦，弃之则可惜，故附稗野说部之流而作丛谈，犹经之别

---

① （清）章学诚著、叶瑛校注《文史通义校注》，第844页。

解，史之外传，子之外篇也。……前人修志，则常以此类附于志后，或称余编，或称杂志。彼于书之例义，未见卓然成家，附于其后，故无伤也。""泰山不让土壤，故能成其大；河海不择细流，故能成其深"，正是这种通变的学术眼光，成就了张之象在历代《上海县志》编修史上的贡献。

张之象继承了汉代以来编修地方志的传统，在每一类目之前均作有一则小序，较为全面系统地阐述了自己的修志理论。是志资料翔实，品叙详雅，为世所重，其独到之处，重在记实。明万历时的上海境内，河流纵横，是志因地立类，于"地理志"外另辟"河渠志"，既循史法，又具特色，为明志中体例变通较佳者。张之象还主张对采用的材料必须仔细审核，县志中不少材料，尤其是《艺文志》一类，辑录了许多前人的诗文，不见于史籍著录，反映了各个时代各个方面的情况，是最可贵的第一手材料。他撰写的《序例十则》，皆以四言十二句骈体书成，概括准确生动，文采斐然，在历代地方志中是绝无仅有的。故莫如忠称赞"其纪载博雅，义例精详，一时日之实录"①，陆树声《万历上海县志序》称其"义达而事例明，文核而体要备，斌斌乎质有其文，于邑志称良焉"。明代所修四志，洪武志久已佚传，弘治、嘉靖二志久湮未现，万历志独得传世，成为清代修志的祖本，所以在上海县志中是最负盛名的一部。

（三）张之象的文献学思想

明清以来，东南地区地理条件优越，雕版印刷事业繁荣，私人藏书之风盛行。张之象出身书香门第，"为上海龙华世家，科名累累不绝"②。他"少负奇颖，大父文洲少参公绝爱之，谓必亢宗子"。后"弃诸生业，徙业成均，屡试屡蹶"，乃"下帷愤发，读室中藏书万卷，囊括而精研之，勒成一家言，与海内名士建旗鼓而相向"。张之象曾先后师事当时的大儒

---

① （明）莫如忠：《崇兰馆集》卷一九《故浙江按察司知事王屋张公墓志铭》。
② （明）何三畏：《云间志略》卷一九《张宪幕王屋传》，台北学生书局影印明天启刻本。

吕柟、马汝骥两先生，又"涉雁荡、登燕台、历下邳、遵淮阴、渡采石，仿司马之奇游，追郭隗之远致，怀晋侯之业，吊王孙之墟，而慕谪仙之达，相与寓目写心，以宣泄郁结"，真正实践了古人"读万卷书，行万里路"的古训，表现出独特的文献学思想。以下试从版本、目录、校勘等几个方面略加考述。

1. 广备众本，注重版本鉴定

明代中后期，学术空疏，士风浮伪。在这种社会风气的笼罩下，士子们不屑从事琐细具体的文献考证工作，常常伪造古书以欺世盗名。《四库全书总目》卷一二六《搜采异闻集提要》云：

> 盖明季士风浮伪，喜以藏蓄异本为名高。其不能真得古书者，往往赝作以炫俗；其不能自作者，则又往往窜乱旧本，被以新名。

这当然不是绝对的。以吏隐自命的张之象，犹如浊世中的一股清泉，"考据前闻，剖析疑义"，使得"当世宿学，皆自以为不如。单辞片楮，传之好事，无不视若拱璧，争购为奇"。

万历初年，张之象偶然得见友人秦柱家藏的宋本唐刘知幾的《史通》，"字整句畅，大胜蜀刻，俨山先生所未及睹者"，遂"批阅抚玩"，"相与铨订，寻讨指归"，于万历五年（1577）校刻了《史通》。作为一位治学审慎的文献家，张之象并没有盲目崇拜宋本，而是态度客观公正，"与郡中诸贤俊徐君虞卿、冯君美卿等参合众本，丹铅点勘，大较以宋本为正，余义通者，仍两存之"①。《四库全书总目》卷八九《史评类存目》一《史通评释提要》称："《史通》旧刻，传世者稀。故《永乐大典》网罗繁富，而独遗是书。其后有蜀本、吴本，文句脱略，互有异同。万历中复有张氏刻本（即万历五年张之象刻本），增七百三十余字，删六十余字，复于《曲笔》《因习》二篇补其残阙，遂为完书，不知其所增益，果

---

① 张之象：《刻史通序》。

据合本。然自是以后，皆以张本为祖矣。"明王维俭撰《史通训故》20卷，也"因郭孔延所释重为釐正，又以华亭张之象藏本参校刊定"。所以，虽然嘉靖十四年（1535）陆深刻本是《史通》现存最早的本子，但张之象根据完整宋本校正的重刻本有着更重要的文献价值。

南朝梁代刘勰的《文心雕龙》10卷，兼收并蓄、体大思精，代表了中国古代文学批评的最高成就。但此书"世乏善本，伪舛特甚"，故张之象依据秦柱家藏本，于万历七年（1579）重新校刻，为后世"龙学"研究提供了重要的文本依据。

《文心雕龙》是我国第一部文学理论专著，《史通》是我国第一部史学理论专著。这两部著作代表着中国古代文学理论和史学理论的两座高峰，对后世的影响非常深远。张之象以其文献学家独特的识见刊刻了这两部著作，为中国文学理论和史学理论作出了卓著的学术贡献。

2. 辨章学术，精通目录知识

任何学术研究都是从搜集资料开始的。中国古代典籍浩如烟海，要了解其作者、成书年代、真伪及流传情况等，就要熟悉各种目录。掌握目录学是读书、治学的重要途径。清王鸣盛云："目录之学，学中第一紧要事，必从此问途，方能得其门而入。"① 清张之洞亦曰："泛滥无归，终身无得。得门而入，事半功倍。"② 目录和治学的关系是历来为人们所重视的。

我国古代目录学的优良传统就是"辨章学术，考镜源流"，即把目录学史和学术史紧紧结合起来。目录学最主要的知识是分类、著录和编目。分类是为了辨章学术，著录牵涉著录的项目、体例和内容，编目则是为了考镜源流。张之象编纂了很多种著作，内容涉及经、史、子、集各部，"自史传以还，逮于文章、词赋、稗官、小说，靡不汇辑成书，别裁义例，手自编摩，殆千余卷"。③

① （清）王鸣盛：《十七史商榷》卷一。
② （清）张之洞：《輶轩语·语学》。
③ （明）俞显卿：《古诗类苑序》，《古诗类苑》卷首。

关于分类，宋代郑樵在《校雠略》中认为："学之不专者，为书之不明也；书之不明者，为类例之不分也。有专门之书，则有专门之学；有专门之学，则有世守之能。人守其学，学守其书，书守其类，人有存没而学不息，世有变故而书不亡。"张之象的分类思想隐含在体例之中，只有明其体例，才能得其要领。下面以《古诗类苑》一书为例简要加以说明。

《古诗类苑凡例》共有 9 条，其撰述体例严谨、事实可靠、详略适宜，虽未必完全正确，但都是其所独创。如：

其二："是编以类为主，不以时世为次。倘欲独考一家之制作，或遍观历代之升降，则有诸家文集及冯氏《诗纪》具在，参互考求，政不相方耳。"

其三："《诗纪》不录两京以后箴铭颂赞，殆恐立例不纯。是编主于分类，则以详赡为宗，且《骚苑》《赋林》别有汇集，未遑剞劂，以为后图。箴铭诸作，卷帙既寡，不能种种条列，故各以类附入，不令网罗之外稍有漏佚焉。"

……

其五："部分略依唐以来各类书编次，微加详悉，一类之中又各以本题旁出为次，则不暇详列也。"

事实上，总结前贤，提出己见，是张之象治学思想的基本思路，其目的正在于从传统中寻求方法，用以指导自己的治学实践。

张之象编纂的书籍，多分类标列，颇为四库馆臣所诟病，从《四库全书总目》相关记载中可以看出。

事实上，这种模拟字句的复古风气，在文学思潮嬗变的历程中表现出一种共性，颇有值得商讨之处。

明代文学复古思潮发轫于弘治末年，跨越近百年的历程，到万历前期发展到成熟阶段，同时也暴露出自身的弱点，反映在创作上就是摘引章句，模拟过甚。王世贞在《弇州山人续稿》中已有微言："夫诗道关于弘、正，而至隆、万之际，盛且极矣。然其高者以气格声响相高，而不根于情实，骤而咏之，若中宫商；阅之，若备经纬已。徐而求之而无有也，乃其卑者，则犹之夫巴人下里而已。"① 王世贞所谓"不根于情实"，即指复古派模拟过甚的弊病。张之象所撰《楚范》《太史史例》等均被《四库全书总目》指为摘句分类的模拟之作。但主张活学活用，用通变的眼光看问题，而非拘泥于成法之中，正是张之象分类思想的精髓。正如他在《太史史例序》中所云：

> 子长之书法，其意愈深，则其言愈缓；其事愈烦，则其言愈简。微而显，绝而续，正而奇，文见于此而起义于彼，离合变化不可名物，龙腾虎跃不可缰锁，岂拘儒曲士所能通其说乎？读是书者果能参考互观，引伸触类，因书以见道，得意而忘言，精诣神解，如庄子斩轮之对，释氏舍筏之喻，则不传之妙，千载可求。由此而入太史之门，虽达孔子之室亦可也。如使句拟字袭，泥象执文，以为得作者之情，而不知其所讽习者，古人之糟粕已耳。好古弥笃，去古亦远，适以此书累之也，又岂予本初辑书之意哉？

其立论颇为精辟，发前人所未发，对后世影响甚大，无怪乎四库馆臣经常拿他作为批驳的靶子。

3. 嘉惠艺林，审慎校勘古籍

校勘是著书的捷径。古人非常重视书籍的校勘，认为书不校勘，不如不读，要想真正辨别版本优劣、版刻源流，非经过严密校勘而不得。所以严肃的藏书家总是丹黄手校，以求真存是。张之象也不例外。

张之象审慎的治学态度，突出表现在汇编资料时"述而不作"上。万历六年（1578），岭南李良柱在《刻韵经小序》中就详述了张之象汇集

---

① （明）王世贞：《弇州山人续稿》卷四二《陈子吉诗选序》，明万历四十二年（1614）刻本。

前代韵书而成《韵经》的过程，并高度评价了张之象在音韵学上的贡献，认为"真足以探音韵之赜，可备常用之书也"。序曰：

> 粤自书契作而文字兴，赓歌出而韵学著。盖情发于声，声成文谓之音。音韵其来尚矣。顾古有韵而无书，惟许氏《说文》颇有依据，野王《玉篇》足备人文。至梁沈休文始出《四声谱》，自谓入神之作，天下亦皆与其能。唐以诗赋取士，易名为《礼部韵略》。历代因循，莫之能变。其谓江左制韵，但知纵有四声，而不知衡有七音，遂欲摈废之，亦过矣。宋吴才老集夏英公书为《韵补》，附之以叶。叶者，谐也，即《六书》所谓谐声也。今杨用修撰《古音略》，发明转注，谓一字数音，必展转注释而后可，即《六书》所谓转注也。张月鹿氏复集三家之大成而为《韵经》。经，常也。其古今互见、离合并用，真足以探音韵之赜，可备常用之书也。①

张之象藏书万卷，喜欢刊刻善本书籍，且精于校勘。《古诗类苑凡例》最能体现其客观审慎的校勘态度，姑举二例如下：

> 其六："《艺文类聚》《初学记》所载诗多系采摘，吉光片羽，不欲弃置，一二并存。"
>
> 其八："一诗数见而句字不同，取其义稍长者为正文，余分注其下，曰一作某或某书作某。"

这实际上是清代大校勘家顾广圻提出的"不校校之"的校勘方法，也相当于现在的"出校不改"，即只标出异同，而不改动原文。这种科学的做法，既能避免校勘改错的弊病，不会造成新的讹误，又能给读者以启示，具有深远的意义。

明代中后期堪称我国雕版印刷的鼎盛时期，金陵是当时图书生产中心

---

① 《韵经》5卷，上海图书馆藏明万历刻本。

之一。其时书坊刻书规模大，分布地域广泛，所刻书籍种类丰富。胡应麟《少室山房笔丛》① 有如下记载：

> 凡刻书之地有三：吴也，越也，闽也。……吴会金陵擅名文献，刻本至多。巨帙类书，咸荟萃焉。

张之象为诸生时曾在金陵生活十数年，有着进步的流通思想。他校刻古籍，目的不是显示自己的博雅，而在于嘉惠艺林。古代的私家藏书大多秘不示人。张之象仕途坎坷，年近六旬始以贳授浙江按察司知事，不久就因某御史"苛虐待公，以属吏而睥睨之"，于是"公赋《庭鹤》以见志，有'那堪铩羽向鸡群'之句"，投劾归隐，专事著述。尽管他"居冷曹，宦橐如洗而归。且室如悬磬"，自己的著作不能刊刻出版，却担心《史通》"不与广传，恐遂废没。于是乃倡义捐赀，镂板流布，非敢自秘，与世之知知几者共欣赏焉"②。张之象《刻文心雕龙序》和《太史史例序》中也表明了这一观点。《刻文心雕龙序》曰：

> 方今海内，文教振兴。缀学之士，竞崇古雅。秘典奇编，往往间出。独是书世乏善本，伪舛特甚，好古者病之。比客梁溪，见友人秦中翰汝立藏本颇佳，请归研讨，始明彻可颂。且闻之山谷黄太史云："论文则《文心雕龙》，评史则《史通》，二书均有益后学，不可不观也。"予遂梓之，与《史通》并传，不使掩没，又安得如休文者共披赏哉？

《太史史例序》称：

> 凡为二百八十七类，总一百卷，名曰《太史史例》，以便检阅，以备遗忘，宣明轨范，龟鉴来学。

---

① （明）胡应麟：《少室山房笔丛》卷四《经籍会通》四，上海书店出版社，2001。
② （明）张之象：《刻史通序》。

其刻书旨在保存珍贵典籍，裨益后学，体现出一代文献学家的宽广胸襟。

综上所述，张之象在批判继承前人已有成就的基础上，对文学、史学、文献学等方面进行了独立探索。当然，作为封建正统学者，张之象的学术思想中不可避免地存在着很大局限性，这里自有社会文化、时代风尚等方面的原因。他所提出的很多积极新颖的创见，不同程度地丰富和发展了前人的认识，有着不可取代的意义和价值。

第二章

《唐诗类苑》的编纂背景

任何一部文献典籍的编纂，都离不开编纂者所处的时代环境和学术背景。正如罗宗强在论述隋代文学创作特点时所说的那样："一个伟大的作家的出现，需要合适的社会生活的土壤，需要一定的民族文化的积累，需要有一大批有成就的作家组成的创作环境和创作基础，等等。"① 张之象于明代嘉靖中后期编成的诗歌总集《唐诗类苑》，既继承了前代学者关于诗文总集的编纂经验，又反映了编纂者在诗文总集编纂方面的探索实践，还折射出明代中后期文献典籍的传播情况、诗学发展的基本脉络和一个时代的审美风尚，兼具文学批评的共性特征和个体实践的典型意义。下面试从明代以前唐诗总集的编纂情况、明代唐诗总集的编纂情况和《唐诗类苑》的编纂情况三个层面，深入考察张之象《唐诗类苑》的编纂背景。

第一节　明代以前唐诗总集的编纂情况

诗文总集的编纂始于先秦时期孔子删定的《诗经》，以南朝梁萧统编纂《文选》时采用分体编选总集之体例而影响深远，唐宋以后所编诗文总集的规模越来越大，形式越来越多，内容越来越丰富，至明清时期蔚为

---

① 罗宗强：《隋唐五代文学思想史》，中华书局，1999，第3页。

大观，先后出现了一些集大成性质的诗文总集。唐代是中国古典诗歌发展的黄金时代，唐诗整理研究是中国古典文学研究中的重要组成部分，唐诗总集的编纂刊刻在唐诗整理研究过程中又占据着相当重的分量，是从事唐诗学研究者无法回避的内容。因此，考察和梳理明代以前诗歌总集的编纂、刊刻、传播、存佚情况，是探究张之象编纂《唐诗类苑》的学术基础。

（一）唐人编纂的唐诗总集

唐人编纂唐诗总集的活动几乎与唐人文集的创作、刊刻和传播相伴始终。这一现象在中国古典文学发展史上逐渐形成一个特定的文化概念，即"唐人选唐诗"。这是中国古典文学发展史上具有典型意义的一种文学现象，既包括唐人根据自己的诗学倾向编纂唐代诗歌总集的学术活动，又涵盖了唐人品评唐代诗歌总集的学术活动，生动地反映出唐代诗歌创作和文学批评的繁荣景象。

唐人编纂的诗文总集主要分为三种类型：第一类是专选唐代以前作品的诗文总集，如许敬宗撰《丽正文苑》20 卷、郭瑜撰《古今诗类聚》79 卷等；第二类是合选唐代和前代诗作的诗歌总集，如释慧静撰《续古今诗苑英华集》20 卷和《诗林英选》11 卷、元兢《古今诗人秀句》2 卷（亦名《诗人秀句》）、李康成《玉台后集》等；第三类是专选唐人作品的诗歌总集，即"唐人选唐诗"类总集，如孙季良《正声集》3 卷、崔融《珠英学士集》5 卷、元结《箧中集》1 卷、殷璠《河岳英灵集》3 卷等。这里主要考察和探讨的是第三种类型的唐诗总集。

历代关于"唐人选唐诗"的研究持续不断。从历代书目文献的著录情况来看，古代关于唐诗总集的搜集与整理工作相对较少。现有文献资料主要以古代公私书目著录为主，其中官修典籍如《旧唐书·经籍志》《新唐书·艺文志》《崇文总目》《宋史·艺文志》等，私人纂修书目如晁公武《郡斋读书志》、陈振孙《直斋书录解题》、郑樵《通志·艺文略》、马端临《文献通考》等文献著录丰富，影响较大。在上述古代典籍中，仅《旧唐书·经籍志》和《新唐书·艺文志》就著录有近 200 种唐人编选的诗文总集，其中《旧唐书》卷四七《经籍志》下"丁部集录"收录了《楚辞》类、别集类和总集类三类集部典籍共计 890 部 12028 卷，其中唐人 112 家，总集 124 家；① 《新唐书》卷六〇《艺文志》四"丁部集录"也收录了《楚辞》类、别集类和总集类三类集部典籍共计 818 家 856 部 11923 卷，另有不著录 408 家 5825 卷，其中总集类 75 家 99 部 4223 卷，李淳风以下不著录 78 家 813 卷，总计 79 家、107 部。② 除此之外，其他官私纂修的书目中也都按照不同类型、不同体例对唐前诗文总集加以著录。如北宋官修的《崇文总目》卷一一共著录 100 多种唐人诗文总集，《郡斋读书志》卷二〇共著录十余种诗文总集，《直斋书录解题》卷十五则著录 20 多种诗文总集。③ 明清时期，胡应麟《诗薮》、胡震亨《唐音癸签》、纪昀等编著的《四库全书总目》对相关内容进行了简要的整理，但总体来说还不够系统全面。

从唐代诗歌总集的编选内容和编纂体例来看，分类编纂诗歌总集比分体类总集和编年类总集在数量上更多一些，其中初唐时期刘孝孙所编《古今类聚诗苑》与释慧静所编《续古今诗苑英华集》、中唐时期李吉甫所编《丽则集》、晚唐时期顾陶所编《唐诗类选》都是按类编纂的诗歌总集。这既与作者自身的审美好尚有关，又深受萧统《文选》在中国古代文学批评和古代典籍编辑整理方面的影响。刘肃《大唐新语》卷九《著述》中这样记载僧慧静及其著作情况："贞观中，纪国寺僧慧静撰《续英

① （后晋）刘昫等：《旧唐书》（第 6 册），中华书局，1975，第 2051～2084 页。
② （宋）欧阳修等：《新唐书》（第 5 册），中华书局，1975，第 1575～1626 页。
③ 此处所用相关数据，主要参照了傅璇琮《唐人选唐诗新编》、孙琴安《唐诗选本提要》和卢燕新《唐人编选诗文总集研究·绪论》中的相关研究成果。这几种著作的版本分别为，傅璇琮：《唐人选唐诗新编》，陕西人民教育出版社，1996；孙琴安：《唐诗选本提要》，上海书店出版社，2005；卢燕新：《唐人编选诗文总集研究》，中国人民大学出版社，2014。

华诗》十卷，行于代"，"慧静俗姓房，有藻识。今复有诗篇十卷，与《英华》相似，起自梁代，迄于今朝，以类相从，多于慧静所集，而不题撰集人名氏"①，从中可以窥见此书"以类相从"的编纂体例。胡应麟也在《诗薮·外编》卷二给予萧统及其《文选》以高度评价，其说法最具代表性，深得学界认可："六代选诗者，昭明《文选》，孝穆《玉台》；评诗者，刘勰《雕龙》，钟嵘《诗品》。刘、钟藻鉴，妙有精理，而制作不传。孝穆词人，然《玉台》但辑闺房一体，靡所事选。独昭明鉴裁著述，咸有可观。至其学业洪深，行义笃至，殊非文士所及。自唐以前，名篇杰什，率赖此书。功德词林，故自匪浅。宋人至以五臣匹之，何其忍也。"②唐人编纂诗歌总集也在内容和体例上深受《文选》之影响，同时又体现出时人对诗歌总集编选的看法。如唐高仲武在《中兴间气集序》中这样写道："诗人之作，本诸于心。心有所感而形于言，言合典谟，则列于风雅。暨乎梁昭明载述已往，撰集者数家，推其风流，《正声》最备，其余著录，或未至焉。何者？《英华》失于浮游，《玉台》陷于淫靡，《珠英》但纪朝士，《丹阳》止录吴人。此由曲学专门，何暇兼包众善？使夫大雅君子，所以对卷而长叹也。"③顾陶《唐诗类选序》则认为："国朝以来，人多反古，德泽广被，诗之作者继出，则有李杜回生于时，群才莫得而问。颖其亚则昌龄、伯玉、云卿、千运、应物、益、适、建、况、鹄、当、光羲、郊、愈、籍、合十数家……皆妙于新韵，播名当时，亦可谓守章句之范，不失其正者矣。然物无全工，而欲篇咏盈千，尽为绝唱，其可得乎？虽前贤纂录不少，殊途同归。如《英灵》《间气》《正声》《南薰》之类，朗照之下，罕有孑遗；而取舍之时，能无小误？未有游诸门而英菁毕萃，然成卷而玷颣全无。诗家之流，语多及此。岂识者寡，择者多，实

---

① （唐）刘肃：《大唐新语》，中华书局，1984，第 133 页。
② （明）胡应麟：《诗薮·外编》，上海古籍出版社，1958，第 146 页。
③ （唐）高仲武：《中兴间气集序》，《文苑英华》卷七一二、《全唐文》卷四五八均收录，此处转引自傅璇琮《唐人选唐诗新编》，陕西人民教育出版社，1996，第 456 页。

以体词不一，憎爱有殊，苟非通而鉴之，焉可尽其善者！"① 再如敦煌石室发现的佚名唐人写本残卷《唐人选唐诗》是现存最早的唐诗选本，《雪堂校刊群书叙录·敦煌本唐人选唐诗跋》对此选本的学术价值评价较高："唐人总集，当代传本传世者，仅《箧中》《国秀》诸集。此卷作者均开、天间人，更在元、芮所集之前。以卷中避讳诸字考之，尚为唐中叶写本。亟付影印，而书名不可知，姑署之曰《唐人选唐诗》，并志其所以可贵重者于后。"② 此外，唐末五代时诗僧贯休《禅月集》卷一六收录有《览姚合〈极玄集〉》一诗，宋计有功《唐诗纪事》卷七〇记载郑谷"不喜高仲武《间气集》，而喜欢殷璠《河岳英灵集》"等事例，都从不同侧面反映出唐人对时人编纂诗文总集的关注程度和审美趋向。

从"唐人选唐诗"现象的研究现状来看，当代学者开展的相关研究比较全面深入，较清代以前的整理研究更为系统。据当代学者研究考证，目前有书目著录和文献可考的唐诗选本共有 600 多种，其中"唐人选唐诗"的总集数量有 130 多种，目前存世的"唐人选唐诗"总集仅有 16 种。③ 20 世纪以来，学界围绕着"唐人选唐诗"这一主题不断开展研究，相关成果陆续推出，从内容到形式各有侧重，论文、著作等成果日渐丰硕，其中尤以傅璇琮、李珍华、陈伯海、罗宗强、吴企明、陶敏、孙琴安、陈尚君、朱易安、蒋寅等人的研究较为全面深入。

此外，还有一些致力于唐诗学研究的人员，也在"唐人选唐诗"研究领域取得了不同程度的成果，其中单是以"唐人选唐诗"冠名的著作就有孙桂平博士的《唐人选唐诗研究》（中国社会科学出版社 2012 年版）、卢燕新博士的《唐人编选诗文总集研究》（中国人民大学出版社

---

① （唐）顾陶：《唐诗类选序》，《文苑英华》卷七一四、《全唐文》卷七六五均收录，此处引自（宋）李昉等《文苑英华》，中华书局，1966，第 3686 页。
② 孙琴安：《唐诗选本提要》之"唐人选唐诗"条，上海书店出版社，2005，第 5 页。
③ 此处统计数据，可参见孙琴安《唐诗选本提要》、傅璇琮等《唐人选唐诗新编（增订本）》、陈尚君《唐人编选诗歌总集叙录》等研究成果。

2014 年版）、郭殿忱教授等合著的《唐人选唐诗考异（初辑）》（郑州大学出版社 2015 年版）、石树芳博士的《唐人选唐诗研究》（中国社会科学出版社 2016 年版）等。孙桂平《唐人选唐诗研究》一书主要以《河岳英灵集》《国秀集》《箧中集》等 8 部唐诗选集为研究对象，从"唐人选唐诗"研究综述、"唐人选唐诗"综论、"集本论"、《宋蜀刻本与"唐人选唐诗"录诗比勘》四个大的方面入手，详细考察了"唐人选唐诗"产生的社会时代背景、唐代的文化思潮、唐代编纂者的选识、唐诗选本的文学史意义等内容，尤其是下篇中《宋蜀刻本与"唐人选唐诗"录诗比勘》一部分，表现出较为深厚的文献学功力。卢燕新《唐人编选诗文总集研究》一书，将唐人编选诗文总集视为一种独特的文化现象，从三个方面加以综合论述：第一部分总论，从宏观层面探讨唐代以前编纂的诗文总集对唐人的深刻影响、唐人编选诗文总集的社会文化背景、唐代编纂者及其心态、唐代编纂人员的类型特点、唐代选本批评的功能和价值以及传播规律，等等；第二部分以个案研究为主，重点选取唐代初、盛、中、晚四个时期编选的诗文总集，探讨这些总集的内容、特点和影响，并用数据分析的方法直观地展示唐人对古体、近体诗的不同态度等状况；第三部分作者在前人研究的基础上，先后辑补出唐人编选的 15 种诗歌总集，辑考出唐人编选的 75 种文总集，通过扎实的文献整理辑佚功底澄清了《旧唐书·经籍志》《新唐书·艺文志》《崇文总目》等文献典籍的缺漏错讹，使宏观理论研究和微观个案研究与材料考述相互照应。郭殿忱等《唐人选唐诗考异（初辑）》一书，主要从两个方面对相关问题进行研究：一是从文本出发，将《唐写本唐人选唐诗》《箧中集》《极玄集》《搜玉小集》这四种"唐人选唐诗"总集与盛唐时期最著名的几位大诗人孟浩然、王维、李白、杜甫等人的诗歌进行比较考异，一改以往"述而不作"的整理方法，采用了"宜各从长"的标准，对相关内容作出是非优劣之按断；二是对部分单篇诗歌进行详细的校释和考异，为那些有中等以上文化程度同时又爱好唐诗的读者提供一种通俗易懂的大众读物，追求雅俗共赏的学术境界。石树芳与孙桂平的著作虽然题目相同，而且在同一家出版社出版，但研究视角和研究内容却有很大的区别：该书以"汉书学"、"文选学"、类书、科举等论题为切入点，旨在探讨某一时代诗歌繁荣与选本兴盛的社会动力与学术渊源，大致勾勒出隋唐之际社会思潮的演变轨迹，详细分析了《文选》与"唐人选唐诗"之间的历史地域因缘，深入解读了《珠英集》《丹阳集》《河岳英灵集》《箧中集》等唐诗总集的时代特色与批评价值，认为"唐人选唐诗与唐诗创作呈现互相推动、共同发展的基本趋势，部分选本并非简单地反映创作实绩，一定程度甚至超越同期的诗歌创作，全面展现批评对创作的指导作用"，指出这些唐诗选本"基本勾勒出唐诗的发展脉络，与唐诗的繁荣呈现出相辅相成的演进轨迹"，有助于正确评价"唐人选唐诗"在文学史和批评史上的价值与地位，从而将"唐人选唐诗"研究不断向纵深方向推进。

（二）宋金元人选唐诗

宋代立国之初，最高统治者就极力推崇右文政策，强调要"始以道德仁义根乎政，次以诗书礼乐源乎化"，明确要把道德仁义视为立国之本，把诗书礼乐视为教化的源头。当时，朝廷一方面遍求天下遗书，另一方面组织人员参与编纂《太平御览》《太平广记》《册府元龟》《文苑英华》四部大书，在保存古代典籍、传播古代文化方面创造了良好的氛围。其中李昉、徐铉等人奉敕编纂的《文苑英华》一书，大致沿袭了萧统《文选》的分类方法，共收录南朝至五代时期2200余位作家的文学作品2万多篇，唐代诗文作品约占作品总数的90%，保存了大量的唐代文献资料，成为后人整理、校勘唐代诗文集的必备书籍。由于当时的雕版技艺、印刷质量和书籍装帧形式都相当成熟，全国各地的印刷活动非常活跃，为大批诗文总集的刊刻打下了技术基础。

宋人所编唐五代诗歌总集并不少，但由于唐朝中后期至五代时期战乱频繁发生，加上其他天灾人祸等主客观原因，许多唐代文献典籍先后失传，能够流传下来的少之又少，常常令后人扼腕叹息。南宋周必大在《文苑英华序》一文中，称当时《文苑英华》"印本绝少，虽韩、柳、元、白之文，尚未甚传，其他如陈子昂、张说、张九龄、李翱等诸名士文籍，世犹罕见"，同时又指出，"近岁唐文摹印浸多，不假《英华》而传。况卷帙浩繁，人力难及，其不行于世则宜"①，客观地反映出宋初各种唐代诗文集编纂、刊刻和传播的整体状况。明人胡应麟《诗薮》也认为，"当宋盛时，相去不远，存者应众"，"唐诗之盛，无虑千家。流传至宋，半亦亡佚。南渡之后，诸家所畜，仅三百余。盖五百之中，又逸其半矣"。②"第尤延之畜书最富，《全唐诗话》已无一见采；计敏夫摭拾甚详，《唐诗纪事》亦俱不收；至陈、晁二氏书目，概靡谭及者，则诸选自南渡后，湮没久矣。"③其中"宋苏易简、晏同叔俱有选，今惟洪景卢、赵昌父等十余家传云"。胡应麟用生动的事例形象地说明了这一状况：尽管宋人对重编唐人诗集充满了很大的热情，但仍有大量的唐五代诗歌作品逐渐消亡在历史的长河中，给后人留下无尽的遗憾。旧题王安石所编《唐百家诗选》在后世刊刻、流传和产生影响的大致情况，也颇具代表性。

《唐百家诗选》20卷，亦名《百家诗选》《王荆公唐百家诗选》，其编者颇有争议：晁公武《郡斋读书志》认为此书系宋敏求所编，因王安石观后有所去取，故后人误认为是王安石所编，《四库全书总目》等文献因之；陈振孙《直斋书录解题》和余嘉锡《四库提要辨证》则认为此书系王安石所编；陈伯海先生等人据众多文献进行考证，认为此书"应该是先由宋敏求初选，后由王安石去取厘定"④，其说法较为客观可信。此书约编成于宋嘉祐五年（1060），按照作家生活时代的先后顺序进行编

① （宋）李昉等：《文苑英华》卷首，中华书局，1966年影印本。
② （明）胡应麟：《诗薮》杂编卷二，上海古籍出版社，1979，第265页。
③ （明）胡应麟：《诗薮》杂编卷二，上海古籍出版社，1979，第271页。
④ （宋）严羽：《沧浪诗话·考证》，转引自陈伯海等编著《唐诗总集纂要》之《唐百家诗选内容提要》，上海古籍出版社，2016，第132页。

次，详于中晚而略于初盛，共收录唐代 104 家诗人 1200 多首诗，王安石自序称"欲知唐诗者，观此足矣"。但由于此书并未收录李白、杜甫、韩愈、柳宗元、白居易、杜牧、李商隐等大家名家之作，时人与后人对此毁誉参半，褒贬不一。宋人严羽《沧浪诗话》认为，王安石《百家诗选》的编纂本于《河岳英灵集》和《中兴间气集》，优点与缺点并存，其中"前卷读之尽佳，非其选择之精，盖盛唐人诗无不可观者。至于大历已后，其去取深不满人意……其序乃言'观唐诗者观此足矣'，岂不诬哉！今人但以荆公所选，敛衽而莫敢议，可叹也"。① 杨蟠在《王荆公唐百家诗选序》中对宋代编纂刊刻诗文总集的情况进行过简要分析："自古风骚之盛，无出于唐。而唐之作者不知几家，其间篇目之多，或至数千。尽致其全编，则厚币不足以购写，而大车不足以容载，彼幽野之人，何力而致之哉？"并对王安石的道德文章大加赞许，认为其"于诗尤极其工"，"于唐选百家，特录其警篇，而杜、韩、李所不与，盖有微旨焉"②。宋人黄伯思则在其《跋百家诗选后》对杨蟠的观点进行批驳，认为"王公所选，盖就宋氏所有之集而编之，适有百余家，非谓唐人诗尽在此也。其李、杜、韩诗可取者甚众，故别编为《四家诗》，而杨氏谓不与此集，妄意以为有微旨，何陋甚欤"③，这一说法对王安石不选李、杜、韩等大家之诗的原因进行了剖析，更具说服力。此书金元时期传本未见，唯金人元好问《题中州集后》有"陶谢风流到《百家》，半山老眼净无花"之语，元人王结《读唐百家诗选》则发出"荆公选诗眼，政如经国手。自用一何愚，美恶颇杂糅。骊珠时见遗，鱼目久为宝。唐诗观此足，诬人何太厚"的感

---

① 陈伯海等编著《唐诗总集纂要》之《唐百家诗选内容提要》，上海古籍出版社，2016，第 124 页。

② （宋）杨蟠：《王荆公唐百家诗选序》，转引自陈伯海等编著《唐诗总集纂要》，上海古籍出版社，2016，第 126～127 页。

③ （宋）黄伯思：《东观馀论》卷下《跋百家诗选后》，转引自陈伯海等编著《唐诗总集纂要》，上海古籍出版社，2016，第 127 页。

慨。① 明人胡震亨《唐音癸签》卷三一"唐百家诗选"条，先简要介绍了此书的卷数、诗作数、编纂等情况，又将严羽《沧浪诗话》中的相关记载辑录于次，最后又分析了王安石因不选唐诗大家而导致不被众人理解的现象及原因，即"荆公又有杜韩欧李四家诗选，以韩次杜；又入本代欧阳公，置青莲之前，识者怪其不伦"②。清康熙年间著名诗人、书画家宋荦（1634～1713）曾购得《唐百家诗选》残本8卷，"宝爱之者比于吉光片羽，莫不思复得河东三箧以睹其全焉"，后从江阴某藏书家处复购得全卷，计百有四家，因举其成数而题称百家，并于康熙四十三年（1704）重新刊刻，在序文中备述此书传播过程中几乎沦没于世的境况。其序文略曰："夫荆公没至孝宗乾道时，不过六七十年间，而序已云《唐百家诗选》沦没于世，盖由北辕南渡，播迁丧乱中，其所亡失书籍固不止此也。亦可慨夫！况乾道至今又六百年，而予瘤瘵之求甚久，一朝忽得，殆如香山居士所云'在在处处有灵物护之'者乎？于是复招迩求补刊十二卷，俾成完书，公诸同好。此固陈农之所不能求，而张安世之所不及识者也。天下赏心乐事无逾于此。"③ 与宋荦同时的清初文坛盟主王士禛（1634～1711），在看到宋荦收藏的《唐百家诗选》残本和刊刻的《唐百家诗选》全本后，先后三次为《唐百家诗选》作跋，题目分别是《初跋王介甫唐百家诗选不全本》《跋王介甫唐百家诗选全本》《跋百家诗选》，均收录于清康熙五十年（1711）刻本《带经堂集》卷九一，可资参证。④ 清末民初著名藏书家叶德辉《郎园读书志》卷一五记载的内容则表达出对这部唐诗选本的独特看法："荆公此选多取苍老一格，意其时西昆盛行，欲矫其失，乃有此举耶？所选诸诗，虽不能尽唐贤之妙，亦可谓自出手眼，非人

---

① 陈伯海等编著《唐诗总集纂要》，上海古籍出版社，2016，第132～133页。
② （明）胡震亨：《唐音癸签》卷三一，上海古籍出版社，1981，第324页。
③ （清）宋荦：《唐百家诗选序》，转引自陈伯海等编著《唐诗总集纂要》，上海古籍出版社，2016，第128～129页。
④ 清人王士禛为《唐百家诗选》撰写的三则跋语，参见陈伯海等编著《唐诗总集纂要》，上海古籍出版社，2016，第129～130页。

云亦云者。"① 近代思想家梁启超《王荆公选唐诗》一文，既表达了对这部唐诗选本体例和内容方面的观点，认为此本"不选大家，亦选家之一法，或此法竟是荆公所创也。然荆公别裁甚精，凡所选诸家皆能尽撷其菁华。吾侪终以其不选大家，不得见其去取为憾耳"，又慨叹此本数百年间的流传盛衰，称"书在乾道间，倪跋已恫其沦没，清初宋牧仲得之，喜诧不自胜，委丘迻求重刻，今不及三百年，人间传本又稀如星凤矣"②。从上述各种版本著述情况来看，《唐百家诗选》体现出宋人选唐诗的内容详于中晚唐而略于初盛唐，经五代乱离之世后流传较少，明清时期得有识之士整理重刻，清末民国时期又不同程度地淹没在历史的长河中。

宋金元时期按类编纂的作家别集和诗歌总集为数众多。北宋著名学者宋敏求编辑的《李太白集》和王钦臣编辑的《韦苏州集》均是先分体再分类，其中前者分了 21 类，后者分了 14 类，是这类文献典籍的代表性作品。姚铉《文粹序》也说："今世传唐代之类集者，诗则有《唐诗类选》《英灵》《间气》《极玄》《又玄》等集，赋则有《甲赋》《赋选》《桂香》等集，率多声律，鲜及古道，盖资新进后生干名求试者之急用尔，岂唐贤之文迹两汉、肩三代而反无类次以嗣于《文选》乎？"③ 他不仅列举了当时按类编纂的诗文集和赋集的总体状况，而且分析了类编诗文集或赋集大量出现的原因，认为其主要功能在于为那些"干名求试者"提供急用的样本，从而揭示出类编诗文总集是伴随着唐代科举过程而产生的又一文化产物。大致看来，现存宋金元时期以类编纂的诗歌总集，主要有序称"罗、唐两士"所编的《唐宋类诗》、宋绶《岁时杂咏》、蒲积中《古今岁时杂咏》、赵孟奎《分门纂类唐歌诗》（残）、孙绍远《声画集》不分卷等，而专选唐诗的总集有王安石《唐百家诗选》、郭茂倩《乐府诗集》、

---

① 陈伯海等编著《唐诗总集纂要》，上海古籍出版社，2016，第 134 页。
② 周岚、常弘编《饮冰室书话》，时代文艺出版社，1998。
③ （宋）姚铉：《文粹序》，转引自陈伯海等编著《唐诗总集纂要》，上海古籍出版社，2016，第 110 页。

洪迈《万首唐人绝句》、释志南《天台三圣诗集》、赵蕃等合选《注解章泉涧泉二先生选唐诗》、赵师秀《二妙集》、李龏《唐僧弘秀集》、时天彝《续唐绝句》、柯梦得和林清之的同名选集《唐绝句选》、刘克庄《唐五七言绝句选》和《唐绝句续选》、杨士弘《唐音》等，还有一些唐宋诗歌合选的总集如刘克庄《分门纂类唐宋时贤千家诗选》、方回《瀛奎律髓》等，对后世古代典籍的整理也发挥了重要作用，产生了相当深远的学术影响。

宋金元时期类编诗文总集具有重要的文献价值。一是保存了大量的原始资料。据晁公武《郡斋读书志》记载，《岁时杂咏》共 20 卷，系北宋时期曾任参知政事的宋绶按照时令季节编次而成的诗歌总集，主要收录汉魏古诗至唐人诗作 1506 首，可惜此书在南宋以后即已失传。蒲积中《古今岁时杂咏》严格遵循宋绶《岁时杂咏》的编纂体例，计 46 卷，共收录汉魏时期至唐宋年间的优秀诗篇 2749 首，保存了宋以前大量的文献资料，较为直观地反映出作家所处时代的诗文创作情况。二是收录的文献资料为作家别集所不收，可以作为文献辑佚的重要依据。如蒲积中《古今岁时杂咏》所收诗文作品就具有重要的文献价值，清编《全唐诗》和当代学者在编纂《先秦汉魏晋南北朝诗》《全宋诗》等大型文学总集时，都从这部典籍中辑佚出不少诗作。清人曹寅《分门纂类唐歌诗跋》云康熙年间纂修《全唐诗》时，曾经从虞山钱宗伯家借阅此书，"增入人诗甚多，观者不可以为刍草而轻之"①，给予这部残本唐诗总集以很高的评价。三是这类诗文总集收录的作品往往与别集中有不少异文，既能在进行典籍整理时作校勘之用，又能通过作品展示时代之风貌。如宋末元初方回编选的唐宋律诗总集《瀛奎律髓》，编诗"合二代而荟萃之，不分人以系诗，而别诗以从类"，共收录唐宋时期 385 家诗人、3014 首五七言律诗，"视乎世

---

① （清）曹寅：《分门纂类唐歌诗跋》，见宋刻本《分门纂类唐歌诗》卷末《分门纂类唐歌诗跋》。转引自陈伯海等编著《唐诗总集纂要》，上海古籍出版社，2016，第 219 页。

运之盛衰与人材之高下"而选择,"盖譬之史家,彼则龙门之列传,而此则涑水之编年,均之不可偏废","斯固诗林之指南,而艺圃之候鲭也"①。纪昀《瀛奎律髓刊误序》颇为诟病此书,认为其选诗具有"矫语古淡""标题句眼""好尚生新"三大弊端,但亦为一说。

第二节　明代唐诗总集的编纂情况

明人选唐诗数量众多,流派纷呈,诗论主张亦各有侧重,形成了唐诗整理与研究的又一个高峰。这一井喷式选诗热潮的出现,与钱谦益眼中"唐人选唐诗者,一代不数人"② 的现象大相径庭。究其原因,一是明代中期商品经济的繁荣和雕版印刷的发达,直接引发了明人刻书活动的思潮,为明人整理研究隋唐五代诗学文献创造了良好的物质基础;二是明代诗坛崇唐尊唐风气和众多选家个人性情,为明人整理研究隋唐五代诗学文献创造了良好的学术氛围。正如《四库全书总目》卷一九〇《御选唐诗提要》所说:"诗至唐,无体不备,亦无派不有。撰录总集者,或得其性情之所近,或因乎风气之所趋,随所撰录,无不可各成一家。故元结尚古淡,《箧中集》所录皆古淡;令狐楚尚富赡,《御览诗》所录皆富赡;方回尚生拗,《瀛奎律髓》所录即多生拗之篇;元好问尚高华,《唐诗鼓吹》所录即多高华之制。盖求诗于唐,如求材于山海,随取皆给。而所取之当否,则如影随形,各肖其人之学识。自明以来,诗派屡变,论唐诗者亦屡变,大抵各持偏见,未协中声。"③ 明人整理、刊刻、编纂诗文总集的热潮如雨后春笋一般纷纷涌现,流派纷呈,形式多样。

明人编纂的唐诗总集主要表现为两大类型:其一,是以高棅的《唐

① (清)吴之振:《瀛奎律髓序》,转引自陈伯海等编著《唐诗总集纂要》,上海古籍出版社,2016,第228~229页。
② (清)钱谦益:《爱琴馆评选诗慰序》,《钱牧斋全集》第5册,上海古籍出版社,2003,第715页。
③ (清)永瑢等:《四库全书总目》卷一九〇,中华书局,1965,第1727页。

诗品汇》90 卷、《补遗》10 卷、《唐诗正声》22 卷及李攀龙的《唐诗选》等为代表的唐诗选本,标举"尊唐复古"的理论大旗,对明代的诗文创作和文学批评产生了极其深远的影响。高棅(1350~1423),字彦恢,又名廷礼,别号漫士,福建长乐县龙门人。高棅的诗、书、画被时人盛赞为"三绝",其中以诗歌成就最高,尤其长于五言古诗的创作,与林鸿、王偁、郑定等人并称"闽中十子"。永乐二年(1404),高棅以布衣之身被荐举入京,任翰林院待诏,参与了《永乐大典》的纂修工作。《明史·文苑传》称其"性善饮,工书画,尤专于诗。其所选《唐诗品汇》《唐诗正声》,终明之世,馆阁宗之"。高棅的宗唐诗学主张有两大来源:一是受到严羽、杨士弘等前辈学者"四唐之说"的启发,二是以"闽中十子"的诗学主张为圭臬。他在《唐诗品汇·凡例》中指出:"先辈博陵林鸿尝与余论诗,上自苏李,下迄六代。汉魏骨气虽雄,而菁华不足,晋祖玄虚,宋尚条畅,齐梁以下,但务春华,殊欠秋实,唯李唐作者可谓大成。然贞观尚习故陋,神龙渐变常调,开元、天宝间,神秀声律,粲然大备,故学者当以是楷式。予以为确论。"① 一方面,自《唐诗品汇》一书出,即以其资料宏博、体大思精,融选论注于一体、诸家诸体并收的特色而广为人知,在唐诗学史上产生了巨大的影响;另一方面,因为此书一味尊崇盛唐,在明代中后期引发了摹拟复古的盛大思潮,所以明末清初也有一些学者对其很不满。但正如四库馆臣评价的那样:"平心而论,唐音之流为肤廓者,此书实启其弊;唐音之不绝于后世者,亦此书实衍其传。功过其存,不能互掩。后来过毁过誉,皆门户之见,非公论也。"② 其二,是以张之象《唐诗类苑》200 卷、黄德水等《唐诗纪》170 卷、胡震亨《唐音统签》1033 卷等为代表的唐诗全集,以网罗一代诗学文献为宗旨,追求

---

① (明)高棅编纂,汪宗尼校订,葛景春、胡永杰点校:《唐诗品汇》,中华书局,2015,第 17 页。

② (清)永瑢等:《四库全书总目》卷一八九《唐诗品汇提要》,中华书局,1965,第1713 页。

"大而全"的诗学主张,在保存文献、辑佚校勘等方面具有一定的价值。

关于明代唐诗学发展的流变脉络,胡震亨《唐音癸签》中有一段论述详尽而中肯。文曰:"自宋以还,选唐诗者,迄无定论。大抵宋失穿凿,元失猥杂,而其病总在略盛唐,详晚唐。至杨伯谦氏始揭盛唐为主,得其要领;复出四子为始音,以便区分,可称千古伟识。惟是所称正音、余响者,于前多有所遗,于后微有所滥。而李、杜大家,猥云示尊,未敢并随,岂非唐篇一大阙典?高廷礼巧用杨法,别益己裁,分各体以统类,立九目以驭体,因其时以得其变,尽其变以收其详,斯则流委既复不紊,条理亦得全该,求大成于唐调,此其克集之者矣。高又自病其繁,有《正声》之选。而二百年后,李于鳞一编复兴,学者尤宗之。详《李选》与《正声》,皆从《品汇》中采出,亦云得其精华。但高选主于纯完,颇多下驷谬入;李选刻求精美,幸无赝宝误收。王弇州以为于鳞以意轻退作者有之,舍格轻进作者无是也,良为笃论。顾欲以是尽唐,侈言此外无诗,则过矣,宜有识者之不无遗议尔。夫尽唐宜何如,亦惟用品汇之例,稍润色焉而可。诗在唐一代,体数变矣。取数变之体,统列一卷之内,自衰盛相形,妍丑互眩,两存既嫌尾或秽貂,尽弃又惜地堪续月,故必各自为域,庶两无夺伦。此《品汇》之分编者,即繁杂得奏全勋;而诸选之合辑者,纵精严难免觭弊也。……而大谬在选中晚必绳以盛唐格调,概取其肤立仅似之篇,而晚末人真正本色,一无所收;李杜两家,尤多为宋人之论所囿,不能别出手眼,有所去取。"① 这段文字详述了宋代以来唐诗选本的不同倾向,指出明代学者对元代杨士弘《唐音》的学习与借鉴,强调高棅《唐诗品汇》与李攀龙《唐诗选》在明代诗学史上的重要地位及二者编纂内容和编纂体例上的优劣之处,认为诗学的嬗变和盛衰都是时代风潮的产物,无论哪种类型的唐诗总集都有其存在的价值。

除了编纂、刊刻唐人诗文集,明代关于唐诗学的评论也屡见笔端。李

---

① (明)胡震亨:《唐音癸签》卷三一,上海古籍出版社,1981,第326~327页。

攀龙论诗主张"诗必盛唐",其《唐诗选》7卷所选唐诗也是以初盛唐人最多,中唐人诗作较少,晚唐人诗作寥寥无几,甚至白居易、李贺、杜牧等中晚唐诗歌名家的作品连一首都没有收录,最终仍以其独特的诗学观念而引领一代风尚。《唐诗选》编成之后,单是在明代刊刻的版本就有20多种,明人王世贞、李攀龙、吴亮、焦竑、王穉登、施凤来、袁宏道、吴芳、凌蒙初先后为之撰写序文,明胡应麟《少室山房集》、许学夷《诗源辨体》、唐汝询《汇编唐诗十集序》及清宋荦《漫堂说诗》、李重华《贞一斋诗说》、四库馆臣等先后对此集进行评论,清蘅塘退士编纂《唐诗三百首》时甚至直接照录李攀龙选的一些诗歌。总之,历代虽然对李攀龙所选唐诗总集褒贬不一,但其关注热度却非一般诗歌总集所能相提并论。此外,张之象的友人徐献忠在其《唐诗品》中评价虞世南:"虞监师资(顾)野王,嗜慕徐、庾,髫卯之年,婉缛已著,琨玙之美,绮藻并丰。虽隋皇忌人之主,贞观睿圣之朝,然而善始之爱,身存乱国;准伦之誉,竟列名臣,骈美二陆,不信知名矣乎!其诗在隋则洗濯浮夸,兴寄已远;在唐则藻思萦纡,不乏雅道。殆所谓圆融整丽,四德具存,治世之音,先人而兴者也。至如'横空一鸟度,照水百花燃''竹开霜后翠,梅动雪前香',天然秀颖,不烦绳削。又《长春宫应令》云'民瘼谅斯求',《江都应诏》云'顺动悦来苏',其视宫体之规,同归雅正。石渠、东观之思,自非圣主,何能扬休于后世哉!"① 上述例子充分说明明人尊唐、选唐、论唐、学唐的盛况。然而令人遗憾的是,唐代文献经过几百年的流布,到明代已经消亡大半,所以胡震亨《唐音癸签》卷三十才有了这样的感慨:"余以千卷签唐音,在亡之数,其犹幸相半也乎!"在这样的社会背景和学术氛围中,张之象以其独具匠心的编纂活动,为自己在中国唐诗学史上赢得了一席之地。

---

① (明)徐献忠:《唐诗品》,(明)朱警刊刻《百家唐诗》卷首引录;(明)胡震亨《唐音癸签》卷五亦引录,稍有删改。刘开扬《唐诗的风采》一书征引此段文字并随文注解,参见该书第13~14页,上海书店出版社,2000。

第三节 《唐诗类苑》的编纂情况

张之象是明中叶蜚声于东南文坛的诗人、学者、文献学家。他生平不识铢两会计，家无余资仍大量刻书，因为其家中经籍纷披，甚至出现了客来无坐处的窘迫场面。但他一生驰骋于嘉靖、隆庆、万历初年的文坛，淹通该洽，博学多识，一生著述不下千卷，创作并校刻了大量的文学、史学著作，内容涉及经、史、子、集四部。他以一己之力穷多年之功最终编成《唐诗类苑》，原因是多方面的，其中既有"文必秦汉，诗必盛唐"时代风尚的影响，又与其"综贯群籍，笃志好古"①的主观努力密不可分，加上众多趣味相投的金石挚友之间能相互交流，一部内容宏富、体例鲜明的唐诗总集便应运而出。

（一）张之象编纂《唐诗类苑》的主观因素

张之象编纂《唐诗类苑》有着强烈的主观动力。有明一代，文坛的主要倾向是复古。受明代前后七子"文必秦汉，诗必盛唐"的影响，张之象早年为诸生时，就经常"与邑人徐奉化伯臣、莫方伯子良、何翰林元朗、祠部叔皮，以声诗相唱和海上"②。这群友人每次"宴歌游览，情兴所适，辄分曹而赋，相与比音节，刻句字，抉肠剷肾，以极骚人之变"③，兴致高涨之时，他们即兴创作的诗文如雪花一般四处飞落，"片楮所落，学士大夫共传之，以为希世之宝，叹赏不置"④。张之象"淹通该洽，号江东人士冠冕"⑤，凭着出众的才华与声誉，"与诸君子后先鳞次相望海内矣"⑥，但因为屡试不第，所以发誓要"甘为蠹鱼，生死文字间"，

---

① （明）魏留耘：《彤管新编后序》，收入《彤管新编》，明嘉靖三十三年（1554）刻本。
② （明）茅坤：《茅鹿门文集》卷一三《楚范序》。
③ （明）茅坤：《茅鹿门文集》卷一三《楚范序》。
④ （明）茅坤：《茅鹿门文集》卷一三《楚范序》。
⑤ （明）赵应元：《刻唐诗类苑序》，《唐诗类苑》卷前。
⑥ （明）茅坤：《茅鹿门文集》卷一三《楚范序》，中国科学院图书馆藏明万历刻本。茅坤：《白华楼续稿》卷六亦收录此序，中央民族大学图书馆藏明嘉靖、万历间递刻本。

于是就"悉取青箱所遗群籍，楗门牡，旦莫窥览，恒手一编"①。

张之象编纂《唐诗类苑》有着大量的文献积累。张之象家藏书丰富，除了大量阅读前贤的经典著作外，还经常到朋友家中相互交流，如其知交何良俊就自称"所藏书四万卷，涉猎殆遍，盖欲以揽求王霸之余略，以揣摩当世之故"②。关于张之象著作的著录，《明史·艺文志》著录有其6种著作，其中别集1种，即《剪彩集》2卷③；总集3种，即《古诗类苑》120卷、《唐诗类苑》200卷、《唐雅》26卷。④ 其他各种史志或典籍记载内容详略不同。王彻《王屋先生传》关于张之象著作的记载特别详细，称其"日坐山斋，焚香隐几，肆力著述，剥啄不膺。间与知己唱酬弹射，而所著益饶"，同时指出其书法也古意盎然，"每游戏而为法书，则纵笔如飞，妍媚娟秀，摹临古迹，居然优孟"⑤。现将记述其著作的文字部分照录如下：

> （张之象）有《剪彩》《翔鸿》《听莺》《避暑》《题桥》《猗兰》《击辕》《佩剑》《林栖》《隐仙》《秀林》《新草》诸集；所辑有《诗学指南》《韵学统宗》《韵苑连珠》《楚语》《楚范》《楚林》《楚翼》《赋林七萃》《群书异同》《太史史例》《史记发微》《新旧注盐铁论》《唐雅》《回文类聚》《诗纪类林》等集。⑥

从上面的记述可以看出，张之象创作的诗文集有12种之多，编辑而成的各种著作有近20种，其中还不包括嘉靖年间俞宪刊刻的《张王屋集》1卷，现存的《彤管新编》8卷，《诗纪类林》一书则是《唐诗类苑》和《古诗类苑》的合称，则其创作之多、辑录之广、研究之深，非

---

① （明）王彻：《王屋先生传》，《唐诗类苑》卷前。
② （明）何良俊：《四友斋丛说·自序》，中华书局，1959。
③ （清）张廷玉等：《明史》卷九九，中华书局，1974，第2480页。
④ （清）张廷玉等：《明史》卷九九，中华书局，1974，第2480页。
⑤ （明）王彻：《王屋先生传》，《唐诗类苑》卷前。
⑥ （明）王彻：《王屋先生传》，《唐诗类苑》卷前。

常罕见。在现存近 20 种著作中，经部有《四声韵补》5 卷，史部有《太史史例》100 卷，子部有《新旧注盐铁论》及《楚骚绮语》6 卷，集部有《华亭百咏》1 卷、《张王屋集》1 卷、《剪彩集》2 卷、《古诗类苑》130 卷、《唐诗类苑》200 卷、《唐雅》26 卷、《彤管新编》8 卷、《回文类聚》4 卷、《楚范》6 卷、《翔鸿集》1 卷、《叩头虫赋》1 卷、《黄道婆祠记》。此外，还刻有《文心雕龙》《史通》等著作。

张之象编纂《唐诗类苑》有着丰富的实践经验。张之象在嘉靖年间编辑刊刻了大量的著作，其中《太史史例》100 卷、《唐雅》26 卷、《彤管新编》8 卷等著作，都是作者编纂或汇辑大型文集的成功实践，折射出张之象的史学眼光和诗学倾向。其中《太史史例》规模较大，分类纂辑，其编纂方法也为张之象纂辑同类著作提供了宝贵的经验。

张之象编纂《唐诗类苑》有着鲜明的时代特色。《张王屋集》是张之象青壮年时期诗文创作倾向的集中体现。此集收入明隆庆年间无锡俞宪刊刻的《盛明百家诗前编》中，共收录明嘉靖年间张之象的诗歌作品 70 多首，其中有不少题材是交游唱和之作。卷前有俞宪所撰小序，作于嘉靖四十三年（1564）春，称其起初与张之象并不相识，但因为旧识朱大韶、何良俊皆"雅尚其诗，乃为诠次，刻于家塾"。此外，还有不少文献有关于《张王屋集》的记载，可以作为参照或补充。如《同治上海县志》著录为"《张王屋集》《金陵唱和编》，俱张之象撰"①，同时又云《张王屋集》共分《猗兰》《剪彩》《翔鸿》《听莺》《避暑》《题桥》《林栖》《隐仙》《佩剑》《击辕》10 集，与前代志书记载有所不同。《光绪华亭县志》的著录与《同治上海县志》相类似，也认为"《张王屋集》分《剪彩》《翔鸿》《听莺》《避暑》《题桥》《猗兰》《击辕》《佩剑》《林栖》《隐仙》，共十集"②，只是题目顺序稍有变化。而据黄姬水《猗兰集序》记

---

① （清）应保时、俞樾、方宗诚纂《同治上海县志》卷二七，清同治十年刻本。
② （清）杨开第修、姚光发等纂《光绪华亭县志》卷二〇《艺文志》，收入《中国方志丛书》，台北成文出版社。

载,《猗兰集》应为独立的卷次,这十种诗集或文集应该是独立成卷的,从朱察卿《题桥集序》和黄姬水《猗兰集序》可见一斑,不知是何种原因,都没有单行本传于世。但无论是《题桥集序》中称赞其"诗歌丽则,种种合作,文章隽永尔雅,可以横骛西京"① 的说法,还是《猗兰集序》中叙述其"山人以颖粹之资,藻缛之思,箧中丛书千卷,肆览精研,铸造伟辞,以文章名家"② 的评价,都体现出张之象"综贯群籍,笃志好古"③ 的学术追求和"文必秦汉,诗必盛唐"的创作倾向。这也是激励张之象坚持编纂《唐诗类苑》《古诗类苑》等大型总集的主观因素。

(二) 张之象编纂《唐诗类苑》的学术渊源

张之象历经武宗、世宗、穆宗、神宗四朝,主要活动范围集中在上海、南京及浙江一带,接触交往了社会各个阶层的人物,其中既有文坛耆宿,又有后生之英,既有地方官吏,又有方外人士。莫如忠《故浙江按察司知事王屋张公墓志铭》记其生平事迹甚详,为我们提供了关于张之象行踪和交游的线索。俞宪《盛明百家诗前编·张王屋集》内,也保存了张之象创作的诗歌作品 70 多首。从张之象不同传记中记载的丰富内容来看,张之象的博学多识和交游广泛大致反映了其日常生活状态。而张之象与各类人物的交往学习,见证了明代东南地区文化的繁荣,也为其编纂《唐诗类苑》奠定了坚实的学术基础。

张之象行迹遍布东南,交游十分广泛,先辈学养深厚,同好济济一堂,一方面经常与众人诗酒唱和,另一方面把行万里路与读万卷书结合起来,"以雄文高调,埙篪一时",一时间声名鹊起,受到众人的赞誉,从下面几种传记资料的记载就能窥探一斑。如莫如忠《故浙江按察司知事王屋张公

---

① (明)朱察卿:《朱邦宪集》卷八,明万历六年(1578)朱家法刻增修本。
② (明)黄姬水:《白下集》卷八,原北平图书馆藏明万历刻本,《四库全书存目丛书》本据以影印,下文称《四库全书存目丛书》本。
③ (明)魏留耘:《彤管新编后序》,收入《彤管新编》,明嘉靖三十三年(1554)刻本。

墓志铭》是对张之象生平行迹记载最详细的传记资料，文中称"其所交与，尽寓内贤豪"，"无不推毂，公为交誉者"，并特别拈出四明丰翰林存礼、武林方宪副思道、古歙许相公维桢等人与张之象"一见语合，握手如平生"的场景，用生动的事例说明"其为诸名流所雅慕如此"。① 王兆云《皇明词林人物考》卷一一《张玄超传》亦云："其他先辈若金陵顾华玉璘、许仲贻谷、吴门蔡九逵羽、文徵仲徵明、王履吉宠、彭孔嘉年，其乡徐伯臣献忠、何元朗良俊、董子元宜阳皆与公为莫逆交，埙篪一时。此可知公臭味矣。"② 何三畏《云间志略》卷一九《张宪幕王屋公传》记载："所交顾中丞华玉、蔡翰林九逵、文待诏徵仲、茅宪副顺甫、欧工部祯伯、许太常仲颐、王山人履吉、许相国维桢、丰太史存礼，皆当世名公巨卿。而吾乡徐奉化伯臣、何孔目元朗、何祠部叔毗、朱太学邦宪，亦皆其生平金石交也。"③ 王彻《王屋先生传》有类似记载："先生既荷重名，海内贤达皆以为东南之宝，欣得一遘，无不愿交也者。若金陵顾华玉、许仲贻，吴门蔡九逵、文徵仲、王履吉，同郡徐伯臣、何元朗、何叔毗、莫子良、董子元、朱邦宪，吴兴茅顺甫，济南冯汝言，东粤欧祯伯、黎惟敬诸公，并以文采雁行，与先生游争相下也，而推之坛坫之上。"④ 这些详略不一的传记资料，为我们展示出张之象广泛交游的总体概况，也透露出张之象致力于学术研究的环境氛围。而朱察卿《题桥集序》和黄姬水《猗兰集序》中也传达出相当丰富的信息，下面对朱、黄二人撰序简要分析如下。

朱察卿与张之象是金石之交，二人多有唱和之作。这些诗作反映出二人之间多年的深厚友谊以及面对无奈的现实境遇和未知命运时的惺惺相惜。除此之外，收录在《朱邦宪集》卷五的《题桥集序》，直接揭示出张之象走上编纂古籍之路背后的深层原因。序曰：

---

① （明）莫如忠：《崇兰馆集》卷一九，明万历十四年（1586）冯大受、董其昌等刻本。
② （明）王兆云辑：《皇明词林人物考》，北京大学图书馆藏明万历刻本。
③ （明）何三畏：《云间志略》，台北学生书局影印本。
④ （明）张之象：《唐诗类苑》卷前，明万历二十九年（1601）刻本。

王屋山人《赋得司马相如》一卷，已自为序，复命予序之，岂以予亦慕相如而知山人哉？皇甫士安云："贤人失志，词赋作焉。"使山人早能远引高翔，致身通显，或无感于相如；使山人能薄少文，材朽行秽，虽不能振林□途，亦无感于相如。山人结发好读书，猎渔坟记，收捃众家。体不胜衣，而口所诵忆者，车不能胜。诗歌丽则，种种合作，文章隽永尔雅，可以横鹜西京。故海内缀文之士，倚以扬声，愿望履幕。尝挟策于有司，屡见摈斥。岁己酉（1549）复修故业，与都下士决命争首，自谓莫能当矣。数奇复不偶，遂以章句禅诸子，益肆力艺林，覃思著述，注桓氏《盐铁论》、纂辑《司马书法》以见志。……骐骥伏枥，不异骘駘；鸑鷟铩羽，下同鸡鹜，此理将安解乎？要之山人文章与相如类，而赀进复类之，独题桥事遇不遇有大不类者，诗故所由作也。①

这篇序文首先交代了撰写此序的缘起，说明张之象所撰《题桥集》亦名《赋得司马相如》，也是"贤人失志，词赋作焉"的产物；接着备述张之象学习、科举、著述的主要经历，称赞其"诗歌丽则，种种合作，文章隽永尔雅，可以横鹜西京"；序文最后指出撰写这部诗集的主旨，"山人文章与相如类，而赀进复类之，独题桥事遇不遇有大不类者，诗故所由作也"。从这篇序文可以看出，张之象对汉代文献典故的熟悉程度以及对古人之风的倾慕仿效。

嘉靖乙卯岁（1555）九月，黄姬水回乡，想到南京隐居，在旅途之中刚好遇到张之象，两人相谈甚欢。张之象取出自己刚刚撰成的文集，称此集是"友人金陵俞元海氏命材锓梓"，请黄姬水为其作序。黄姬水《白下集》卷八收录《猗兰集序》一文，曾对这件事的前后经过详加记载。文章讲述自己与张之象相遇的时间、地点，指出张之象撰写这部文集的缘

① （明）朱察卿：《朱邦宪集》卷八，明万历六年（1578）朱家法刻增修本。

由，是有感于孔子周游列国无人重用其材而隐居山谷之中，并把张之象撰《猗兰集》与孔子作《猗兰操》相比较，认为这本文集"其辞尔雅，其义严正，而忧愤慷慨之意，每溢于言外，殆西京之盛藻也"，从中可以窥见张之象的学术渊源。兹摘录序文如下：

> 嘉靖单阏岁玄月，黄子去闽邑，审遐阻，将采荣青山以老也，弭霞轸于白门。旅逢王屋山人，相与晤言累日，手持一编示黄子曰："兹集也，友人金陵俞元海氏命材锓梓。子其叙之。"……昔仲尼游于诸侯，莫能用，隐于谷之中，见香兰焉，与众草为伍，援琴鼓之，作《猗兰操》。嗟乎明王不作而王者之香不采，而佩伤兰者，伤道也。……山人以颖粹之资，藻缛之思，箧中丛书千卷，肆览精研，铸造伟辞，以文章名家。后复师事泾野吕先生、西玄马先生，卒业焉。山人于是乎闻道，不独为文章士矣。已而结辔撰行，孤琴千里，陟雁荡则思子长之游，登燕台则慨郭隗之招，历下邳则怀留侯之勋，遵淮阴则吊王孙之微，渡采石则慕谪仙之放，发为英章，无非寓目写心，以畅寄郁结。其辞尔雅，其义严正，而忧愤慷慨之意，每溢于言外，殆西京之盛藻也。山人之志可悲也已。故凡不得志而宣诸言，亦犹石激而滩声，气拇而霆泄，吾弗与也。窃怪今之人概以文士为浮诞，鄙之，诬哉！噫！心之忧矣，我歌且谣。不知我者，谓我士也骄，古则然矣。若彼徒以富贵利达曰我不得志，则其志回，其言伪，非仲尼之徒也。文若干首，命曰《猗兰集》。①

从上述文献材料可以看出，这些与张之象交游的诗人学者，或名动一时，或名扬后世，从不同角度、不同层面丰富了张之象的学术土壤，为其顺利编纂而成两部大型诗歌总集打下了良好的学术基础。

---

① （明）黄姬水：《白下集》卷八，原北平图书馆藏明万历刻本，《四库全书存目丛书》本据以影印。

（三） 张之象编纂《唐诗类苑》的价值取向

明人选诗之风颇盛，近 300 年间编纂了大量的诗歌总集。这种文化现象的形成，既与明代诗坛复古、拟古、选古的整体风尚密不可分，又与明代刻书工价低廉的现实状况有很大关系。清人叶德辉在其《书林清话》中曾对明代令人叹为观止的刻书现象加以记载，称"数十年读书人，能中一榜，必有一部刻稿。屠沽小儿，身衣保暖，殁时必有一片墓志铭"①。《明史·艺文志》中著录的"总集类"著作共有 163 部 9810 卷，其中唐诗总集 19 部 1997 卷，约占著录总卷数的 1/5。在这 19 部唐诗总集中，既著录有胡震亨专选有唐一代诗歌的集大成之作《唐音统签》，又著录有曹学佺编选历代诗歌的大型合集《石仓十二代诗选》。除了胡震亨编纂的《唐音统签》1033 卷之外，张之象《唐诗类苑》以 200 卷的庞大收诗规模而位居前列，比高棅的《唐诗品汇》90 卷和《拾遗》10 卷、朱警父子的《百家唐诗》100 卷②、黄德水的《初唐诗纪》30 卷、钟惺的《古唐诗归》47 卷、曹学佺的《石仓十二代诗选》中收录的唐诗 110 卷超出很多。而曹学佺《石仓十二代诗选》共 888 卷，其中收录有古诗 13 卷、唐诗 110 卷、宋诗 107 卷、元诗 50 卷、明诗 6 集共 608 卷（1～6 集分别是 86 卷、140 卷、100 卷、132 卷、50 卷、100 卷），也从侧面反映出明人编纂诗文总集的崭新面貌。③

明代复古尊唐的诗学风尚也影响到张之象的编辑事业。嘉靖前期，张之象深受李东阳、何景明等人倡导的复古思潮的影响，文章以秦汉为宗，古诗以汉魏为宗，近体则以盛唐为宗，所以编选了几种带有明显的

① （清）叶德辉：《书林清话》卷七，上海古籍出版社，2008。
② 《百家唐诗》100 卷，《明史·艺文志》著录为徐献忠所作，但当代学者如陈伯海先生等人多有考证，确定此集系朱警父子所编。
③ 这段文字中关于明代诗歌总集的数据，系作者据《明史》卷九九《艺文志》四"总集类"统计而得。参见（清）张廷玉等《明史》卷九九，中华书局，1974，第 2495～2498 页。

复古倾向的诗文总集，其中又以《唐雅》和《彤管新编》最具代表性。嘉靖中后期至隆庆、万历年间，张之象在做了短暂的浙江按察司知事后归隐田园，随着阅历的逐渐丰富，其诗学思想也发生了一些变化。通过对明代前期诗学发展历程的仔细分析和理性思考，张之象编纂的诗歌总集逐渐朝着大而全的方向发展，其中又以《古诗类苑》和《唐诗类苑》最具代表性。

嘉靖二十年（1541），张之象《唐雅》由长水书院刊行。这部诗歌选集共有 26 卷，分为天文、四时、节序、山岳、水圈、京都、关境、桥梁、宫殿、楼阁、宅第、亭榭、持照、临与、郊丘、祭祀、宗庙、社稷、释奠、封禅、明堂、朝会、扈从、省直、诞辰、储嗣、婚姻、共宴、酺宴、宠锡、戒励、赦宥、奉使、祖饯、眺望、怀古、感旧、哀伤、挽歌、畋猎、军戎、经史、字书、器用、跃武、巧艺、寺观、祥瑞、花卉、果木、鸟兽、昆虫共 52 类，主要收录了唐高祖武德至玄宗开元年间的君臣唱酬之作 2000 余篇，其中帝王 7 人、公卿 168 人、宫闱 8 人、外国 2 人，后面还附有赋颂 4 卷。此集前有嘉靖辛丑岁（1541）何良俊撰序，从"余读谢康乐《拟魏太子邺中集诗》，盖未尝不伤之焉"谈起，用古往今来"辞章之士"渴望被"好文之主"重用而不可得的现实情况，说明诗文之作也是王政得失的一个晴雨表。《唐雅》选诗"起自武德，讫于开元，通得诗二千余篇，分二十六卷。自天宝以后则风格渐卑，其音亦多怨思矣，故削去不录"，反映出"诗必盛唐"的诗学观念。何良俊认为，"世之集唐诗者众矣，率多里巷歌谣，要非诗之本。张子特取唐君臣唱酬之作集而刻之，其亦有康乐之感也夫"①，同时分别以"钧天之奏"和"巴渝之歌"、"黼黻之文"和"茹蘆之色"作比，预期"自《唐雅》出则诸集诗者可尽废矣"，对张之象编辑此书的举动给予了稍显过誉的赞扬。此外，清人彭元瑞

---

① （明）张之象：《唐雅》26 卷，浙江图书馆藏明嘉靖二十年（1541）长水书院刻本。

《天录琳琅书目后编》卷二〇著录此集，并简要介绍了撰者、卷次、分类、选诗范围等内容，指出此集虽然按照格调论者的理念来选诗，但具体作品的选择标准仍有所变化。《四库全书总目》卷一九二《总集类存目》二《唐雅提要》对张之象编撰《唐雅》的时代背景进行了分析，认为"其论似高而无当，盖是时七子之派方炽，故遵其'诗必盛唐'之说也。且赋虽古诗之流，而自汉以来体裁，'久别'杂入'喜雨'诸赋，亦为例不纯"①，同时指出其"为例不纯"的缺陷，评价相对比较中肯。

明代唐诗总集的辑选，和当时不同流派的诗学思潮交替出现有直接关系。明中期出现了一系列编纂通代女子诗集的诗歌总集，其中张之象《彤管新编》8卷、田艺蘅《诗女史》14卷和《拾遗》2卷、俞宪《盛明百家诗前编·淑秀总集》1卷等几部总集较为突出。

《彤管新编》共8卷，其中卷六、卷七共收录54位唐代诗人的作品，内容多从唐宋笔记小说中搜集而来。现存有明嘉靖三十三年（1554）魏留耘刻本。明人魏学礼《彤管新编序》详细记述了这部诗歌总集的收诗范围，指出不同历史时期女性诗歌的不同特点，"若夫彤管之编，述古宫闺之义；览周之作，则有温柔和凯之风，凄婉嘉徐之则；睹汉之制，则有典古正毅之懿，慨忼信直之体；魏晋则雅郁而沉深，清逸而弘永；宋齐迄唐，则妩润而闳肆，芬敷而惋节"，同时表明张之象编纂此集的主要宗旨，"观乎张氏之旨，将为别述之籍，彤管肇称，义取女史；新编标首，以别旧集。陶阴蹶谬，鄙人操割；篇什之哀，则惟仍故梓章"，有助于后人更加全面客观地理解前代诗人诗作。

与同时期其他女子诗歌总集相比，张之象《彤管新编》称得上是后世女诗人总集编辑繁荣的先声。从编辑时间来看，《彤管新编》刊刻于

---

① （清）永瑢等：《四库全书总目》卷一九二《总集类存目》二《唐雅提要》，中华书局，1965，第1752页。

嘉靖三十三年（1554），《诗女史》编成于嘉靖三十六年（1557），《淑秀总集》编成于嘉靖丙寅（1566）。从收诗范围来看，《彤管新编》主要收录先秦至元代的闺阁之诗；《诗女史》主要收录"上起古初，下迄明代"的女子诗作，以收录明代以前的作品为主，其中收录唐代女性诗人97人、明代女性诗人26人；《淑秀总集》收录明代女诗人17家。从选诗标准来看，《彤管新编》有着严格的取舍标准，"其立义精，其搜采博，古今闺秀相去千载而若聚于一室间，把其容，接其辞，呜呼，何其要而广也"①，在"闺阁著作，明人喜为编辑"方面起到了开风气的作用；《诗女史》的编辑相对粗疏，采选也十分简略，诗人有传无诗或诗歌有句无题的现象比较普遍，但因为这是目前所知刊行最早收录明朝女子诗歌的诗歌总集，其文献价值亦不可忽视；《淑秀总集》共收录明代17位女诗人的72首作品，是真正意义上明代最早的断代女性诗歌总集。② 尽管清修四库馆臣批评张之象《彤管新编》"采掇颇富，而伪舛亦复不少"③，但由于此集是"首述《三百篇》中之女妇所作"④，其学术意义远胜于其他几部诗歌总集。

选家的价值取向决定着选本的内容，而编选者所处的文化环境反过来又影响着选本的内容。嘉、万年间，各种古诗与唐诗合选的诗文总集纷纷出现。张之象所辑《古诗类苑》130卷和《唐诗类苑》200卷，就是这一诗学思潮的产物。现将各种古诗与唐诗合集统计列表如下。

---

① （明）魏留耘：《彤管新编后序》，见《彤管新编》卷尾，明嘉靖三十三年（1554）魏留耘刻本。
② 关于明人编撰女子诗歌总集的论述，可参见王艳红《明代女性作品总集研究》，上海师范大学2006年硕士学位论文；莫立民《明代所纂女子诗集及其主要价值》，《古籍整理研究学刊》2008年第3期；乔琛《明代女子诗文总集的性别视角》，《社会科学家》2015年第5期。
③ （清）永瑢等：《四库全书总目》卷一九二《总集类存目》二《彤管新编提要》，中华书局，1965，第1752页。
④ （明）魏留耘：《彤管新编后序》，见《彤管新编》卷尾，明嘉靖三十三年（1554）魏留耘刻本。

明代古诗与唐诗合选情况统计表

合集名称	总集名称	编辑者	刊行时间	卷数	收录诗人诗作
无	《古诗纪》	冯惟讷	嘉靖三十九年	156 卷	无考
	《唐诗纪》	吴琯	万历十三年	170 卷	诗人 1300 多家、诗歌 1 万余首
《诗纪类林》	《古诗类苑》	张之象	万历三十年	130 卷	诗人数量无考、诗歌 9529 首
	《唐诗类苑》	张之象	万历二十九年	200 卷	诗人 1472 家、诗歌 28067 首
无	《古诗所》	臧懋循	万历三十四年	56 卷	无考
	《唐诗所》	臧懋循	万历三十四年	47 卷	无考
《古唐诗归》（《明史·艺文志》著录为 47 卷）	《古诗归》	钟惺 谭元春	万历四十六年	15 卷	无考
	《唐诗归》	钟惺 谭元春	万历四十六年	36 卷	诗人 299 家、诗歌 2200 余首
无	《古诗解》	唐汝谔	万历四十三年	24 卷	诗人 184 家、诗歌近 870 首
	《唐诗解》	唐汝询	万历四十三年	50 卷	诗人 194 家、诗歌 1500 余首
《诗镜总论》	《古诗镜》	陆时雍	崇祯年间	36 卷	无考
	《唐诗镜》	陆时雍	崇祯年间	54 卷	无考

在上述系列合刻的众家大型诗歌总集中，冯惟讷《古诗纪》刊刻最早，嘉靖三十六年（1557）即已编成，直到嘉靖三十九年（1560）才刊行于世。① 张之象编纂的《古诗类苑》和《唐诗类苑》虽然刊刻较晚，其稿本实际编成时间要早于冯惟讷《古诗纪》。黄德水、吴琯合编的《唐诗纪》因种种原因，实际上只编成并刊行了初盛唐部分的 170 卷。而陆时雍编撰的《古诗镜》和《唐诗镜》并无刊本传世，后来被收入《历代诗话

---

① 关于冯惟讷《古诗纪》的编纂情况，可参见杨焄《冯惟讷〈古诗纪〉编纂考》，《中文自学指导》2008 年第 2 期。

总编》，才得以广泛流传。由此可见，古代典籍的传播随着时代风尚而编成，往往又随着岁月的流逝而消失在历史的长河中，其存佚之间、幸与不幸之间有诸多主客观因素的影响。

经历了汉魏六朝以迄唐宋千余年的积累和发展，传统文学在明代已难以别开生面。以李梦阳、何景明为代表的"前七子"，以李攀龙、王世贞为代表的"后七子"，主张继承汉、魏、盛唐，将批评的目光转向复古，意在总结前代诗文创作的艺术规律，从而使诗文批评获得了较大的发展。他们"留心体制"（李东阳语），注重古诗的法与体，以为"自秦汉而下文愈盛，故类愈增；类愈增，故体愈众；体愈众，故辩当愈严"（徐师曾《文体明辨序说》），推动诗文选本向着大而全的方面发展。张之象的《古诗类苑》和《唐诗类苑》，正是在这样的诗学背景下产生的。

综上所述，张之象著述宏富，笃志好古，其著述带有深深的时代烙印。无论是莫如忠评价"其诗尔雅冲淡，兴寄寥远，有魏晋风；其文闳深奥衍，出入东西京，不作晚近语"①，还是茅坤评价其"少负俊材，好读古先秦以来百家之书……又多仿汉、魏、晋、宋，下及唐开元、天宝、大历、建中以来词人之旨而揣摩之，而无不得其似"②，都是比较中肯之说法。张之象的诗歌选本，在中国诗学体系的建构方面具有与众不同的眼光，体现明代中后期诗学家的审慎思考和理性选择。

---

① （明）莫如忠：《崇兰馆集》卷一九《故浙江按察司知事王屋张公墓志铭》。
② （明）茅坤：《茅鹿门文集》卷一三《楚范序》，明万历刻本。

第三章
《唐诗类苑》 的基本面貌

第一节 《唐诗类苑》的成书与刊刻

唐代之所以被誉为中国古典诗歌发展的高峰，是因为各种题材和各种体裁的古典诗歌的特有表现力被唐代诗人们发挥得淋漓尽致。这一观点早已为学界所认可。鲁迅先生曾经说过："我以为一切好诗，到唐已被做完。"①与唐代诗歌的创作相生相伴，唐诗总集的编纂活动也接踵而出，共同装点着唐代的文学空间。明代学者李东阳认为，选家的个人识见决定着选集的水平高低，"选诗诚难，必识足以兼诸家者，乃能选诸家；识足以兼一代者，乃能选一代"②。从《唐雅》26卷到《唐诗类苑》200卷，张之象用自己编纂唐诗总集的实践诠释了李东阳的精辟论断。

早在青壮年时期，张之象就开始了编纂一部唐诗总集的学术准备，这也是他追求儒家理想、渴望"成一家之言"的具体体现。嘉靖二十年（1541），张之象编辑而成《唐雅》26卷，由长门书院刊行于世。这部唐诗诗歌选本的编纂宗旨源自《诗经》"以一国之事系一人之本谓之风，言

---

① 《鲁迅书信集·答杨霁云函》："我以为一切好诗，到唐已被做完，此后倘非能翻出如来掌心之'齐天大圣'，大可不必动手。"人民文学出版社，1976，第699页。

② （明）李东阳：《怀麓堂诗话》，《历代诗话续编》。

天下之事形四方之风谓之雅"的传统诗教观念，试图借编辑唐代君臣唱酬之作来抒发与谢康乐相类似的君臣感遇之情，所以此集"起自武德，迄于开元，通得诗二千余首"，以"天宝以后则风格渐卑，其音亦多怨思矣，故削去不录"①，是一部专录初盛唐君臣酬唱之作的唐诗选本，在考证初唐宫廷诗风方面具有一定的诗史意义。

嘉靖中后期，张之象又先后编成《唐诗类苑》和《古诗类苑》两部大型诗歌总集，合称《诗纪类林》。但因为家境贫寒，直到万历十五年（1587）张之象去世前尚未正式刊刻。在这40多年的学术积累过程中，张之象的学养日渐深厚，识见也更加高远，对自己的诗学理论也必然有着不同程度的修正和补益。可以这样说，从明嘉靖年间张之象编成《唐诗类苑》200卷，直至清康熙年间《全唐诗》编竣为止，唐诗总集的编纂活动从未停止。冉旭认为，"这段历程的延展，和明中期的诗学趣尚密切相关，也是明清两代编辑家前后承继、苦心经营的结果"②。张之象编纂《唐诗类苑》时，在编纂思想上上承萧统《文选》和李昉等《文苑英华》两部诗文总集，旨在反映有唐一代的诗歌全貌，所以几十年间一直竭尽所能地去搜罗归类有唐一代的诗歌作品，比明末学者胡震亨《唐音统签》的编纂刊行时间早了半个多世纪。在传统总集向文学全集发展的历程中，如果说《唐音统签》具有"粗具规模，树立典型"③的意义，那么《唐诗类苑》的编纂意义则在于其不可替代的过渡作用。

（一）《唐诗类苑》的编纂宗旨

有学者认为，"重倡古典审美理想，整顿古典诗歌创作的局面，力图恢复古典诗歌的审美特征"④，是明代中叶中国古典诗歌发展的必然要求。

① （明）何良俊：《唐雅序》，见《唐雅》卷首，明嘉靖二十年（1541）长水书院刻本。
② 冉旭：《〈唐音统签〉研究》，复旦大学2004年博士学位论文。
③ 陈尚君：《断代文学全集的编纂和回顾》，《四川大学学报》2005年第5期。
④ 廖可斌：《明代文学复古运动研究》，上海古籍出版社，1994，第35页。

张之象编纂的两部大型诗歌总集《古诗类苑》和《唐诗类苑》，正是在这一时代背景中应运而生的产物，同时又颇有自己的特色。从《古诗类苑》和《唐诗类苑》卷前的编纂凡例与相关序文中，能够清楚地看出张之象编纂《唐诗类苑》的宗旨或意图。归纳起来，大致有如下几个方面。

1. 别出心裁的诗学主张

明代极其繁盛的出版业，极大地促进了广大作家作品的迅速出版和广泛传播，进而引起广大读者的及时反馈。许多经验丰富的编纂者往往能够充分利用各种契机，适时地宣扬自己的文学主张。

张之象与东南士林交游甚密，对于如何通过编纂诗文总集来宣扬自己的文学主张也曾进行过认真的思考。他在多年的学习和研究过程中，对于《文苑英华》"弗遍弗择"的收录标准不太满意，对于明人包节《苑诗类选》改编后"等而下之"的做法也不认同①，于是下决心亲自重辑此书，并将其编定于嘉靖期间的两部诗歌总集《唐诗类苑》和《古诗类苑》，合称为《诗纪类林》。《唐诗类苑凡例》开宗明义，指出"诗无类书，诗之有类书也，自兹刻始"的编纂目的。《唐诗类苑》和《古诗类苑》的编纂体例依然遵循了《文选》《文苑英华》等诗文总集以类系诗的原则，但同时二编又都是尽录一代或数代的全集，故"不得不妍媸并收，庶存一代之制作"，表现出别出心裁的诗学主张。

需要说明的是，张之象《唐诗类苑》尚未正式刊刻之前，书稿为浙江人卓明卿所得，卓氏于是从中选取初、盛唐部分先行刊刻，并请当时的文坛盟主王世贞为之作序，其影响在若干年间反而超过张之象原本，很多

---

① （明）包节：《苑诗类选》5卷，今存明万历二十一年（1593）刻本。范濂：《云间据目抄》卷一《包节传》："包节，字元达，号蠡泉，举嘉靖壬辰（1532）进士。公孝友天植，忠义性成，秉道嫉邪，毫发不假。两使滇闽，再按湖南，能令豪右权奸敛迹敛手，风裁凛然。会忤阉竖诬以震惊陵寝，谪戍庄浪卫者十有二年。闻母弟殒谢，哀毁而卒。识者惋叹。公文宗西京五七言诗，有开元风骨皆穷而后工，莫方伯比之虞卿云。所著有《包侍御集》6卷、《范诗类选》30卷，行于世。"按：（明）晁瑮《晁氏宝文堂书目》著录有《苑诗类选》，自注曰"楚刻"。《明史·艺文志》及其他书目均作"《苑诗类选》"，故《范诗类选》当为《苑诗类选》之误。

人甚至只知卓本而不知张本。王世贞《唐诗类苑序》一文曾记述卓氏刊刻此书的缘起，文曰：

> 诗而以类称者何昉乎？昉自梁萧统氏。统之类也，大较则文据十之八，而诗仅得一二。普通以后，弗之及已；天监以前，倦于采而勤于汰，识者往往遗憾焉。宋之《文苑英华》，名为仿萧氏，而弗遍弗择，则又其下驷矣。嘉靖间有官于楚者，遍取其诗梓之，曰《苑诗类选》。友人卓澂甫读而叹曰：是可以已乎哉？夫诗之体，莫悉于唐，而唐莫媺于初盛。自武德而景龙者，初也；自开元而至德者，盛也。大历之半割之矣。初则由华而渐敛，以态韵胜；盛则由敛而大舒，以风骨胜。然其所遭之变渐多，而用亦益以渐广。今者获寓目焉，萃而为书，一有所需，随叩而足，灿若指掌。譬之大将军将十万众，部别叠置，旌旄异色；譬之贾人巨肆，珠瑶服瑟，各安其所。二者唯主之，所用之，固不必卷搜人阅而左右逢源，不亦快哉？且夫事同者工拙自露，情一者深浅迥别，时代之升降，才伎之长短，亦可以傍通而曲引，固不必钟记室之品，高廷礼之正而后辨也。①

按照王世贞序中所说，虽然此书不着意于文本编选，但强调按照一定的次序进行编录，自然也可以实现"时代之升降，才伎之长短，亦可以傍通而曲引，固不必钟记室之品、高廷礼之正而后辨"的目标。这种编纂体例，对明人冯惟讷编纂《古诗纪》等大型文学全集影响极大。

2. 以诗言志的诗学传统

张之象博综群集，诗文高绝，对有唐一代诗歌青睐有加。嘉靖二十年（1541），张之象编成专选初、盛唐诗歌的诗歌总集《唐雅》26 卷。何良俊在《唐雅序》中非常感慨张之象空有满腹才华却"终身不得望帝王之

---

① （明）王世贞《弇州续稿》卷五三，文渊阁四库全书本。唯此《唐诗类苑》乃万历十五年（1587）卓明卿割原书初、盛一百卷印行的伪冒本，王世贞为卓氏所欺，然其所说的编纂意旨应当没有大的出入。

门"的遭遇，对其编辑此书的举动给予了高度赞扬："世之集唐诗者众矣，率多里巷歌谣，要非诗之本。张子特取唐君臣唱酬之作集而刻之，其亦有康乐之感也夫。夫聆钧天之奏者，塞耳不愿巴渝之歌；观黼黻之文者，瞥目不愿茹蘦之色。自《唐雅》出则诸集诗者可尽废矣。"① 其说虽有定位过高之嫌，却不失张氏编纂的本旨。

张之象深受儒家正统思想的影响，在诗文创作中自觉地遵循以诗言志的诗学传统，还经常化用前代的各种典故。俞宪《盛明百家诗前编·张王屋集》中共收录了张之象嘉靖四十三年（1564）以前的 70 多首诗歌，诗中不时流露出渴望建功立业却又壮志难酬的情怀。试以其中两首诗为例说明之。如《斋居风雨邦宪以新诗见寄赋此答之》云：

> 客窗风雨不胜情，忽寄诗篇照眼明。
> 雁度远空怀故侣，莺啼深谷喜新声。
> 隋珠可贵时难售，郢曲弥高世所惊。
> 最是怜才吾有意，逢人常说项斯名。②

这首诗主要化用晚唐诗人项斯的典故，生动地刻画出诗人怀才不遇的惆怅心理。再如《金陵杂咏三首》其一《凤台春色》：

> 帝城南望有荒台，千古曾经彩凤来。
> 春色满前题不得，只惭人拟谪仙才。

这首诗只有短短四句，却连续运用了两个典故：一是借用晚唐诗人李

---

① （明）张之象：《唐雅》26 卷，浙江图书馆藏明嘉靖二十年（1541）长水书院刻本。
② 逢人说项斯：唐李绰《尚书故实》载："杨祭酒敬之爱才，公心赏江表之士项斯，赠诗曰：'处处见诗诗总好，及观标格过于诗。平生不解藏人善，到处相逢说项斯。'项因此名振，遂登高第。"宋钱易《南部新书》卷甲："项斯始未为闻人，因以卷谒江西杨敬之。杨甚爱之，赠诗云：'几度见诗诗尽好，及观标格过于诗。平生不解藏人善，到处逢人说项斯。'未几，诗达长安。斯明年登上第。"《唐诗纪事》亦载有此事。

商隐"身无彩凤双飞翼，心有灵犀一点通"的典故，二是化用盛唐诗人崔颢《黄鹤楼》的典故。崔颢有"昔人已乘黄鹤去，此地空余黄鹤楼。黄鹤一去不复返，白云千载空悠悠"的诗句，李白后来再登黄鹤楼，遂有"眼前有景写不得，崔颢有诗在上头"的感慨。诗人用简洁凝练的语句，寥寥数语拈出"帝城""荒台""千古""彩凤""春色""谪仙"等脍炙人口的意象，将自己比作才华横溢却不受重用的谪仙李白，流露出空有才华、难遇明主、生不逢时、感慨悲凉的低沉情绪。

清代著名学者严可均曾经对汉魏六朝文集的流播情况进行过深入的分析，指出能传到今天的文集大多是近代人重新辑录的，现存旧本只有嵇康、阮籍、陶潜、陆云、鲍照、江淹6家。造成前代文献的大量亡佚或散佚的原因，时代久远自然是其中一个无法回避的因素。有鉴于此，张之象在编成《唐雅》后不久，又披沙拣金，历时20余年，终于编纂而成汇集有唐一代诗歌的《唐诗类苑》和汇集先秦至唐前诗歌的《古诗类苑》。冯时可《唐诗类苑序》对张之象编纂这两部总集的深层次原因进行了诗意的剖析："夫三百篇非以字句古也，贵在旨温厚而声不上。汉魏非以声律高也，贵在气浑庞而调不下。唐人之妙在能不失三百篇之旨，而务完汉魏之气，且又藻润以晋宋之剩馥，梁陈之余妍，故作者云合，愈出愈变，愈变愈奇，抑之沉九渊而不卑，扬之亘九天而不亢，神情俱际，气貌并玄。至于歌行、律绝，畅古开今，即使屈宋操觚、苏李授简，能掩其秀而夺其色乎？"正是这种非常执着的热忱与功夫，促使张之象竭尽全力地搜集前代文献，深入系统地整理包括有唐一代诗学文献在内的古典文献，取得了令后人瞩目的成绩。

3. 热衷唐集的诗人群体

历朝开国之初，多从前代文学中寻找典范，作为开拓一代文风的依据。明代也是如此，特别是从成化年间至弘治、正德年间，主张学习汉魏文章和盛唐诗歌的学术流派层出不穷，甚至可以说"骎骎乎盛唐矣"①。

---

① （清）朱彝尊：《明诗综》，引（明）邵弘斋语。

明代复古派基于自己的时代精神与文化氛围，高扬"诗必盛唐"的旗帜，处处拟则唐人的高格逸调，唐诗总集的编纂、刊刻、批点盛况空前，数量相当可观。与张之象交游密切的友人中就有不少热衷于从事唐诗总集的编纂、刊刻、批点工作的学者，也产生了不同程度的学术影响。大略简述如次。

顾璘批点《唐音》。元代杨士弘所编《唐音》，在后世颇有影响，批注者甚多。顾璘批点本，有两个版本系统：一是 14 卷本，今存明嘉靖二十年（1541）洛阳温氏刻本、明嘉靖二十年（1541）洛阳温氏刻四十四年李蓘重修本、沔阳卢氏慎始基斋据明嘉靖刊本景印本；二是 15 卷本，今存明刻朱墨套印本、明崇祯三年（1630）吴钺西爽堂刻本、湖北先正遗书本。①

徐献忠编纂《百家唐诗》100 卷、撰《唐诗品》1 卷。张之象编纂《唐诗类苑》时曾采录徐献忠《百家唐诗》。明胡震亨《唐音癸签》卷五曾引用此书中的十条评语。《四库全书总目》卷一九二《五十家唐诗提要》云："不著编辑者名氏。自唐太宗、元宗至储光羲凡五十家，各家之诗但分古近体，亦有载赋数首者。间存原序，似皆从旧本录入。考明徐献忠有《百家唐诗》100 卷。是编前无序目，或即献忠之本而佚其半欤。"北京图书馆藏有清初抄本《百家唐诗》□□种□□卷，佚名辑，今存 54 种。又，明嘉靖十九年（1540）刻《唐百家诗》卷首附录有徐献忠《唐诗品序》，对先秦以来的诗学风尚和唐代诗歌的嬗变之势等方面进行了较为详细的辨析，认为"唐兴承六代之后，词华大备，风轨尚微。太宗以鸿哲之才、刚明之气，采摭余藻，济以格力，当时英贤遭遇，共谐景会，意主浑融，音节舒缓，不伤宫徵之致，其为当代之祖何疑焉"。接着分别对"开元以还""元和而下"等不同时期的唐诗特点进行归纳总结，指出"律家有变宫变徵之调、侧商转侧之弄，皆感遇之变节也"；唐初的诗歌

---

① 陈伯海、朱易安：《唐诗书录》，齐鲁书社，1988，第 47 页。

作品虽"不胜雅颂之义",但"庶乎律吕之谐矣";元和以后的作品虽"固皆所谓变声也",但"要皆有君子之道";"持是而观,虽晚唐诸子,或能登兹采录,亦可存其变焉"①,表现出客观审慎的通识眼光。此外,《唐百家诗选》卷首还收录了徐献忠关于唐代作家的若干条评论,其中论及的太宗皇帝、玄宗皇帝、右拾遗陈子昂、别驾李峤、中书侍郎同平章事张九龄、驾部员外郎祖咏、监察御史储光羲、苏州刺史韦应物、同平章事文公权德舆、水部员外郎国子司业张籍、龙阳尉马戴、咸通进士尚书郎李昌符、女冠鱼玄机、都官郎中郑谷、南唐相李建勋等人,都是闻名于后世的唐代诗人。②

此外,冯惟讷撰有《唐音翼》《杜律删注》。今有《杜工部七言律诗》2卷,元虞集注,明冯惟讷删,成都杜甫草堂藏有明万历四十三年(1615)刻本,当为《杜律删注》一书。张之象与冯惟讷二人是挚友,在唐诗总集的编纂问题上理当有较为深入的探讨磋商。

很多学者用不同形式记录过明代文坛尊崇唐诗的状况。薛应旂《盛明百家诗序》这样写道:"唐人以诗取士,作者辈出,风流习尚,大雅日漓。而艺林词客,顾皆极口推尚,模拟诵法,常自以为不及。"据莫如忠《崇兰馆集》卷一九《故浙江按察司知事王屋张公墓志铭》记载,张之象有着相当深厚的家学渊源,他曾拜当时大儒吕柟、马汝骥为师,并曾师事文徵明、顾璘、陆深、王宠等著名学者,与徐献忠、何良俊、何良傅、莫如忠、黄姬水等人赋诗染翰,广泛的交游、专注的学习、长时间的积累,造就了张之象宽阔的学术视野和深厚的学术素养。因为受时代风尚的影响,张之象也将其很大一部分精力投入唐诗总集的编纂事业中去。赵应元《刻唐诗类苑序》就明确地传达出这一动机。他认为,张之象"自覆载、

---

① (明)徐献忠:《唐诗品序》,转引自陈伯海等编著《唐诗总集纂要》,上海古籍出版社,2016,第308页。

② 此处摘录的唐代作家名录,参见陈伯海等编著《唐诗总集纂要》,上海古籍出版社,2016,第308~311页。

流峙、礼乐、文章、宫闺、苑囿、算器、食物、百工、技艺、天乔、蠕动之属，黄屋、朱门、缨簪、韦布、羽人、衲子、闺秀、女冠、仙鬼、戎夷之流，洪纤品列，幽显昈分，无不咸归网罗，悉经诠次，类则甲乙兼收，苑则妍媸不择”，“取数百家之言，积二十余载之力而始成”，终于编成了这部“诗逾数万，人逾数千”“备一代之大雅，垂千祀之鸿烈”① 的诗歌总集，厥功甚伟，令人钦佩。

4. 龟鉴后学的青厢锦囊

明人有很多诗文总集都是为了指导生员应试而编纂的。如张之象的友人徐献忠所撰的诗歌选集《乐府原》，对于如何推溯乐府各体的缘起、如何探究那些命题的深意下了不少功夫，所以清代著名学者朱彝尊认为此书“有功后学”，对徐献忠的行为也大加赞赏。张之象编纂的《唐诗类苑》，也与明代的科举制度有着割舍不开的社会渊源。

科举考试的命题是指引士子好恶趣尚的风向标。自明太祖洪武三年下诏，以四书五经作为科举考试命题范围后，天下英才皆集毕生精力于此。② 正如王世贞《四书文选序》所云：“标题命言，或全举而窥其断，或摘引而穷其藻，上之所以待下者，愈变而其辞愈益工，盖至于嘉、隆之际灿如矣。”③ 其实，无论命题是全举或摘引，考生必会旁征博引以穷其藻，论文内容丝毫不敢逾越规定的考试范围，揣摩迎合主考官的喜好更是司空见惯的现象。故《明史》卷六九《选举志》一亦云：

> 国初举业有用六经语者，其后引《左传》《国语》，又引《史记》《汉书》矣。《史记》穷而用六子，六子穷而用百家，甚至佛经、道藏摘而用之，流弊安穷。弘治、正德、嘉靖初年，中式文字纯正典雅，宜选其尤者，刊布学宫，俾知趋向。

---

① 《唐诗类苑》卷前。

② 据《明代登科录汇编》所载，明代科举考试分三场进行：第一场考四书五经，第二场考论，第三场考策。

③ （清）王世贞：《弇州山人四部稿》卷七〇，文渊阁四库全书本。

从《明史》中记载的上述文字可以明明白白地看出当时科举考试的趋向：广大的应举士人为了博取一纸功名，拼命迎合时势风尚，读书论文注重追求形式而不重生气，往往出现剽窃字句以求速成的现象；科举应试的文章为达到标新立异的目的，无所不用其极，有时候甚至连佛经、道藏中的语言都摘而用之；国家为选拔出适合为统治阶级服务的人才，于是就将纯正典雅的中式文章刊布学宫，以供广大士子观摩练习。

我们随便翻阅《明代登科录汇编》中所附考试官的批语，可以发现这样的评语十分普遍："析理详明，善融会传注"，"说理详尽，措辞隐括"，"能发明说卦之旨，必熟于经者，宜在选列"，等等。姑以《弘治十五年会试》题目为例简要说明之。

第一场：诗

麟之趾振振，公子于嗟麟兮。麟之定振振，公姓于嗟麟兮。麟之角振振，公族于嗟麟兮。（郁侃）

同考试官主事杨批：他作皆执泥主意而专重文王、后妃，蹈袭旧格而不知融会经传，说理详尽，措辞隐括，无逾此篇。

同考试官员外郎张批：文王未尝称王，明载典籍，作者不能脱去故习，往往舛讹，且讲仁厚处亦戾本旨。此作一洗凡陋，允宜高荐。

同考试官编修丰批：题易作而难于整洁，能融会经传，尽脱腐俗者，独此为最。

同考试官侍读白批：题为二南冠冕，人固知之。至于体贴详明，一扫旧习。外此不多见也。

考试官学士刘批：诗义贵一唱三叹，此作得之。

考试官学士吴批：得朱传意而词气蔼然，更可诵也。

科举开始的风气一至于此，真正致力于古文歌诗创作的士人如凤毛麟角。故张之象的父辈黄省曾有云："学士大夫皆安习庸近，迷沿其袭。上者深饫诡结，下者纵发放吐，此骐骥所以空群而和玉所以稀贵也。悲乎！

悲乎！不复古文，安复古道！"① 复古运动即是针对此种流弊而发。

张之象前半生虽然仕途失意，却始终表现出锐意进取的态度，"单门后进，少有拔俗之韵，必多方延誉"②。为了实现"以便检阅，以备遗忘，宣明轨范，龟鉴来学"③ 的目的，张之象孜孜于诗文总集的编纂，编选有《太史史例》《楚范》《楚骚绮语》《唐雅》《彤管新编》《古诗类苑》等著作，校刻了《史通》和《文心雕龙》。冯时可《唐诗类苑序》认为，古代典籍自《诗经》开始分类，大致有按国家分类、按体分类和按事分类三种情况，其代表作品分别是《诗经》、《文选》和《文苑英华》，并称《唐诗类苑》"以事分类"的编纂体例也有此目的："以事类者，零星小便，非全牺纯牺矣，学者何取乎？取其给青厢之荟蕞，而资锦囊之咄嗟，便于初机云尔。"④ 此书即是初学者按图索骥、细加揣摩和仿效的皇皇巨制，在明代全面宗唐的风潮中独树一帜。

总之，《唐诗类苑》的编纂成书，是作家个人好尚和诗学主张的体现，同时也与明代的诗坛风尚和科举取士的现实影响等方面有密切关系。当然，凡足以成一家之言的唐诗选本的出现，不论出于性情、风气抑或其他原因的考虑，归根结底都取决于各自时代的社会发展和文风思潮；同一编者在不同时期、编纂不同总集时，其宗旨也会不尽相同。上述各种主客观因素之间的关系并不是泾渭分明的，而是相互影响、相互联系、相互交叉的关系。

（二）《唐诗类苑》的编纂体例

编纂一部大型的诗文总集，首先需要考虑的就是如何制定既条理清晰

---

① （明）李梦阳：《空同先生集》卷六一《答黄子书》后附，明万历七年（1579）东山堂徐应瑞刻本。

② （明）王兆云：《皇明词林人物考》卷一一《张玄超传》，北京大学图书馆藏明万历刻本。

③ （明）张之象：《太史史例序》，四川大学图书馆藏明嘉靖四十四年（1565）长水书院刻本。

④ 青厢：谓世传家学。荟蕞：汇集琐碎的事物。咄嗟：犹呼吸之间，亦犹言出口即止。

又切实可行的编纂体例，这对于保证全书内容与体例的整齐划一是十分必要的。刘知幾《史通·序例》云："夫史之有例，犹国之有法。无法，则上下靡定；史无例，则是非莫准。"[1] 史书如此，其他著作亦然。正如今人吕思勉所云："凡有统系条理之书，必有例，正不独作史为然，而作史其尤要者也。与其炫文采作无谓之序，毋宁述条理、明统系，而作切实之例。"[2]《唐诗类苑》和《古诗类苑》的编纂是同步进行的，两部著作合称《诗纪类林》，除了收诗的范围不同外，大致遵循着共同的编纂体例。以下依据这两部书的《凡例》和收录诗文的标准，来阐述张之象编纂《唐诗类苑》时所遵循的原则。

1. 以类系诗的编排原则

嘉靖以后，受科举取士制度的影响，随着《艺文类聚》《初学记》等大型类书的先后刊刻，利用类书辑录前代诗歌作品的学者渐次出现。清人周中孚关于《艺文类聚》文献价值的评价最具代表性，指出"隋以前旧籍，端赖此编，得存其十一。故明人诸家辑总集，多从此采出焉"[3]。冯惟讷《古诗纪》156 卷、张谦《六朝诗汇》114 卷等大型诗歌总集，其中多有辑录类书的成果。张之象深谙其中之妙，所以在编纂《唐诗类苑》时，既利用类书来辑佚前代文献，又创新性地借用了《艺文类聚》《初学记》等类书的编排方法。张之象在《唐诗类苑凡例》第一则宣称所编之书为诗中类书，并指出"诗无类书，诗之有类书也，自兹刻始"，所以在编纂过程中就贯彻了"以类相从"的辑录方法，"以汉魏至六朝诗汇为一集，以初唐至晚唐诗汇为一集，总名之曰《诗纪类林》"[4]；《古诗类苑凡例》则指出"《艺文类聚》《初学记》所载诗，多系采摘，吉光片羽，不

---

① （唐）刘知幾：《史通》卷四《序例》，中华书局，1961。
② 吕思勉：《史通评·序例第十》，中华书局，1961。
③ （清）周中孚：《郑堂读书记》卷六〇，商务印书馆，1958，第 1194 页。
④ 《唐诗类苑凡例》，万历二十九年（1601）刻本。

欲弃置，一二并存"①，同时直称"部分略以唐以来各类书编次，微加详悉；一类之中，又各以本题旁出为次"②，可谓详细而又严密。

《唐诗类苑》一书共有 200 卷，分 39 部（大类）、1094 类（小类）。其中卷一至卷八为天部，卷九至卷二三为岁时部，卷二四至卷二七为地部，卷二八至卷三一为山部，卷三二至卷三九为水部，卷四〇为京都部和州郡部，卷四一至卷四二为边塞部，卷四三为帝王部，卷四四为帝戚部，卷四五至卷五一为职官部，卷五二至卷五五为治政部，卷五六至卷六〇为礼部，卷六一至卷六六为乐部，卷六七至卷六九为文部，卷七〇至卷七三为武部，卷七四至卷一四二为人部，卷一四三至卷一四六为儒部，卷一四七至卷一五一为释部，卷一五二至卷一五四为道部，卷一五五至卷一七二为居处部，卷一七三至卷一七九为寺观部，卷一八〇至卷一八一为祠庙部，卷一八二为产业部，卷一八三至卷一八四为器用部，卷一八五至卷一八六为服食部，卷一八七为服食部、玉帛部，卷一八八为巧艺部、方术部，卷一八九至卷一九〇为花部，卷一九一为草部，卷一九二为果部，卷一九三至卷一九五为木部，卷一九六至卷一九八为鸟部，卷一九九为兽部，卷二〇〇为鳞介部、虫豸部、祥异部和杂部。书中体例上仿照《艺文类聚》《初学记》分类的痕迹十分明显，所分大小类目非常琐细，如天部又分为日、月、星、河、风、云、雷、雨、雪、阴、霁、虹、雾、露、霜、冰、火、烟 18 小类，岁时部又分为春、夏、秋、冬、晓、夜、寒、热、历、元正、立春、小岁日、人日、正月十五、清明、伏日、七夕、冬至、岁除等 36 小类，因此《天禄琳琅书目后编》认为其"虽名选诗，实为类书"，《四库全书总目》也批评其"意取博收，不复简择，不免失之冗滥"，措辞比较犀利。

2. 收录作品有明确的时限概念

明确的时限概念和"四唐分期"范围是张之象编纂《唐诗类苑》时

① 《古诗类苑凡例》第六则，万历三十年（1602）刻本。
② 《古诗类苑凡例》第五则，万历三十年（1602）刻本。

遵循的又一标准。从收录作品的时间范围看，《唐诗类苑》有着明确的时限概念，称"隋唐间人，《唐诗》既收之，今不重录。如虞世南止取其在隋世应制之作数首，不全载"①，则其关于收录作品的取舍标准非常严谨。

明人编纂的诗文总集对张之象编纂《唐诗类苑》的影响更为深刻。明人选唐诗数量众多，流派纷呈，诗论主张亦各有侧重，形成了唐诗整理与研究的又一个高峰。究其原因，一是受明代诗坛崇唐尊唐风气的影响，二是因众多选家个人性情之所致。张之象的诗学观念深受明初高棅《唐诗品汇》的影响，表现在《唐诗类苑》中就是对唐五代诗人世次排列和"四唐说"的进一步发展。《唐诗类苑》卷前除《刻唐诗类苑序》《王屋先生传》《唐诗类苑凡例》《唐诗类苑·引用诸书》等类目外，其《四唐年号》和《诗人总目》两项内容也直接借鉴了《唐诗品汇》中的《诗人爵里详节》。现将这两部总集的相关内容简要加以比较。

高棅《唐诗品汇》专录《诗人爵里详节》1卷，全书收录了600多人，大致按照帝王、公卿名士、有姓氏无字里世次者、无姓氏、道士、衲子、女冠、宫闺、外夷9种类型的次序进行编排，而其中占比最大的"公卿名士"部分，则是根据初、盛、中、晚唐的次序加以编排的。而张之象《唐诗类苑》中的《诗人总目》部分，则是按照帝王、公卿名士、有姓氏无世次者、无姓字（附仙鬼）、羽流、衲子、女冠、尼姑、宫闺、妓流、外夷11种类型的次序加以编排，与高棅《唐诗品汇·诗人爵里详节》中的排列次序相比稍有变化，可谓同中有异。《唐诗品汇》中的诗人小传在《唐诗类苑》中已经删去，变成了直接标出作者姓名；《唐诗类苑》中的"仙鬼"部类，则附载在"无姓字"部分；《唐诗品汇》中的"道士"在《唐诗类苑》中则改称为"羽流"，"尼姑"和"妓流"两种类型则是新设置的条目。除此之外，张之象《唐诗类苑》还将四唐分期的前后年限划分放置在诗集的卷前，从而第一次将"四唐年号"独立出来；而关于

---

① 《古诗类苑凡例》第九则，《古诗类苑》卷首，万历三十年（1602）刻本。

增加唐代帝王的年号和各个帝王的在位时间等内容，也更便于读者了解相关情况。下面将杨士弘《唐音》、高棅《唐诗品汇》、张之象《唐诗类苑》关于"四唐年号"及不同时段分期的情况列表如下，从中或可窥见《唐诗类苑》在这方面的学术贡献。

《唐音》《唐诗品汇》《唐诗类苑》"四唐"分期情况比较

总集名称	初唐时限	盛唐时限	中唐时限	晚唐时限
《唐音》	武德至天宝间自王绩以迄张志和65家为唐初、盛唐（618~741）	天宝至元和自皇甫冉以迄白居易48家为中唐（742~805）		元和至唐末自贾岛以迄五商浩49家为晚唐（806~907）
《唐诗品汇》	自武德至开元初得125人为初唐（618~713）	自开元至大历初得86人为盛唐（713~766）	自大历至元和末得154人为中唐（766~820）	自开成至五季得81人为晚唐（836~907~960）
《唐诗类苑》	武德至开元初为初唐（618~713）	开元至大历为盛唐（713~766）	大历至元和长庆为中唐（766~824）	宝历、开成以后为晚唐（825~907）

　　明初高棅在宋人严羽《沧浪诗话》和元人杨士弘《唐音》中关于唐诗分期思想的影响下，明确提出了对当时和后世都影响深远的"四唐说"。他在《唐诗品汇总序》中明确指出，"（唐诗众体）莫不兴于始，成于中，流于变，而陊于终。至于声律兴象、文辞理致，各有品格高下之不同。略而言之，则有初唐、盛唐、中唐、晚唐之不同"[1]，"今试以数十百篇之诗，隐其姓名，以示学者，须要识得何者为初唐，何者为盛唐，何者为中唐，何者为晚唐"[2]，同时还将每种诗体分列为9个品目，"大略以初唐为正始，盛唐为正宗、大家、名家、羽翼，中唐为接武，晚唐为正变、余响，方外异人

---

[1] （明）高棅：《唐诗品汇总序》，转引自陈伯海等编著《唐诗总集纂要》，上海古籍出版社，2016，第267页。

[2] （明）高棅：《唐诗品汇总序》，转引自陈伯海等编著《唐诗总集纂要》，上海古籍出版社，2016，第268页。

等诗为旁流；间有一二成家特立与时异者，则不以世次拘之"①，对唐代诗歌的源流正变进行了清晰的概括，从而使"四唐说"广为流传，深深影响着明清以来的唐诗学理论。但从上表可以看出，《唐诗品汇》中关于"中唐"到"晚唐"之间的时段划分还存在 16 年的空档，其时限仍然不够严密。元人杨士弘《唐音》也是一部开风气的唐诗总集，卷前列有"唐音姓氏"条目，虽然为后人提出了"四唐"分期的雏形，但他将"唐初"与"盛唐"合二为一，对于宋代唐诗选本的时间分期更突出盛唐、中唐和晚唐的概念，在《唐音序》中称"得刘爱山家诸刻初盛唐诗"，认为洪迈、周弼等人所选"非惟所择不精，大抵多略于盛唐而详于晚唐也"②，仍然存在一些不好避免的疏误。而张之象《唐诗类苑》的分期，一般先将"诗人姓名列于题下者，以时代为次"，如果遇到同题多诗的现象，则按照规定的办法加以处理，"若一题二首，先初唐而后盛唐；若一题四首，依初、盛、中、晚次第之"③，这种方法不仅弥补了《唐音》和《唐诗品汇》等前代诗歌总集的分期缺陷，而且使得"四唐分期"的理论更加完整，同时也更便于实际操作，在唐诗学史上的贡献显而易见。如《唐诗类苑》卷三四《水部·湖水》收录了一组以"洞庭湖"为主题的诗歌，诗人诗作的先后次序是李白《陪族叔刑部侍郎晔及中书贾舍人至游洞庭五首》、贾至《洞庭送李十二赴零陵》、刘梦得《洞庭》、雍陶《洞庭》、郑云叟《宿洞庭》、杜甫《过南岳入洞庭湖》、苏源明《宴小洞庭》和《饯袁广于小洞庭》、李白《洞庭言怀》，则兼顾了同题唱和者按年齿先后次序排列和同一作者写作诗歌的不同时间次序排列两种情况。再如同书卷五二《治政部·宠锡》共收录了唐玄宗、张说、张九龄君臣三人的唱和之作《赐诸州刺史以题座右》等，就是

---

① （明）高棅：《唐诗品汇凡例》第三则，转引自陈伯海等编著《唐诗总集纂要》，上海古籍出版社，2016，第 269～270 页。

② （元）杨士弘：《唐音序》，转引自陈伯海等编著《唐诗总集纂要》，上海古籍出版社，2016，第 248 页。

③ 《唐诗类苑凡例》第五则，明万历二十九年（1601）刻本。

按照先帝王（玄宗）、后公卿（张说、张九龄）的次序编排的；而对于张说和张九龄的顺序排列，则是按照诗人年龄长幼或者生活年代的先后顺序来排列，所以这里就使张说排在了张九龄的前面。清康熙年间编纂《全唐诗》时，就充分借鉴了这种按先后次序来编排唐诗的做法。

3. 追求大而全的收诗标准

经过对明代前期诗学理论的反复琢磨和理性思考，张之象从最初编纂《唐雅》时专选初、盛唐诗歌，转向了追求大而全的收诗标准，目的在于使"有唐四景，风雅尽在是矣"，以期把有唐一代诗歌尽量搜罗全备。这一点从《唐雅》和《唐诗类苑》两书在编纂内容、收录卷数、收诗规模等方面的明显差异即可看出。赵应元《刻唐诗类苑序》云：

> 张先生淹通该洽，号江东人士冠冕。藏书甚富，不减其家司空。生平多所撰述，几于汗牛充栋。此编尤其耽精殚力而成，渊泓浩瀚，搜猎靡遗，有唐四景，风雅尽在是矣。

日本学者中岛敏夫对《唐诗类苑》用功颇深，曾经对《唐诗类苑》和《全唐诗》的收诗规模、诗人总数、两种诗歌总集比较等方面进行了全面的统计，得出的结论是：《唐诗类苑》共收诗28245首，其中"两主题重复采录诗数"178首，所以实际收诗总数是28067首，诗人总数则为1472人（无名氏除外）；清编《全唐诗》共收诗49475首，去掉"非诗类"、"重复收录的乐府诗"和"五代诗人作品"计3661首后，实际收诗总数是45814首[1]；《唐诗类苑》位居前80名的主要诗人诗数占《全唐诗》相关类目的81.6%。[2]

---

① 关于《全唐诗》的统计数据，日本学者平冈武夫《唐代的诗人》中统计的结果与中岛敏夫不同，其统计结果是：收诗数目49403首，句1055，诗人2873人。

② 日本学者中岛敏夫关于《唐诗类苑》和《全唐诗》的统计数据，题作"《唐诗类苑》《全唐诗》收诗情况对照表"，附载于《〈唐诗类苑〉研究》（第七册），上海古籍出版社，2006，第399页。

张之象多次强调，书中收录诗人的标准是"甲乙兼收""妍媸不择"，无论是众多的大家名家，还是僧人、妓女、无名氏，都可以将其作品收入，所以最后"兹刻所引用书共得二百部而赢；其诗共得□万□千□百□十首而赢；其人则帝王、公卿，下至山林、隐逸，外而夷狄，内而闺秀，与夫衲子、羽客、女冠、仙鬼之流，凡有吟咏流传海内者，采摭略尽矣"①，基本上也达到了作者"盖欲尽唐音，不得不妍媸并收，庶存一代之制作，为千秋大观"②的目标，所收诗作涵盖了初、盛、中、晚唐四个历史时期，同时还基本上能保持收录诗歌的完整性，兼顾了唐诗不同历史时期的发展风貌，表现出客观通变的诗学眼光和较为审慎的治学态度。从某种意义上说，这些做法正是《唐诗类苑》的文献价值所在。

4. 对互见、重出、异文、阙文等特殊情况的处理

值得注意的是，《唐诗类苑》中诗歌互见、重出、异文、阙文等现象时有出现，张之象也采取了不同的处理办法。如诗歌互见现象出现的原因，一是对于作品的作者归属不大清楚；二是同一首诗经常会出现两种标题；三是张之象认为该作品具有多重题材属性，可以隶属于多种类目或者题材，所以在收录作品时做了互见处理。《唐诗类苑凡例》第九则明确指出，"一题有二意者，甲部可收，乙部亦可收，必先载明于甲部，如杜甫之《立秋雨院中》诗，先于《天部·雨类》中载明'见《礼部·省直》'；王维《秋夜对雨》诗，先于《天部·雨类》中载明'见《岁时部·秋》'，庶便观览，而不必穷搜矣"③，对如何处理这种情况有针对性的解释说明。

诗歌或诗句的重出也是一种常见的现象。由于作者采录文献的版本不同，异文现象比比皆是。《古诗类苑凡例》第八则专就这一类的问题进行

---

① 《唐诗类苑凡例》第三则，明万历二十九年（1601）刻本。
② 《唐诗类苑凡例》第七则，《唐诗类苑》卷前。
③ 《唐诗类苑凡例》第九则，《唐诗类苑》卷前。

了相应的说明，指出凡是那些"一诗数见而句字不同，取其义稍长者为正文，余分注其下，曰一作某或某书作某"①，其处理方法也很合理。

在处理众多的异文现象时，张之象则是采取"不校校之"的方法，先将其中一种相对符合文义的说法录入正文，再分别列举各种版本中的不同文字，绝对不会对各种异文进行主观的分析或评价，而是由读者自己去判断。这种处理方法比较客观公正，也给后人整理和研究相关文献留下相对宽松的发展空间。

《唐诗类苑》收诗规模非常之大，最后刊刻时又成于众手，所以其中如果出现了一些缺姓少名、空字漏字的现象，也是司空见惯的，可以理解。张之象本着审慎的编纂态度，针对不同的情况采取了不同的处理意见。无论是从"旧版《乐府》及《文苑英华》中抄入者，业已先失其名"者，还是那些"题下姓名间有未刻者，原无考证"，抑或是那些"诗内间有一二字不填者，亦依原本所阙，不敢妄补"②，都采取了阙疑的处理办法。

总之，张之象《唐诗类苑》按照分类编排的原则，收录了明嘉靖年间所能搜集到的唐诗总集资料。该书有详赡清晰的凡例，有确切的收录时限、收录范围及收录标准，甚至连如何编排都制定出明确的说明文字。通过对该书文本和相关序跋的仔细审读，可以看出这部唐诗总集编纂体例上的一些特点，如上承《文选》《文苑英华》"以类系诗"的模式，借用类书编排总集的方法，比较明确的时限范围，尽量保持作品完整的选录原则，坚持以时代先后为序进行排列等，具有鲜明的文本特色和强烈的诗学倾向。《唐诗类苑》的编撰有两个重要的学术意义：其一，它是现存编排体系和收诗规模都较为完备的分类唐诗总集；其二，它对于唐诗编辑从选集向全集的转变具有不可忽略的过渡意义，对于清编《全唐诗》的成书也产生了一定程度的影响，所以其在唐诗史上也具有不容忽视的地位和影响。

---

① 《古诗类苑凡例》第八则，《古诗类苑》卷前。
② 《唐诗类苑凡例》第十则，《唐诗类苑》卷前。

（三）《唐诗类苑》的成书与刊刻经过

嘉靖年间，明代诗坛上兴起了轰轰烈烈的文学复古运动，编选、刊刻、评点前代诗文总集的热潮此起彼伏，还出现一股古诗与唐诗合选、合刻的潮流。[①] 张之象的编纂事业就是在文学复古运动的学术背景下进行的。

1. 长期的文献准备

编纂一部大型的诗文总集，离不开一定的文献积累。张之象《唐诗类苑》的编纂成书，就是一个长期积累的动态过程。张之象少复俊材，早年就综贯群籍，好读古先秦以来百家之书，在古文辞方面更是表现出很大的兴趣。徐献忠《何礼部集序》也对张之象的交游情况和学术旨趣进行了比较，认为他与何良俊兄弟"交甚密，遂相订为古文辞，元朗雄深俊拔，玄超婉切，叔毗幽迈，皆非予所及"。[②] 从上述文献材料可以看出，张之象年少时期的学术旨趣，为其后来编纂《唐诗类苑》播下了思想的种子。

张之象为编纂大规模的唐诗总集做了长期的准备工作。他不仅在自己家里收藏了可以说是汗牛充栋的书籍，号称"藏书甚富，不减其家司空"[③]，而且还经常向那些学识渊博的学者请教，如顾璘、蔡羽、陆深等人都是他奉为师长的对象，而徐献忠、何良俊、董宜阳、朱邦宪等人则是他经常相互切磋的对象。无论是学识渊博的长者，还是"雄文高调"的故交，抑或是萍水相逢的朋友，都为张之象提供了不同层面、不同内容、不同形式、不同效果的帮助，使他受益匪浅，有力保障了《唐诗类苑》编纂工作的顺利进行。

嘉靖二十年（1541），刚过而立之年的张之象编成了《唐雅》26卷。此时的张之象正沉浸于"修身、齐家、治国、平天下"的儒家理想世界

---

① 朱易安：《明人选唐三部曲》，《上海师范大学学报》1990年第2期；《明代的诗学文献》，《南京师范大学文学院学报》2003年第1期。

② （明）何良傅：《何礼部集》，金山姚氏复廎景印明嘉靖本。

③ （明）赵应元：《刻唐诗类苑序》，《唐诗类苑》卷前。

里，积极准备科举考试，以初、盛唐时期昂扬向上的精神内涵指导自己的创作。经过多年的知识积累和不断的经验总结，张之象的诗学观念逐渐走向成熟。嘉靖三十五年（1556）前后，张之象在前代学者研究的基础上，充分吸收了《唐雅》中收录的文献材料，几乎同时完成《唐诗类苑》和《古诗类苑》的编写工作，初步实现了自己编纂一部唐诗全集的理想。关于《唐诗类苑》的成书时间，可以根据冯惟讷编纂《古诗纪》的时间进行推断。张四维《古诗纪原序》曰："始事于甲辰之冬（1544），集成于丁巳之夏（1557），凡十四稔。"据《古诗纪》引用书目所云，冯惟讷编纂《古诗纪》时曾经把张之象《古诗类苑》作为参考书目之一。嘉靖三十七年（1558年），《古诗纪》在陕西初次刊行。所以，如果以《古诗纪》编成之年为限加以考量，那么《古诗类苑》和《唐诗类苑》稿本的完成时间应在嘉靖三十五年（1556）前后。

2. 编纂方法及分工

合理的工作安排，是任何一项浩大工程能够顺利有序进行的有效保障。张之象参照前代类书的编排方法，努力做到"唐人之诗更字不漏，片言尽收"，最终"取数百家之言，积二十余载之力而始成"①，编纂成这部体例别致的唐诗总集。赵应元《刻唐诗类苑序》对这部著作的收录情况进行了热情洋溢的鼓吹。

《唐诗类苑》最初的稿本早已亡佚，现存明万历二十九年（1601）曹仁孙刻本，是此集的初刻本。此集于每卷前面著录有参与编辑此书的学者情况，大致包括籍贯、姓氏、字号以及负责编纂的工作内容或分工等信息，题作"明云间张之象玄超甫纂辑，岭南赵应元葆初甫编次，云间王彻叔朗甫补订，梁溪曹仁孙伯安甫校正"，为后人提供了关于纂修情况和分工情况的详细线索。从编次人员的分工情况来看，张之象以一人之力纂辑全书，其中的艰辛真的难以想象。

---

① （明）赵应元：《刻唐诗类苑序》，《唐诗类苑》卷前。

在这个阵容庞大的编辑队伍中，出现了一个个让后人仰视的名字：赵应元，嘉靖四十四年（1565）进士，以耿直不阿的气节而名震天下；徐光启，万历三十二年（1604）进士，崇祯年间官至礼部尚书兼文渊阁大学士、内阁次辅，明代著名的科学家和政治家；安希范，万历十四年（1586）进士，曾问学于东林党领袖顾宪成，以直言劝谏而遭贬后，遂在东林从事讲学，顾宪成盛赞其说"吾党中品名不同，如小范可谓不失赤子之心者"；黄体仁，万历三十二年（1604）进士，曾举荐门人徐光启代其使试馆职，一时传为佳话；陈继儒，明代著名文学家和书画家，三吴名士争相与其为师友，朝廷多次征召皆以疾辞，与沈周、文徵明、董其昌并称明代四大家；李中立，创作出本草史上第一部绘制药材图谱的著作——《本草原始》；张所望，万历二十九年进士（1601），撰有《归田录》《文选集注辨疑》《龙华里志》等著作；孙慎行，万历二十三年（1595）探花郎，崇祯朝被征召为内阁大臣；等等。这一群后来彪炳史册的历史人物，极大地保证了《唐诗类苑》的编纂进度和编纂质量。

3. 刊刻经过

张之象积 20 余年之力编成《唐诗类苑》和《古诗类苑》，因为"家赤贫，不能杀青，挈而授余社友比部俞子如。子如亦雅有书痴，业已缮写雠校，一旦捐宾客而不能卒业，笥而藏者十余载"[1]，直到万历二十九年（1600），才在赵肖鹤、曹伯安等人帮助下刊行于世。冯时可《唐诗类苑序》对其刊刻经过叙述甚详。冯时可曾经感慨道："昔人谓校书如拂几尘，如扫落叶，信然。"《古诗类苑凡例》后附录的俞显谟识语，也是关于《古诗类苑》刊刻经过的说明性文字。文曰：

> 是书经始于张先生玄超，补订于先兄子如，校正于长舆诸君，而董其成于不佞。捃摭研校，颇费岁时。……近赖社中同调各为捐赀，

---

① （明）黄体仁：《古诗类苑序》，《古诗类苑》卷前。

得度诸木，以公四方。第寡陋谫劣，阙疑仍旧；鲁鱼帝虎之谬，量不能免。敢告博雅无妨驳，政令得窜易焉。海上后学俞显谟识。①

《唐诗类苑》和《古诗类苑》几经曲折，在张之象去世十多年后最终得以顺利刊刻，几百年后再次刊行于世，能够嘉惠后学，亦是唐诗整理研究中的一件幸事。

第二节　《唐诗类苑》的性质归属

诗歌分类编纂的情况早已有之。《四库全书总目》卷一九二《总集类存目》二《唐诗类苑提要》云："初，赵孟坚有《分类唐诗》，佚阙不完，世无刊本，之象因复有此作。凡分三十六部，以类隶诗，意取博收，不复简择，故不免失之冗滥，盖类书流也。然《文选》及《文苑英华》本有分类之例，故与所作《古诗类苑》仍并入总集。"② 此书的编定早于明末胡震亨的《唐音统签》和清初季振宜的《全唐诗》，是一部具有资料汇编性质的诗歌总集，无论在编纂时间上还是在收诗规模上都具有不容忽视的学术意义。

（一）《唐诗类苑》的类书性质

《唐诗类苑》本是分类编排的诗歌总集，但在一些书目文献记载和学者心目中，却都认为其是类书。《四库全书总目》对张之象及其著作贬多于褒，认为其著作多属于类书之属，但又将《唐诗类苑》划归到总集的范畴，这一做法既相互矛盾，亦有其背后的原因。如清代学者彭元瑞认为它"虽名选诗，实为类书"③；清修《渊鉴类函》亦把《唐诗类苑》当作类书采用，其《凡例》曰："所采《太平御览》《事类合璧》《玉海》《孔帖》《万花谷》《事文类聚》《文苑英华》《山堂考索》《潜确类书》《天

①　《古诗类苑凡例》。
②　《四库全书总目》云："赵孟坚有《分类唐诗》"，误，当为赵孟奎；又云："凡分三十六部"，亦误，当为"三十九部"。
③　（清）彭元瑞等：《天禄琳琅书目后编》卷二〇，中华书局，1995，第457页。

中记》《山堂肆考》《纪纂渊海》《问奇类林》《王氏类苑》《事词类奇》《翰苑新书》《唐诗类苑》及二十一史、子、集、稗编，咸与搜罗，悉遵前例编入。"① 清人把《唐诗类苑》看作类书，并不是某一个别现象，而是因为学界对类书与文学总集二者之间概念的混淆而造成的学术混乱现象。这也许正是一些研究者对《唐诗类苑》不够重视的原因之一。

类书最早就是为创作诗文备查资料而编辑的。从以前的典籍中抄出那些可用于诗文写作的故实，重新进行分类编集，类书就应运而生。今存早期的唐代类书有《北堂书钞》、《艺文类聚》、《初学记》和《白氏六帖·事类集》等。

类书中的题材分类在古代诗文创作中发挥着相当大的实用价值。自梁昭明太子萧统编选了现存最早的文学总集《文选》后，分类编排的文学作品在各种典籍中屡见著录。但由于选录者的出发点不同，既要"以立意为宗"，又要兼顾"以能文为本"②，所以《文选》分类的标准并不统一，如书中将赋分为京都、郊祀、耕籍等 15 种，将诗分为补亡、述德、劝励等 23 种，其文体的归类和内容的取舍并不是非常客观。宋代初年，《文苑英华》的编纂者采取先按作品的文体分类，再对各种文体进行分类编排的方法。如书中将选录的 1378 篇赋作共分为 42 类，分别是天象、岁时、地类、水类、帝德、京都、邑居、宫室、苑囿、朝会、禋祀、行幸、讽谕、儒学、军旅、治道、耕籍（附田农）、乐、钟鼓、杂伎、饮食、符瑞、人事、志、射、博弈、工艺、器用、服章、图画、宝、丝帛、舟车、薪火、畋渔、道释、纪行、游览、哀伤、鸟兽、虫鱼、草木；这些大类再细分为若干小类，层层分级，所以给人以琐碎烦冗之感。③

---

① （清）张英、王士禛等：《渊鉴类函》，中国书店，1985，据 1887 年上海同文书局石印本影印。
② 《文选序》，中华书局，1977。
③ 《文苑英华》编纂时亦参考了《太平御览》《艺文类聚》等类书的分类体系，对《唐诗类苑》具有总集和类书的双重性质产生了直接的影响。

《唐诗类苑》在编排体例上直接继承了《文选》《文苑英华》以来以类系诗的传统，只是在个别地方稍作调整。如《唐诗类苑凡例》第四则说：

> 是编也，各部之中，并列其目：如日月星河，则列之天部；郊原村野，则列之地部。其诗之在各部者，又并有其次：如天部日诗，咏日后继以早日、初日，初日后继以日出、日入、日高、日午，日午后继以"日华川上动，白日丽江皋，日暖万年枝"，于是又次以夏日、秋日、冬日，而日长、日落，至夕阳始竟矣。

张之象将《文选》《文苑英华》中对于赋、诗、文的分类范式，化用到《唐诗类苑》编纂的具体操作过程中，较之《文选》和《文苑英华》的先分体、再分类①，更可谓条分缕析，纲举目张，具有一定的合理因素。

（二）《唐诗类苑》归为类书的成因

《唐诗类苑》之所以被归为类书，主要受两个方面因素的影响：一是受《唐诗类苑》编纂体例的影响，二是跟历代对类书的界定有关。

《唐诗类苑》编纂体例影响了后人对其性质的界定。如清编类书《渊鉴类函》和彭元瑞《天禄琳琅书目后编》都把《唐诗类苑》当作类书，《唐诗类苑凡例》也自称是"诗中类书"。但是笔者认为，《唐诗类苑》上承《文选》和《文苑英华》，无论是从类书和总集的含义界定、类书和总集载录诗文的完整性，抑或是从历代书目的著录和采录文献的来源来看，都跟上述诸书具有相同的性质，符合一般总集的特征，故应当归属于文学总集。

从编纂体例来看，《唐诗类苑》类目的划分与《艺文类聚》《初学记》等类书有很多相同的特征。《唐诗类苑凡例》开宗明义，自称"诗无类书，

---

① 《唐诗类苑》因为收录的都是诗歌，所以不存在文体分类的问题。但诗歌本身就是一种文体，从这个角度来看，《唐诗类苑》的一级类目实际上就相当于《文选》和《文苑英华》的二级类目。

诗之有类书也，自兹刻始”，又称此书“各以类次，能令寄身毫素者，因类以索诗，可无检阅之劳，而灿然寓目矣”，所以《四库全书总目》谓其“分三十六部，以类隶诗，意取博收，不复简择，故不免失之冗滥，盖类书流也”。试以各书列在目录第一的天部为例：《艺文类聚》分为天、日、月、星、云、风、雪、雨、霁、雷、电、雾、虹13小类，《初学记》分为天、日、月、星、云、风、雷、雨、雪、霜、雹、露、虹、霓、霁、晴16小类，《唐诗类苑》则分为日、月、星、河、风、云、雷、雨、雪、阴、霁、虹、雾、露、霜、冰、火、烟18小类，大部分类目与类书的编排相同或相似。《四库全书总目》中称其为类书的说法应当来源于此。

《唐诗类苑》被归为类书，还跟历代对类书的界定有关。中国古代类书的涵盖内容非常宽泛。戚志芬先生曾对政书、类书和丛书进行比较研究，认为“元人修的《宋史·艺文志》把政书、丛书都归入类书；清人修的《明史·艺文志》把丛书也当作类书；而《四库全书总目提要》把所有的姓氏书都归入类书；《燕京大学图书馆目录类书之部》更把姓氏书、政书、日用常识书都算作类书”[①]。张涤华先生也对类书的应用范围有较为全面的认识：“类书初兴，本以资人君乙夜之览，故于古制旧事，最为详悉。及其流既广，文家渐用之以备遗忘，词臣渐作之以供遣用，于是采摭遂及于华藻。殆乎科举学盛，士子又据以为射策之资。”[②] 从广义的角度看，凡采辑群书，以类或以字编次，便寻检之用者，即为类书。

由于印刷事业的繁荣，明代科举之风亦盛，各种内容的类书备受人们青睐。从《四库全书总目》的著录情况看，所收历代类书共282种，其中明代即有139种。明人林世勤则以为经、史、子、集四部均有类书，他以《五经总义》《九经韵补》为经部类书，以《通典》《会要》等为史部类书，以《艺文类聚》《白孔六帖》《初学记》为子部类书，以《文苑英

① 戚志芬：《中国的类书、政书和丛书》，商务印书馆，1996，第1页。
② 张涤华：《类书流别》，商务印书馆，1985，第21~22页。

华》《唐文粹》《宋文鉴》为集部类书。明代上海学者陆深对类书也有自己的认识："山包海汇，各适厥用，然妍媸错焉，类书之谓也。故录类书第八。"① 陆深是张之象十分敬仰的前辈学者，所以张之象经过认真的思考，决定把"山包海汇，各适厥用"的理论应用于《唐诗类苑》的编纂实践中，采用"以类相从"的辑录方法，《唐诗类苑》亦因此被视为类书之流。

（三）《唐诗类苑》的性质分析

尽管清编《渊鉴类函》和《天禄琳琅书目后编》都把《唐诗类苑》归为类书，《唐诗类苑凡例》也自称是类书，但是笔者认为，《唐诗类苑》是一部诗歌总集，而不能作为类书，其原因是多方面的。

从类书和总集的界定来看，类书多采撷群籍，以类编次，汇聚成书，供寻检之用，其资料来源相当广泛，《四库全书总目》卷一三五《类书类小序》以为"类事之书，兼收四部，而非经非史，非子非集。四部之内，乃无类可归"，甲、乙、丙、丁四部均为采录的范围。而《唐诗类苑》收录的全部是诗歌，即张涤华《类书流别》中所谓"凡博采诸家，汇集众体，而意在文藻，不征事实，如《文馆词林》《文苑英华》之属，是曰总集，非类书也"。此其一。

从类书和总集载录诗文的完整性来看，类书抄撮群籍，时有删节，如"《艺文类聚》《初学记》所载诗，多系采摘，吉光片羽"②。而《唐诗类苑》则主要是整首诗作的收录，虽然也从类书中照录了一些不完整的诗句，其目的在于"欲尽唐音，不得不妍媸并收，庶存一代之制作"③，故"一二并存"，"不欲弃置"④。此其二。

从历代书目的著录来看，《唐诗类苑》在《明史·艺文志》《崇祯松

---

① 陆深：《俨山外集》卷三一《江东藏书目录小序》，文渊阁四库全书本。
② 《古诗类苑凡例》，《古诗类苑》卷首。
③ 《唐诗类苑凡例》，《唐诗类苑》卷首。
④ 《古诗类苑凡例》，《古诗类苑》卷首。

江府志》《嘉庆松江府志》《同治上海县志》《重修华亭县志》《四库全书存目丛书》《天禄琳琅书目后编》《藏园藏书经眼录》等正史艺文志、官修书目、私家书目、馆藏书目里均著录为总集，是对其总集性质的公认。历代研究唐诗者虽声称其为类书之流，但亦毫无例外地把其归入文学总集。此其三。

从采录文献的来源看，《唐诗类苑》对历代诗文总集中史料的采录和编排体系的继承，特别是对《文苑英华》体例和内容的采用，对《乐府诗集》中乐府诗的分部汇辑，对《唐诗品汇》关于四唐分期、引用书目、诗人总目等内容的直接借鉴等，都能确认《唐诗类苑》的总集性质。此其四。

随着《艺文类聚》《初学记》等大型类书的刊刻逐渐兴盛，嘉靖时期一些学者开始利用类书来辑录前代诗歌，为参加科举考试的士子提供借鉴。如张谦等人编纂的《六朝诗汇》、冯惟讷编纂的《古诗纪》等，就是对类书辑录颇多的代表性成果。张之象深谙其中之妙，在编纂《唐诗类苑》时把"以类系诗"作为自己遵循的总原则，不仅常常利用类书来进行文献辑佚，而且大胆地借用类书的编排方法来指导自己的编纂实践。张之象将《文选》和《文苑英华》赋、诗、文的分类范式，化用到《唐诗类苑》编纂的具体操作过程中，较之《文选》和《文苑英华》的先分体、再分类，更可谓条分缕析，纲举目张，这也成为《唐诗类苑》最具特色的学术价值所在。

第三节　《唐诗类苑》的编纂得失

胡应麟在论及中国诗歌的发展盛况时说过："自《三百篇》以迄于今，诗歌之道，无虑三变：一盛于汉，再盛于唐，又再盛于明。"[1]确是鞭辟入里之论。嘉靖年间，正是"前七子"所倡导的文学复古运动蓬勃

---

[1]　（明）胡应麟：《诗薮》续编卷二，上海古籍出版社，1958。

兴起之际，也是明代学者大量编选前代诗文总集的鼎盛时期。张之象的编纂事业，就是在这样的文学背景下进行的。他通过编选诗歌总集，来表达个人的诗学主张和文化理想，同时为晚生后进垂示准则。以下从《唐诗类苑》的文献价值和缺点两个方面对《唐诗类苑》的编纂得失分别进行探讨。

（一）《唐诗类苑》的文献价值

《唐诗类苑》是一部规模宏大、收录有唐一代诗歌的断代总集，具有很高的文献价值，是我们整理和研究唐五代诗歌的重要文献依据。姑简述如次。

首先，《唐诗类苑》集中保存了许多重要的唐诗史料，具有极其重要的文献价值。

《唐诗类苑》规模宏大，仅采录的唐五代诗文别集就达到 107 种，共收录 1472 位诗人（无名氏除外）的 28067 首诗作。① 全书涉及众多的作家作品，这与其"妍媸并收，庶存一代之制作"的编纂宗旨密切相关。尽管《唐诗类苑》的刊刻经历了多种曲折的流变过程，其中还有许多不尽如人意之处，但它仍是现存最早、规模较大、体系相对完备的分类唐诗总集。

唐五代有许多诗人，其事迹不见于其他文献，虽有文学作品见诸《旧唐书·经籍志》《新唐书·艺文志》《崇文总目》《郡斋读书志》《直斋书录解题》或其他的书目文献著录等，但《唐诗类苑》在保存唐诗史料方面功不可没。这是因为，《唐诗类苑》所保留的文学史料往往被分类集中在一起，比分散在别集中的资料更便于采摘或进行比较研究；它既是直接按类研究唐代诗歌的重要文献，还可对后代已经亡佚的诗集的编选、

---

① 文中使用的数据，多处参照日本学者中岛敏夫《〈唐诗类苑〉研究》一书中的研究成果，姑记于此，以示君子不掠人美之意。

流传与存世情况有所了解，同时又大致反映出明代学术的分类状况。

其次，《唐诗类苑》具有很高的辑佚和校勘价值。

《唐诗类苑》编成以来，流传范围较小，真正利用也较少。但仍有一些颇具眼光的学者，利用《唐诗类苑》进行辑佚，从中获得了许多珍贵的资料，补充到一些唐人别集和总集中。如清代学者席启寓辑刻《唐诗百名家全集》时，就曾从《唐诗类苑》中辑佚不少。据清孙星衍《廉石居藏书记》载：

> 《唐百家诗》二百八十卷：右《唐百家诗》，席启寓刻。因宋刊本摹工锓板，自大历、贞元讫唐末、五代，更检《文粹》《英华》《纪事》《类隽》《类苑》诸书及家藏诸书，集为《补遗》，于各卷之末注明字有异同，总计为卷二百八十有奇，为帙四十。不刻李、杜以前诸集及元、白、皮、陆，以善本多而卷帙繁也。唐人诗集各有原书，名目一时汇萃不易，赖有此集得见宋刊规模。①

而清康熙年间张英、王士禛等奉皇帝之命编成的大型类书《渊鉴类函》，亦把《唐诗类苑》和《古诗类苑》作为主要文献来源之一。

《唐诗类苑》还是我们对唐五代诗文集进行校勘的重要文献。明人编订的唐人文集，所据资料往往与《唐诗类苑》来源有所不同，故可以互相比勘文字，订正讹误。仅以清编《全唐诗》为例，《全唐诗》中的诗人殷文圭，《唐诗类苑》均写作殷文珪；《全唐诗》中的童翰卿，《唐诗类苑》却写作童汉卿；等等，比比皆是。他如《全唐诗》以诗人的姓名字号称而《唐诗类苑》以诗人的职官称，《全唐诗》阙名而《唐诗类苑》著录，某甲诗录作某乙诗、同诗异题等，亦不一而足，所以《唐诗类苑》的校勘价值还是很大的。

---

① （清）孙星衍：《廉石居藏书记》，清光绪刻本。又见陈伯海、朱易安《唐诗书录》，第157页。

最后，依据《唐诗类苑》所著录的诗文，可以反映出某些文集在后世的存佚与流传情况。以中晚唐的诗人章孝标为例，其诗作在《新唐书·艺文志》中著录为"《章孝标诗》一卷"，《宋史·艺文志》著录为"《章孝标集》七卷"，《百川书志》录作"《章孝标集》一卷"，名称变化不大；只有《唐诗类苑》的《引用书目》中著录为"《章进士集》"，从而说明章孝标的作品有多种版本流传。

总之，张之象在编纂《唐诗类苑》的过程中，充分利用类书与通行的各种别集、总集对勘，以订正文献刊刻过程中所产生的文字上的讹脱衍倒；同时还大量利用前代和当代的研究成果，收罗了当时相对完备的唐诗资料，故而《唐诗类苑》一书对于隋唐五代文学的文献保存、辑佚、校勘等方面，都有很大的文献价值和学术史意义。

（二）《唐诗类苑》的缺点

《唐诗类苑》的文献价值是应该肯定的，它所保存的唐代诗文资料是我们进行校勘、辑佚、考订的重要依据，富有学术价值。同时，我们也不可否认《唐诗类苑》所存在的各种问题或缺点。归纳起来，大致有以下几种情况。

1. 采录文献资料尚未全备

张之象编纂《唐诗类苑》和《古诗类苑》时，虽然采录的文献资料相当丰富，包括别集、总集、诗话、登科录、类书、稗史小说等方面的内容，但仍有很多失收的资料。如果参照佟培基先生划分的 18 类唐诗基本文献，即总集、别集、史传、稗史小说、谱牒、碑志、壁记石刻、登科记、书目、诗话、艺术、地方志、政典、佛道两藏、类书、敦煌遗书、域外汉籍、当代研究成果①，《唐诗类苑》的采录文献中尚缺少史传、谱牒、碑志、壁记石刻、书目、艺术、地方志、政典、佛道两藏等方面的内容，

---

① 囿于时代、地域等客观原因，敦煌遗书和域外汉籍可置之不论，姑且存之，以求备类。

仅从史传、书目、艺术三个方面说明之。

（1）史传类著作

史传类著作，一般包括正史（纪传）、编年、别史、伪史、杂史等类型。研究唐诗，应该首重正史中的资料。相对来说，正史的来源一般比较可靠，原因在于历朝编纂前代史书的重任多由文人学士或名家硕儒来承担，政府组织的修史程序也比较正规。唐五代时期的史书，可称正史者有4部，即后晋刘昫领衔修撰的《旧唐书》，宋代欧阳修、宋祁等人修撰的《新唐书》，宋初薛居正等修撰的《旧五代史》，欧阳修等人所修《新五代史》（亦名《五代史记》）。唐人大多能诗，但未必都有文集传世，故新、旧《唐书》中的列传部分，是考察一些诗歌作者情况的有用材料，有些甚至是仅存的材料。

其次，要了解某些唐诗中的背景材料，司马光的《资治通鉴》必不可少。《资治通鉴》是一部编年体史书，共294卷，北宋司马光撰，元胡三省音注。其中《唐纪》部分，乃著名的唐史专家范祖禹自行删定，无论是材料的取舍还是语言的提炼，都极见功力。而胡三省的音注，更是史书注本中颇具盛名者。胡三省是宋、元间人，以毕生精力注《通鉴》，详于地理、制度，注重前后贯通，颇负盛名。故对于唐诗研究者来说，《资治通鉴》具有相当重要的参考价值。

最后，研究和整理唐诗，辛文房的《唐才子传》也是必用的文献。辛文房，字良史，元代西域人，与王执谦、杨载齐名。《唐才子传》共10卷，书内立专传者278人、附见者120人，共398家。据《唐才子传·引》所云，此书作于"端居多暇"之时，"意良史亦必负才跅弛，见嫉时流，故藉著书以消其愁愤"，"游目简编，宅心史集"，审阅、参考了不少史书、文集、笔记、小说，采集了不少珍贵的资料。仅以所载进士登第的年份来说，不仅为查考诗人的仕历提供了可靠的线索，而且其本也成为唐代科举史研究的不可缺少的材料。这部书虽考订欠精，错误之处也不少，"然较计有功《唐诗纪事》，叙述差有条理，文笔亦秀润可观。传后间缀以论，多掎摭诗家利病，亦足以津逮艺林，于学诗有考订之助，固不为无补矣"①，实为学习唐诗的必读之书。1987～1995 年，傅璇琮主编的《唐才子传校笺》5 册先后由中华书局出版，集合多位专家的详细笺释，代表了近年来唐代诗人研究的最新成果，对人们查阅和研究唐五代的文学作家较切实有用，足资学者参考。

（2）书目类著作

所谓书目，指的是图书目录，有一书目录和群书目录之别。清代学者王鸣盛指出："目录之学，学中第一要紧事，必从此问途，方能是其门而入。然此事非苦学精究，质之良师，未易明也。"② 唐宋以来的书目繁多，记载颇为详备，据以考史，对于唐五代诗人诗作的研究非常重要。《唐诗类苑》的《引用诸书》中，恰恰缺少的就是这类著作。

明胡震亨《唐音癸签》卷三〇云："唐人集见载籍可采者，一曰《旧唐书·经籍志》，一曰《新唐书·艺文志》，一曰《宋史·艺文志》，一曰郑樵《通志·艺文略》，一曰尤氏《遂初堂书目》，一曰马端临《文献（通考）·经籍考》；端临所引书又二，一曰晁公武《读书志》，一曰陈直斋《书录解题》。此数书者，唐人集目尽之矣。"③ 除此之外，宋仁宗时期由王尧臣主持编写的《崇文总目》66 卷，是我国最早出现的一部独立成书的目录，书中关于唐人文集部分的记载，反映了由唐入宋时期诗文的传播情况，也值得关注。

总体说来，书目中保存了大量文学著作的史料，可以提供有关作者生平事迹和文学批评的资料，有利于"辨章学术，考镜源流"，更有助于文学文献的辑佚、校勘和考证，从事文学文献研究时应当给予一定的关注。

（3）艺术类著作

唐代是封建社会的盛期，也是文学、宗教、艺术鼎盛的时期。在这一

---

① （清）永瑢等：《四库全书总目》卷五八《唐才子传提要》，第 523 页。
② （清）王鸣盛：《十七史商榷》卷一"史记集解分八十卷"条。
③ （明）胡震亨：《唐音癸签》，上海古籍出版社，1981，第 307 页。

时期，不仅产生了众多的诗文大家和佛学大师，还涌现了一大批艺苑奇才。著名学者陈衡恪在其《中国绘画史》中这样描述："唐朝之艺苑，当其文运兴隆，呈百花灿烂之观，故而绘画史上亦添陆离之光彩，为后世之模范。且其论画亦大发达，如王维之《山水诀》《山水训》，李嗣真之《后画品录》，僧彦悰《后画录》，张彦远《历代名画记》，朱景玄《名画录》，其最著者也。"仅以张彦远《历代名画记》为例，说明此类著作在唐诗研究中的文献价值。

张彦远（815～876），字爱宾，原籍河东（山西永济市）。他出身于颇富收藏的宰相世家，历官左仆射补阙、祠部员外郎、大理卿。曾参编《续唐历》20卷，著有《法书要录》《彩笺诗集》等，更以其《历代名画记》一书名垂史册，为中国美术史和美学思想史建起一座重要的里程碑。

《历代名画记》成书于唐末大中元年（847），是我国第一部系统完整的关于绘画艺术的理论通史。全书共10卷，前3卷分篇论述古代绘画的源流发展、兴衰历史，以及历代能画人名、理论技法、师承传授、画体工具、书画价值、绘画鉴藏、书画款印、绘画装裱、寺观壁画、秘画珍图等各个方面；后7卷为画家小传，述评了自轩辕时至晚唐会昌元年画家372人的事迹和作品。《历代名画记》本属史传，有些篇章的记载可作史料考证之用，以补正史记载之不足。如卷九《李元昌传》曰：

> 汉王元昌，高祖神尧皇帝第七子，太宗皇帝之弟。少博学，能书画。武德三年，封鲁王。十年，封汉王。为梁州都督。坐太子承乾事废。① 李嗣真云："天人之姿，博综伎艺。颇得风韵，自然超举。碣馆深崇，遗迹罕见。"在上品二阎之上。②

关于这一内容，《新唐书》记载为"汉王元昌，初王鲁，累迁梁州都

---

① 李元昌画《汉贤王图》《鞍马》《庐鹊》，传于代。
② （唐）张彦远：《历代名画记》，上海人民美术出版社，1964。

督,后徙封汉","画《汉贤王图》"。两者相比,《历代名画记》远比《新唐书》更翔实、系统而凝练,李嗣真的评价也反映了当时绘画艺术推崇"风韵说"的总体倾向。此外,《历代名画记》卷一《叙画之兴废》篇中涉及当时的政局时事,卷二《叙师资传授南北时代》篇中谈及一些朝代的衣饰习俗,卷三《叙自古公私印记》和《记两京外州寺观画壁》对于鉴别古籍文物、了解唐代佛教思想的影响程度大有裨益,卷四至卷十更是一幅浩浩荡荡的上古至唐代的人物画卷,其中提及的职官方面的材料对从事历史文化和古籍研究的人们来说不啻意外之瑰宝。

正如《四库全书总目》卷一一二《历代名画记提要》所评:"书中征引繁复,佚文旧事,往往而存。如顾恺之《论画》一篇,《魏晋胜流名画赞》一篇,《画云台山记》一篇,皆他书之所不载。……即其论杜甫诗'干惟画肉不画骨'句,亦从来注杜诗者所未引,则非但鉴别之精,其资考证者亦不少矣。"① 此论甚为精当。《历代名画记》为后世提供的通艺事者的研究资料,具有极高的史学价值和文献价值,张之象置之不录,实在可惜。

应该指出,尚有许多文献资料,如唐白居易为积累写作材料而自编的类书《白氏六帖》,宋初太宗命李昉等人编纂的大型类书《太平广记》500卷,宋末元初方回按题材分类并专选唐宋五七言律诗的《瀛奎律髓》等书,都对唐诗文献的整理有重要意义,由于种种原因,皆未能入选。当然,我们不应该对古人责备求全,但总令人觉得有美中不足之感。

2. 缺少作家小传,书目排序过于杂乱

前面提到,《唐诗类苑》在四唐分期、引用书目、诗人总目等内容上,都对高棅的《唐诗品汇》有直接或间接的借鉴。两相比较就容易发现,《唐诗类苑》把《唐诗品汇引用诸书》第一项的"唐诸家诗集",细化为107种唐五代人的诗文别集;对《唐诗品汇》的四唐分期有所补充与完善,但对于"诗人总目"的改订和"引用书目"的排序则暴露出其学术缺陷。

---

① (清)永瑢等:《四库全书总目》卷一一二《历代名画记提要》,第954页。

首先谈谈张之象对"诗人总目"的改订问题。高棅将唐诗发展明确划分为初、盛、中、晚四个时期，并依据时代的先后和各种诗体创作成就的高下，将作家和作品分别列为"正始""正宗""大家""名家""羽翼""接武""正变""余响""旁流"9品，"大略以初唐为正始，盛唐为正宗、大家、名家、羽翼，中唐为接武，晚唐为正变、余响，方外异人等为旁流。间有一二成家特立与时异者，不以世次拘之"①。《唐诗品汇》卷首有《历代名公叙论》和《诗人爵里详节》，评论有唐一代之诗或一体之源流，又博采诸家评论附入诗中，都有助于唐诗的研究和理解。张之象将《诗人爵里详节》径改为《诗人总目》，并把《诗人总目》按照帝王、公卿名士（初唐、盛唐、中唐、晚唐）、有姓氏无世次者、无姓字（附仙鬼）、羽流、衲子、女冠、宫闺、妓流、外夷的次序分为10类，每类下再附以唐代各时期作者，但略去了很有学术价值的诗人小传，甚为可惜。

其次，《唐诗类苑》在著录采录文献的书目时，排序过于杂乱。《唐诗类苑·引用诸书》大致遵循这样的著录原则：先别集，次总集，再次稗史小说及其他。但在具体的载录中，又经常自乱体例。以别集著录为例，如别集部分著录有《国秀集》，本属于别集的僧齐己《白莲集》却录在《箧中集》之后，黄滔的《黄御史集》著录在所有书目的最后。再如总集部分的排序，首列唐人选唐诗，次列历代诗僧集，再次列宋、金、元、明代的诗文总集，但本属于"唐人选唐诗"的《才调集》置于宋代诗文总集中，金人元好问所选《唐诗鼓吹》置于明高棅《唐诗品汇》之后，明杨慎所选《唐绝增奇》又置入宋代诗文总集行列中等，诸如此类的情况不在少数，实在令人费解。

此外，《唐诗类苑》的《引用诸书》中，还存在着引用书目未注明版本、各种诗文集未注出处、缺乏考订性的文字、一书两录等问题。如《引用诸书》的总集部分列有《唐绝句》和《万首唐诗绝句》，这两部书实际上

---

① （明）高棅：《唐诗品汇凡例》，《唐诗品汇》卷首。

是同一部书，即南宋洪迈编选的《万首唐人绝句》。高棅《唐诗品汇引用诸书》著录："《唐绝句》，宋洪野处编百卷五七言，共一万首。"洪迈，字景卢，别号野处，鄱阳（今江西省鄱阳县）人，绍兴进士。张之象参录了《唐诗品汇》的引用书目，却未加详审，又删去了可资考证的作者生平资料，所以又误录《万首唐诗绝句》，这才出现一书两见的现象。再如《全唐诗话》删取《唐诗纪事》成书，因原书尚存，故史料价值不大；《唐诗类苑》既采《唐诗纪事》，又采《全唐诗话》，未辨真伪，殊为可惜。

3. 分类不当，校勘不精；误收错收，贻误后学

《唐诗类苑》选录作品数量繁复，"诗逾数万，人至千余"，在明人所编唐诗总集中，收诗数仅次于胡震亨的《唐音统签》，但因为卷帙繁重，流布不广。全书参照了类书的编排方法，以类系诗，为求备类，妍媸不择。先分 39 部，各部再分为若干小类，小类中再分小类，分类过于琐屑，难免遭到后人冗滥之讥。张之象对所选录作品进行了类别划分，但其类目中却存在着许多欠妥的地方，如类目大小不一，如"职官部"多达 91 类，而京都部和州郡部却都只有一类等。由于作品数量多，再细分为若干小类，如天部又分为日、月、星、河、风、云、雷、雨、雪、阴、霁、虹、雾、露、霜、冰、火、烟 18 类，甚至还有进一步再分下去的情况，真有点琐碎烦冗之感。

《唐诗类苑》中有不少误收错收的现象，如其引用书目中有《明皇列录》一书，当是从高棅《唐诗品汇》而来；但高氏征引的是《明皇别录》，由于张之象采录文献时不够审慎，才误书为《明皇列录》。再如清人孙潜所抄《张司业诗集》8 卷，卷后新增补的《拾遗诗》25 首，系从明张之象编《唐诗类苑》辑入，诗下有孙潜手书"以上并前《拾遗》俱见《唐诗类苑》"一行。据焦体检考证，这些增入之诗，大部分为同时人所作而误为张籍者。①

① 焦体检：《〈张司业集〉版本源流考》，河南大学 2002 年硕士学位论文。

不难看出，《唐诗类苑》存在的缺点是比较多的，如收录过杂、部头过大等缺点，这些问题有待于进一步详细考证、研究，以便促进对《唐诗类苑》所录作家作品的研究。此外，书中处处皆是的署名紊乱、错误等，大抵都因所据类书如此，编选者抄辑录入，根本无力纠正。至于把诗话、笔记中所述本事或诗题中涉及的人名，即用为作品的署名，亦层出不穷，也反映了编选的粗疏。但是，我们并不能因此而否认这部文学总集在诸方面的价值所在。

总之，张之象《唐诗类苑》在唐诗文献的保存、辑佚、校勘等方面，都有着不可替代的文献价值和学术史意义。但这部著作在编纂上也存在采录文献资料尚未全备、分类不当、校勘不精等情形，以致出现了不少以讹传讹的情况，确有认真清理的必要。但作为现存最早、规模较大、分类体系相对完备的唐诗文献，该书在学术研究方面仍具有独特的价值和影响。

第四章

《唐诗类苑》的文献来源

　　编纂任何一部大型的文学总集，都必须要以大量的文学典籍作为文献基础，必须要以不同类型的文学文献作为参考依据。可以这样说，一部文学总集的编纂思想越明晰，编纂体例越合理，采录文献来源越丰富，其编纂而成的作品就越有学术价值。黄永年先生在《唐史史料学》一书中，将唐代史学文献划分为 15 种类型，分别是纪传类、编年类、典章制度类、职官类、仪注类、法令类、诏令类、地理类、谱牒及职官姓名类、杂史杂说小说类、诗文类、类书类、金石类、书目类、敦煌吐鲁番文书类①；周勋初先生在《唐诗文献综述》这篇文章中，将唐诗文献划分为 13 种类型，分别是文集、史传、小说、谱牒、碑志、壁记、登科记、书目、诗话、艺术、地志、政典、释道书②；陶敏先生在《隋唐五代文学史料学》一书中，将隋唐五代的文学史料分为别集、总集、笔记小说、诗文评及其他文献等③；佟培基先生则将唐诗整理与研究的基本文献划分为 18 种类型，分别是总集、别集、史传、稗史小说、谱牒、碑志、壁记石刻、登科记、书目、诗话、艺术、地方志、政典、佛道两藏、类书、敦煌遗书、域

---

① 黄永年：《唐史史料学》，上海书店出版社，2002。
② 周勋初：《周勋初文集》第四册《唐诗文献综述》，江苏古籍出版社，2000。
③ 陶敏、李一飞：《隋唐五代文学史料学》，中华书局，2001。

外汉籍、当代研究成果①。张之象编纂《唐诗类苑》时，也采录了丰富的文献典籍，内容大多集中在子部和集部典籍。今以《唐诗类苑》卷前收录的《唐诗类苑·引用诸书》为依据，参照学界诸家之说，对《唐诗类苑》一书的文献来源简要加以梳理。

第一节 《唐诗类苑》采录的诗文别集

衡量一部学术著作对历代研究成果的吸收借鉴程度，可以通过考察这部著作的参考文献范围来获得相对准确的结论。据《唐诗类苑》卷前载录的《唐诗类苑·引用诸书》统计，这部唐诗总集共采录了历代文献典籍 173 种，其中唐五代人的诗文别集 107 种，约占采录文献总数的 62%；唐代以来的诗文总集 48 种，约占采录文献总数的 28%；其他文献包括稗史小说、诗文评、登科录、类书等 18 种，约占采录文献总数的 10%。下面大致按照这几种类型简要加以论述。

保存中国古代文学作品的文献载体形式多种多样，但文献保存的方法大致有两大类：一类是按照一定的体例收录某位作家诗文作品的别集，另一类是按照一定体例收录某一朝代或某一段历史时期若干位作家诗文作品的总集。其中作家别集的文献价值最为重要。

"别集"之名，始见于东汉时期。魏徵等人所编《隋书》卷三五《经籍志》四中对这一名称有过详细的解释：

> 别集之名，盖汉东京之所创也。自灵均已降，属文之士众矣，然其志尚不同，风流殊别。后之君子，欲观其体势，而见其心灵，故别聚焉，名之为集。辞人景慕，并自记载，以成书部。年代迁徙，亦颇遗散。②

清永瑢领衔编纂的《四库全书总目》卷一八四《别集类总序》中也

---

① 根据佟培基先生《唐诗整理与研究》这门课程的讲义整理。
② （唐）魏徵等：《隋书》，中华书局，1973，第 1081 页。

有过相关的论述，文曰：

> 集始于东汉。荀况诸集，后人追题也。其自制名者，则始张融《玉海集》；其区分部帙，则江淹有前集、有后集，梁武帝有诗赋集、有文集、有别集，梁元帝有集、有小集，谢朓有集、有逸集，与王筠之一官一集，沈约之正集百卷，又别选《集略》三十卷者，其体例均始于齐梁，盖集之盛，自是始也。唐宋以后，名目益繁。然隋、唐志所著录，宋志十不存一；宋志所著录，今又十不存一。新刻日增，旧编日减，岂数有乘除欤？文章公论，历久乃明。天地英华所聚，卓然不可磨灭者，一代不过数十人；其余可传可不传者，则系乎有幸有不幸，存佚靡恒，不足异也。今于元代以前，凡论定诸编，多加甄录；有明以后，篇章弥富，则删薙弥严。非曰沿袭恒情，贵远贱今，盖阅时未久，珠砾并存。去取之间，尤不敢不慎云尔。①

这段序文不仅对历代别集的主要编纂类型、文集名称、编纂体例、书目著录、流传存佚等情况进行了清晰的梳理，而且指出齐梁时期编纂体例的成熟在一定程度上推进了诗文别集的繁盛，但诗文别集的传播又有其自身的发展规律，会随着时代的风云变幻而有所增减，所谓"隋、唐志所著录，宋志十不存一；宋志所著录，今又十不存一"，"天地英华所聚，卓然不可磨灭者，一代不过数十人；其余可传可不传者，则系乎有幸有不幸"，无论存佚还是靡恒，都应持平常心待之，不必为之大惊小怪，体现出超凡脱俗的学术境界和超越时空的历史眼光。

唐代诗文别集是以某一位唐代作家作品为主、独立编撰整理并刊刻而成的诗文集。② 它集某一位作家的众多作品于一编，大致反映出这一作家作品的整体风貌，是研究唐代文学最基本、最原始、最有价值的文献资

---

① （清）永瑢等：《四库全书总目》，中华书局，1965，第1271页。
② 所谓"一家为主"，指唐代某些作家的作品集中收有其他诗人的作品，如《孟浩然诗集》中就附有王维等人的诗作，故云。

料，是唐诗整理与研究工作中的重中之重。

关于唐五代诗人别集的著录情况，历代形式不同、数量不一。下面大致以时间为序，对宋代以来著名公私书目及重要研究成果中的相关文献著录加以梳理，尽量用精确的统计数据直观地展示唐人别集在后世的流传情况。择其要者简要列举如下。

（1）后晋刘昫等《旧唐书》卷四七《经籍志》下：共著录唐初至盛唐时期的唐人别集 128 家，其中包括帝王 6 家，其他文人自陈叔达至杜甫计 122 家。

（2）宋欧阳修等《新唐书》卷六〇《艺文志》四：共著录唐五代文人别集 514 家、573 部。①

（3）宋晁公武《郡斋读书志》：共著录唐五代文人别集 146 部。

（4）宋陈振孙《直斋书录解题》：共著录唐五代文人别集 73 部。

（5）元脱脱等《宋史》卷二〇八《艺文志》七：共著录唐五代人别集近 600 家。

（6）明高棅《唐诗品汇》卷前《引用诸书》：只称收录"唐诸家诗集"，未标明具体的诗人、诗作数目，实际共收录诗人 681 家、诗作 6725 首。

（7）明胡震亨《唐音癸签》卷三〇"集录"部分：根据宋代以来的书目《旧唐书·经籍志》《新唐书·艺文志》《宋史·艺文志》《通志·艺文略》《遂初堂书目》《郡斋读书志》《直斋书录解题》《文献通考·艺文略》等，补之以当时"唐人集见载集可采据者"，然后再"校除重复，参合有无"，共整理出唐五代别集书目 691 家、8292 卷，比《新唐书·艺文志》著录的数量整整多出 177 家，其采集范围之广、搜集数量之大，着实令人惊叹。

---

① 陶敏《隋唐五代文学史料学》著录为唐五代诗文别集 513 家、573 部，与此处数据稍有出入。

（8）清修《四库全书》收录唐五代人别集 92 部，《四库全书存目》收录唐人别集 100 多家。

（9）清编《全唐诗》：共收录唐五代诗人 2200 余家、诗作 48900 余首，凡 900 卷，其中目录就有 12 卷之多。①

（10）万曼《唐集叙录》：共收录唐五代人别集 108 家，加上附见的 5 家，计有 113 家。②

（11）陈伯海、朱易安《唐诗书录》：共著录"别集类"唐诗人 288 家。③

（12）陈尚君《全唐诗补编》：共收录唐五代诗人 1600 余人、诗作 6327 首、诗句 1505 条。④

（13）吴枫《中国古籍数量述略》：自云著录唐代文集 278 种。⑤

（14）陈尚君《〈新唐书·艺文志〉补》：共计补录除《唐音癸签》以外的唐五代诗文别集 406 家 466 部。⑥

张之象编纂《唐诗类苑》时，深受高棅《唐诗品汇》影响，除参照了《唐诗品汇》的编选原则和编选内容外，还参照其格式将《唐诗类苑·引用诸书》列于卷首，但大多数情况是仅列书名未标作者。《唐诗类苑·引用诸书》共收录唐五代作家诗文别集 107 种，大致按照初唐、盛唐、中唐、晚唐的次序进行排列，基本体现了唐人别集在明代中期以前的流布与存佚情况。其中初唐诗人别集自虞世南始至宋之问终，共计收录 14 家；盛唐诗人别集自苏颋始至常建终，共计收录 19 家；中唐诗人别集自元结始至周贺终，共计收录 45 家；晚唐五代诗人别集自李商隐始至黄滔终，共计收录 29 家，所收四唐诗人别集的比例相对比较均衡。下面将别集诗作统计列表如下。

① （清）曹寅等：《御定全唐诗》，中华书局，1960。
② 万曼：《唐集叙录》，中华书局，1980。
③ 陈伯海、朱易安：《唐诗书录》，齐鲁书社，1988。
④ 陈尚君：《全唐诗补编》，中华书局，1992。
⑤ 《吴枫学术文存》，中华书局，2002。
⑥ 陈尚君：《〈新唐书·艺文志〉补》，《唐研究》第 1 卷。

《唐诗类苑》引用唐五代诗文别集统计表

所属时期	诗人别集名称	数量统计
初唐	虞世南《虞永兴集》；魏　徵《魏文贞集》 许敬宗《许恭公集》；杨师道《杨懿公集》 王　勃《王子安集》；杨　炯《杨盈川集》 卢照邻《卢照邻集》；骆宾王《骆宾王集》 刘希夷《刘希夷集》；李　峤《李巨山集》 陈子昂《陈伯玉集》；杜审言《杜审言集》 沈佺期《沈云卿集》；宋之问《宋延清集》	14 家
盛唐	苏　颋《苏许公集》；张　说《张燕公集》 张九龄《张文献集》；孙　荣《孙舍人集》 孟浩然《孟襄阳集》；李　白《李翰林集》 李　颀《李进士集》；崔　颢《崔司勋集》 祖　咏《祖驾部集》；崔　曙《崔进士集》 王　维《王右丞集》；储光羲《储侍御集》 王昌龄《王江宁集》；高　适《高常侍集》 毕　耀《毕侍御集》；岑　参《岑嘉州集》 杜　甫《杜工部集》；严　武《严季鹰集》 常　建《常盱眙集》	19 家
中唐	元　结《元次山集》；颜真卿《颜鲁公集》 刘长卿《刘随州集》；独孤及《独孤司封集》 韦应物《韦苏州集》；皇甫冉《皇甫参军集》 李建勋《李丞相集》；皇甫曾《皇甫侍御集》 李咸用《披沙集》；钱　起《钱考功集》 郎士元《郎拾遗集》；包　何《包舍人集》 包　佶《包侍郎集》；李吉甫《李中台集》 卢　纶《卢户部集》；李　端《李司马集》 耿　沣《耿拾遗集》；司空曙《司空水部集》 崔　峒《崔学士集》；严　维《严校书集》 顾　况《顾司户集》；戎　昱《戎从事集》 李　益《李尚书集》①；于良史《于从事集》 戴叔伦《戴抚州集》；权德舆《权载之集》	

---

①　按：胡应麟《诗薮外编》卷三作"李尚书翱"，误。李翱，字习之，郡望陇西成纪（今甘肃秦安），陈留（今河南开封）人，贞元十四年（798）进士。卒谥文，世称李文公。考李翱先后历官校书郎、京兆府司录参军、国子博士、史馆修撰、职方员外郎授考功员外郎、郎州刺史、舒州刺史、礼部郎中、庐州刺史、谏议大夫、知制诰、中书舍人、少府少监、郑州刺史、桂管观察使、湖南观察使、刑部侍郎、山南东道节度使等职，并未担任过尚书之职，故此李尚书当为李益。

续表

所属时期	诗人别集名称	数量统计
中唐	武元衡《武侍郎集》；羊士谔《羊资州集》 刘禹锡《刘宾客集》；柳宗元《柳柳州集》 韩　愈《韩昌黎集》；李　涉《李清溪集》 孟　郊《孟东野集》；吕　温《吕道州集》 刘言史《刘枣强集》；张　籍《张司业集》 王　建《王司马集》；白居易《白氏长庆集》 李　贺《李长吉集》；元　稹《元氏长庆集》 卢　仝《卢玉川集》；张　祜《张处士集》 朱庆馀《朱庆馀集》；贾　岛《贾浪仙集》 周　贺《周南卿集》	45家
晚唐五代	李商隐《李义山集》；马　戴《马龙阳集》 许　浑《丁卯诗集》；杜　牧《樊川集》 项　斯《项子迁集》；温庭筠《温飞卿集》 曹　邺《曹洋州集》；刘　沧《刘龙门集》 陆龟蒙《陆鲁望集》；皮日休《皮袭美集》 皮日休、陆龟蒙《松陵集》；方　干《方玄英集》 李　郢《李从事集》；李昌符《李郎中集》 罗　隐《甲乙集》；章孝标《章进士集》 杜荀鹤《唐风集》；郑　谷《云台编》 韩　偓《韩翰林集》；韩　偓《香奁集》 沈亚之《沈下贤集》；李　洞《李才江集》 韦　庄《浣花集》；曹　唐《曹尧宾集》 僧皎然《杼山集》；僧广宣《红楼集》 僧贯休《禅月集》；僧齐己《白莲集》 黄　滔《黄御史集》	29家

　　上述所列 107 种诗文别集，是张之象当时所能搜集到的唐五代作家全部或部分作品的结集，是张之象编纂《唐诗类苑》时能采用的第一手资料，具有不可替代的史料价值。同时，这些记载在册的诗文别集目录，对于后人考察明代诗文别集的版本流传情况，也具有不容忽视的学术价值。当然，因为张之象是以个人之力编纂这部诗歌总集，所以他在记录唐五代诗人别集时还存在一些问题：一是著录作家作品的格式不统一，如大部分别集都没有标出作者，但也有一些例外，杜牧之《樊川集》、罗隐《甲乙集》、杜荀鹤《唐风集》、韦庄《浣花集》、僧皎然《杼山集》、僧广宣

《红楼集》、僧贯休《禅月集》、僧齐己《白莲集》等文集却同时著录有作者；二是著录别集的部分书目内混进了诗文合集与总集，如晚唐五代部分既著录了皮日休和陆龟蒙二人相互酬唱的诗歌合集《松陵集》（又名《松陵唱和集》），又收录了芮挺章编纂的诗歌总集《国秀集》，从而说明其编纂刊刻校对的过程中存在失误。

第二节　《唐诗类苑》采录的诗文总集

总集是按照一定的体例将两位以上的作家作品编纂成集的文献典籍。《四库全书总目》卷一八六《总集类序》认为，古人因为"文籍日兴，散无统纪，于是总集作焉"，并将编纂总集的目的归纳为两大类型："一则网罗放佚，使零章残什，并有所归；一则删汰繁芜，使莠稗咸除，菁华毕出。是固文章之衡鉴，著作之渊薮矣。"① 由此可见，总集集众多作家作品于一编，其两大功能就在于或为学界提供可资借鉴的范本，或为保存古代典籍而编。陈伯海先生认为，历代编纂的唐诗总集，从"唐人选唐诗"到清编《全唐诗》，种类及数量多达 400 余种，但无论是唐诗全集、唐诗合集，还是唐诗选集，无不遵循上述两个编纂原则。② 《四库全书总目》卷一九〇《御选唐诗提要》，也对历代唐诗总集的编纂特色、选诗宗旨、诗文流派与编纂者的审美好尚之间的关系加以辨析，指出"诗至唐，无体不备，亦无派不有。撰录总集者，或得其性情之所近，或因乎风气之所趋，随所撰录，无不可各成一家。故元结尚古淡，《箧中集》所录皆古淡；令狐楚尚富赡，《御览诗》所录皆富赡；方回尚生拗，《瀛奎律髓》所录即多生拗之篇；元好问尚高华，《唐诗鼓吹》所录即多高华之制。盖求诗于唐，如求材于山海，随取皆给。而所取之当否，则如影随形，各肖

① （清）永瑢等：《四库全书总目》，中华书局，1965，第 1685 页。
② 此处关于唐诗总集数量和类型的表述，参见陈伯海等编著《唐诗总集纂要·例言》，上海古籍出版社，2016，第 1 页。

其人之学识。自明以来，诗派屡变，论唐诗者亦屡变"① 的总体状况，其论客观中肯。古往今来，凡属当时有较大影响，后来又流传于世的唐诗总集，无不是从唐诗宝库中选择符合编者要求的优秀作品，以反映编者的识鉴和文学观念。

编纂总集是一项规模浩大的工程，带有非常明显的继承性，后编的著作往往要在撷取前人研究成果的基础上才能累积而成。正如法国批评家丹纳在《艺术哲学》中所说："艺术家本身，连同他所产生的全部作品，也不是孤立的。有一个包括艺术家在内的总体，比艺术家更广大，就是他所隶属的同时同地的艺术宗派或艺术家家族。"② 明人刊刻之风很盛，既与明代中期前、后七子掀起的尊古之风有直接联系，又与众多书贾乘机逐利、肤廓空疏的社会风气密不可分。在这样的文化背景下，又有前代诗学的丰厚积累，张之象参照了唐代以来的诗文总集48种，按照以类系诗的原则，编成了皇皇200卷的《唐诗类苑》。以下以时代为序，对书中参照的历代诗文总集重新进行梳理、编列，以研究唐诗总集在历代的编纂、刊刻情况，考察明代唐诗学的发展历程。

（一）唐五代诗歌总集

唐代大家名家辈出，诗歌流派纷呈，艺术形式多样，堪称中国古典诗歌艺术发展的一大高峰。据清编《全唐诗》收录的作家作品统计，有作品传世的唐五代作者有2000余人，诗篇5万多首，而湮没在历史长河中的诗歌作品更是不计其数。在浩如烟海的唐代诗歌中，"世人欲取其精英而讽咏之，实感烟海苍茫，不得津要。是以自唐以来，选家辈出，代有名编。流风余韵，相传不废"③。初唐总集多为大型通代总集，主要以编录

---

① （清）永瑢等：《四库全书总目》，中华书局，1965，第1727页。
② 〔法〕丹纳：《艺术哲学》，傅雷译，人民文学出版社，1963。
③ 龚炳孙：《唐诗选本六百种提要序言》，见孙琴安《唐诗选本六百种提要》卷前，陕西人民教育出版社，1987。

前代诗文为主；开元以后出现了大量编录当代诗歌的唐人选集，体现出唐人对唐诗地位的认识、唐诗审美内涵的思考、唐诗人成就的评价等，后人把这种文学现象称为"唐人选唐诗"。很多学者都给予其很高的评价，认为其在"中国文学和文学文献学史上几乎是独一无二的现象"①，具有重要的文献学价值和学术史意义。

据当代研究学者考证，有文献著录的唐人编选的诗歌总集有130多种②，而现存于世的只有十余种。将唐人所选唐诗选本结集并刊行于世，是历代学者持续不断进行的工作。现将明嘉靖以来几种重要的"唐人选唐诗"刊行或著录情况列表梳理统计如下。

历代"唐人选唐诗"刊行/著录情况表

编辑者	著作题目	刊行/著录情况	收录总集名称	收录总集数量
佚名	唐人选唐诗六种	明嘉靖刻本	《箧中集》《河岳英灵集》《国秀集》《中兴间气集》《搜玉小集》《极玄集》	6种
胡应麟	诗薮·外编	明嘉靖刊本	《国秀集》《河岳英灵集》《极玄集》《中兴间气集》《唐诗类选》《御览诗》《又玄集》③	7种
张之象	唐诗类苑引用书目	明万历刻本	《国秀集》《箧中集》《丹阳集》《河岳英灵集》《搜玉集》《中兴间气集》《极玄集》《又玄集》《才调集》	9种
毛晋	唐人选唐诗八种	明崇祯刻本	《箧中集》《河岳英灵集》《国秀集》《中兴间气集》《搜玉小集》《极玄集》《御览诗》《才调集》	8种

① 陶敏、李一飞：《隋唐五代文学史料学》，中华书局，2001，第94页。
② 陈尚君：《唐人编选诗歌总集叙录》，《中国诗学》第2辑。
③ （明）胡应麟：《诗薮·外编》卷三，上海古籍出版社，1979，第164页。

编辑者	著作题目	刊行/著录情况	收录总集名称	收录总集数量
王士禛	十种唐诗选	清康熙刻本	《河岳英灵集》《箧中集》《中兴间气集》《国秀集》《搜玉集》《御览集》《极玄集》《又玄集》《才调集》《唐文粹》	10 种
中华书局上海编辑所	唐人选唐诗（十种）	中华书局上海编辑所1958 年版	《唐写本唐人选唐诗》《箧中集》《河岳英灵集》《国秀集》《御览集》《中兴间气集》《极玄集》《又玄集》《才调集》《搜玉集》	10 种
傅璇琮	唐人选唐诗新编	陕西人民教育出版社1996 年版	《翰林学士集》《珠英集》《丹阳集》《河岳英灵集》《国秀集》《箧中集》《玉台后集》《御览集》《中兴间气集》《极玄集》《又玄集》《才调集》《搜玉小集》	13 种
傅璇琮陈尚君徐　俊	唐人选唐诗新编（增订本）	中华书局2014 年版	《翰林学士集》《珠英集》《丹阳集》《河岳英灵集》《国秀集》《箧中集》《玉台后集》《御览集》《中兴间气集》《极玄集》《又玄集》《瑶池新咏集》《才调集》《搜玉小集》《窦氏联珠集》《元和三舍人集》	16 种

　　张之象编纂《唐诗类苑》时，共计采录各类诗文总集 48 种。其中《唐诗类苑引用书目》中著录的"唐人选唐诗"共有 9 种，即《国秀集》《箧中集》《丹阳集》《河岳英灵集》《搜玉集》《中兴间气集》《极玄集》《又玄集》《才调集》，基本涵盖了明代中期能够见到的唐诗总集范围。与

明嘉靖年间佚名编纂的《唐人选唐诗六种》相比，《唐诗类苑引用书目》中多出《丹阳集》、《又玄集》和《才调集》三种选本；与明崇祯年间毛晋刊行的《唐人选唐诗八种》相比，《唐诗类苑引用书目》中多出了《丹阳集》和《又玄集》，而《搜玉集》与毛晋刊本中的《搜玉小集》当为同书异名；与清康熙年间王士禛刊行的《十种唐诗选》相比，《唐诗类苑引用书目》中多出了《丹阳集》，而少了《御览集》和《唐文粹》，并且两种著作中《搜玉集》的名称完全一致。这些选本内容丰富，体例各别，是唐代诗歌高度繁荣的产物，也是唐诗成熟的重要标志之一。下面对这些诗歌总集的编纂情况简要列表加以介绍。

历代"唐人选唐诗"刊行/著录情况

编著者	总集名	编纂内容	选诗标准	学术价值
芮挺章	国秀集	此集分上、中、下3卷，选录从武朝至天宝末年的诗人李峤、宋之问、王湾、祖咏等人诗作，《楼颖序》称"今略编次，见在者凡九十人，诗二百二十首，为之小集，成一家之言"	此集专选初、盛唐时期的诗歌作品，收录了"自开元以来，维天宝三载，谴谪芜秽，登纳菁英，可被管弦者，都为一集"（《楼颖序》）	此集系仓促编成的未定稿，因取舍未严，体例不精，缺陷明显，影响不大，宋代官修书目皆阙而不录，但因属唐人旧本，亦可资参照
元结	箧中集	此集共收录沈千运、王季友、于逖、孟云卿、张彪、赵征明、元季川7位诗人的24首诗，内容以抒写愤世嫉俗、励志守节的感时之情为主，兼寓倡导和纪念两重意义	元结是古文运动的先导者，不满于当时流行的"拘限声病，喜尚形似，且以流易为词，不知丧于雅正"[1] 诗风，故此集专选天宝至中唐前期的五言古诗，追求"淳古淡泊，绝去雕饰"（《四库全书总目》卷一八六）的创作倾向	此集虽然收诗篇目较少，却代表了当时五言古诗的精萃，对于全面了解天宝至中唐前期的诗学演变风潮具有独特的价值

---

① （唐）元结：《箧中集序》，中华书局上海编辑所1958年排印本。

编著者	总集名	编纂内容	选诗标准	学术价值
殷璠	丹阳集	据傅璇琮、孙琴安等人考证，此集相关记载详见《新唐书·艺文志》"《包融诗》一卷"自注，专录包融、储光羲、丁仙芝等18位吴人诗作，其中延陵籍2人、曲阿籍9人、句容籍3人、江宁籍2人、丹徒籍2人，内容以评价诗人诗风为主	此集著录见于尤袤《遂初堂书目》《崇文总目》《唐诗品汇·引用诸书》、胡应麟《诗薮》杂编卷二、王士祯《唐人万首绝句选·凡例》、乾隆年间《重修江南通志·艺文志》等典籍，其选诗标准大略仍以气骨为准的，不太看重声律	此集自南宋中叶以后即未见传本，现在保存下来的零碎资料系傅璇琮先生根据《吟窗杂录》等文献梳理所出，虽系零星片段之评语，但也有可资比勘的价值
殷璠	河岳英灵集	此集分上、中、下3卷，共收诗234首，殷璠自序称所选诗人"若王维、昌龄、储光羲等二十四人，皆河岳英灵也"，故名	此集专选盛唐人诗，《集论》云："璠今所集，颇异诸家，既闲新声，复晓古体。文质半取，风骚两挟。言气骨则建安为传，论宫商则太康不逮。"阐述了对初唐至盛唐时期诗歌风尚的看法以及编纂诗集时应遵循的取舍标准等	此集采取选评结合、寓评于选的全新体例，旨在"审鉴诸体，委详所来，方可定其优劣，论其取舍"，强化了选本的批评功能，标志着"唐人选唐诗"理想范式的确立
佚名	搜玉集	此集1卷，《新唐书·艺文志》著录为"《搜玉小集》十卷"，郑樵《通志》自注云"唐人集当时诗"，共收录自魏徵至王冷然等36位初唐诗人的61首诗作，然编次杂乱，似非成书	此集约撰成于玄宗开元初期，众体兼收，以五言居多，《四库全书总目》卷一八六《搜玉小集提要》谓其"既不以人叙，又不以体分，编次参差，重出叠见，莫能得其体例"，但从时代范围来考量，其选诗标准与殷璠诗论应有一定的契合度	此集大致反映出开元初期的诗论观点，对于了解初唐诗歌的创作思潮具有独特的学术价值

编著者	总集名	编纂内容	选诗标准	学术价值
高仲武	中兴间气集	此集2卷，主要选录肃宗、代宗中兴时期的26位诗人的134首诗作，通过"兼包众善"，"略叙品汇人伦"，使"国风雅颂，蔚然复兴"，大致反映出至德、大历年间诗坛的基本面貌	此集以"体状风雅，理致清新，期观者易心，听者竦耳，则朝野通载，格律兼收，自郐以下，非所附丽"为选取标准，旨在达到"立义以全其制，因文以寄其心，著王政之兴衰，表国风之善否"的编纂目的	此集对至德、大历年间不同流派的诗人诗作进行了一系列评论，其"专主韵调"的诗论主张虽屡遭唐宋以来学者诟病，但仍不失为一部独具特色的唐诗选本
姚合	极玄集	此书2卷，主要收录王维、祖咏、戴叔伦等21位盛、中唐诗人的近百首诗，其中仅录韩翃2首七绝，所选以五言律诗为多，诗歌内容以赠答之制为主，明刻本于每位诗人名下，或附注诗人仕履，或略述诗坛风尚，别具一格	此集选录标准极为精严，书前自序称"此皆诗家射雕手也。合于众集中更选其极玄者，庶免后来之非"，蒋易《极玄集序》称其"去之法严，故其选精；选之精，故所取仅若此"，表现出"尚才华，贵精巧"的独特识鉴	宋计有功撰《唐诗纪事》一书时采录此集颇多，《四库全书总目》称"总集之兼具小传，实自此（明通行本）始，亦足以资考证也"，故此集兼具文献整理和理论研究两大价值
韦庄	又玄集	此集系韦庄入蜀前在长安所编，分为3卷，共收录四唐近150家诗人、约300首诗。书前有光化三年序，称"昔姚合撰《极玄集》一卷，传于当代，已尽精微，今更采其玄者，勒成《又玄集》三卷。记方流而目眩，阅丽水而神疲，鱼兔虽存，筌蹄是弃"	此集虽沿用姚合《极玄集》的书名，但编纂宗旨有差异，没有明确的选录标准和合理的排列依据；不像姚合那样专选五言诗，而是众体皆选，五、七言古律及歌行均有；大略以清词丽句为选诗标准，广收名家诗作而精选诗歌作品	此集著录仅见于《宋史·艺文志》，约于南宋时传至日本，元代以后诸家书目中均无记载，后日本京都大学清水茂教授将胶片赠与夏承焘先生，才得以在国内出版，具有重要的文献学价值

续表

编著者	总集名	编纂内容	选诗标准	学术价值
韦縠	才调集	此集是我国现存规模最大的"唐人选唐诗"选本，共 10 卷，每卷 100 首，计收录 1000 首诗。书前自序称"暇日因阅李杜集、元白诗，其间天海混茫，风流挺特，遂采摭奥妙，并诸贤达章句，不可备录，各有编次"，才编成这部诗歌总集	《四库全书总目》卷一八六《才调集提要》称"縠生于五代文敝之际，故所选取法晚唐，以秾丽宏敞为宗，救粗疏浅弱之习，未为无见"，故此集所录，"或闲窗展卷，或月榭行吟，韵高而桂魄争光，词丽而春色斗美"（自序），目的在于"采实去华，俟诸来者"	此集选录了大量中晚唐时期的诗人诗作，如元稹、温庭筠、李商隐、杜牧、韦庄等，对当时的诗坛风尚影响很大，宋初西昆体诗人奉此书为圭臬，清初又因冯舒、冯班兄弟的推重而风行一时

（二）历代诗僧集

自东汉佛教传入中国之后，产生了许多与佛教有关的著作，也出现不少能作诗的僧人，即诗僧。孙昌武先生说过："总观中国文学发展的历史，自东晋时期佛教在文坛盛传，几乎没有哪一位重要作家是没有受到佛教的影响的。"[1] 唐代是佛教发展的顶峰时期，因唐高祖李渊推尊"三教并举"的统治思想，极大地促进了唐代多元文化的融合发展，佛教思想几乎渗透中国的政治、经济、社会、文化等各个领域。太宗时人们对佛教的崇信滋深，从而导致那些"好异者望真谛而争归，始波涌于闾里，终风靡于朝廷"[2]，宪宗时"十族之乡，百家之间，必有浮图"[3]，文宗时"黎庶信苦空之说，衣冠敬方便之门"[4]，萧瑀、王维、高适、裴休、白居易、武元衡、顾况、李端等地位尊崇的文人士大夫都深受佛教思想的熏染，

---

① 孙昌武：《唐代佛教与文学》，陕西人民出版社，1985。
② （唐）僧道宣：《集古今佛道论衡》卷丙。转引自郭绍林《唐代士大夫与佛教》，河南大学出版社，1987，第 3 页。
③ （唐）舒元舆：《唐鄂州永兴县重岩寺碑铭》，载《全唐文》卷七二七，中华书局，1983，第 7498 页。
④ （宋）宋敏求：《唐大诏令集》卷一一三《条流僧尼敕》，中华书局，2008。

诗人王维平日即有"人生几许伤心事,不向空门何处销"的感慨,甚至在临终之际还不忘"与平生亲故作别书数幅,多敦厉朋友奉佛修心之旨"①,可见当时佛教影响之大、传播之广、渗透之深。在这样的时代背景下,越来越多的诗僧逐渐走上历史舞台,成为唐代文学中一道别致的风景。

唐代诗僧辈出,艺术水平很高,与文人士大夫的交往也十分密切,除了《新唐书·艺文志》外,《唐诗纪事》《唐才子传》《唐音癸签》《全唐诗》等文献典籍中有不少关于诗僧的记载。如宋人计有功《唐诗纪事》卷七二至卷七七,所记大多是唐代诗僧的各种事迹。元人辛文房的《唐才子传》卷三"道人灵一"条传后的评论高度概括了南朝齐梁以来佛教在中土的传播发展轨迹,指出"自齐梁以来,方外工文者,如支遁、道道、惠休、宝月之俦,驰骤文苑,沈淫藻思,奇章伟什,绮错星陈,不为寡矣。厥后丧乱,兵革相寻,缁素亦已狼籍,罕有入其流者。至唐累朝,雅道大振,古风再作。率皆崇衷像教,驻念津梁,龙象相望,金碧交映。虽寂寥之山河,实威仪之渊薮,宠光优渥,无逾此时"②,认为在众多"道或浅深,价有轻重"的僧人中,"其乔松于灌莽,野鹤于鸡群者,有灵一、灵澈、皎然、清塞、无可、虚中、齐己、贯休八人,皆东南产秀,共出一时,已为录实"③,此外如惟审、护国、文益、可止、清江、法照、广宣、无本、怀素、智暹、不特等45位"名既隐僻,事且微冥"的僧人,"其或虽以多而寡称,或著少而增价者",也大都试图通过与文人士大夫的诗歌交往实现其人生价值。明人胡震亨《唐音癸签》卷三〇则著录有29家僧人和4部僧诗,即《五僧诗集》1卷、《十哲僧诗》1卷、《三十四僧诗》3卷、《弘秀集》10卷④。上述这些书目文献的记载内容,总体上

① (后晋)刘昫等:《旧唐书》卷一九〇下《王维传》,中华书局,1975,第5053页。
② 傅璇琮主编《唐才子传校笺》(第一册),中华书局,1987,2000年重印,第533页。
③ 傅璇琮主编《唐才子传校笺》(第一册),中华书局,1987,2000年重印,第534页。
④ (明)胡震亨:《唐音癸签》卷三〇"方外"条,上海古籍出版社,1981,第314、317页。

反映了唐代僧人在诗坛上的重要地位。

张之象对僧诗问题也很关注，《唐诗类苑》就收录了历代编选的诗僧集 5 部，分别是佚名撰《吹万集》、李龚《弘秀集》、僧祐《弘明集》、释正勉等辑《禅藻集》、佚名辑《九僧集》。这几部僧人著作内容十分丰富，从中可以窥见历代僧众交往创作的基本风貌，也是研究古代文学者不容忽视的史料。

（1）《吹万集》，佚名撰。唐宋以来书目未见著录。据杨士弘《唐音姓氏并序》云："余自幼喜读唐诗，每慨不得诸君子之全诗。后观诸家选本，载盛唐诗者独《河岳英灵集》，然详于五言，略于七言，至于律绝，仅存一二。《极玄》姚合所选，止五言律百篇，除王维、祖咏，亦皆中唐人诗。至如《中兴间气》《又玄》《才调》等集，虽皆唐人所选，亦多主于晚唐矣。王介甫《百家选唐》，除高、岑、王、孟数家之外，亦皆晚唐人诗。《吹万》以世次为编，于名家颇无遗漏，其所录之诗则又驳杂简略。"则此书当以选唐人诗作为主。从其所处位置看，似为宋人所编。明代僧人吹万广真（1582～1639）撰有《吹万禅师语录》，由三山灯来重加编辑，并于崇祯十六年（1643）刊行。考《吹万禅师语录》与僧诗总集的内容和体例大相径庭，加之吹万广真出生时张之象（1508～1587）已是风烛残年，故张之象编纂《唐诗类苑》时参照的不可能是此书，则《吹万集》当另有其书。暂且存疑，留待来日发现新的文献材料再作考辨。

（2）《弘秀集》，即《唐僧弘秀集》，南宋李龚编。李龚，字和父，号雪林，菏泽（今山东菏泽）人。李龚嗜好唐诗，赵孟奎谓其"穷一生以为工"①，"旁收逸坠，募致平生所未见者"，不仅帮助赵孟奎编成唐诗总集《分门纂类唐歌诗》，而且又集唐人诗句编成《剪绡集》1 卷，足见其平生之爱好。此书专选唐代僧人之诗，卷前收录有宝祐六年（1258）李龚所撰自序，详细叙述了唐诗和唐代诗僧之盛、作者编选此集的缘起、收

① （宋）赵孟奎：《分门纂类唐歌诗序》，国家图书馆藏宋刊本。

诗规模、文献来源等内容。姑且录之如下：

> 古之吟咏情性，一本于诗。诗至唐为盛，唐之诗僧亦盛。唐一代
> 为高道，为内供奉，名弘材秀者，三百年间，今得五十二人，诗五百
> 首。或取于各僧本集，或出于诸家纂录，皆有拔山之力、搜海之功，
> 风致不尘，一字弗赘，发音雄富，群立峥嵘，名曰《唐僧弘秀集》。
> 不敢藏于中笥，刊梓用传。

此集著录最早见于胡震亨《唐音癸签》卷三〇，所录《弘秀集》条
下小注有云："宋宝祐中李龏编唐僧皎然以下五十二人诗五百首，十卷。
以诸僧名弘才秀，故名。自序云：禅余风月，客外山川，千古下一目可
见。李唐缁流名什，实赖此得存。内无本、清塞、僧鸾返初；宝月，齐朝
僧；惠侃，梁朝僧；惠标，陈朝僧：误入者，并宜删。"此外，《四库全
书总目》《续文献通考》《中国善本书目》《北京图书馆善本书目》等目
录亦有著录，其中《四库全书总目》卷一八七《唐僧宏秀集提要》称此
集"采撷颇富，而亦时有不检"，自乱其例；同时其"别裁去取，亦未必
尽诸僧所长"，但由于"唐僧有专集者不过数家，其余散见诸书，渐就澌
灭。龏能衰合而存之，俾残章断简，一一有传于后。其收拾散亡，要亦不
能谓之无功也"[1]，仍然具有较高的文献价值。今存我国台湾"中央"图书
馆藏南宋宝祐六年（1258）刻本、元刊本、汲古阁本、四库全书本等。[2]

（3）《弘明集》，梁释僧祐编。僧祐，俗姓俞氏，彭城下邳（今属江
苏睢宁）人。僧祐最初在扬都建初寺出家，梁武帝时居钟山定林寺。《新
唐书·艺文志》有著录，曰"僧祐《弘明集》十四卷"。此书卷前有僧祐

---

① （清）永瑢等：《四库全书总目》卷一八七《唐僧宏秀集提要》，中华书局，1965，
第 2621 页。
② 关于《唐僧弘秀集》的版本著录和刊刻流传情况，可参看陈斐《〈唐僧弘秀集〉版
本考》，《南都学坛》2010 年第 1 期；赵鸿飞《宋代唐诗选本研究》，复旦大学 2005
年硕士学位论文，第 7 页。

撰序,自称"遂以药疾微间,山栖余暇,撰古今之明篇,总道俗之雅论。其有刻意剪邪,建言卫法,制无大小,莫不毕采。又前代胜士书记文述,有益亦皆编录,类聚区分,列为一十四卷。夫道以人弘,教以文明,弘道明教,故谓之《弘明集》"。所辑作品皆为东汉至梁代阐明佛法之文。此外,该书卷一四还收录了僧祐《弘明论后序》,首先表明自己编撰此书的宗旨是"为法御侮",接着分析了世人容易被一些邪魔外道迷惑,本质在于自己的内心不够坚定,即所谓"通人雅论,胜士妙说,摧邪破惑之冲,弘道护法之堑,亦已备矣。然智者不迷,迷者乖智,若导以深法,终于莫领。故复撮举世典,指事取征,言非荣华,理归质实,庶迷途之人不远,而复总释众疑",还需要继续传授佛法,为迷途之人释疑解惑,所以才给此集命名为《弘明》。《四库全书总目》卷一四五《弘明集提要》对此书的内容、精髓、价值辨析精审,称"其学主于戒律,其说主于因果,其大旨则主于抑周孔、排黄老,而独伸释氏之法","然六代遗编,流传最古,梁以前名流著作,今无专集行世者,颇赖以存,终胜庸俗缁流所撰述。就释言释,犹彼教中雅驯之言也"①。此书保存了梁以前的很多佛教资料和文学史料,对后世影响很大,唐释道宣受此书影响而续作的《广弘明集》30卷即为明证。

(4)《禅藻集》,又名《古今禅藻集》,明代释正勉、释性㵣同编,释普文衷辑。此集按时代的先后顺序分类编排,各种文体兼备,共收录东晋至明代366位高僧的近3000首诗,辑为28卷,堪称历代禅诗的集大成者。此书除卷一收录晋至隋七个朝代的诗歌外,卷二至卷二八分别收录唐、宋、元、明诗,其中收录唐诗6卷、宋诗5卷、元诗5卷、明诗11卷,既强调僧人的修为和德行,又突出作品的格调与诗法,所以诗歌内容以抒情咏怀、慨伤时事者居多。②《四库全书总目》卷一八九《古今禅藻

---

① (清)永瑢等:《四库全书总目》卷一四五《弘明集提要》,中华书局,1965,第1236页。
② 郭宜兰:《〈古今禅藻集〉研究》,江西师范大学2015年硕士学位论文。

集提要》对此集的主要内容和同类著作的编纂异同进行了比较，指出其"所录皆释子之作，而不必其有关于佛理。曰禅藻者，犹曰僧诗云尔"，所选作品虽然稍嫌泛滥，为例不纯，疏于考订，但因为"其上下千年，网罗颇富，较之《唐僧宏秀集》惟取一朝，宋《九僧诗》但备数家者，较为完具，存之，亦可备采择焉"①，评价相对客观中肯。

（5）《九僧集》，亦名《九僧诗》《九僧诗集》，编者不详。"九僧"是北宋初年一个典型的诗人群体，因陈充为其编纂《九僧诗集》而得名。北宋时期已经有关于此集的记载或著录。欧阳修《六一诗话》卷二是较早记载此事的文献典籍，文曰："国朝浮图，以诗鸣于世者九人，故时有集号《九僧诗》，今不复传矣。余少时闻人多称之。其一曰惠崇，余八人者，忘其名字也。"② 司马光《温公续诗话》则准确记述了这9位诗僧的籍贯和姓名："所谓九诗僧者，剑南希昼、金华保暹、南越文兆、天台行肇、沃州简长、青城惟凤、淮南惠崇、江南宇昭、峨眉怀古也。"南宋时期的官私书目大多著录有此集，可见其流传渐广。晁公武《郡斋读书志》卷二〇著录作"《九僧诗集》一卷"，陈振孙《直斋书录解题》卷一五著录作"《九僧诗》一卷"，《宋史·艺文志》则著录为"陈充《九僧诗集》一卷"。南宋末年，杭州著名书商陈起曾经编刻刊行了著名的《增广圣宋高僧诗选》，其中"前集"所依据的文献即为《九僧诗集》。九僧诗受"晚唐体"影响较深，力主学习贾岛、姚合，其作品以五言律诗为主，所以题材狭窄、句法单调，往往有佳句而无名篇。据郭宜兰《〈古今禅藻集〉研究》统计，此集共收录由唐至明历代僧人327人，其中唐代78人、宋代48人、元代33人、明代168人，保存了大量珍贵的文献材料。③ 宋末元初方回《瀛奎律髓》、清代著名学者纪昀等人都曾批评过九僧的诗风，清人朱庭珍在《筱园诗话》中也将"九僧"与"四灵"的诗作相提

---

① （清）永瑢等：《四库全书总目》卷一八九《古今禅藻集提要》，中华书局，1965。
② （宋）欧阳修：《六一诗话》，人民文学出版社，1962，第8页。
③ 郭宜兰：《〈古今禅藻集〉研究》，江西师范大学2015年硕士学位论文，第17页。

并论，批评"九僧、四灵，以长江、武功为法，有句无章，不惟寒俭，亦且琐僻卑狭"①，所以九僧的创作逐渐走向穷途末路也是古典诗学发展的必然结果。今存清道光十五年（1835）朱刻本，藏于首都图书馆。

《唐诗类苑》中共收录了 51 位唐代僧人的 449 首诗作，其收诗规模与《唐僧弘秀集》中所录"五十二人，诗五百首"大致吻合；而《唐才子传》中特别提及的 8 位著名诗僧，只有清塞一人的作品未被收入《唐诗类苑》。下面将另外 7 位诗僧收录的诗歌数量按照从多到少的顺序排列如下，依次是贯休 93 首、无可 85 首、皎然 78 首、灵一 23 首、齐己 12 首、灵澈 5 首、虚中 2 首，基本反映出唐代僧诗在明代的存佚情况。

（三）宋代诗文集

宋代选学之风极盛，胡震亨《唐音癸签》云"自宋至今，唐诗总集，有选家，又有编辑家。唐诗至后代多亡佚，故有编辑家也"②。这一时期的诗文总集，在保存前代文献、指导学术创作、进行文献整理考订等方面发挥了重要的作用，具有非常明显的学术研究色彩。张之象编纂《唐诗类苑》时采录的宋代诗文总集，主要有以下两种类型：一是以保存唐代文献为目的的各种大型总集，如旧题王安石《唐百家诗选》20 卷、洪迈《万首唐人绝句》91 卷等，可作版本校勘、文献考订之用；二是讲究近体法度、探讨形式技巧的诗歌选集，主要沿袭了姚合《极玄集》的编选标准，为当时的诗歌创作提供借鉴，如赵师秀《众妙集》1 卷、周弼《三体唐诗》6 卷等都属于这一范畴。择其要者，述之如下。

（1）《众妙集》，宋赵师秀编。此书继承了姚合《极玄集》的诗学倾向和选诗标准，共收录大历诗人和姚贾诗派的 76 位诗人 228 首诗作，其

---

① （清）朱庭珍：《筱园诗话》卷一。转引自尹占华《论九僧诗——兼论五言律诗在宋代的衰落》，《盐城师范学院学报》（人文社会科学版）2008 年第 4 期，第 65 页。
② （明）胡震亨：《唐音癸签》卷三一《集录》二，上海古籍出版社，1981，第 323 页。

中五言排律 16 首、五言律诗 164 首、七言律诗 48 首。①《四库全书总目》卷一八七《众妙集提要》称"师秀之诗，大抵沿溯武功一派，意境颇狭，而是集乃以风度流丽为宗，多近中唐之格"②，"确为四灵途径"。全书选诗不以时代先后为序，而是明确把贾岛、姚合奉为诗法的对象，最终"完成了唐诗史上姚贾诗派的首次确认"③。根据陈伯海、朱易安《唐诗书录》著录，此集今存明天启五年（1625）毛氏汲古阁本、明崇祯毛氏刻本、北图藏明抄本、四库全书本、丛书集成初编本等。赵师秀及其所属的江湖诗派，面对文学创作过程中出现的"格卑气弱"等流弊，也不断地进行反思，所以他们逐渐将师法的对象从晚唐转向盛唐，从此开启了宋元明三代全面"宗唐"的诗学风尚，也掀起了唐诗编选史上的第一个高潮。④

（2）《丽则集》，原本作"《丽情集》"，当为《丽则集》之误。晁公武《郡斋读书志》卷二十"总集类"有著录："《丽则集》五卷。右唐李氏撰，不著名。集《文选》以后至唐开元词人诗，凡三百二十首，分门编类。贞元中，郑余庆为序。"马端临《文献通考》卷二四八《经籍考》中直接过录了《郡斋读书志》的说法。

明胡震亨《唐音癸签》卷三一"集录"部分称，"唐人选唐诗，其合前代选者，有《续古今诗苑英华集》《丽则集》《诗人秀句》《古今诗人秀句》《玉台后集》等"，其中《丽则集》条下注解云："《丽则集》，集《文选》以后至唐开元词人诗，唐李氏撰，不著名，五卷。"其说法与《郡斋读书志》并无二致，同时也说明《丽则集》在明代传播未广，至少在胡震亨撰《唐音癸签》时未能见到。清康熙四十七年（1708）王士禛

---

① 此处统计数据参照了陈斐《试论〈众妙集〉、〈二妙集〉的编选倾向——兼谈与姚合〈极玄集〉之关系》，《信阳师范学院学报》（哲学社会科学版）2010 年第 1 期，第 121 页。另，陈伯海等编著《唐诗总集纂要·二妙集》"内容提要"条下记载为"其中五律多达一百八十首，余为七律和五排"，与陈斐统计数据稍有出入。

② （清）永瑢等：《四库全书总目》卷一八七《众妙集提要》，中华书局，1965。

③ 陈斐：《〈众妙集〉、〈二妙集〉与姚贾诗派的确认》，《郑州大学学报》2010 年第 1 期。

④ 陈斐：《南宋唐诗选本与诗学考论》，大象出版社，2013。

撰《唐人万首绝句选凡例》时也有记载，称"余旧撰盛唐诸公诗曰《三昧集》，又删唐人《英灵》《间气》《箧中》《御览》《国秀》《极玄》《又玄》《搜玉》《才调》九集，益之宋姚氏《唐文粹·乐府古歌诗》为十集。……唐选更有《丹阳》《丽则》二集，访求数十年不可得"①，则最晚明末时《丽则集》已经亡佚。另外，考《丽情集》20卷，是张君房于北宋初年编集而成的爱情故事集，与《异闻集》一起被程毅中先生誉为"双璧"。张君房，安陆（今属湖北）人，景德二年（1005）进士，曾任尚书度支员外郎、祠部郎中、集贤校理等职。著有《云笈七笺》《乘异记》《丽情集》《缙绅脞说》等。据江南《〈丽情集〉小考》考证，《丽情集》在宋代已十分盛行，在古人诗文中常常被引用，在中国古代小说发展史上具有重要价值。② 但此书于张之象编纂《唐诗类苑》可资参照之处不多，故此处很有可能是传刻过程中出现的讹误。

（3）《芦中集》，诗歌总集。撰者不详。此集著录较少，其中《宋史》卷二○直称"《芦中诗》二卷，不知作者"。高棅《唐诗品汇》载作"《芦中集》"，未出姓名。胡震亨《唐音癸签》则录作"《芦中诗集》二卷，失姓名"。参照诸家书目中著录的前后位置，则此集当由五代末或宋人编次而成。

（4）《唐文粹》，唐代诗文总集。宋姚铉编。姚铉，字宝臣，庐州（今安徽合肥）人。太平兴国八年（983）进士，官至两浙转运使。《宋史》卷四四一有《姚铉传》。他文辞敏丽，善作书札，藏书很多，异本不少。据姚铉自序所云，此书编纂时间跨度较长，自宋真宗咸平五年（1002）至大中祥符四年（1011），分为古赋、乐章、歌诗16类，共收录唐代诗文作品100卷1980篇，其中诗歌9卷、文赋之类91卷，皆为"唐

---

① （清）王士禛：《〈唐人万首绝句选〉凡例》，载康熙四十七年（1708）刻本《唐人万首绝句选》卷首。转引自陈伯海等编著《唐诗总集纂要》，上海古籍出版社，2016，第152～153页。

② 江南：《〈丽情集〉小考》，复旦大学2006年硕士学位论文。

贤文章之英萃者"，所以名为"文粹"，实则诗赋兼收。此集所录唐代诗文，"以类相从，各分首第门目，止以古雅为命，不以雕篆为工。故侈言曼辞，率皆不取"，不取近体诗、律赋及四六文，其诗论主张与"柳开、穆修等改革风，重建道统的理论主张相呼应"①。《唐文粹》的篇幅虽仅及《文苑英华》的1/10，但由于成书年代较早，去取谨严，鉴裁精审，在古代典籍的辑佚、校勘等方面具有重要的价值，故《四库全书总目》称是书收诗"未免过求朴野，稍失别裁，然论唐文者终以是书为总汇，不以一二小疵掩其全美也"②。今存元刻明印本、明嘉靖八年（1529）晋府养德书院刻本、明末刻本、清光绪九年（1883）江苏书局刻本、四库全书本、四部丛刊本等。张之象编纂《唐诗类苑》和《古诗类苑》时，应该参照了《唐文粹》"以类相从，各分首第门目"的编纂体例，至于其书中收录的9卷唐诗，可能也有一定的参考价值。

（5）《观澜文选后集》，文章总集。未知撰人。考宋人林之奇编有《观澜文集》，则此集或为林著之续章。林之奇，字少颖，号拙斋，人称三山先生，侯官（今属福建福州）人，曾任宗正丞。卒年65岁，谥文昭。生平事迹具载《宋史》卷四三三《儒林传》、《闽中理学渊源考》卷七《文昭林拙斋先生之奇》、《宋元学案》之《紫微学案》等。他勤学好读，手不释卷，抄书成茧，著述颇丰。据《直斋书录解题》《宋史·艺文志》《福建通志·艺文志》等书目记载，林之奇著有《尚书集解》《春秋讲义》《孟子讲义》《拙斋集》《观澜文集》等。③ 林之奇是宋代理学家吕本中的

---

① 陶敏、李一飞：《隋唐五代文学史料学》，中华书局，2001，第123页。

② （清）永瑢等：《四库全书总目》卷一八六《唐文粹提要》。

③ 此段文字中关于林之奇生平著述和学术渊源的记载，主要参照了杜海军、郑永晓、石明庆等人的研究成果，照列如下。杜海军：《吕祖谦受学吕本中吗——与刘玉敏商榷兼论吕祖谦学术渊源于吕本中》，《中国哲学史》2008年第1期；杜海军：《林之奇〈观澜文集〉及其对唐宋派形成的影响》，《闽江学院学报》2010年第6期；郑永晓：《从〈宋文鉴〉看吕本中、吕祖谦文学思想之传承》，载《第五届宋代文学国际研讨会论文集》；石明庆：《理学文化与南宋诗学》，中国社会科学出版社，2006。

得意弟子，深受吕本中理学思想和诗学思想的影响，其写诗作文亦体现出明显的江西诗派的风格，而南宋著名的理学家、文学家、史学家吕祖谦又得到林之奇的学术嫡传。关于此集的著录，历来并不统一：《宋史》卷二〇九《艺文志》八著录有"林少颖《观澜文集》六十三卷"；杨士奇《文渊阁书目》卷九《文集》类著录有"《观澜文选》一部九册（阙）"；高棅《唐诗品汇》未标作者，题作"《观澜文选后集》"；张之象《唐诗类苑》著录与《唐诗品汇》同。林之奇《观澜文集》"上承《文选》和《文粹》，下启《皇朝文鉴》和《古文关键》"①，收录了"先秦至南北宋之交的各种文体"，其自称"余之为是集也，以为至游真乐之纯全在焉，则固朝夕不庸释也……庶或有其人之曳纵浩歌因商颂而有得以光大乎？斯文者出焉，是则观澜之本志也"②，是一部集中体现林之奇文学思想的文章选集。总之，张之象编纂《唐诗类苑》和《古诗类苑》时所参考的《观澜文选后集》一书，有可能是从书目上直接承袭了高棅《唐诗品汇》的著录，也有可能是确实参照了此集，但不管真相如何，《观澜文选后集》的编纂思想和编纂体例、选录标准应当与林之奇《观澜文集》相类似。

（6）《唐百家诗选》，唐诗总集。旧题北宋王安石编，实为宋敏求与王安石合编。王安石，字介甫，号半山，抚州临川（今属江西）人。仁宗庆历二年（1042）进士及第，神宗熙宁二年（1069）任参知政事，此后历经拜相、罢相、复出之曲折，主张推行变法，又因保守派阻挠而遭遇失败。晚年退居江宁，后封荆国公，故世人称其为王荆公。卒谥文。朱熹称颂其"以文章节行高一世，而尤以道德经济为己任"。现存《临川先生文集》等。前文略述，后文将与《唐诗类苑》等诗歌总集加以比较，兹不赘述。

---

① 杜海军：《林之奇〈观澜文集〉及其对唐宋派形成的影响》，《闽江学院学报》2010年第6期。
② 杜海军：《林之奇〈观澜文集〉及其对唐宋派形成的影响》，《闽江学院学报》2010年第6期。

（7）《唐类编歌诗》，唐诗总集。宋赵孟奎编。后文将与《唐诗类苑》等诗歌总集加以比较，兹不赘述。

（8）《唐绝句》，唐诗总集。又名《唐人绝句》《唐人绝句诗》，宋洪迈编。考明人高棅在其《唐诗品汇引用诸书》有著录："《唐绝句》，宋洪野处编百卷五、七言，共一万首。"《唐诗类苑引用书目》参照了高棅《唐诗品汇引用书目》，则此书与下文著录的《万首唐诗绝句》当为一书。或因校对不细致的缘故，所以下文又收录了《万首唐诗绝句》，从而出现"一书两见"的失误。详见下文"《万首唐人绝句》"条。

（9）《万首唐人绝句》，唐诗总集。宋洪迈编。洪迈是鄱阳（今属江西）人，绍兴十五年（1145）进士，官至端明殿学士，卒谥文敏。他"学识渊博，娴于掌故"①，著有《洪文敏公集》《容斋随笔》《夷坚志》等。《万首唐人绝句》是一部分体编纂的唐诗总集，收录有 75 卷七绝、25 卷五绝，包括目录在内共计 101 卷。此集卷前有洪迈自序，云编纂此书的最初目的是为儿童发蒙所用。初稿编成后，洪迈将其"进重华宫中，以供宸翰，采择题扇。孝庙赏公博洽，公遂乞以名其堂。于是更搜诸集，旁及传记，期在盈数。随得随录，始于杜少陵，终于薛书记"，至光宗绍熙三年（1192）最终编辑而成，进呈朝廷。这部诗歌总集的编次较为紊乱，重收、误收现象比较普遍，至于"时代后先，不复诠次，而收载重复，一人三四见者有之"②，甚至出现了不少删律诗为绝句或者选宋诗当唐诗的情况，所以《直斋书录解题》《升庵诗话》《四溟诗话》等都曾对其优劣之处有或多或少的论述，但此集在保存唐诗文献和专取绝句方面的学术价值不容忽视。明人申时行在其《校刻万首唐人绝句序》中给予此集以较

① 陈伯海等编著《唐诗总集纂要》，"《万首唐人绝句》内容提要"，上海古籍出版社，2016，第 144 页。
② （明）黄习远：《校刻万首唐人绝句引》，载《万首唐人绝句》卷首，万历三十五年（1607）刻本。转引自陈伯海等编著《唐诗总集纂要》，上海古籍出版社，2016，第 150 页。

高的评价，称"诗以绝句名，古未有也，而自唐始，盖乐府之遗而律之变也。乐府叶于管弦，而律严于声病，而绝句不必然也，是自为一体者也"，认为"其脍炙一时者，往往传之宫廷，播之衢巷。习熟于村童、里妇、伶人、乐工之口，讽之有余音，咀之有余味，何其美也"，所以"是编出，而唐一代之词章，盛衰毕见，诸家之述作，工拙并陈"①，赞许之情溢于言表。由于此书采择的文献全部来自唐人诗文集、人物传记、野史杂说、笔记等，"其所载中唐以后之诗，今诸家集中多阙，故知今所传者多非全集"②，很多无别集传世的中晚唐诗人诗作赖其以存，是宋人第一次对唐人绝句进行大规模的整理之作，为后人学习、鉴赏和研究唐诗提供了很好的文献载体。此集在明代传播甚广，则张之象编纂《唐诗类苑》时参照其书，亦为顺理成章之事。

（10）《唐绝选》，唐诗总集。亦名《注解章泉涧泉二先生选唐诗》《注解选唐诗》《唐诗绝句》，宋赵蕃、韩淲编，谢枋得注。赵蕃和韩淲都是信州（今属江西）人，世人并称其为"二泉先生"。谢枋得曾任信州刺史，很有气节。此书共5卷，专录自韦应物至吕洞宾唐代诗人51家、唐七言绝句101首。谢枋得《注解章泉涧泉二先生选唐诗序》称"章泉、涧泉二先生诲人学诗，自唐绝句始。熟于此，杜诗可渐进矣"，又云"略说二先生选唐绝句，与道可共观，其微言绪论关世道、系天运者甚众"③，对此集的选诗特点、诗学思想、社会功用甚为推崇；《四溟诗话》认为此集的选诗标准十分明确，即"唯取中正温厚、闲雅平易，若夫雄浑悲壮、奇特沉郁，皆不之取"④，由此可见这部总集是为"诲人学诗"而选，其

---

① （明）申时行：《校刻万首唐人绝句序》，载《万首唐人绝句》卷首，万历三十五年（1607）刻本。转引自陈伯海等编著《唐诗总集纂要》，上海古籍出版社，2016，第149页。

② （明）许学夷：《诗源辨体》卷三六第十六则，杜维沫校点，人民文学出版社，1987。

③ （宋）谢枋得：《注解章泉涧泉二先生选唐诗序》，载《宛委别藏》本《注解章泉涧泉二先生选唐诗》卷首，转引自陈伯海等编著《唐诗总集纂要》，上海古籍出版社，2016，第168页。

④ 陈伯海等编著《唐诗总集纂要》，"《注解章泉涧泉二先生选唐诗》内容提要"条，上海古籍出版社，2016，第167页。

注解是宋人读此集之后的心得体会，其中寓意着深深的遗民身世之感，能得唐诗言外之旨。

（11）《文苑英华》，诗文总集。北宋李昉等人编纂。详见下文。

（12）《文章正宗》，文章总集。宋真德秀编。真德秀，字景元，后改景希（一作希元），浦城（今福建建安）人。庆元五年（1199）进士，绍定中官拜参知政事，进资政殿直学士，提举万寿观，卒谥文忠，学者又称西山先生。著有《文章正宗》《续文章正宗》等。① 《文章正宗》的编纂宗旨是教人们了解文章的艺术技巧，学会如何作文、如何立论。《文章正宗纲目》有云：

> 正宗云者，以后世文辞之多变，欲学者识其源流之正也。……夫士之于学，所以穷理而致用也。文虽学之一事，要亦不外乎此。故今所辑，以明理义切世用为主。其体本乎古，其指近乎经者，然后取焉；否则，辞虽工亦不录。其目凡四：曰辞命，曰议论，曰叙事，曰诗赋。今凡二十余卷云。绍定执徐之岁正月甲申，学易斋书。②

真德秀认为，萧统《昭明文选》和姚铉《唐文粹》都未能得文章"源流之正"，所以他特意编纂此书，将文章的源头上溯到先秦时期的《左传》《国语》等文献典籍，摘引其中最为典范的文章以教后人。全书将文学作品分成辞命、议论、叙事、诗赋四类③，书前备载总评、旁批、评语或按语等内容，分别对这四种不同类别文学题材的起源、演变、发展、特点详细加以论述和评说，让读者读一编而知源流脉络。如"诗赋"一体曰：

---

① 关于真德秀的主要生平事迹，参照马智全《〈文章正宗〉编选〈左传〉考论》，西北师范大学 2007 年硕士学位论文。

② 执徐之岁：古时以天干、地支纪年，天干在辰称执徐。此处指绍定壬辰（绍定五年，即 1232 年）。

③ 按：总集之选录《左传》《国语》，自是编始，遂为后来坊刻古文之例。今天所传《古文观止》《古文辞类纂》等许多著名的古文选本，皆从真德秀《文章正宗》而来。

按古者有诗，自虞《赓歌》、夏《五子之歌》始，而备于孔子所定三百五篇。若《楚辞》，则又诗之变，而赋之祖也。朱文公尝言古今之诗，凡有三变：盖自《书》《传》所记，虞夏以来，下及汉魏，自为一等；自晋宋间颜、谢以后，下及唐初，自为一等；自沈、宋以后，定著律诗，下及今日，又为一等。然自唐初以前，其为诗者，固有高下，而法犹未变，至律诗出而后诗之古法皆大变矣。

宋代以前，除了《文心雕龙》等极少数著作外，通过评语或按语的形式对文体分类加以说明非常稀见，所以后世对真德秀的这种编纂方法褒贬不一。如顾炎武《日知录》卷三认为，"真希元《文章正宗》所选诗，一扫千古之陋，归之正旨。然病其以理为宗，不得诗人之趣"，在肯定其体式开风气的同时，又批评其"以理为宗"的刻板无趣。《四库全书总目》卷一八七《文章正宗提要》谓"其持论甚严，大意主于论理而不论文"，"故德秀虽号名儒，其说亦卓然成理，而四五百年以来，自讲学家以外，未有尊而用之者，岂非不近人情之事，终不能强行于天下欤？然专执其法以论文，固矫枉过直，兼存其理以救浮华冶荡之弊，则亦未尝无裨。藏弆之家，至今著录，厥亦有由矣"。① 与几乎同时的刘克庄相比，"盖克庄于诗为专门，而德秀于诗则未能深解，宜其方枘而圆凿也"②。综合而论，真德秀学问渊博，思路清晰，写诗撰文，顺笔拈来，轻松自如，他以按语形式评说各类文体，以轻松的笔调阐明自己的学术观点，颇有独到之处，绝非一般文学之士或骚人墨客所及。

（13）《乐府诗集》，诗歌总集。宋郭茂倩辑。详见下文。

（14）《三体唐诗》，诗歌总集。亦名《唐三体诗》《唐诗三体》《三体诗法》《唐贤三体诗》《唐贤三体诗法》等，宋周弼编。周弼，字伯弼，

---

① （清）永瑢等：《四库全书总目》卷一八七《文章正宗提要》，中华书局，1965，第1699页。

② （清）永瑢等：《四库全书总目》卷一六三《后村诗话提要》，中华书局，1965，第1788页。

汶阳（今山东宁阳）人。宋末江湖诗派后期诗人，著有《端平集》等。此书为研讨律诗作法而著，专选唐人七言绝句、七言律诗和五言律诗，故名"三体"。全书共6卷，每体各2卷。由于周弼对各体诗都分了格，故每种诗体均不以诗人时代先后编次，而以格的不同顺序进行排列。周弼生当宋末元初，其所选亦多中、晚唐近体，重视律诗句法，意在挽救当时江湖派末流诗人句法油滑之弊，后人对其的议论有很大分歧。① 如方回《唐三体诗序》对其持批评态度，文云：

> 所谓汶阳周伯弼者三体法，专为四韵五、七言小律诗设，以为有一诗之法，有一句之法，有一字之法，止于此三法，而江湖无诗人矣。唐诗前以李、杜，后以韩、柳为最；姚合而下，君子不取焉。②

方回身处宋末元初，其所选唐宋律诗选本《瀛奎律髓》，成书的直接原因就是对周弼"四实""四虚"之说的反观；而四库馆臣对方回《瀛奎律髓》"以生硬为健笔，以粗豪为老境，以炼字为句眼"③ 的选诗标准也颇有微词，所以对周弼的创作极为称道，认为所著《汶阳端平诗隽》"其诗风格未高，不外宋末江湖一派，而时时出入晚唐，尚无当时粗犷之习，一丘一壑亦颇有小小佳致也"，而其编纂的《三体唐诗》也自有其特点，指出由于"宋末风气日薄，诗家多不工古体。故赵师秀《众妙集》、方回《瀛奎律髓》所录者，无非近体。弼此书亦复相同，所列诸格，尤不足尽诗之变；而其时诗家授受，有此规程，存之亦足备一说"④。客观地说，此书所录诗歌尚属精心挑选之作，但周弼把作诗方法归纳成许多固定的程

---

① 张智华：《从〈唐三体诗法〉看周弼的诗学观——兼论南宋后期宗唐诗学思潮的演变》，《文学遗产》1999 年第 5 期；王奎光：《观念革新与诗学批评——周弼〈三体唐诗〉律诗格法研究》，《古籍研究》2008 年第 1 期；陈斐：《周弼及其〈三体唐诗〉的诗学观》，《南阳师范学院学报》2010 年第 1 期。

② （明）瞿佑：《归田诗话》卷上，丛书集成初编本。

③ （清）永瑢等：《四库全书总目》卷一八八《瀛奎律髓提要》，中华书局，1965。

④ （清）永瑢等：《四库全书总目》卷一八七《三体唐诗提要》，中华书局，1965。

式，亦不免过于机械。

（15）《碛砂唐诗》，亦名《唐诗说》，宋周弼辑，元释圆至注，清盛传敏、王谦纂释。此书 21 卷，盖释圆至以宋周弼所选《三体唐诗》为蓝本，对其进行注释，前有大德九年（1305）方回序。《四库全书总目》卷一九一《唐诗说提要》分析了明人不重视此集的主要原因，称"其书诠解文句，颇为鄙陋。坊本或题曰《碛沙唐诗》"①。清代盛传敏、王谦二人为了给学诗者提供一个更加精良的版本，于是对其重新编纂诠释，其宗旨大略与二冯评阅《才调集》、钱谦益推重《唐诗鼓吹》、顾有孝编辑《唐诗英华》等行为相类似。今存康熙十九年（1680）刻本、清三径堂刻本。

（四）金元时期的唐诗总集

金元时期大型的唐诗选本比较少见，常见的有以下两种类型：一是追求近体法度和形式技巧，宣传自己文学主张的选本，如金人元好问编纂的《唐诗鼓吹》10 卷、宋末元初方回编纂的《瀛奎律髓》49 卷等；二是总结唐诗发展规律和发展流变的选本，如元人杨士宏编纂的《唐音》15 卷即为此种情况。张之象编纂《唐诗类苑》时采录了其中的两种诗歌选本，即《唐诗鼓吹》和《唐音》。

（1）《唐诗鼓吹》，金元好问编选，郝天挺注。元好问，字裕之，号遗山，秀容（今山西忻县）人，金宣宗兴定五年（1221）进士及第。他词采飞扬，颇有气节，号称"一代宗匠"，金亡之后坚决不仕。著有《遗山先生集》《中州集》《续夷坚志》等，所作《论诗三十首》享誉士林。郝天挺是元好问的弟子，曾任元中书左丞。关于此书得名的原因，《唐音癸签》谓其"以声调宏壮震厉，同军乐之有鼓吹"，故有此名。陈伯海先生认为这是"现存最早专选唐代七言律诗的选本"。全书 10 卷，专选唐

---

① （清）永瑢等：《四库全书总目》卷一九一《唐诗说提要》，中华书局，1965。

五代人七言律诗，因"国初遗山元先生为中州文物冠冕，慨然当精选之笔，自太白、子美外，柳子厚而下凡九十六家，取其七言律之依于理而有益于性情者五百八十余首，名曰《唐诗鼓吹》，如《韶》章奏于广庭，百音相宣，而雷管籁实张其要眇也"①，实际收录唐代诗人96家、诗歌596首。这部诗集没有按照时代的先后顺序排列，而是首列中唐诗人柳宗元、刘禹锡，以南唐入宋的徐铉压卷，所选以中晚唐人居多；多遒健宏敞之作，沈、宋、李、杜、张、王、元、白、二皇甫诸大家、名家皆一首未录。历代关于此书的评论非常多，如金人曹之谦、元人赵孟頫、姚燧、武乙昌、卢挚，明人杨慎、海瑞、廖文炳、孙绪、许学夷，清人纪昀、钱谦益、徐乾学、顾宗泰、吴汝纶，民国吴闿生等人，或题写序跋，或付之诗文，或载之笔记，用各种形式表达对此集的不同看法，好评如潮，贬损亦多，可谓毁誉参半。总体来说，此书选诗虽有标准，但作家编次凌乱无章，还误收宋初胡宿的23首诗歌，所以后世对其褒贬不一。如许学夷《诗源辨体》卷三六称此集选晚唐诗较多，"然晚唐纤巧者仅十之一，而鄙陋者居十之五，至杜牧、皮陆怪恶靡不尽录。该选诗最陋者"。② 与《三体唐诗》相比较而言，"《三体》卑，《鼓吹》陋"，其之所以能够通行于世，不过是因为"所选皆律而中复有注释可观"罢了。此外，《四库全书总目》谓其"去取谨严，轨辙归一，大抵遒健宏敞，无宋末江湖、四灵琐碎寒俭之习"③，远胜方回的《瀛奎律髓》，则代表着另一种截然不同的观点。

（2）《唐音》，元杨士弘（宏）编选。杨士弘，字伯谦，襄城（今属河南）人，因祖父在临江（今属江西）做官而寓居于此。此集是杨士弘

---

① （元）武乙昌：《注唐诗鼓吹序》，载元至大元年刻本《注唐诗鼓吹》卷首，转引自陈伯海等编著《唐诗总集纂要》，上海古籍出版社，2016，第198页。

② （明）许学夷：《诗源辨体》卷三六，转引自陈伯海等编著《唐诗总集纂要》，上海古籍出版社，2016，第206页。

③ （清）永瑢等：《四库全书总目》卷一八八《唐诗鼓吹提要》，中华书局，1965。

"积十年之力而成，去取颇为不苟"①，卷前收录有元初著名文学家虞集撰序，称"襄城杨伯谦好唐人诗，五言、七言、古诗、律诗、绝句，以盛唐、中唐、晚唐别之，凡几卷，谓之《唐音》。音也者，声之成文者也，可以观世也"②。据杨士弘《唐音姓氏并序》记载的内容也能清晰地看出其编纂宗旨和选诗标准，文曰：

> 余自幼喜读唐诗，每慨不得诸君子之全诗。后观诸家选本，载盛唐诗者独《河岳英灵集》，然详于五言，略于七言，至于律绝，仅存一二。《极玄》姚合所选，止五言律百篇，除王维、祖咏，亦皆中唐人诗。至如《中兴间气》《又玄》《才调》等集，虽皆唐人所选，然亦多主于晚唐矣。王介甫《百家选唐》，除高、岑、王、孟数家之外，亦皆晚唐人诗。《鼓吹》以世次为编，于名家颇无遗漏，其所录之诗则又驳杂简略。他如容洪斋、曾苍山、赵紫芝、周伯弼、陈德新诸选，非惟所择不精，大抵多略于盛唐而详于晚唐也。后客章贡，得刘爱山家诸刻初、盛唐诗，手自抄录，日夕涵泳，于是审其音律之正变，而择其精粹，分为始音、正音、遗响，总名曰《唐音》。凡十五卷，共诗一千三百四十一首，始于乙亥（1335），成于甲申（1344）。③

杨士弘深入考察了唐、宋、元三代唐诗选本的编纂经验，认为自姚合《极玄集》以后各种唐诗选本疏漏甚多，"大抵多略于盛唐而详于晚唐"，于是"手自抄录，日夕涵泳"，编成这部总集。据《湖北先正丛书》刊明顾璘批本，计"始音"1卷，"正音"13卷，"遗响"1卷；除无名氏外，总收诗人及方外、闺秀等174人，不录李、杜、韩三家诗。杨士弘编纂

---

① （清）永瑢等：《四库全书总目》卷一八八《唐诗鼓吹提要》，中华书局，1965。
② （元）虞集：《唐音序》，转引自陈伯海等编著《唐诗总集纂要》，上海古籍出版社，2016，第247页。
③ （元）杨士弘：《唐音序》，载明初刻本《唐音》卷首。转引自陈伯海等编著《唐诗总集纂要》，上海古籍出版社，2016，第248页。

《唐音》时，各个部分的编排体例根据所选诗作采取了区别对待的方式，如《正音》部分"以五七言古律绝各分类者，以见世次不同、音律高下，虽各成家，然体制声响相类，欲以便于观者"；而《始音》部分和《遗响》部分虽然都采取了"不分类"的方法，但原因不同，前者因为"其四家制作初变六朝，虽有五七之殊，然其音声则一致故也"，后者则因为"其诸家之诗，篇章长短参差，音律不能谐合，故就其所长而采之"①。此书注重辨别唐诗各体不同时期、流派的风格和变化，而以盛唐为唐诗各体艺术成就的典范，纠正了诗坛上偏重于技巧的诗学倾向，总结了唐诗各体的整体发展流变，自刊行于世就受到世人的极力推崇。如明初高棅《唐诗品汇》对盛唐诗歌的推尊和对诗歌源流正变的立目等方面，都是从《唐音》中获得的启示；明代中期陆深在其《重刻唐音序》中盛赞"襄城杨伯谦审于声律，其选唐诸体，体裁辩而义例严，可谓勒成一家矣"②；明末胡应麟《诗薮》外编卷四则宣称，在前代众多的唐诗选本中，"数百余年未有得要领者，独杨伯谦《唐音》颇具只眼"③，评价极高。此书尚有不足之处，但由于是第一种体现严羽《沧浪诗话》"四唐说"的唐诗选本，对后世影响较大。现存版本众多，有明初刻本、明嘉靖刻本等，尤以明人顾璘于嘉靖年间刊刻的《批点唐音》本最为通行。顾璘与张之象之父张鸣谦多有唱和，张之象视顾璘为长辈，则其编纂《唐诗类苑》时所参照的《唐音》一书，很有可能就是顾璘批点本。

（五）明代诗文总集

明代是研究唐诗的鼎盛时期，各种类型的唐诗选本大量刊刻。据不完

---

① （元）杨士弘：《唐音凡例》，载明初刻本《唐音》卷首。转引自陈伯海等编著《唐诗总集纂要》，上海古籍出版社，2016，第249页。

② （明）陆深：《重刻唐音序》，载文渊阁四库全书本《俨山集》卷三八。转引自陈伯海等编著《唐诗总集纂要》，上海古籍出版社，2016，第254页。

③ （明）胡应麟：《诗薮》外编卷四，上海古籍出版社，1979。

全统计，明代自李攀龙《唐诗选》始，至施重光《唐诗近体集韵》等止，短短100年左右的时间里，就涌现出100余种唐诗选本，超过了以往的任何一个时期。明人宗唐的表现主要有四种情况：一是创作了大量以唐人诗文为标准的文学作品，二是编纂了大量的唐人诗文别集和诗文总集，三是刊刻了大量的唐人诗文别集和诗文总集，四是撰写了大量以探讨唐人唐文、唐诗唐风等为主要内容的诗话作品。在上述四种最能反映明人诗学思想的载体形式当中，诗文总集和诗话作品的影响更加深刻。据金生奎统计，"目前可知的明人编辑唐诗选本至少有323种"①，其中明代中后期出现的唐诗选本就有280种之多，有明一代涌现出的各种唐诗选本，超过了以往任何一个时期。周伟德《全明诗话》一书中则收录了91种诗话，同样蔚为大观，而"唐诗选本的编选及与之相关的理论主张，则在明代诗学中居于比较核心的地位"②。清初诗坛盟主钱谦益曾经深有感触地说："唐人选唐诗，一代不数人，今选家之坛埠多于储胥矣。"③

明代的唐诗选本大致有以下几种类型：一是旨在求取全备的大型诗歌总集，如张之象《唐诗类苑》200卷、吴琯《唐诗纪》170卷、臧懋循《唐诗所》47卷等；二是探讨形式技巧，专供学习诗韵格律的选本，如康麟《雅音会编》12卷、施端教《唐诗韵汇》等；三是总结唐诗发展、区别各体流变的诗歌总集，如高棅撰《唐诗品汇》90卷、《拾遗》10卷及《唐诗正声》22卷等。四是借唐诗以成一家诗论者，如根据李攀龙《古今诗删》删削改动而成的《唐诗选》，钟惺、谭元春合编的《唐诗归》36卷，陆时雍《唐诗镜》54卷等。这些唐诗选本尽管编选宗旨、选诗规模和体例构架各有千秋，但在一定程度上共同刺激着明代诗学的发展嬗变，同时又影响着明清以后的唐诗整理与研究。张之象在编纂《唐诗类苑》时，尽可能地利用了各种文献资源，特别是对同时代学者学术成果的吸纳

---

① 金生奎：《明代唐诗选本研究》，合肥工业大学出版社，2007，第7页。
② 金生奎：《明代唐诗选本研究》，合肥工业大学出版社，2007，第164页。
③ （清）钱谦益：《牧斋有学集·爱琴馆评选诗慰序》。

更直接，为顺利完成编纂工作打下了良好的基础。归纳起来，他所征引的明代诗学文献主要有以下几种类型。下面拟按照《唐诗类苑引用书目》中的原有次序，对书中征引的16种明代诗学文献简要加以评述。

一是明初编纂的五部诗歌总集，如杨慎的《唐绝增奇》、高棅《唐诗品汇》和《唐诗正声》等，曾影响一代诗坛的整体风尚，其编纂宗旨、编纂体例和选诗标准等方面大多为张之象直接借鉴。

（1）《唐绝增奇》，杨慎撰。杨慎，字用修，号升庵，新都（今四川新都）人。杨慎出身于诗礼传家的书香门第，名副其实的仕宦之家：其祖父杨春成，成化十七年（1481）进士，官至湖北提学佥事；其父杨廷和，成化十四年（1478）进士，历仕宪宗、孝宗、武宗、世宗四朝，曾任武宗、世宗两朝宰辅；杨慎正德六年（1511）殿试第一，赐进士及第，授翰林院修撰；杨氏一门五世为官，四代出了六个进士、一个状元。① 杨慎自幼颖敏过人，才高学博，《明史·杨慎传》称其"博物洽闻，于文学为优"，经史百家无所不通。但就是这样一位才华横溢的大明才子，因受其父内阁首辅杨廷和牵连，加之杨慎在嘉靖"大礼议"事件中于左顺门谏阻世宗皇帝，两次遭受廷杖，后被贬往云南永昌卫，终身不得还，于嘉靖三十八年（1559）卒于戍地，隆庆年间追赠为光禄寺少卿，天启时才被追谥文宪。杨慎平生著述有400种之多，仅《杨升庵外集》卷首著录的书目就达130多种，顾起元称"明初迄于嘉、隆，文人学士著述之富，毋逾升庵先生者"。杨慎著作宏富，为唐诗编辑整理也倾注了很多心思，其众多著作中与唐诗相关的就有《唐音百绝》《五言绝选》《绝句辨体》《唐绝增奇》《唐绝搜奇》等多部，足见其对唐诗的青睐与热爱。难怪著述同样宏富的焦竑表达出与顾起元类似的看法，认为"明兴，博雅饶著述者，无如杨升庵先生"。关于《唐绝增奇》一书的卷次，除黄虞稷《千顷堂书目》卷三一"总集类"著

---

① 关于杨慎家世情况的介绍，参见杨慎著、岳淑珍导读《词品》，上海古籍出版社，2009，第1页。

录作 7 卷外，其他常见书目如《万卷堂书目》《天一阁见存书目》《传是楼书目》《故宫所藏观海堂书目》等均著录为 5 卷。《杨升庵全集》卷二《唐绝增奇序》阐述了自己专选唐人绝句的缘由，指出"予尝品唐人之诗，乐府本效古体而意反近，绝句本自近体而意实远，欲求风雅之仿佛者，莫如绝句。唐人之所偏长独至，而后人力追莫嗣者也"，于是趁"屏居多暇，诠择其尤，诸家脍炙，不复雷同；前人遗珠，兹则缀拾，以《唐绝增奇》为标题，以神、妙、能、杂分卷帙，逃虚町卢，聊以自娱"。杨慎论诗不偏守门户之见，主张学习杜甫"别裁为体""转益多师"的治学原则，同时钻研唐诗、宋诗和六朝之诗，所以四库馆臣称赞他说："慎以博洽冠一时，其诗含吐六朝，于明代独立门户，文虽不及诗，然犹存古法，贤于何、李诸家之窒塞艰涩不可句读者。"明代思想家李贽对杨慎其人非常崇敬，曾在其《读〈杨升庵集〉》一文中这样感慨："先生人品如此，道德如此，才望如此，而终身不得一誓，故发之于文，无一体不备，亦无备不造，虽游其门者尚不能赞一辞，况后人哉！"① 正因为杨慎的才学和人品兼美，诗学主张不拘一格，所以张之象才将其编纂的诗歌选本当作重要的参考文献，列入《唐诗类苑·引用诸书》的目录中。

（2）《唐诗正音》，此集作者有两说。一说为元人杨士弘所撰。杨士弘《唐音》在上文已有详细考辨，此处简要说明情况。《唐音》共分三个部分，其中分量很重的《正音》部分录诗 6 卷。《唐诗正音小序》云："《唐诗正音》，凡六卷，通六十九人，共诗八百八十五首。学诗者因其音声，审其制作，则自见矣。"在历代诗学选本中首次推尊盛唐，被胡震亨誉为"千古伟识"。一说为明人王庸所撰。王庸，生平事迹不详，约生活于成化、弘治年间，余姚（今浙江余姚）人。《天一阁书目》卷四三著录此书为："《唐诗正音》二卷，刊本，明姚江王庸补注并序。"这两部诗歌总集系同名之作，因原稿未录作者姓名，所以无法判定，姑且存疑。

---

① （明）李贽：《焚书》卷五《读史》"杨升庵集"条下，中华书局，1975，第 207 页。

（3）《唐诗正声》，高棅撰。高棅博览群书，精通诗、书、画，论诗主张复古崇唐，与时人林鸿、郑定等并称"闽中十子"。永乐初，以布衣之身被征为翰林院待诏，参与纂修《永乐大典》。① 从洪武十七年（1384）至洪武二十六年（1393），高棅在借鉴严羽《沧浪诗话》、杨士弘《唐音》等诗学著作的基础上，先后花费了近十年的时间，编纂而成《唐诗品汇》初编90卷、《拾遗》10卷。因为考虑到《唐诗品汇》"博而寡要，杂而不纯，乃拔其尤，汇为此编，亦犹精金粹玉，华章异采，斯并惊耳骇目，实世外自然之奇宝"，"取其声律纯完而得性情之正者矣"②，所以题目取作《唐诗正声》。此集22卷，录唐代140余家诗人的诗作900多首，分体编排，其中共收录五言古诗6卷，七言古诗、五言律诗、五言排律、七言绝句各3卷，七言律诗、五言绝句各2卷，每体之中再按照初、盛、中晚的先后世次进行排列，大略详于盛唐而略于晚唐，旗帜鲜明地举起"诗必盛唐"的复古大旗。因此，此集与《唐诗品汇》一经刊行，就以其"繁简得衷，体裁归正，真诗道之标的，学者之津梁"（清刻本《唐诗正声凡例》）的编纂宗旨和"文质彬彬，上追风雅之正者"（黄镐《唐诗正声序》）的诗学倾向，成为有明一代的诗学范本，确立了"终明之世，馆阁宗之"（《明史·文苑传》）的学术地位。

（4）《唐诗遗响》，撰人未详。孙琴安《唐诗选本提要》认为此集"明佚名撰"，"明佚名《近古堂书目》卷下唐诗类曾载此书，云《唐音遗响》"③。考元人杨士弘《唐音》第三部分亦题作《唐音遗响》，共7卷，目的在于"以见唐风之盛，与夫音律之正变"④。因原稿未录作者姓名，所以无法判定，此处也姑且存疑。

---

① 关于高棅生平事迹的内容，参照《唐诗品汇》条"内容提要"，陈伯海等编著《唐诗总集纂要》，上海古籍出版社，2016，第291页。

② （明）高棅：《唐诗正声凡例》，载明嘉靖万世德校正刊行本《批点唐诗正声》卷首。转引自陈伯海等编著《唐诗总集纂要》，上海古籍出版社，2016，第291页。

③ 孙琴安：《唐诗选本提要》，上海书店出版社，2005，第89页。

④ （元）杨士弘：《唐音遗响小序》，载明初刻本《唐音》卷前。转引自陈伯海等编著《唐诗总集纂要》，上海古籍出版社，2016，第252页。

（5）《唐诗品汇》，高棅编。此书对《唐诗类苑》影响深远，详见下文。

二是明人分类编纂的 6 部诗歌总集，如李伯玙、冯原同编《文翰类选》，撰者不详的《唐诗类抄》，周叙编纂的《唐诗类编》等，对于张之象《唐诗类苑》"以类编选"的编纂方法和编纂体例都具有深刻的影响。

（1）《唐诗杂录》，明初人编，撰者不详。明初高棅《唐诗品汇·引用诸书》有著录，称"《唐诗杂录》，时人记录"。《唐诗类苑》当从《唐诗品汇》过录而来。

（2）《文翰类选》，李伯玙、冯原同编。《四库全书总目》卷一九二《文翰类选大成提要》称是书共计 163 卷，系分别任淮王府长史和淮王府纪善的两位编者"奉淮王之命作也"，指出"其书总录前代及明人诗，分体编次；每体之中，各以时代为次。采掇颇详，然爱博而无所持择，往往乖误，如以梁刘琨为晋刘琨，以班婕妤诗为汉宫怨，以阮籍《咏怀》为《咏歌》，以宋杨杰为不知爵里，皆疏舛之甚者。至于李白诗中收入李赤诗，又以吴隐之为唐人，与李义山同编，尤为颠舛"①。此集虽兼有优劣，仍可资参照。

（3）《玩鹿亭唐诗抄》，万表辑。万表，字民望，号鹿园，定远（今安徽定远）人。《浙江通志》卷二五二《经籍志》"总集类"、明施端教《唐诗韵汇合辑诸书》都著录有"《玩鹿亭唐诗抄》"，但编纂内容及体例等情况不详。万表还著有《玩鹿亭稿集》和《唐诗选玄集》，前者收录在《四库全书存目丛书》"集部·别集类"，系据明万历刻本影印；后者情况不详，姑且存疑。

（4）《唐诗类抄》。明代有三种《唐诗类抄》，分述如下。

第一种是高棅编辑的《唐诗类抄》8 卷。《福建通志》卷六九有著

---

① （清）永瑢等：《四库全书总目》卷一九二《文翰类选大成提要》，中华书局，1965，第 1743 页。

录，但《长乐县志》著录高棅著作多种，却未录此书，姑且存疑，以备后考。

第二种是顾应祥编辑的《唐诗类抄》。顾应祥，吴兴（今浙江湖州）人。弘治十八年（1505）进士。生平事迹主要见于王世祯《弇州山人四部稿》卷八六《箬溪顾公墓志铭》、《湖州府志》卷六九《顾应祥传》。此集题作《唐诗类抄》8卷，今存明嘉靖十一年（1532）顾氏自刻本。这部唐诗总集前有顾应祥自序，序后列有《诗人名氏》1卷，计238家，并略述其仕履，所收诗歌先按五言古风、七言古风、近体等分类编排，每类又按照时代先后顺序排列，共收录唐人诗1800余首。《善本书室藏书志》卷三九载有嘉靖壬辰（1532）五月顾氏原序，详细讲述了编纂此集的缘起、经过、内容、体例、参考文献等。文曰：

> 嘉靖壬辰（1532）五月，吴兴顾应祥序云："襄城杨伯谦《唐音》分别始音、正音、遗响，非合作者弗录。予自入仕以来，每携一帙自随，然中唐以后多有杰作，脍炙人口者俱不见录。考诸别集，苦于检阅，乃取《唐诗品汇》、《三体》、《鼓吹》及真西山《文章正宗》所载，摘其中间为世所称者，增入数首，仍以五七言古风、近体各为一类，俱以世代为先后，名曰《唐诗类钞》云。"

序后附列诗人名氏1卷，凡238人，略述仕履。则此书以杨士弘《唐音》为底本，又从《唐诗品汇》《唐三体诗》《唐诗鼓吹》《文章正宗》诸集中有所增入，明王贵《书唐诗类钞后》谓其"视《唐诗品汇》减十之七，而多《唐音》三之一"，具有一定的参考价值。今存明嘉靖十一年（1532）顾氏自刻本。

第三种是徐充编辑的《唐诗类抄》。徐充，字子扩，江阴（今江苏江阴）人。著有《铁研斋稿》等。《江阴县志》卷一七有其小传。此集编纂情况不详，但从题目推测，当是一部分类编选的唐诗总集。

（5）《唐诗类编》，周叙撰。周叙，字功叙，吉水（今江西吉水）人。

此书已佚，《明史·艺文志》著录为"周叙《唐诗类编》十卷"，《湖南通志·艺文志》著录为"《唐诗类编》，九溪卫周叙编"，但诗集内容不详。周叙为明初人，故此书亦应为明代最早的唐诗选本之一。钱谦益《列朝诗集小传》乙集载有其事迹，小传云："叙字功叙，永乐戊戌（1418）进士，仕至翰林侍讲学士，居禁近二十余年。多所论列，诏独修辽、金、元三史，力疾诠次，不少辍。有《石溪集》八卷行于世。"

（6）《历代类选》，韩濂编。高棅《唐诗品汇》中有著录。《唐诗类苑》所引书目当据《唐诗品汇》而来。

三是以张逊业《十二家唐诗》为代表的系列诗歌合集，也在诗歌体裁和创作风格等方面为张之象编纂《唐诗类苑》提供了不同的借鉴。

（1）《十二家唐诗》，张逊业辑。据陈伯海先生考证，张逊业（1524～1559），字有功，号瓯江，永嘉（今浙江永嘉）人。此集又名《唐十二家诗》，共24卷，分别收录王勃、杨炯、卢照邻、骆宾王、陈子昂、杜审言、沈佺期、宋之问、孟浩然、王维、高适、岑参12位初盛唐诗人的诗作各2卷，除孟、杜、岑三家外，余皆有赋附之。卷前有张逊业自序，大致采取"述"与"论"相结合的方式，分别对"初唐四杰"的生平事迹和文学创作进行评价，如其评论王勃为"富丽径捷，称罕一时，赋与七言古诗，可谓独步；然律及诸作，未脱六朝沿染，而沉思工致，亦未易及也"，认为杨炯"五言律工致而得明淡之旨，沈、宋肩偕。开元诸人去其纤丽，盖启之也"，感慨卢照邻"工词用意，超迈流凡，风骚之旨，或自得之"，推崇骆宾王"五言律诗，秀丽精绝，不可易及，然《帝京篇》尤一代绝唱也"，既遵循了孟子"知人论世"的评论精髓，又体现出崇尚初盛唐创作风格的诗学观念。卷后收录的明嘉靖三十一年（1552）黄埻题跋，则是对整部诗集编纂思想的阐释和说明，文曰："王、杨、卢、骆沿六朝之习，为天赋之才，实一代声律之发硎。自是文运益昌，乃有陈、杜、沈、宋倡于前，王、孟、高、岑继于后。当时指武德、贞观为初唐，天宝、贞元为盛唐，元和、开成之末曰晚唐。则十二家者，又唐之可法者钦，爰重梓之。"①此集按照五言、七言、古诗、律绝的次序进行编排，其编纂体例受到时人的认可，自于明嘉靖三十一年（1552）江都黄埻东壁图书府刻本刊行之后，出现了一批体例相仿的唐诗总集，如蒋孝《中唐十二家诗集》、陆汴《广十二家唐诗》、朱之蕃《中唐十二家诗集》和《晚唐十二家诗集》等，都是其中影响较大的诗集。

（2）《十二家中唐诗》，蒋孝辑。此集又名《中唐十二家诗集》或《广唐十二家诗》，《传是楼书目》著录为"《中唐十二家诗》七十六卷"，《藏园群书经眼录》著录为"《中唐十二家诗》七十七卷"，其编纂思想明显受到张逊业《十二家唐诗》的影响。此集现存本共有 78 卷，分别收录有储光羲、独孤及、卢纶、刘长卿、崔峒、钱起、刘禹锡、孙逖、张籍、贾岛、王建、李商隐 12 家诗。现存明嘉靖二十九年（1550）蒋孝刻本。

（3）《百家唐诗》，亦名《唐百家诗》，朱警父子辑。朱警父子所辑《百家唐诗》，亦受到张逊业《十二家唐诗》编纂思想的影响。此集现存两个版本系统：一是明嘉靖十九年（1540）刻本，分别收录初唐诗人 21 家、诗歌 43 卷，盛唐诗人 10 家、诗歌 16 卷，中唐诗人 27 家、诗歌 51 卷，晚唐诗人 42 家、诗歌 61 卷，共 171 卷，另附徐献忠《唐诗品》1 卷。二是台湾"中央"图书馆藏有明蓝格抄配刻本，共收录唐人诗歌 184 卷。此外，北京图书馆藏有佚名编辑的清初抄本《百家唐诗》□□种□□卷，今存 54 种。按：《明史》卷九九《艺文志》四著录有"徐献忠《六朝声偶集》七卷、《百家唐诗》一百卷"②，《万卷堂书目》《国史经籍志》均著录为"徐献忠《百家唐诗》一百卷"，《千顷堂书目》作"徐献忠《唐诗品》一卷，又《百家唐诗》一百卷"，胡震亨《唐音癸签》卷五则引用了徐献忠的 10 条评语，《四库全书总目》卷一九二《五十家唐诗提要》亦云，"考明徐献忠有《百家唐诗》一百卷，是编前无序目，或即献忠之

---

① 此条相关内容，参见陈伯海等编著《唐诗总集纂要》"《十二家唐诗》"条，上海古籍出版社，2016，第 335~340 页。

② （清）张廷玉等：《明史》，中华书局，1974，第 2497 页。

第四章　《唐诗类苑》的文献来源

231

本而佚其半欤"①，则诸家著录均大同小异，说明当时人均将此集当作徐献忠所撰。但朱警《唐百家诗后语》记述非常清楚，云："先大人驰心唐艺，笃论词华，乃杂取宋刻，哀为百家。……友人徐君伯臣作《唐诗品》一卷，其论三变之源委，探诸子之惊意，各深其义，如抵诸掌，虽古之善言者曷以加焉？遂乃徇其所尚，差为品目，于旧本之外，补入一十二家，而以徐君所撰冠诸其端。"《中国善本书提要》首先著录了此集的卷次和版本情况，称"《唐百家诗》一百八十四卷、附《唐诗品》一卷，北图藏明抄本，明朱警编，《唐诗品》则徐献忠所撰也"，接着征引了朱警的《唐百家诗后语》，称"先大人驰心唐艺，笃论词华，乃杂取宋刻，哀为百家。友人徐君伯廷作《唐诗品》一卷，遂乃徇其所尚，差为品目，于旧本之外，补入一十二家，而以徐君所撰冠诸其端"，并在此基础上得出结论，认为"然则是编辑于朱警之父，而警因献忠品目，补订编次，成为是书。后人因归献忠，误矣"。② 其考证有理有据，条理非常清晰。

(4)《刘煦唐诗》，撰人不详，内容无考，暂且存疑。

(5)《二十六家唐诗》，亦名《唐诗二十六家》，黄贯曾辑刊。据陈伯海先生考证，黄贯曾，字一之，号浮玉子，苏州吴县人。黄鲁曾之弟。此书共50卷，汇录了虞世南、李峤、苏颋、许敬宗、常建、严武、司空曙、严维、顾况、郎士元、包何、包佶等26家诗，卷前有黄贯曾、黄姬水、皇甫冲所撰三序，则知黄贯曾编纂此集旨在为《十二家唐诗》和《中唐十二家唐诗集》进行补遗，"庶几传播久远，俾苦吟啄句之士，尽睹一代美丽之撰云尔"③。今存明嘉靖三十三年（1554）黄氏浮玉山房刻本。

从上述各种诗文总集的编纂情况来看，这些诗文总集编纂宗旨不同，

---

① （清）永瑢等：《四库全书总目》卷一九二《五十家唐诗提要》，中华书局，1965，第1748页。

② 陈伯海、朱易安：《唐诗书录》著录《唐百家诗》附注，第142页。又，陈伯海等编著《唐诗总集纂要》"《唐百家诗》"条，上海古籍出版社，2016，第305～312页。

③ （明）黄贯曾：《刻唐诗二十六家序》，转引自陈伯海等编著《唐诗总集纂要》，上海古籍出版社，2016，第350页。

编纂内容丰富，编纂体例各别，追求的目标也各有千秋，但同样都是唐代诗歌高度繁荣的产物，逐渐确立了"唐人选唐诗"的理想范式①，逐渐确立了尊崇初盛唐、兼顾中晚唐的审美倾向，成为中国古典诗歌编纂思想日渐成熟的重要标志。

第三节 《唐诗类苑》采录的其他文献典籍

如果说作家的别集可以为我们集中提供研究作家作品的第一手的原始资料，那么诗文总集在史料保存、文献考订和提供文学作品范本等方面的作用也不可替代。但创作或研究的来源丰富多样，仅仅依靠作家别集和诗文总集进行作家作品研究是远远不够的，在很多其他类型的文献载体中，也保存着较为丰富、可供采撷的唐诗史料。张之象在编纂《唐诗类苑》的过程中，非常注意全面系统地搜集和整理唐诗文献，除了采用别集和总集中的宝贵资料外，还大量采录了稗史小说、诗文评、登科录、类书等18 种著作，大大拓展了古代文献典籍的使用空间。

（一）稗史小说

传统的四部分类法中有几类文献内容相似，不易区分，即"史部"的"杂史类"，"子部"的"杂家类"和"小说类"。② 自《汉书·艺文志》"诸子略·小说家"条记载断言"小说家者流，盖出于稗官。街谈巷语，道听途说者之所造也"之始，历代文献中关于"稗官""稗史""野史"等词语含义的记载不绝于缕，在明清时期逐渐成为"小说"的代名词。唐人高彦休《唐阙史序》中有相关的记载："或有可以为夸尚者，资谈笑者，垂训诫者，惜乎不书于方册，辄从而记之，其雅登于太史氏者，不复载录。"元人徐显《稗史集传序》中对"稗史"产生的背景、范围、类别、功

① 赵立新：《唐人选唐诗理想范式的确立》，《中国韵文学刊》2001 年第 1 期。
② 黄永年：《唐史史料学》"杂史杂说小说类"，上海书店出版社，2002，第 131 页。

能等方面叙述得比较清晰："古者乡塾里间亦各有史，所以纪善恶而垂劝戒……世传笔谈、麈录、金载、友议等作，目之为野史，而后之修国史者，不能不有取之。"明人周孔教《稗史汇编序》中关于正史与稗史关系的辨析，所谓"夫史者，记言记事之书也。国不乏史，史不乏官，故古有左史、右史、内史、外史之员。其文出于四史，藏诸金匮石室，则尊而名之曰正；出于山曜巷叟之说，迂躁放诞，真虚靡测，则绌而名之曰稗，稗之犹言小也"，内涵更加准确生动。《四库全书总目》"史部"《正史类序》备述"正史"之源流，强调"今并从官本校录（二十四史），凡未经宸断者，则悉不滥登。盖正史体尊，义与经配，非悬诸令典，莫敢私增，所由与稗官野史异也"①，在用正式的文件记载确立"正史"名分和地位的同时，也给"稗官野史"类著作划出了较为清晰的归属范围。综合各家文献记载，则"稗史小说"泛指那些流传于山野陋巷市井之间，方册不书写、正史不载录的文献载体，如"世传笔谈、麈录、金载、友议等作"，具有与正史的编纂体例、叙述风格、思想倾向等方面不同甚至迥异的特征，发挥着独特的"然有正而为稗之流，亦有稗而为正之助者"的社会功能。张之象编纂《唐诗类苑》时，也采录了一些"稗史小说"类的文献材料，分列简述如下。

（1）《唐语林》，笔记体杂史，北宋王谠撰。王谠，字正甫，生卒年不详，长安人。系宰相吕大防之婿，元祐四年（1089）除国子监丞，改少府监丞。②《宋史》无传。此书历代书目多有记载或著录。《郡斋读书志》卷三下有著录，题作"《唐语林》十卷，未详撰人"；《直斋书录解题》卷一一著录为"《唐语林》八卷，长安王谠正甫撰"，称其"以唐小说五十家，仿《世说》分三十五门，又益十七门为五十二门"，同时又说"是书虽仿《世说》，而所纪典章故实，嘉言懿行，多与正史相发明，视刘义庆之专尚清谈者不同"，"此书久无校本，讹脱甚众，文义往往难通，

---

① （清）永瑢等：《四库全书总目》卷四五《正史类序》，中华书局，1965，第397页。
② （清）陆心源：《仪顾堂题跋》卷九，根据李焘《续资治通鉴长编》的相关内容考证出王谠的生平事迹。

谨取新、旧《唐书》及诸家说部，一一详为勘正"①，并"以《永乐大典》所载参互校订，删其重复，增多四百余条，又得原序目一篇，载所采书名及门类总目"，其书旧有之体例和概貌大略可见。②《宋史》卷二〇六《艺文志》则录作11卷。《唐语林》仿照《世说新语》的体例进行编排，其中卷一至卷四分列了"德行""言语""政事""文学""方正""雅量""识鉴""赏誉""品藻""规箴"等18个条目，卷五至卷八则按照"起高祖至代宗""起德宗至文宗""起武宗至昭宗""无时代"的顺序辑录不同时期的"补遗"内容，展现出唐代的人物风貌、名物制度、政治史迹、宫廷杂事、民间习俗等内容，是研究唐史常用的要籍。

（2）《唐史遗事》，似为笔记体杂史，撰者不详。晁公武《郡斋读书志》有著录："《幽闲鼓吹》一卷，右唐张固撰，纪唐史遗事二十五篇。"或为此书之别称。然高棅《唐诗品汇引用诸书》著录《唐史遗事》时不注撰人；又著录《幽闲鼓吹》，自注称"宋高宗纂《唐宋遗事》，《唐·艺文志》作张固撰"，语言混杂，前后矛盾，不知所云。

（3）《唐书摭言》，笔记小说，又名《唐摭言》，五代王定保撰。王定保（870～940），字翊圣，洪州（今江西南昌）人。唐末光化三年（900）进士及第。武周时宰相王方庆七世从孙，晚唐诗人吴融的女婿。《十国春秋》《五代史》中有关于其生平事迹的简短记载。因遭逢战乱，王定保仕于南汉刘隐，官至中书侍郎、同平章事。此书作于唐亡不久，是记述唐代科举制度掌故的唯一专著。全书15卷，共分103门，详载有唐一代科举制度沿革、荐举、程序、试题、主司与士人言行等内容，按类编排，很有系统。因其除取材于唐实录、诏敕奏疏、唐格文以及《国史补》等杂史

① （清）永瑢等：《四库全书总目》卷一四一《唐语林提要》，中华书局，1965，第1196页。

② 关于《唐语林》的相关研究，可参见黄永年《唐史史料学》一书中"唐语林"条考证内容，上海书店出版社，2002；周勋初整理《唐语林校证》，中华书局，2008；邝明月《〈唐语林〉研究》，华中师范大学2003年硕士学位论文。

小说外，还有不少内容出自作者的见闻，"据定保自述，盖闻之陆扆、吴融、李渥、颜荛、王溥、王涣、卢延让、杨赞图、崔籍若等所谈云"①，因此许多唐人作家的事迹与作品赖以保存，记述内容也大多征实可信，是研究唐代科举制度、考察唐代文士风习、搜集诗人墨客遗闻轶事的必读之书，具有重要的文献参考价值。

（4）《国史补》，轶事小说，唐李肇撰。李肇，元和年间任翰林学士，长庆年间曾任澧州、郢州刺史，历官左司郎中、中书舍人、将作少监等职，故书自题衔为"尚书左司郎中"。全书3卷，共分308条。卷首《自序》记述了作者撰写《国史补》的时间缘起、取舍标准、卷次情况。序中所说的《传记》指刘𫠜的《隋唐嘉话》，表明此书原为续刘𫠜而作。书中用五字为标题概括每条内容，记录了唐开元至长庆年间的百年琐闻轶事，内容涉及社会风尚、职官制度、名人逸闻、选举沿革、商业物产等方面，很少有荒诞不经的记载，书中关于李邕、崔颢、王维、李白、韩愈、韦应物、李益、元稹、白居易等著名诗人的文献记载，更是后世研究者经常征引的资料，对于深入了解唐代的社会风尚、典章制度、文学盛况等层面，具有很高的史料价值和特殊的社会价值。

（5）《明皇传信记》，笔记小说，唐郑綮撰。此书又名《开天传信记》，以唐玄宗年号开元、天宝而得名。郑綮（？~899），字蕴武，荥阳（今属河南）人。《旧唐书》卷一七九、《新唐书》卷一八三有《郑綮传》。据《旧唐书·郑綮传》等文献记载，郑綮"以进士登第，历监察、殿中，仓、户二员外，金、刑、右司三郎中。家贫求郡，出为庐州刺史"②，乾宁元年（894）以礼部侍郎拜同中书门下平章事，不久即以太子少保致仕。郑綮行五，因"善为诗，多侮剧刺时，故落格调，时号郑五歇后体"③。《新唐

---

① （清）永瑢等：《四库全书总目》卷一四〇《唐摭言提要》，中华书局，1965，第1186页。

② （后晋）刘昫等：《旧唐书》卷一七九《郑綮传》，中华书局，1975，第4662~4663页。

③ （后晋）刘昫等：《旧唐书》卷一七九《郑綮传》，中华书局，1975，第4662页。

书・艺文志》《郡斋读书志》均著录此书为"《开天传信记》一卷",书中纪开元、天宝传闻之事,自序称"簿领之暇,搜求遗逸,期于必信,故以传信为名"。《四库全书总目》卷一四二《开天传信记提要》云:"司马光作《通鉴》,亦不从是书;惟《新唐书》兼采之","语涉神怪,未能尽出雅驯,然行世既久,诸书言唐事者多沿用之,故录之以备小说之一种焉"①。全书计32条,其中内容涉及神异者就有14条,与几乎同时出现的《明皇杂录》相比,其史料价值大打折扣。

(6)《明皇别录》/(7)《明皇杂录》,笔记小说,唐郑处诲撰。郑处诲,字延美,宰相郑余庆之孙,荥阳(今属河南)人。大和八年(834)进士,官至检校刑部尚书、宣武军节度使。生平事迹附见《旧唐书》卷一五八、《新唐书》卷一六五《郑余庆传》。考《新唐书・艺文志》《郡斋读书志》均著录有"郑处诲《明皇杂录》二卷",《直斋书录解题》录作"郑处诲《明皇杂录》一卷",《四库全书总目》录作"《明皇杂录》二卷,《别录》一卷,唐郑处诲撰",则《唐诗类苑・引用诸书》中著录的《明皇列录》一书,当为《明皇别录》之误。

这两部书均撰成于唐大中九年(855),前有郑处诲所撰《自序》。书中主要记载玄宗一朝的逸闻琐事,反映出当时皇家宗室和官僚贵族的奢靡生活状况,是了解唐玄宗年间政治风貌和社会风尚的重要资料,叶梦得《避暑录话》就曾多处征引《明皇杂录》一书中的条目。《郑堂读书记》中有这样一段记载,从一个侧面表现出《明皇杂录》的基本面貌:"今观是书,凡二十六条,又别录十条,皆记开元、天宝间琐事轶闻,多与李文饶《次柳氏旧闻》相同,所记亦不尽实录。其《别录》所载,较晁氏所称,尚少两条。"②《四库全书总目》卷一四〇《明皇杂录提要》对其评价

---

① (清)永瑢等:《四库全书总目》卷一四〇《开天传信记提要》,中华书局,1965,第1211页。

② (宋)晁公武《郡斋读书志》的记载简洁明了,文曰:"《明皇杂录》二卷,右唐郑处诲撰,记孝、明时杂事;《别录》一卷,题补阙,所载十二事。"

相当中肯,谓"处海是书亦不尽实录,然小说所记,真伪相参,自古已然,不独处海。在博考而慎取之,固不能以一二事之失实,遂废此一书也"①。

(8)《开元天宝遗事》,笔记小说,五代王仁裕撰。王仁裕,字德辇,天水(今甘肃天水)人。唐末为秦州节度使判官,后入蜀事前蜀后主,历官中书舍人、翰林学士等职,蜀亡后则历仕后唐、后晋、后汉,卒于周显德三年,赠太子少师。《旧五代史》卷一二八、《新五代史》卷五七、《十国春秋》卷四四有传。王仁裕喜为诗,通晓音律、书法,曾作诗满万首,蜀人呼为"诗窖子"。据《郡斋读书志》记载,蜀亡之后,王仁裕逃至镐京,于是采摭民言,搜集到159条开元天宝时期的遗事,分为4卷。《四库全书总目》卷一四〇《开元天宝遗事提要》谓此书"盖委巷相传,语多失实,仁裕采摭于遗民之口,不能证以国史,是即其失。必以为依托其名,则事无显证"②。然而这部著作中记载了很多宫中的琐闻杂事,特别是对宫内外风俗习尚的详细记载,尤其受到后世戏剧小说家的重视。

(9)《酉阳杂俎》,笔记小说,唐段成式撰。段成式(803~863),字柯古,临淄邹平(今山东邹平)人,后家居于荆州(今湖北江陵)。他出身于官宦世家,其先祖段志玄是"陪葬昭陵,图形凌烟阁"的二十四功臣之一;父亲宰相段文昌,历仕穆宗、敬宗、文宗三朝,"扬历显重,出入将相,洎二十年"③。段成式以父荫入官,初授秘书省校书郎,曾任尚书郎、江州刺史、太常少卿等职。生平事迹主要见于《旧唐书·段文昌传》、《新唐书·段志玄传》附、《唐诗纪事》、《金华子杂编》等。据各种文献记载,"成式研精苦学,秘阁书籍,披阅殆遍"④,博学精敏,文章冠于一时。成式尤长于骈文,与李商隐、温庭筠二位才子齐名,三人排行均

① (清)永瑢等:《四库全书总目》卷一四〇《明皇杂录提要》,中华书局,1965,第1184页。

② (清)永瑢等:《四库全书总目》卷一四〇《开元天宝遗事提要》,中华书局,1965,第1187页。

③ (后晋)刘昫等:《旧唐书》卷一六七《段文昌传》,中华书局,1975,第4369页。

④ (后晋)刘昫等:《旧唐书》卷一六七《段文昌传》附传,中华书局,1975,第4369页。

为十六，故时人称为"三十六体"。关于段成式的著作情况，《旧唐书·段成式传》直称其"所著《酉阳杂俎》传于时"，《新唐书》卷五九《艺文志》三著录为"段成式《酉阳杂俎》二十卷、《续》十卷"，段成式在其自序中却说自己以"饱食之暇，偶录记忆，号《酉阳杂俎》，凡三十篇，为二十卷"，书名取自梁元帝《赋》"访酉阳之逸典"一语，意为"内容驳杂的秘典"。此书所记材料或采自秘府珍籍，或得自耳闻目接，既有题材多样的志怪小说，又有反映世态人情的传奇小说，还有内容博杂的野史逸闻、神话传说、地域民俗、方术技艺等，涉及社会生活的方方面面，其中有很多可资借鉴的珍贵史料。《四库全书总目》对其评价较高，认为"其书多诡怪不经之谈，荒渺无稽之物，而遗文秘籍，亦往往错出其中。故论者虽病其浮夸，而不能不相征引，自唐以来，推为小说之翘楚，莫或废也"。[①]

（10）《云溪友议》，笔记小说，唐范摅撰。范摅大约生活在咸通年间，因家居越州五云溪，自号五云溪人、云溪子，故其书亦以此命名。正史无传。计有功《唐诗纪事》称其为吴人，侨寓于越。余嘉锡《四库提要辨证》卷一七曾据《唐诗纪事》对范摅事迹细加考证，称"摅生于晚唐，以处士放浪山水，仰屋著书，不能常与中朝士大夫相接，故其所记如安禄山、严武、于頔、李绅之类，不免草野传闻，近于街谈巷议"[②]。据《四库全书总目》卷一四〇《云溪友议提要》考证，此书"所录皆中唐以后杂事"，其中遗闻轶事尤多，所载不尽为史实，间或杂有神鬼故事，"然六十五条之中，诗话居十之七八，大抵为孟棨《本事诗》所未载，逸篇琐事，颇赖以传"[③]，同时因为其内容多侧重于诗人的才调风情，"又以唐人说唐诗，耳目所接，终较后人为近，故考唐诗者如计有功《纪事》诸书，往往据之以为证焉"[④]，后世学者也常据其以采辑唐代诗篇、考证

① （清）永瑢等：《四库全书总目》卷一四二《酉阳杂俎提要》，中华书局，1965，第1886页。
② 余嘉锡：《四库提要辨证》卷一七，中华书局，1980，第1029页。
③ （清）永瑢等：《四库全书总目》卷一四〇《云溪友议提要》，中华书局，1965，第1186页。
④ （清）永瑢等：《四库全书总目》卷一四〇《云溪友议提要》，中华书局，1965，第1186页。

诗人生平事迹以及社会风尚等。传世有三卷本和十二卷本两个版本系统：《崇文总目》《新唐书·艺文志》《郡斋读书志》均著录为"三卷"，《直斋书录解题》录作"十二卷"，《宋史·艺文志》录作"十一卷"。① 其中《四库全书总目》采用内府藏本即为三卷本，云书共有65则，其中每则都用三字标题，如卷下"沈母仪""因嫌进"等条目透露出科举得第的内幕，"蜀僧喻"条则收录有王梵志诗，均可资采择。

（11）《幽闲鼓吹》，笔记小说，唐张固撰。张固，生平事迹不详。②《幽闲鼓吹》1卷，《新唐书》卷五九《艺文志》、晁公武《郡斋读书志》有著录。此书共25篇，主要采摭玄宗至宣宗朝遗事，资料比较珍贵。顾元庆跋曰："固在懿、僖间采摭宣宗遗事，简当精覆，诚可以补史氏之阙。"《四库全书总目》卷一四〇《幽闲鼓吹提要》曾对此书中记载的内容加以考辨，称"书中元和、会昌间事不一而足，非仅记宣宗事也"，"固所记虽篇帙寥寥，而其事多关法戒，非造作虚辞、无裨考证者，比唐人小说之中，犹差为切实可据焉"③。今存《顾氏文房小说》本、《历代小史》本、《宝颜堂秘笈》本等。

（12）《西溪丛语》，子部杂考，南宋姚宽撰。姚宽（1105～1162），字令威，号西溪，嵊县（今属浙江）人，户部侍郎，徽猷阁待制姚舜明之子。宽以父荫补官，曾经担任尚书户部员外郎、枢密院编修，著书多达200卷，古今同异，无不该括。叶适《水心集》收录有《西溪集跋》。《四库全书总目》卷一一八《西溪丛语提要》著录为"《西溪丛语》三卷"，称此书"多考证典籍之异同"，虽然间或也有误收误改之疏舛，但

---

① 关于《云溪友议》一书的版本考证，可参阅马铁浩《〈云溪友议〉考》，河南大学2005年硕士学位论文；曲琨《范摅〈云溪友议〉考论》，西北师范大学2006年博士学位论文；霍本科《〈云溪友议〉研究》，河南大学2011年硕士学位论文。

② 黄永年先生曾对张固的生平事迹进行考证，但未有结论性的说法。参见黄永年《唐史史料学》，上海书店出版社，2002，第154页。

③ （清）永瑢等：《四库全书总目》卷一四〇《幽闲鼓吹提要》，中华书局，1965，第1185页。

"大致瑜多而瑕少，考证家之有根柢者也"，并盛赞姚宽"长短皆绝去尖巧，乃全造古律，加于作者一等。盖亦一代博洽工文之士矣"①。如原书卷上引《景龙文馆记》，录其所载"宋之问分题得《浣纱篇》"事，卷下指出杜牧《樊川别集》中收录之诗皆为许浑《丁卯集》中的诗作，其评价都极其精审，为后人进行唐诗文献整理提供了重要的参考依据。

（二）类书

类书是中国古代重要的工具书，是按照一定的体例将不同典籍中的文献资料分门别类编辑以备查检之用的著作，既具有资料汇编的性质，又因其"非经非史，非子非集"而又无所不包的特点，被称为"百科全书"式的著作。② 张之象编纂《唐诗类苑》和《古诗类苑》时，其编纂体例就参照了类书"随类相从"的编纂方法。唐宋时期编纂的类书很多，但《唐诗类苑·引用诸书》中只著录了《初学记》一种，可见受此书影响之深。

《初学记》30卷，是唐玄宗时集贤院学士徐坚等奉命编修的一部类书。唐宋以来，关于此书的作者说法不一，归纳起来大致有以下几种说法。一说张说编，以唐刘肃《大唐新语》和北宋欧阳修等《新唐书》中的记载为代表。《大唐新语》卷九有比较详尽的记载，文曰："玄宗谓张说曰：'儿子等欲学缀文，须检事及看文体。《御览》之辈部帙既大，寻讨稍难，卿与诸学士撰集要事并要文，以类相从，务取省便，令儿子等易见成就也。'"③ 《新唐书》卷五九《艺文志》三则著录为"《玄宗事类》一百三十卷，又《初学记》三十卷"，其文下自注更是列举出参与编纂的人员名单，称"张说类集要事以教诸王，徐坚、韦述、余钦、施敬本、张烜、李锐、孙季良等分撰"，认为张说主持其事，徐坚等人参与编撰。一说徐坚等编，以晁公武

---

① （清）永瑢等：《四库全书总目》卷一一八《西溪丛语提要》，中华书局，1965。
② 关于类书的性质和特点的梳理，参见陶敏、李一飞《隋唐五代文学史料学》"类书"部分，中华书局，2001，第308页。
③ 《御览》，指北齐祖珽等人编集的《修文殿御览》。

《郡斋读书志》和钱易《南部新书》中的记载为代表。晁公武《郡斋读书志》卷三下的记载与《新唐书·艺文志》相类似，但直云编撰者是徐坚等人："《初学记》三十卷，唐徐坚等撰。初，张说类集事要以教诸王，开元中诏坚与韦述等分门撰次。"而钱易《南部新书》卷壬记载更加详细，称"开元十三年五月，集贤学士徐坚等纂经史文章之要，以类相从，上制曰《初学记》"，短短30多字就将编撰《初学记》的时间、人员、内容、特点、命名等情况交代得一清二楚，则此书的编集实乃出于徐坚等众人之手。

此书共分23部313个子目，每个子目内又分叙事、事对、诗文三个部分，大体与《昭明文选》的分类相似，其中23部包括天、岁时、地、州郡、帝王、中宫、储宫、帝戚、职官、礼、乐、人、政理、文、武、道释、居处、器物、服馔、宝器（附花草）、果木、兽、鸟（附鳞介、虫）。《四库全书总目》卷一三五对《初学记》的编纂情况有过系统的梳理考辨，认为此书独特的编纂体例非常合理：一是体例谨严，很有章法，"其例前为叙事，次为事对，末为诗文"；二是叙事时摘录的内容具有一定的连贯性，"其叙事虽杂取群书，而次第若相连属，与他类书独殊"；三是收录诗文作品时大致按照先帝王、后诸臣的次序排列，并兼顾时代先后顺序，"其诗文兼录初唐，于诸臣附前代后，于太宗御制则升冠前代之首，较《玉台新咏》以梁武帝诗杂置诸臣之中者，亦特有体例"，对明清时期大型诗歌总集的编纂影响较大；四是采摭的文献来源品质较高，且去取比较谨严，保证了著作的质量，"其所采摭，皆隋以前古书，而去取谨严，多可应用。在唐人类书中，博不及《艺文类聚》，而精则胜之。若《北堂书钞》及《六帖》，则出此书下远矣"①，给予了相当高的评价。

此外，《初学记》的编纂还具有其他方面的学术价值。如《初学记》"职官部"中载录各种职官名称和机构变动情况，可补正史《职官志》之

---

① （清）永瑢等：《四库全书总目》卷一三五《初学记提要》，中华书局，1965，第1143页。

疏略；而书中保存的大量文学作品，如保存完整的初唐君臣唱和诗及诏册制敕等内容，对于考证唐代诗人之履历、校勘唐代诗文别集和诗文总集、辑佚唐代诗学文献等方面都很有价值。今存日本宫内省书陵部藏南宋绍兴十七年（1147）余四十三郎宅刻本、明嘉靖安国桂坡馆刻本、1962 年中华书局排印本等。张之象所编辑《唐雅》26 卷，专收初、盛唐时期君臣唱和之作，就从此书中采录不少资料，《唐诗类苑》的编纂体例更是直接参照了其分类体系。

（三）登科录

傅璇琮先生有这样一个观点，科举及第是唐代士人"获得政治地位或保持世袭门第的重要途径，牵连着社会上各个阶层知识分子的命运"[1]，在唐代社会生活中具有举足轻重的作用。唐人重科第，科举是士人主要进身之阶，进士科尤为时人所重，随之而产生了记录各科姓名的专书，如《登科记》或《科第录》等，成为唐诗研究领域可资参照的另一类文献载体。张之象编纂《唐诗类苑》时，曾经采用过此集中的很多书籍。

关于《登科记》的文献记录颇多。据《新唐书》卷五八《艺文志》二著录，唐代已有《登科记》之类的著作出现，如姚康《科第录》16 卷、崔氏《唐显庆登科记》5 卷、李弈《唐登科记》2 卷、《文场盛事》1 卷等，都是当时比较有名的相关著作。[2]《全唐文》卷五三六载有诗人李益之子李弈所撰《登科记序》，自称曾经编过唐初至德宗贞元年间的登科记；南宋吴曾《能改斋漫录》卷四记载有"唐赵儋撰《唐登科记》"，亦云"予家有唐赵儋撰《唐登科记》"。宋人亦有补作，但这些书均已亡佚。清人徐松从大量文献中辑录有关科举的史料，纂成《登科记考》30 卷，按年代分卷排列，前 24 卷为唐代部分，卷二五、二六为五代部

---

① 傅璇琮：《我写〈唐代科举与文学〉的学术追求》，《中华读书报》2016 年 1 月 23 日转载。

② （宋）欧阳修等：《新唐书》，中华书局，1975，第 1485 页。

分，卷二七为登第年代不详的人物，末三卷为各种典籍中涉及贡举的散见资料，搜集史料广博而去取谨严，考证按断精审，可称得上是一部详备的唐五代科举制度编年史。徐松在《凡例》中详述了登科记在唐以来的沿革。文曰：

> 唐人撰《登科记》不下十余家，见于《新书·艺文志》者惟三家而已，曰崔氏《显庆登科记》五卷，姚康《科第录》十六卷，李弈《唐登科记》二卷。崔氏书自武德逮贞元，《玉海》引《中兴书目》云"崔氏《登科记》一卷"，是其时已有残阙，后有续之者，迄周显德，见《书录解题》。姚康，字汝谐，南仲孙也。其书自武德至长庆二年十一卷，续之自长庆三年毕天祐丙寅为五卷，洪兴祖作《韩昌黎年谱》尚引之，《书录解题》云洪忠宣仅得其书五卷，可见亦非全帙。李弈官兵部郎中、金吾将军，其书宋时已不存。最后有大中十年郑颢所进《诸家科目记》十三卷，自武德至大中，敕付翰林，每岁编次，见于《唐会要》，而《艺文》不载，盖亦久佚也。至赵宋时，乐史有《修定登科录》四十卷，作《崇文总目》时已亡。乐史又有雍熙三年正月所上《登科记》三十三卷，《郡斋读书志》作三十卷，起唐武德，迄天祐末。绍兴三十年十月，洪适又重编《唐登科记》为十五卷，《书录解题》云"洪忠宣得姚康书五卷于北方，丞相适又得别本起武德终大和于毗陵钱伸氏"，乃合崔氏之书，凡三本辑为一书。天宝前姚书为正，天宝后则三本合为一。晁氏书有乐无洪，陈氏书有洪无乐，《通考》始兼收入。自兹以后，惟见于《世善堂书目》及《玉艺堂谈荟》。

徐松在《登科记考凡例》中详述了登科记在唐宋以来的发展沿革、版本著录、文献价值等情况。他认为，李弈的《唐登科记》一书"宋时已不存"，黄永年《唐史史料学》也说"至清代再无人见过乐史、洪适以至唐人编辑的任何一种《登科记》"。考明高棅《唐诗品汇引用诸书》中就列有"李弈《唐登科记》二卷"，张之象《唐诗类苑·引用诸书》因之，未知当时确实征引了此书的资料，还是根据《新唐书·艺文志》收录在引用书目中的，已经无法考辨。今人岑仲勉曾作《登科记考订补》一文，载《历史语言研究所集刊》第十一册；陈尚君作《登科记考正补》一文，载1993年广西师范大学出版社出版的《唐代文学研究》第四辑，对徐松一书均多所补正。

（四）诗文评

唐宋时期不仅编纂刊刻了大量的作家别集、诗文总集，而且还出现了专门品评诗歌作品的诗文评类著作。唐孟棨《本事诗》、宋计有功《唐诗纪事》、旧题南宋尤袤所撰《全唐诗话》、旧题宋严有翼所撰《艺苑雌黄》、旧题陈应行编《吟窗杂录》等著作，就是其中较有影响的作品。

（1）孟棨《本事诗》。孟棨，字初中，僖宗乾符二年（875）进士，官至司勋郎中。孟棨的生平资料少见记载，但《四库全书总目》曾据五代王定保《唐摭言》加以考证，其中有关于孟棨"出入场籍，垂三十余年，年稍长于小魏公，其放榜日出行曲谢云云，则当于崔沆下登第"的生动记载。[①] 光启二年（886），孟棨完成了《本事诗》的撰写，并在其自序中用诗意的语言讲述了自己编撰《本事诗》的缘由。

"本事"一词，始见于《汉书·艺文志》，谓"丘明恐弟子各安其意，以失其真，故论本事而作传，明夫子不以空言说经也"，可以看作孟棨《本事诗》的思想源头；而唐代大量出现的记述奇闻轶事的唐人传奇和以诗赋取士的价值取向，则是催生孟棨《本事诗》的直接诱因。关于《本事诗》的性质归属，《四库全书总目》卷一九五将其归入"诗文评"类，近人丁福保将其辑入《历代诗话续编》，原因在于其兼具笔记和诗话的一

---

① （清）永瑢等：《四库全书总目》卷一九五《本事诗提要》，中华书局，1965，第2739页。

些特征。全书旁采故实，搜辑历代词人缘情之作，录文 41 则，分别叙其本事，大致可分为情感、事感、高逸、怨愤、征异、征咎、嘲戏 7 类，所记多为隋唐时期的故事。此书也有一些缺陷，如骆宾王续宋之问《灵隐寺》诗等情节并无可考。总而言之，此书记录的条目虽然间有失实，大体尚可信据，在保存唐代文学史料方面的文献价值很高，所以《四库全书总目》称赞其"唐代诗人轶事颇赖以存，亦谈艺者所不废也"①，同时流传于后世的还有此书作者开创的"以诗系事"的编纂体例。②

（2）《唐诗纪事》，宋计有功撰。计有功，字敏夫，号灌园居士，临邛（今属四川）人。宣和三年（1121）进士，历官眉州、嘉州知州。生平事迹主要见于《四库全书总目》卷一九五《唐诗纪事提要》和清代著名藏书家陆心源所撰《唐诗纪事跋》。《唐诗纪事》共 81 卷，收诗人 1150家，以规模宏富、编次得当、事评俱选、考据精审而著称，傅璇琮先生称赞其"除采录诗句外，凡其人可考者，则撮述其世系爵里和生平资料，辑集了大量有关唐代诗人的资料"③。《唐诗纪事》的价值主要表现在两个方面：一是保存了大量的唐代文学史料，如作家生平和诗歌本事等，在辑佚、校勘、考订等方面均有很高的价值。胡震亨《唐音癸签》卷三一云："计氏此书，虽诗与事迹评论并载，似乎诗话之流，然所重在录诗，故当是编辑家一巨撰。所采之博，考据之详，有功于唐诗不细。"《四库全书总目》卷一九五《唐诗纪事提要》亦称"是集乃留心风雅，采摭繁富，于唐一代诗人或录名篇，或纪本事，兼详其世系爵里，凡一千一百五十家。唐人诗集不传于世者，多赖是书以存"④。二是此书以时系人，以人

---

① （清）永瑢等：《四库全书总目》卷一九五《唐诗纪事提要》，中华书局，1965，第1785 页。

② 赵盼盼：《孟棨〈本事诗〉研究》"绪论"，浙江师范大学 2014 年硕士学位论文，第 1 页。

③ 傅璇琮：《唐五代人物传记资料综合索引·前言》，中华书局，1982。

④ （清）永瑢等：《四库全书总目》卷一九五《唐诗纪事提要》，中华书局，1965，第1785 页。

系诗，以诗系事，井然有序，是一部典型的"以人系诗、以诗系事、诗事互证的唐代诗人作品及评论的选集"①，在诗文评中别具一格，开后世"纪事"类著作体式的先河。当然，由于此书搜采比较博杂，所以误收错题的现象也时有发生，至于"其中多委巷之谈。如谓李白微时曾为县吏，并载其牵牛之谑、溺女之篇。俳谐猥琐，依托显然，则是榛苦之勿翦耳"，不会稍减其书重要的学术价值。

（3）《全唐诗话》，旧题南宋尤袤撰，实为廖莹中编。此书有三卷本、六卷本、八卷本三个版本系统。《汲古阁书跋》著录为"遂初主人《全唐诗话》"。《百川书志》称"《全唐诗话》三卷，宋尤文简公尽唐甲子帝王、名士、方外、闺秀三百二十人，各钩其警语，撷其事实，唐人精力，殆尽于此。一代诗史也，今时罕传"。《天禄琳琅书目后编》则称此书乃贾似道所撰。而四库馆臣通过校验其文，发现此书"与计有功《唐诗纪事》相同"，考证出此书系（贾）似道假手廖莹中，而莹中又剽窃旧文，涂饰塞责。后人恶似道之奸，改题袤名，以便行世"②的曲折经过。据周密《武林旧事》记载，贾似道曾自署"遂初堂主人"，因尤袤遂初堂之号传播较广，故而被后人误题为尤袤撰。据陶敏、李一飞先生考证，清人孙涛复有《全唐诗话续编》2卷，广采众书，"凡原集载其人而遗其事，续为卷上"，"其人与事俱未及载者，续为卷下"，计录104人，其史料价值反在《全唐诗话》之上。③

（4）《艺苑雌黄》，诗文评，旧题宋严有翼撰。严有翼，生平事迹无考，建安（今福建建瓯）人。南宋高宗绍兴年间曾任泉、荆二郡教官。关于《艺苑雌黄》性质归属，历代书目记载不一。《宋史·艺文志》将其著录为"《艺苑雌黄》二十卷"，收入"集部·文史类"；陈振孙《直斋

---

① 胡启文：《〈唐诗纪事〉编辑体例探析》，《阜阳师范学院学报》（社会科学版）2012年第3期。

② （清）永瑢等：《四库全书总目》卷一九七《全唐诗话提要》，中华书局，1965。

③ 陶敏、李一飞：《隋唐五代文学史料学》，中华书局，2001，第234页。

书录解题》则认为"其目子史、传注、诗词、时序、名数、声画、器用、地理、动植、神怪、杂事",所以将其收录"子部·杂家类";高棅《唐诗品汇》录作"《艺苑雌黄》,建安严有翼冲甫撰",未标卷次。《四库全书总目》卷一九七《艺苑雌黄提要》谓胡仔《苕溪渔隐丛话》、蔡梦弼《草堂诗话》、魏庆之《诗人玉屑》等诗文评类著作征引《艺苑雌黄》之文颇多,但由于"有翼原书已亡,好事者摭拾《渔隐丛话》所引,以伪托旧本,而不能取足卷数,则别攘《韵语阳秋》以附益之;又故变乱篇第以欺一时之耳目,颇足疑误后学"①。另,《四库全书总目》卷一二一《示儿编提要》在批评宋人孙奕撰写的《示儿编》一书时,曾征引《艺苑雌黄》作为例证,称"《艺苑雌黄》一条,又称熙、丰间定有成书,是正舛谬,学者不能深考,类以穿凿嗤之,亦间或自相矛盾"②,亦可证其书之学术价值。

(5)《吟窗杂录》,杂录总集,旧题陈应行编。《直斋书录解题》卷二二著录"《吟窗杂录》三十卷",称"莆里蔡传撰,君谟之孙也。取诸家诗格、诗评之类集成之"。今存明嘉靖刊《吟窗杂录》50卷,题"状元陈应行编",卷首有浩然子序,谓"余于暇日编集魏文帝以来至于渡江之前凡诗人作为格式纲领以淑诸人者,上下数千载间所类者,亲手校正,聚为五十卷,胪分鳞次,具有条理,为《吟窗杂录》"。南宋魏庆之《诗人玉屑》卷五"十难"条引及此序,注称"陈永康《吟窗杂录序》",知今本实为陈应行在蔡书基础上重编而成。此书收录众多唐五代人的诗格类著作,是中国本土存隋唐五代诗格、诗句图类最多的著作。但四库馆臣认为此书是伪书,指出"前列诸家诗话,惟钟嵘《诗品》为有据,而删削失真",至于集中所采"李峤、王昌龄、皎然、贾岛、齐己、白居易、李商隐,诸家之书,率出依托,鄙倍如出一手。而开卷《魏文帝诗格》一卷,

---

① (清)永瑢等:《四库全书总目》卷一九七《艺苑雌黄提要》,中华书局,1965。

② (清)永瑢等:《四库全书总目》卷一二一《示儿编提要》,中华书局,1965。

乃盛论律诗，所引皆六朝以后之句，尤不足排斥，可谓心劳日拙矣"①。

今存《四库全书存目丛书》本。《中国文化》第十二辑收录的张伯伟《〈吟窗杂录〉考》一文，曾对此书的成书过程、文献渊源及存世版本进行了考证，颇为精当。

---

① （清）永瑢等：《四库全书总目》卷一九七《吟窗杂录提要》，中华书局，1965。

第五章

《唐诗类苑》 的比较研究

　　章学诚在《文史通义》中说过："由汉氏以来，学者以其所得，托之撰述以自表见者，盖不少矣。高明者多独断之学，沉潜者尚考索之功，天下之学术，不能不具此二途。譬犹日昼而月夜，暑夏而寒冬，以之推代而成岁功，则有相需之益；以之自封而立畛域，则有两伤之弊。"① 张之象仕途落寞，却并不沉沦，而是"寝食于唐诗中穷搜有年，分部类之，积至二百卷"②，在编纂诗文总集的过程中博采众集，辨章学术，考镜源流，充分彰显了自己的学术眼光和诗学倾向。通过分析《唐诗类苑》与唐代类书的比较、《唐诗类苑》对其他诗文总集的学习与借鉴及对后世唐诗总集的影响等，特别是《唐诗类苑》与欧阳询等《艺文类聚》、徐坚等《初学记》、顾陶《唐诗类选》、赵孟奎《分门纂类唐歌诗》、李昉等《文苑英华》、郭茂倩《乐府诗集》、高棅《唐诗品汇》、胡震亨《唐音统签》、清编《全唐诗》等诗歌总集的比较，评价《唐诗类苑》在唐诗学史上的编纂得失。

---

① （清）章学诚：《文史通义校注》卷五《答客问》中，叶瑛校注，中华书局，1985，第 477 页。
② （明）冯时可：《唐诗类苑序》，《唐诗类苑》卷前，明万历二十九年（1601）刊本。

第一节 《唐诗类苑》与唐代类书

类书最显著的特点就是编纂时分门别类,以备查检。唐代是类书的繁荣时期,初、盛唐时期更是编纂了大量的官修类书,仅《新唐书》卷五九《艺文志》三中就著录有"类书十七家,二十四部,七千二百八十八卷。其中失姓名三家,王义方以下不著录三十二家,一千三百三十八卷"①。在这24部类书中,百卷以上的类书就有15部之多,从数量到内容都非常可观,依次为高士廉等编撰的《文思博要》1200卷、《目录》12卷,许敬宗等人编撰的《摇山玉彩》500卷、《累璧》400卷又《目录》4卷、《东殿新书》200卷,欧阳询等人编撰的《艺文类聚》100卷,虞世南《北堂书钞》130卷,张大素《策府》582卷,武后《玄览》100卷、《三教珠英》1300卷又《目录》13卷,孟利贞《碧玉芳林》450卷、《玉藻琼林》100卷,玄宗朝张说、徐坚等编撰的《玄宗事类》130卷、《初学记》30卷,杜佑《通典》200卷,刘琦庄《集类》100卷,元稹《元氏类集》300卷等,保存了大量的文学史料。②《艺文类聚》就是其中比较有特色的一种类书。

张之象参照《艺文类聚》《初学记》等类书的编排方法,继承了《文选》《文苑英华》等文学总集"以类系诗"的传统,尽可能全备地利用唐代以来各种文献材料,编成了《唐诗类苑》。《艺文类聚》是现存最早且保存比较完整的大型类书。《唐诗类苑·引用诸书》并未将其列入目录,但《唐诗类苑凡例》开宗明义,称"诗无类书,诗之有类书也,自兹刻始"③,《古诗类苑凡例》亦概称"部分略以唐以来各类书编次,微加详悉",但又云对于"《艺文类聚》《初学记》所载诗,多系采摘,吉光片

---

① (宋)欧阳修等:《新唐书》,中华书局,1975,第1564页。
② 此处列举的类书数量,是依据《新唐书·艺文志》统计而成。(宋)欧阳修等:《新唐书》,中华书局,1975,第1562~1564页。
③ 《唐诗类苑凡例》第一则,《唐诗类苑》卷前。

羽，不欲弃置，一二并存"①，可见张之象博采群籍编纂这两部诗歌总集时受《艺文类聚》的影响之深。而徐坚等撰《初学记》前文已有相关记述，此处重点介绍《艺文类聚》和《初学记》两部经典类书。

《艺文类聚》100 卷，是唐武德五年（622）高祖李渊下诏令集欧阳询、令狐德棻、袁朗、赵弘智等十余人之力花费三年时间编成的。全书分为 46 个一级类目、727 个二级子目，其中一级类目分别是天部、岁时部、地部等。而徐坚等人编撰的《初学记》，则分为 23 个一级类目，包括天、岁时、地、州郡等部，部下又分成 313 个二级子目，每个子目内又分叙事、事对、诗文三个部分，大体同于其时盛行的《昭明文选》的分类。张之象《唐诗类苑》和《古诗类苑》的分类体系基本跟《艺文类聚》相吻合，但又有所区别：《唐诗类苑》共分 39 个一级类目、1094 个二级子目，"始是天文、地理，次及帝王、职官，以至礼乐、文武、人物、器用、居处、技艺、草木、虫鱼，各以类次，能令寄身毫素者，因类以索诗，可无检阅之劳，而灿然寓目矣"②；《古诗类苑》共分 42 个一级类目、782 个二级子目。下面对《艺文类聚》《初学记》《唐诗类苑》《古诗类苑》所收类目简要加以统计比较，以考察张之象借鉴类书的分类体系来编纂诗歌总集的大致情况。列表如下。

《艺文类聚》《初学记》《唐诗类苑》《古诗类苑》一级类目比较

序号/书目名称	《艺文类聚》	《初学记》	《唐诗类苑》	《古诗类苑》
1	天部	天部	天部	天部
2	岁时部	岁时部	岁时部	岁时部
3	地部	地部	地部	地部
4	州部		京都部	京都部
5	郡部	州郡部	州郡部	州郡部
6	山部		山部	山部

① 《古诗类苑凡例》，载《古诗类苑》卷前，明万历三十年（1602）刊本。

② 《唐诗类苑凡例》第二则，《唐诗类苑》卷前。

序号/书目名称	《艺文类聚》	《初学记》	《唐诗类苑》	《古诗类苑》
7	水部		水部	水部
8	符命部		边塞部	边塞部
9	帝王部	帝王部	帝王部	帝王部
10	后妃部	中宫部		中宫部
11	储宫部	储宫部		储宫部
12	人部	人部	人部	人部
13	礼部	礼部	礼部 + 祠庙部	礼部
14	乐部	乐部	乐部	乐部
15	职官部	职官部	职官部	职官部
16	封爵部	帝戚部	帝戚部	
17	治政部	政理部	治政部	治政部
18	刑法部	释道部	寺观部	寺观
19	杂文部	文部	文部	文部 + 明良部
20	武部	武部	武部	武部
21	军器部	器物部	祠庙→礼部	祠庙→礼部
22	居处部	居处部	居处部	宫室部
23	产业部		产业部	产业部
24	衣冠部		儒部	儒部
25	仪饰部		释部	释部
26	服饰部		道部	道部
27	舟车部			
28	食物部		服食部	服食部
29	杂器物部		器用部	器用部
30	巧艺部		巧艺部	巧艺部
31	方术部		方术部	方术部
32	内典部			
33	灵异部			
34	火部		花部	花部
35	药香草部	草部	草部	草部
36	宝玉部			

序号/书目名称	《艺文类聚》	《初学记》	《唐诗类苑》	《古诗类苑》
37	百谷部			
38	布帛部		玉帛部	玉帛部
39	果部		果部	果部
40	木部		木部	木部
41	鸟部	鸟部	鸟部	鸟部
42	兽部	兽部	兽部	兽部
43	鳞介部	鳞介部	鳞介部	鳞介部
44	虫豸部	虫部	虫豸部	虫豸部
45	祥瑞部		祥异部	谶数祥瑞灾异部
46	灾异部		杂部	杂部
47				补亡
48				古谚
总计	46 部	23 部	39 部	42 部

从上表可以看出，《唐诗类苑》39 个一级类目中，其中有 21 个类目与《艺文类聚》完全一致，分别是天部、岁时部、地部、山部、水部、帝王部、人部、乐部、职官部、治政部、武部、居处部、产业部、巧艺部、方术部、果部、木部、鸟部、兽部、鳞介部、虫豸部；州郡部、帝戚部等 16 个类目与《初学记》中相关类目完全一致。与《艺文类聚》相比，减少了后妃部、符命部、储宫部、封爵部、军器部、刑法部、仪饰部、服饰部、衣冠部、舟车部、灵异部、内典部、火部、宝玉部、百谷部15 个类目。增加了寺观部、帝戚部、儒部、释部、道部、杂部 6 个类目。此外，"州郡部"又是从《艺文类聚》中的"州部"和"郡部"演化而来，"服食部"、"器用部"则分别由"食物部"、"杂器物部"演化而来，"玉帛部"、"草部"分别由"布帛部"、"药香草部"演化而来，"祥异部"则由"祥瑞部"和"灾异部"合并而来。与《初学记》相比，其"儒部"明显是受到《初学记》"释道部"的启发后而设置的，其他如"治政部"与"政理部"、"器用部"与"器物部"、"虫豸部"与"虫部"等，都有明显的承袭关系。与《古诗类苑》相比，《唐诗类苑》多了

"帝戚部"而少了"中宫部"和"储宫部","文部"、"祥异部"在《古诗类苑》中则分别变成"文部+明良部"、"谶数祥瑞灾异部",此外《古诗类苑》最后还附载了"补亡"和"古谚"两部分内容,但二书的类目绝大多数都是一样的。张之象《唐诗类苑》对《艺文类聚》《初学记》编纂体例的承袭,不仅表现在一级类目上,而且在二级子目上也随处可见学习的痕迹。如《艺文类聚》"天部"又分为天、日、月、星、云、风、雪、雨、霁、雷、电、雾、虹等13个子目,《唐诗类苑》"天部"则分为日、月、星、河、风、云、雷、雨、雪、阴、霁、虹、雾、露、霜、冰、火、烟等18个子目,除了阴、霜、冰、火、烟等子目外,其他10个子目完全相同;再如《艺文类聚》"岁时部"又分为春、夏、秋、冬、元正、人日、正月十五日、月晦、寒食、三月三、五月五、七月七、七月十五、九月九、社、伏、热、寒、腊、律、历等21个二级子目,《唐诗类苑》则在此基础上增加了"晓""夜""十二月""立春""小岁日""中和节""耗磨节""清明""三月晦日""四月八日""立秋""中秋""小雪""冬至""冬至""岁除"16个条目,达到36个二级子目,除少了个"律"之外,其他子目与此几乎完全一样,只是个别词语换了别称。

《艺文类聚》一书在编纂体例、保存文献、考证典故出处等方面都具有不可忽视的价值。首先,此书采取"事居其前,文列于后"① 的新体例,不仅增加了读者检索的便利,而且在保存古文献方面具有更高的史料价值。此书一改《文章流别集》《文选》等总集"专取其文",《皇览》《华林遍略》等类书"直书其事"的体例,将二者合而为一,在类书中增收诗文,目的是"俾览者易为功,作者资其用"。张之象编《唐诗类苑》采用的分类编排、以类系诗的原则,实际就是变"事居其前,文列于后"为"类居在前,诗列于后",是对《艺文类聚》编纂体例的巧妙借鉴。其次,《艺文类聚》中大量引用唐之前的古籍,对考证、校勘颇有好处。

---

① (唐)欧阳询:《艺文类聚序》,上海古籍出版社,1982年重印本。

《艺文类聚》自嘉靖以后刊行渐盛，成为明人在编选汉魏六朝至隋唐诗歌总集时的重要凭借。正如清人周中孚在评价《艺文类聚》一书时所说的那样："隋以前旧籍，端赖此编，得存其十一，故明人诸家辑总集，多从此采出焉。"① 其引用唐前古籍达 1431 种，而现存者不足十分之一，明代学者冯惟讷编《古诗纪》、张之象编《古诗类苑》，清严可均编《全上古三代秦汉三国六朝文》、王谟编《汉唐地理书钞》等都利用过此书，并从中辑出许多珍贵文献。值得一提的是，张之象在学习借鉴前代类书分类体系的同时，也根据自己的编纂实际有所调整，大部分时候所分类目更加详细，所以在一定程度上也受到一些学者的诟病。

第二节　《唐诗类苑》与前代类编诗文总集

分类编纂唐诗总集的现象其来已久，今人关于唐诗分类编纂的研究成果也屡见笔端。如祁欣《历代的唐诗选本述略》是较早关注唐诗选本编纂总体情况的文章，重点考察了历代唐诗选本的类型、特点、影响等状况，并将宋元明清几个时期的唐诗选本划分为四种类型。② 陈尚君先生在《〈诗渊〉全编求原》一文中③，将《诗渊》《分门纂类唐歌诗》《分门纂类唐宋时贤千家诗选》等文献典籍与《唐诗类苑》进行了综合比较，反映出明代类书或诗歌选本题材分类的大致情况。孙琴安《唐诗选本六百种提要》，则对历代唐诗选本的版本、内容、体例等情况简要加以叙述，是一部颇具参考价值的工具书。张浩逊《谈谈唐诗的分类研究》认为，"《搜玉小集》可能是最早的唐诗分类选本"，"唐代以后，分类编选唐诗的风气始终不衰"，佚名《分门集注杜工部集》、赵孟奎《分门纂类唐歌诗》、张之象

---

① （清）周中孚：《郑堂读书记》卷六〇，商务印书馆，1958，第 1194 页。
② 祁欣：《历代的唐诗选本述略》，载《唐代文学研究年鉴》（1984），陕西人民出版社，1985，第 270～286 页。
③ 陈尚君：《〈诗渊〉全编求原》，原载《咸宁师专学报》1993 年第 3 期和《文献》1995 年第 1 期，后收入《唐代文学丛考》。

《唐诗类苑》、敖英《类编唐诗七言绝句》、聂先等《唐人咏物诗》等比较有代表性，而《唐诗类苑》"是现存最早的按题材（主题）分类的唐诗选集。由于该书分类极细，后出之唐诗分类选本颇受其影响"①。

（一）唐人编纂的类编唐诗总集

唐人编纂唐诗总集的活动几乎与唐人文集的创作、刊刻和传播相伴始终。这是中国古典文学发展史上具有典型意义的一种文学现象，即"唐人选唐诗"，其中既包括唐人根据自己的诗学倾向编纂唐代诗歌总集的学术活动，又涵盖了唐人品评唐代诗歌总集的学术活动，生动地反映出唐代诗歌创作和文学批评的繁荣景象。

唐人编纂的诗文总集主要分为三种类型：第一类是专选唐代以前作品的诗文总集，如许敬宗撰《丽正文苑》20卷、郭瑜撰《古今诗类聚》79卷等；第二类是合选唐代和前代诗作的诗歌总集，如释慧静撰《续古今诗苑英华集》20卷及《诗林英选》11卷、元兢《古今诗人秀句》2卷（亦名《诗人秀句》）、李康成《玉台后集》等；第三类是专选唐人作品的诗歌总集，即"唐人选唐诗"类总集，如孙季良《正声集》3卷、崔融《珠英学士集》5卷、元结《箧中集》1卷、殷璠《河岳英灵集》3卷等。本文主要讨论第三种情况。

从唐代诗歌总集的编选内容和编纂体例来看，分类编纂的诗歌总集比分体类和编年类总集在数量上更多一些。如初唐刘孝孙《古今类聚诗苑》和释慧静《续古今诗苑英华集》、中唐李吉甫《丽则集》、晚唐顾陶《唐诗类选》等，都是按类编纂的诗歌总集。这既与作者自身的审美好尚有关，又深受萧统《文选》在中国古代文学批评和文献典籍编辑方面的影响。刘肃《大唐新语》卷九《著述》记载了释慧静的著作情况："贞观中，纪国寺释慧静撰《续英华诗》十卷，行于代"，"慧静俗姓房，有藻

---

① 张浩逊：《谈谈唐诗的分类研究》，《吴中学刊》1997年第4期。

识。今复有诗篇十卷，与《英华》相似，起自梁代，迄于今朝，以类相从，多于慧静所集，而不题撰集人名氏"①，从中可见此书"以类相从"的编纂体例。宋初姚铉《文粹序》也说："今世传唐代之类集者，诗则有《唐诗类选》《英灵》《间气》《极玄》《又玄》等集，赋则有《甲赋》《赋选》《桂香》等集，率多声律，鲜及古道，盖资新进后生干名求试者之急用尔，岂唐贤之文迹两汉、肩三代而反无类次以嗣于《文选》乎？"②他不仅列举了当时按类编纂文学典籍的总体状况，而且分析了类编诗文集或赋集大量出现的原因，认为其主要功能在于为那些"干名求试者"提供应急样本，从而揭示出类编诗文总集的产生背景与唐代的科举活动有密切关系。明人胡应麟高度评价萧统《文选》之说，深得学界认可："六代选诗者，昭明《文选》，孝穆《玉台》；评诗者，刘勰《雕龙》，钟嵘《诗品》。刘、钟藻骘，妙有精理，而制作不传。孝穆词人，然《玉台》但辑闺房一体，靡所事选。独昭明鉴裁著述，咸有可观。至其学业洪深，行义笃至，殊非文士所及。自唐以前，名篇杰什，率赖此书。功德词林，故自匪浅。宋人至以五臣匹之，何其忍也。"③

唐人编纂诗歌总集在内容和体例上深受《文选》之影响，同时又体现出时人对诗歌总集编选的看法。如高仲武《中兴间气集序》称："诗人之作，本诸于心。心有所感，而形于言，言合典谟，则列于风雅。暨乎梁昭明载述已往，撰集者数家，推其风流，《正声》最备，其余著录，或未至焉。何者？《英华》失于浮游，《玉台》陷于淫靡，《珠英》但纪朝士，《丹阳》止录吴人。此由曲学专门，何暇兼包众善。使夫大雅君子，所以对卷而长叹也。"④

---

① （唐）刘肃：《大唐新语》，中华书局，1984，第133页。
② （宋）姚铉：《文粹序》，转引自陈伯海等编著《唐诗总集纂要》，上海古籍出版社，2016，第110页。下文多次征引《唐诗总集纂要》一书，均直接标注作者、书名和页码，不再一一标注版本情况。
③ （明）胡应麟：《诗薮·外编》，上海古籍出版社，1958，第146页。
④ （唐）高仲武：《中兴间气集序》，《文苑英华》卷七一二、《全唐文》卷四五八均收录。转引自傅璇琮《唐人选唐诗新编》，陕西人民教育出版社，1996，第456页。

顾陶《唐诗类选序》则认为："国朝以来，人多反古，德泽广被，诗之作者继出，则有李杜回生于时，群才莫得而问。颖其亚则昌龄、伯玉、云卿、千运、应物、益、适、建、况、鹄、当、光羲、郊、愈、籍、合十数家……皆妙于新韵，播于当时，亦可谓守章句之范，不失其正者矣。然物无全工，而欲篇咏盈千，尽为绝唱，其可得乎？"① 他如诗僧贯休《禅月集》卷一六收录有《览姚合〈极玄集〉》一诗，计有功《唐诗纪事》卷七〇记载郑谷"不喜高仲武《间气集》，而喜殷璠《河岳英灵集》"等事例，都从不同侧面反映出唐人对时人编纂诗文总集的关注程度和审美趋向。

最早分类编纂的唐诗总集，当为唐人顾陶所编《唐诗类选》20 卷。关于顾陶的生平事迹，前人考证已备，兹不赘述。从陈伯海《唐诗总集纂要》、孙琴安《唐诗选本提要》、卢燕新《唐人编选诗文总集研究》等著作的相关章节和条目中可知，顾陶是会昌四年（844）进士，曾任太子校书郎，于宣宗大中十年（856）编成此书。但令人遗憾的是，《唐诗类选》正文早已亡佚，唯有《文苑英华》卷七一四载有顾陶大中十年所撰《唐诗类选序》和《唐诗类选后序》，从中能够推知此书的一二概貌。顾陶选诗，遵循着孔子删订《诗经》所提倡的诗学传统，又深受汉魏至隋唐年间诗坛上所推崇的风骨论之影响，想通过选诗实现"采诗而陈于国者，以察风俗之邪正，以审王化之兴废，得刍荛而上达，萌治乱而先觉，诗之义也大矣"② 的诗学理想。顾陶身处群才接踵、佳作竞出的社会环境中，有感于"虽前贤纂录不少，殊途同归，《英灵》《间气》《正声》《南薰》之类，朗照之下，罕有遗才。而取舍之时，能无少误？"③ 的现实状况，考虑到"未有游诸门而英菁毕萃，成篇卷而玷颣全无。诗家之流，语多及此，岂识者寡、择者多？实以体调不一，憎爱有殊，苟非通而鉴之，

---

① （唐）顾陶：《唐诗类选序》，《文苑英华》卷七一四、《全唐文》卷七六五均收录。转引自（宋）李昉等《文苑英华》，中华书局，1966，第3686页。
② 陈伯海等编著《唐诗总集纂要》，第60页。
③ （唐）顾陶：《唐诗类选序》，转引自陈伯海等编著《唐诗总集纂要》，第60页。

焉可尽其善者"①，所以"既历稔盈箧，搜奇略罄，终恨见之不遍，无虑选之不公。始自有唐，迄于近殁，凡一千二百三十二首，分为二十卷，命曰《唐诗类选》。篇题属兴，类之为伍而条贯，不以名位卑崇、年代远近为意。骚雅绮丽，区别有观，宁辞披拣之劳，贵及文明之代。时大中景子之岁也"②，将自己的诗学观念和选诗标准完整地展现出来。当多年的心愿变成现实，顾陶在感慨"余为《类选》三十年，深思耗竭，不觉老之将至"的同时，也为"大纲已定，勒成一家，庶及生存，免负平昔"③ 而欣慰不已。此书虽仅存两序，却深受历代诗论家的推崇。计有功《唐诗纪事》、吴曾《能改斋漫录》、胡仔《苕溪渔隐丛话》等都对其人其书进行品评。陈伯海先生认为《唐诗类选》是"唐人选唐诗中第一部有自觉意识的通选本"，也是"第一部按类书模式以题材分类编排的唐诗总集"④，对宋明以后的类编唐诗选集影响较大，在唐诗总集编纂史和类编总集研究史上具有开风气的意义。

（二）宋金元时期的类编唐诗总集

宋金元时期分类编纂的诗歌总集为数众多，主要有"罗、唐两士"所编的《唐宋类诗》、宋绶《岁时杂咏》、蒲积中《古今岁时杂咏》、赵孟奎《分门纂类唐歌诗》、孙绍远《声画集》等，而专选唐诗的总集有王安石《唐百家诗选》、郭茂倩《乐府诗集》、洪迈《万首唐人绝句》、释志南《天台三圣诗集》、赵蕃等合选《注解章泉涧泉二先生选唐诗》、赵师秀《二妙集》、李龏《唐僧弘秀集》、时天彝《续唐绝句》、刘克庄《唐五七言绝句选》、杨士弘《唐音》等，此外还有刘克庄《分门纂类唐宋时贤千家诗选》、方回《瀛奎律髓》等唐宋诗歌合选的总集，对后世古代典籍的

---

① （唐）顾陶：《唐诗类选序》，转引自陈伯海等编著《唐诗总集纂要》，第60页。
② （唐）顾陶：《唐诗类选序》，转引自陈伯海等编著《唐诗总集纂要》，第60页。
③ （唐）顾陶：《唐诗类选后序》，转引自陈伯海等编著《唐诗总集纂要》，第61页。
④ 陈伯海等编著《唐诗总集纂要》之《唐诗类选内容提要》，第59页。

整理也发挥了重要作用，产生了相当深远的学术影响。但由于唐五代时期战乱频繁发生，加上其他天灾人祸等主客观原因，许多唐代文献典籍逐渐失传，能够流传下来的少之又少。其中北宋王安石所编的《唐百家诗选》和南宋赵孟奎所编《分门纂类唐歌诗》最具代表性，宋初大型官修诗文总集《文苑英华》的影响也非常深远。

1. 《唐百家诗选》

旧题王安石所编《唐百家诗选》20卷，亦名《百家诗选》《王荆公唐百家诗选》。此书作者争议颇多，如晁公武《郡斋读书志》认为此书系宋敏求所编，因王安石观后有所去取，故后人误认为是王安石所编，《四库全书总目》等文献因之；陈振孙《直斋书录解题》和余嘉锡《四库提要辨证》认为此书系王安石所编；陈伯海先生则认为此书"应该是先由宋敏求初选，后由王安石去取厘定"①，其说法较为客观可信。此书约编成于宋嘉祐五年（1060），按照作家生活时代的先后顺序进行编次，详于中、晚唐而略于初、盛唐，共收录唐代104家诗人1200多首诗，王安石自序称"欲知唐诗者，观此足矣"。但由于此书并未收录李白、杜甫、韩愈、柳宗元、白居易、杜牧、李商隐等大家名家之作，后人毁誉参半，褒贬不一。如严羽《沧浪诗话》认为此书编纂本于《河岳英灵集》和《中兴间气集》，优点与缺点并存，其中"前卷读之尽佳，非其选择之精，盖盛唐人诗无不可观者。至于大历已后，其去取深不满人意……其序乃言'观唐诗者观此足矣'，岂不诬哉！今人但以荆公所选，敛衽而莫敢议，可叹也"。② 杨蟠在《王荆公唐百家诗选序》中对宋代编刻诗文总集的情况进行过简要分析："自古风骚之盛，无出于唐。而唐之作者不知几家，其间篇目之多，或至数千。尽致其全编，则厚币不足以购写，而大车不足以容载，彼幽野之人，何力而致之哉？"并对王安石的道德文章大加赞

---

① 陈伯海等编著《唐诗总集纂要》之《唐百家诗选内容提要》，第125页。
② （宋）严羽：《沧浪诗话·考证》，转引自陈伯海等编著《唐诗总集纂要》之《唐百家诗选内容提要》，第132页。

许，认为其"于诗尤极其工"，"于唐选百家，特录其警篇，而杜、韩、李所不与，盖有微旨焉"①。黄伯思则在其《跋百家诗选后》对杨蟠的观点进行批驳，认为"王公所选，盖就宋氏所有之集而编之，适有百余家，非谓唐人诗尽在此也。其李、杜、韩诗可取者甚众，故别编为《四家诗》，而杨氏谓不与此集，妄意以为有微旨，何陋甚欤"②，这一说法对王安石不选李、杜、韩等大家之诗的原因进行了剖析，更具说服力。此书金元时期传本未见，金人元好问《题中州集后》有"陶谢风流到《百家》，半山老眼净无花"之语，元人王结《读唐百家诗选》则发出"荆公选诗眼，政如经国手。自用一何愚，美恶颇杂糅。骊珠时见遗，鱼目久为宝。'唐诗观此足'，诬人何太厚"的感慨。③ 明人胡震亨《唐音癸签》卷三一"唐百家诗选"条，则分析了王安石因不选唐诗大家而导致不被众人理解的现象及原因，即"荆公又有杜韩欧李四家诗选，以韩次杜；又入本代欧阳公，置青莲之前，识者怪其不伦"④。清康熙年间著名诗人、书画家宋荦（1634～1713）曾购得《唐百家诗选》残本8卷，"宝爱之者比于吉光片羽，莫不思复得河东三箧以睹其全焉"，后从江阴某藏书家处复购得全卷，计百有四家，因举其成数而题称百家，于康熙四十三年（1704）重新刊刻，并在序文中备述此书传播过程中几乎沦没于世的境况。宋荦序文略曰："夫荆公没至孝宗乾道时，不过六七十年间，而序已云《唐百家诗选》沦没于世，盖由北辕南渡，播迁丧乱中，其所亡失书籍固不止此也。亦可慨夫！况乾道至今又六百年，而予寤寐之求甚久，一朝忽得，殆如香山居士所云'在在处处有灵物护之'者乎？于是复招迩求补刊十二卷，俾成完书，公诸同好。此固陈农之所不能求，而张安世之

---

① （宋）杨蟠：《王荆公唐百家诗选序》，转引自陈伯海等编著《唐诗总集纂要》，第126～127页。

② （宋）黄伯思：《东观余论》卷下《跋百家诗选后》，转引自陈伯海等编著《唐诗总集纂要》，第127页。

③ 陈伯海等编著《唐诗总集纂要》，第132～133页。

④ （明）胡震亨：《唐音癸签》卷三一，上海古籍出版社，第324页。

所不及识者也。天下赏心乐事无逾于此。"① 清初文坛盟主王士祯（1634~
1711）在看到宋荦收藏的《唐百家诗选》残本和刊刻的《唐百家诗选》全
本后，先后三次为《唐百家诗选》作跋，题目分别是《初跋王介甫唐百家
诗选不全本》《跋王介甫唐百家诗选全本》《跋百家诗选》，均收录于清康熙
五十年（1711）刻本《带经堂集》卷九一，可资参证。② 清末民初著名藏
书家叶德辉《郋园读书志》卷一五记载的内容则表达出对这部唐诗选本
的独特看法："荆公此选多取苍老一格，意其时西昆盛行，欲矫其失，乃
有此举耶？所选诸诗，虽不能尽唐贤之妙，亦可谓自出手眼，非人云亦云
者。"③ 近代思想家梁启超《王荆公选唐诗》一文，即表达了对这部唐诗
选本体例和内容方面的观点，认为此本"不选大家，亦选家之一法，或
此法竟是荆公所创也。然荆公别裁甚精，凡所选诸家皆能尽撷其菁华。吾
侪终以其不选大家，不得见其去取为憾耳"，又慨叹此本数百年间的流传
盛衰，称"书在乾道间，倪跋已恫其沦没，清初宋牧仲得之，喜诧不自
胜，委丘迟求重刻，今不及三百年，人间传本又稀如星凤矣"④。从上述
各种版本著述情况来看，《唐百家诗选》体现出详于中、晚唐而略于初、
盛唐的特点，经五代乱离之世后流传较少，明清时期得有识之士整理重
刻，清末民国时期又不同程度地淹没在历史的长河中。

2. 《分门纂类唐歌诗》

从严格意义上来说，现存最早的分类唐诗总集，是南宋赵孟奎所编
《分门纂类唐歌诗》残本 11 卷。⑤ 赵孟奎，字文耀，号春谷，湖州（今属
浙江）人。宋太祖十一世孙，宝祐四年（1256）文信国榜进士及第，官

① （清）宋荦：《唐百家诗选序》，转引自陈伯海等编著《唐诗总集纂要》，第 128~
129 页。
② 清人王士祯为《唐百家诗选》撰写的三则跋语，参见陈伯海等编著《唐诗总集纂
要》，第 129~130 页。
③ 转引自陈伯海等编著《唐诗总集纂要》，第 134 页。
④ 周岚、常弘编《饮冰室书话》，时代文艺出版社，1998。
⑤ （宋）王安石《唐百家诗选》亦有宋刻分类残本，日本静嘉堂文库已影印行世，傅
增湘《藏园藏书经眼录》卷一八录有现存各卷类目。

至秘阁修撰。《分门纂类唐歌诗》，又名《唐类编歌诗》，是宋代所编规模最大的唐诗总集。全书共 100 卷，收诗人 1353 家，录诗作 40791 首，收诗数量已接近清编《全唐诗》，虽称不上全录，但已经有总辑有唐一代之诗歌的基本倾向。赵氏自序称"是集之编，搜罗包括，靡所不备"，并对所录诗作进行了分类。序云：

> 凡唐人所作，……莫不类聚而旷分之，虽不足追"思无邪"之盛，要皆由人心以出，非尽背于情性之正者也。昔荆公尝选唐人三百家为一集，名曰《诗选》；姚铉作《唐文粹序》，谓有《唐诗类选》《英灵》《间气》《极元》《又元》等集，皆有去取于其间，非集录之大全也。雪林李君翼嗜唐诗，穷一生以为工，予既毕举子业，先公俾学诗，每相与讲论，叹诸家不可尽见。因发吾家藏，手出纲目，合订分类，志成此编。宦辙东西轴，属李君足成之，旁收逸坠，募致平生所未见者，得一千三百五十三家，四万七百九十一首，大略备矣。列为若干卷，盖首尾十余年而后毕，缮而藏之。①

从序文可以看出，赵孟奎编辑此集的宗旨在于"搜罗包括，靡所不备"，追求"集录之大全"的收诗标准。此书共分 8 大类 100 卷，其中"天地山川类"32 卷、"朝会宫阙类"8 卷、"经史诗集类"3 卷、"城郭园庐类"20 卷、"仙释观寺类"12 卷、"服食器用类"11 卷、"兵师边塞类"2 卷、"草木虫鱼类"12 卷，每类之下又分若干小类，"类聚而旷分之"。但可惜此书已残缺，现存仅 11 卷，即宛委别藏录绛云楼藏本《分门纂类唐歌诗残本》11 卷，包括"天地山川类"5 卷、"草木虫鱼类"6卷。今存清曹寅影宋抄本、宛委别藏本。

赵孟奎旁搜逸坠，网罗散佚，亲力亲为，"手出纲目，合订分类，志

---

① 《分门纂类唐歌诗》卷前，国家图书馆藏宋刊本。又见陈伯海《历代唐诗论评选》，河北大学出版社，2003，第 232 页。

成此编"，即便是在辗转宦途之中，也不忘叮嘱"李君足成之，旁收逸坠，募致平生所未见者"①，终于搜集了近 5 万首诗歌，这才觉得"大略备矣"。与北宋初年汇编而成的《文苑英华》相比，《分门纂类唐歌诗》在编纂体例上又向前推进了一步，而其按照题材分类的选诗方法，汇编诗文总集时的创新之处，对后世的影响也很大，如张之象《唐诗类苑》、顾应祥《唐诗类钞》等均仿其体。《四库未收书目提要·分类唐歌诗残本十一卷》盛赞此书"缺佚虽多，然全书体例，由是可推。且唐人隐僻姓氏，如毛宸所记文丙、详大诸人，亦未尝不藉是以存也"②，所评相当中肯。

3.《文苑英华》

张之象希望编成一部能汇辑"一代之制作"的鸿篇巨制，追求"大而全"的编纂宗旨是其最基本、最首要的选择。《唐诗类苑凡例》第七则就表明了他的编纂倾向："是集诗逾数万，人至千余，致为繁富，而品裁未及。盖欲尽唐音，不得不妍媸并收，庶存一代之制作，为千秋大观耳。若其采掇菁英，钩玄提要，无妨并美，请俟来者。"而宋初官修的大型诗文总集《文苑英华》1000 卷，正好符合张之象这一采择标准。

宋初帝王接受前代教训，采取偃武修文的国策，诏令诸儒大规模地修书。宋敏求《春明退朝录》卷下对当时大规模修书的情况记载颇详："太宗诏诸儒编故事一千卷，曰《太平总类》；文章一千卷，曰《文苑英华》；小说五百卷，曰《太平广记》；医方一千卷，曰《神医普救》。《总类》成，帝日览三卷，一年而读周，赐名曰《太平御览》。"此外，真宗皇帝也曾下诏诸儒，令人编撰君臣事迹 1000 卷，曰《册府元龟》；因不欲以后妃妇人等事厕其间，则别纂《彤管懿范》70 卷等。在这一批先后编纂刊行的文化典籍中，尤以被后世并称为"宋初官修四大书"的《太平御览》《太平广记》《文苑英华》《册府元龟》最为著名，其中《太平御览》是

---

① （唐）顾陶：《唐诗类选序》，转引自陈伯海等编著《唐诗总集纂要》，第 61 页。

② （清）永瑢等：《四库全书总目·分门纂类唐歌诗提要》，中华书局，1965，第 1857 页。另，《四库未收书目提要》卷三《分类唐歌诗残本十一卷》著录内容亦同。

类书，《太平广记》是笔记小说，《文苑英华》是文学总集，《册府元龟》为分类政治通史。对于从事唐诗文献研究和整理的学者来说，《文苑英华》的文献价值和学术价值最大。

《文苑英华》1000 卷、《目录》50 卷，是宋太宗命学士李昉、扈蒙、徐铉、宋白等人，编成的一部大型文学选集。此书始编于太平兴国七年（982），至雍熙四年（987）成书，以上继萧统《文选》为目的，"阅前代文集，撮其精要，以类分之"①，其纂修经过详见该书卷首收录的南宋嘉泰四年（1204）周必大校刻时所撰《纂修文苑英华事始》。《文苑英华》一书具有下列几方面的学术价值。

首先，《文苑英华》保存了大量的隋唐五代文学史料，可供后世研究和辑佚。经过唐末五代的长期兵燹，古代图书典籍几乎丧失殆尽，宋初官府乃"下诏遣使购求散亡，三馆之书，稍复增益"②。《文苑英华》的纂修者们充分地利用了官府所藏的图书，而这些图书后来又因各种原因而渐次亡佚，所以此书就成为隋唐五代诗文辑佚的渊薮。《文苑英华》共收录南朝梁末至唐五代作家近 2000 人，作品约 2 万篇，胡震亨称"内诗二百三十卷，六朝人居其一，唐人居其九。平南周氏谓：中晚唐如权德舆、李商隐、罗隐、顾云等，有全卷收入者。杨文公以为出杨徽之之手。唐人诗得传，实藉此书为多"③，是对其收诗规模庞大、收集文献较多、保存作品相对完整等几大优点的客观判断。

其次，《文苑英华》分体编排的编排体例更有利于研究者寻检诗文。此书编排体例仿效《文选》，先按文体分为 38 大类，即赋、诗、歌行、杂文、中书制诰、翰林制诰、策问、策、制、表、笺、状、檄、露布、弹文、移文、启、书、疏、序、论、议、连珠、喻对、颂、赞、铭、箴、传、记、谥哀册文、谥议、诔、碑、志、墓表、行状、祭文；每种文体又

---

① （宋）陈振孙：《直斋书录解题》卷一五，台湾商务印书馆，1978。
② （元）脱脱：《宋史》卷二〇二《艺文志》一，中华书局，1985。
③ （明）胡震亨：《唐音癸签》卷三一《集录》二，上海古籍出版社，1981。

按作品题材或写作目的以类相从，分成若干小类，如书中共收诗 180 卷，按照所论述的对象划分为 26 类，即天部、地部、帝德、应制、应令、应教、省试、朝省、乐府、音乐、人事、释门、道门、隐逸、寺院、酬和、寄赠、送行、留别、行迈、军旅、悲悼、居处、郊祀、花木、禽兽；在分类完全相同的情况下，大体按作者时代先后排列。这种先分体再分类的编排方式，对于研究者颇有裨益，如《文苑英华》卷一八〇至一八九共编省试、府试诗十卷，为后人研究唐人试帖诗提供了大量集中的史料，可免辗转翻检之劳。

最后，《文苑英华》具有很高的文献校勘价值。由于《文苑英华》成书时间较早，当时唐人诗集遭受损毁或亡佚的程度不太严重，故所选录的文献资料大多能保持文集的原本面目，书中所收诗作基本可以当作宋代第一部唐诗选集看待。此书本身还经常用"某作某"的方式保存异文，为后人判断作家作品最初的面貌提供了珍贵的证据。同时，因为南宋彭叔夏曾大量利用当时流传的各种别集、总集校过《文苑英华》，是以宋本校宋本，所以无论是《文苑英华》中所录的诗文、异文，还是彭叔夏的校语，均为研究唐诗的第一手资料，可用来订正讹误、校勘别集。

总体来看，《文苑英华》选录诗人身份较为广泛，上自帝王将相，下至释道隐士，旁及外夷，还选录了许多妇女的作品，能够反映有唐一代诗歌创作的全貌。此书所选唐代作家作品，对初唐、盛唐、中唐、晚唐各个时期的作品均有所选录，而且能兼顾到各个流派的作品，表现出《文苑英华》对有唐一代诗作选取的全面性。正如清代学者章学诚所说："唐人载籍，多见采于《太平御览》《文苑英华》。一隅反三，充类求之，古逸之可采者多矣。"① 历代学者在利用总集进行辑佚时，均从《文苑英华》中获得不少有用资料。张之象也不例外，他在《唐诗类苑凡例》中提到："题下姓名间有未刻者，原无考证，请俟博古。如旧板《乐府》及《文苑英华》中抄入者，

---

① （清）章学诚：《校雠通义》卷一，上海书店 1988 年影印本。

业已先失其名，因之亦阙。"由此可见，《唐诗类苑》编纂时，一定借鉴了《文苑英华》的内容体例，从中采用了很多重要的文献材料。

（三）其他编纂体例的诗文总集

除前述重要类书和类编诗文总集外，前代还有一些诗文总集的不同选诗标准，也为张之象编纂《唐诗类苑》提供了丰厚的滋养。如郭茂倩《乐府诗集》、赵师秀《众妙集》、周弼《三体唐诗》和杨士弘《唐音》等在诗歌题材、诗学风格、诗学理论和创作技巧等方面对其影响更为深入。①

《乐府诗集》100 卷，宋郭茂倩辑。郭茂倩，仕履未详，太原（今属山西）人。此书录汉魏至唐五代乐府歌词，兼及上古至唐末谣词，分为《郊庙歌辞》12 卷、《鼓吹曲辞》5 卷、《清商曲辞》8 卷、《燕射歌辞》3 卷、《相和歌辞》18 卷、《横吹曲辞》5 卷、《琴曲歌辞》4 卷、《舞曲歌辞》5 卷、《杂曲歌辞》18 卷、《杂歌谣辞》7 卷、《近代曲辞》4 卷、《新乐府辞》11 卷，是宋人就乐府诗体裁所汇编的一部大型诗歌总集。

《乐府诗集》素材完整，题材多样，共收录了 40 多位唐代诗人 400 余首新乐府诗，较为清晰地反映出唐代乐府诗的整体发展状况，为后人研究唐代乐府诗提供了极有价值的文本依据。同时，在结构编排上，一些大类分若干小类，各大类、小类均有叙说，曲题有解题，对各种歌辞的源流、内容、特色等均有详细精当的论述，其中很多资料都是从事相关课题研究者案头必不可少的文献典籍，成为研究汉魏迄唐五代乐府诗最重要的总集。《四库全书总目》称其"征引浩博，援据精审，宋以来考乐府者无能出其范围。每题以古词居前，拟作居后，使同一曲调而诸格毕备，不相沿袭，可以药剽窃形似之失"②，"摹拟聱牙之弊"，"诚乐府中第一善本"③，

---

① 胡建次：《南宋唐诗文献工作的深化》，《五邑大学学报》（社会科学版）2005 年第 2 期。

② （清）永瑢等：《四库全书总目》卷一八七《乐府诗集提要》，中华书局，1965。

③ （清）永瑢等：《四库全书总目》卷一八七《乐府诗集提要》，中华书局，1965。

评价较为中肯。

张之象采录前代诗文总集时的态度比较谨慎。由于受时代风潮的影响，张之象在采用《乐府诗集》中的文献资料时，一直根据能否"尽被管弦"的标准，对古乐府和新题乐府采取了区别对待的方式。他认为"乐府乃一代之典章，其作之有宫徵，肄之有条贯，不容分析破碎"，故在编纂《古诗类苑》时，"悉以郭茂倩旧次汇为一部，以便览观"①；编纂《唐诗类苑》时，则将"乐府诗大都散入别部，如玄宗《祭汾阴乐章》则入水部之汾水，太宗《饮马长城窟行》则入边塞部之长城，以题与古同，而命意则异，且有并立新题者，虽皆名为乐府，未可尽被管弦耳"②；而对待诗篇的作者著录，则采取十分审慎的态度，"题下姓名间有未刻者，原无考证，请俟博古。如旧板《乐府》及《文苑英华》中抄入者，业已先失其名，因之亦阙"③。

张之象《唐诗类苑》对前代诗文总集的学习，还表现在对前人诗学审美倾向的借鉴上。如果说郭茂倩《乐府诗集》对张之象的影响主要表现在诗歌题材上，那么赵师秀《众妙集》、周弼《三体唐诗》和杨士弘《唐音》等总集则是在诗学风格、诗学理论和创作技巧等方面对其影响更大。

明代中期，中、晚唐诗人诗歌创作中追求形式技巧的倾向影响还很深远。张之象在《唐诗类苑·引用诸书》中著录了 48 种诗文总集，其中有不少尊奉江西诗派、晚唐体、江湖诗派的诗歌选本。如赵师秀是"永嘉四灵"之一，其编选的《众妙集》受江西诗派影响较大，主要继承了姚合《极玄集》的诗学倾向和选诗标准，侧重讲究近体法度，总结诗歌的形式技巧。周弼《三体唐诗》意在挽救当时江湖派末流诗人句法油滑之弊，所以选诗以中、晚唐诗人的近体居多，强调作诗要"有一诗之法，有

①　《古诗类苑凡例》第四，《古诗类苑》卷前。
②　《唐诗类苑凡例》第八，《唐诗类苑》卷前。
③　《唐诗类苑凡例》第九，《唐诗类苑》卷前。

一句之法，有一字之法，止于此三法，而江湖无诗人矣"，更加注重诗歌的形式技巧。张之象一方面对这些唐诗选本悉心学习，另一方面也对追求其他不同倾向的唐诗选本非常重视。《唐音》中的诗歌"大抵多略于盛唐而详于晚唐"，特别是其《正音》部分"以五七言古律绝各分类者，以见世次不同、音律高下"① 的独特倾向，吸引着张之象的目光，从而使自己编纂的诗歌总集涵盖了唐诗不同时期、不同流派的不同风格变化，在"转益多师"的过程中实践着自己的编纂主张。

总而言之，张之象对前代诗文总集的学习与借鉴，主要体现在三个方面：一是对前代诗文总集编纂内容的采纳，二是对前代类编诗文总集编纂体例和分类体系的借鉴，三是对前代诗文总集选诗标准的学习。顾陶《唐诗类选》、李昉等《文苑英华》、赵孟奎《分门纂类唐歌诗》、郭茂倩《乐府诗集》、杨士弘《唐音》等诗文总集或唐诗选集，都对其产生了不同程度的影响，从中可以窥得唐诗学发展的一些脉络或轨迹。

第三节　《唐诗类苑》与明代其他唐诗总集比较研究

明人选唐诗数量众多，流派纷呈，诗论主张亦各有侧重，形成了唐诗整理与研究的又一个高峰。明代井喷式选诗热潮的出现，与钱谦益眼中"唐人选唐诗者，一代不数人"② 的现象大相径庭。究其原因，一是明代商品经济的繁荣和雕版印刷的发达，直接引发了明代刻书活动的文化潮流，为明人整理研究唐五代诗学文献奠定了良好的物质基础；二是明代诗坛尊唐崇唐的风气影响，加上众多选家的个人性情，为明人整理研究唐五代诗学文献创造了良好的学术氛围。明人编纂诗文总集的热情如雨后春笋，精彩迭出。其中以张之象《唐诗类苑》200 卷、黄德水等《唐诗纪》

---

① （元）杨士弘：《唐音序》，转引自陈伯海等编著《唐诗总集纂要》，上海古籍出版社，2016，第 248 页。

② （清）钱谦益：《爱琴馆评选诗慰序》，《钱牧斋全集》第 5 册，上海古籍出版社，2003，第 715 页。

170卷、胡震亨《唐音统签》1033卷等为代表的唐诗全集，以网罗一代诗学文献为宗旨，追求"大而全"的诗学主张，在文献保存、辑佚和校勘等方面发挥了重要作用。

张之象一方面对前代唐诗选本悉心学习，另一方面也受到身边一些师长如陆深、顾璘、文徵明、徐献忠等人诗学观念的影响，积极参考借鉴同时代人编纂的各种诗歌总集，不断充实自己的编纂内容，完善自己的编纂体例。高棅《唐诗品汇》从内容到形式都是张之象师法的对象，对他的影响也最直接、最深刻、最持久。前文在论及"《唐诗类苑》的编纂体例"时，曾在"收录作品有明确的时限概念"中对杨士弘《唐音》、高棅《唐诗品汇》、张之象《唐诗类苑》三部诗歌总集关于"四唐说"分期进行了相关的比较；在论及张之象"《唐诗类苑》的编纂情况"时，也曾对明代嘉靖、万历年间出现的古诗总集与唐诗总集合刻的现象展开论述，并将当时出现的一系列较为著名的"明代古诗与唐诗合选情况"进行了统计比较，已经探讨过的内容不再赘述。下面择其要者，将《唐诗类苑》与高棅《唐诗品汇》、黄德水等《唐诗纪》、吴勉学《四唐汇诗》、胡震亨《唐音统签》等诗歌总集进行编纂主旨方面的比较，以此来探究《唐诗类苑》在明代唐诗学史上的编纂得失。

在上列几种重要的明代唐诗总集中，高棅编选的《唐诗品汇》一书，在唐诗学史上的影响最为深远，其学术地位也最为重要。

《唐诗品汇》90卷、《拾遗》10卷，明高棅编。高棅，字彦恢，更名廷礼，别号漫士，长乐（今福建省福州市长乐区）人。永乐初，以布衣召为翰林待诏。著有《唐诗正声》《啸台集》《木天清气集》等。《唐诗品汇》始编于明洪武甲子（1384），完成于洪武癸酉（1393）。前有明马得华、王偁、林慈等人撰序，都对此书作了极高的评价。《明史》卷二八六《文苑传》三亦云："其所选《唐诗品汇》《唐诗正声》，终明之世，馆阁宗之。"足见其对明代诗学影响之大。高棅自撰《唐诗品汇总叙》云：

余凤耽于诗，恒欲窥唐人之藩篱，首踵其域，如堕终南万迭间，茫然弗知其所往。然后左攀右涉，晨跻夕览，下上陟顿，进退周旋历十数年，厥中僻蹊通庄，高门邃室，历历可指数，故不自揆，窃愿偶心前哲，采撷群英，芟夷繁猬，裒成一集，以为学唐诗者之门径。载观诸家选本，详略不侔，《英华》以类见拘，《乐府》为题所界，是皆略于盛唐而详于晚唐，他如《朝英》《国秀》《箧中》《丹阳》《英灵》《间气》《极玄》《又玄》《诗府》《诗统》《三体》《众妙》等，立意造论，各该一端。惟近代襄城杨伯谦氏《唐音》集，颇能别体制之始终，审音律之正变，可谓得唐人之三尺矣。……远览穷搜，审详取舍，以一二大家、十数名家，与夫善鸣者，殆将数百，校其体裁，分体从类，随类定其品目，因目别其上下、始终、正变，各立序论，以弁其端。爰自贞观至天祐，通得六百二十人，共诗五千七百六十九首，分为九十卷，总题曰《唐诗品汇》。

高棅对唐诗各期的流变特点，对明之前唐诗选本优劣得失的评价，以及自己编选此书的缘起，都作了一个十分全面、详细的介绍。书前尚有《历代名公叙论》《凡例》《引用诸书》《诗人爵里详节》诸项。全书按诗体排列，每种诗体之前都有叙目，实为该诗体之总论，主要说明这种诗体的来源以及在唐代各期的流变情况。明胡震亨以为此书从杨士弘《唐音》演衍而出："高廷礼巧用杨法，别益己裁，分各体以统类，立九目以驭体，因其十以得其变，尽其变以收其详，斯则流委既复不紊，条例亦得全该，求大成于唐调，此其克集之者矣。"

《唐诗品汇》继承和发展宋人严羽《沧浪诗话》中的思想，明确提出初、盛、中、晚"四唐"分期说；设立九个品目，"大略以初唐为正始，盛唐为正宗、大家、名家、羽翼，中唐为接武，晚唐为正变、余响，方外、异人等诗为旁流，间有一二成家特立与时异者，则不以世次拘之"，对明代前后七子"诗必盛唐"的主张极有影响。同时，诚如胡震亨所说，其"大谬在选中、晚必绳以盛唐格调,概取其肤立仅似之篇,而晚末人真正本色,一无所收"。我国古代的唐诗选本虽有数百种之多,但在作品的广泛、体系的完整、理论的阐述等方面,均莫超过于此书,尤其是对唐以来关于唐诗各体流变的种种论述加以小结,使宗奉盛唐的"四唐说"形成一个体系,《唐诗品汇》确为我国唐诗选本中的一块丰碑。

从《唐诗类苑》与高棅《唐诗品汇》、黄德水等《唐诗纪》、吴勉学《四唐汇诗》和胡震亨《唐音统签》等大型诗歌总集的编纂体例、编纂宗旨、选诗标准等方面的区别,大致可知《唐诗类苑》在唐诗学史上的编纂特色,从而使其独特的文献价值和学术价值得到彰显。

综上所述,唐宋以来的重要类书、类编诗文总集和其他体例的诗文总集,对于张之象编纂《唐诗类苑》一书,发挥了重要的作用,具有重要的文献价值和文化价值。一是保存了大量的原始资料。如据晁公武《郡斋读书志》记载,《岁时杂咏》系北宋参知政事宋绶按照时令季节编次而成的诗歌总集,主要收录汉魏古诗至唐人诗作 1506 首,可惜此书在南宋以后即已失传。蒲积中《古今岁时杂咏》严格遵循宋绶《岁时杂咏》的编纂体例,计 46 卷,共收录汉魏时期至唐宋年间的优秀诗篇 2749 首,保存了宋以前大量的文献资料,较为直观地反映出作家所处时代的诗文创作情况。二是收录的文献资料为作家别集所不收,可作为文献辑佚的重要依据。清编《全唐诗》和当代学者编纂《先秦汉魏晋南北朝诗》《全宋诗》等大型文学总集时,都从蒲积中《古今岁时杂咏》中辑佚出不少诗作。清人曹寅《分门纂类唐歌诗跋》云康熙年间纂修《全唐诗》时,曾经从虞山钱宗伯家借阅此书,"增入人诗甚多,观者不可以为刍草而轻之"①,给予这部残本唐诗总集以很高的评价,可见其文献价值之高。三是这类诗文总集收录的作品往往与别集中有不少异文,既能在进行典籍整理时作校

---

① (清)曹寅:《分门纂类唐歌诗跋》,见宋刻本《分门纂类唐歌诗》卷末。另见陈伯海等编著《唐诗总集纂要》,第 219 页。

勘之用，又能通过作品展示时代之风貌。如方回编选的唐宋律诗总集《瀛奎律髓》，编诗"合二代而荟萃之，不分人以系诗，而别诗以从类"，共收录唐宋时期385家诗人、3014首五七言律诗，"视乎世运之盛衰与人材之高下"而选择，"盖譬之史家，彼则龙门之列传，而此则涑水之编年，均之不可偏废"，"斯固诗林之指南，而艺圃之侯鲭也"①。纪昀《瀛奎律髓刊误序》却对此书颇为诟病，认为其选诗具有"矫语古淡""标题句眼""好尚生新"三大弊端，反映出清代前期官方学者对《瀛奎律髓》的不同认识与评价。一部部各有千秋的类书或类编唐诗总集，是保存古代典籍、传播古代文化的重要载体，既表现出编纂者在编纂诗文总集时的独特探索实践，又折射出不同历史时期文献典籍的传播情况、诗学发展的基本脉络和某一时代的审美风尚，兼具文学批评的共性特征和个体实践的典型意义。

明代五种大型唐诗总集的编纂主旨比较②

总集名称及卷次	编者	有无诗人小传或诗人爵里	主要选诗标准与编纂体例	编纂宗旨
《唐诗品汇》90卷、《拾遗》10卷	高棅	录有"历代名公叙论"和"诗人爵里详节"	1. 是编之选，详于盛唐，次则初唐、中唐，其晚唐则略矣 2. 不立格，不分门，但以五七言古今体分别类从各为卷，卷内始立姓氏，因时先后而次第之 3. 诸体集内定立"正始""正宗""大家""名家""羽翼""接武""正变""余响""旁流"诸品目者，不过因有唐世次、文章高下而分别诸卷，使学者知所趋向，庶不惑乱也	诚使吟咏性情之士，观诗以求其人，因人以知其时，因时以辩其文章之高下，词气之盛衰，本乎始以达其终，审其变而归于正，则优游敦厚之教，未必无小补云（《唐诗品汇总序》）

---

① （清）吴之振：《瀛奎律髓序》，转引自陈伯海等编著《唐诗总集纂要》，第228~229页。

② 此表引用的文献资料主要来自陈伯海等编著《唐诗总集纂要》一书的相关条目，不再一一标注。

总集名称及卷次	编者	有无诗人小传或诗人爵里	主要选诗标准与编纂体例	编纂宗旨
《唐诗纪》170 卷	黄德水 吴琯	作者所书要略，俱主正史本传，以次及于《纪事》诸书，其无纪者，但存其名，其无名者，乃附于末，一如前例也	1. 是编原举唐诗之全，以成一代之业，缘中晚篇方在编摩，续刻有待 2. 初盛中晚，大概主《品汇》所列姓氏爵里而分。……盖《品汇》主于选，故所重在人，而此主于纪，故所论在世，又不嫌于各异也 3. 诗至于唐，则体俱有定，人多可考。古尽以人、统其体，一如西京之例	"仿冯汝言《诗纪》纪全唐诗"，"考世里、叙本事、采评论、订疑误，稗官野史之说，残篇只字之遗，靡不捃摭"，以"尽一代之业"（李维桢《唐诗纪序》）
《唐诗类苑》200 卷	张之象	录有"四唐年号诗人总目"	1. "初盛中晚，区分域别"；"朝阳暮霞，春卉寒英，咸各有致，宁容植本而捐枝，举首而遗尾"，故类其全也；"有唐四叶，风雅尽在是矣" 2. "类则甲乙兼收，苑则妍媸不择"，"于是唐人之诗只字不漏，片言尽收"，"备一代之大雅，垂千祀之鸿烈，博矣哉" 3. 各以类次，因类以索诗；采掇菁英，钩玄提要，无妨并美，请俟来哲	1. 诗无类书，诗之有类书也，自兹刻始（《唐诗类苑凡例》） 2. 盖欲尽唐音，不得不妍媸并收，庶存一代之制作，为千秋大观耳（《唐诗类苑凡例》） 3. 取其给青厢之荟萃，而资锦囊之呫嗫，便于初机云尔（冯时可《唐诗类苑序》）
《四唐汇诗》194 卷（残）	吴勉学	录有《诗人氏系履历》	人则世次，体则类分，类分之中，又即其题，使各为类	主其备不主其删，以汇而集以便览观

总集名称及卷次	编者	有无诗人小传或诗人爵里	主要选诗标准与编纂体例	编纂宗旨
《唐音统签》1033 卷	胡震亨	汇录唐五代诗人诗作及相关资料，按天干名号编为十签	因为"唐开元间，列经史子集为甲乙丙丁四科，科各置牙签，殊以色"，故胡震亨"仿其意而汇全唐三百年诗，次为一编，若初，若盛，若中，若晚，亦签区之，《戊签》其晚唐也"（杨鼐《唐音戊签序》）	晚伤风雅道衰，六义浸微，爰辑唐音。上自廊庙，下迄委巷，闾阎、仙释，靡不毕采，综一代之盛，订为千帙，区作十签（胡申之《唐音戊签引》）

第六章

《唐诗类苑》 的学术地位与影响

　　作为一部 200 卷的唐诗总集，与《唐诗品汇》《唐诗正声》《唐音统签》等明代的唐诗总集相比，关于张之象《唐诗类苑》的研究相当冷落。这种情况的出现，大致有以下几个方面的原因：一是因为《唐诗类苑》流传不广，注意的人太少；二是受到四库馆臣与陈言旧说的影响；三是明代编辑唐诗的大家太多，强烈地吸引了学术界的注意力。但是，这些客观因素并不能妨碍人们对《唐诗类苑》在文学史上的地位和影响的认可。整理和研究《唐诗类苑》，对于唐诗作品的校勘、辑佚、辨伪、整理工作，对于了解历代唐诗总集的编纂，对于今天编纂一部更加完备或精要的唐诗选本等方面，都有着不容忽视的价值和意义。

第一节　《唐诗类苑》的学术地位

　　《唐诗类苑》在当前唐诗研究中独特的学术地位主要体现在三个方面：一是张之象以独特的诗学眼光和学术视野，编纂了这部现存最早、规模最大的分类唐诗总集；二是《唐诗类苑》关于唐代诗史的划分，使"四唐分期说"更加完善；三是《唐诗类苑》是明清时期一些文人编纂总集和类书时共同的采录对象，可以梳理和总结明清时期文学文献的利用状况。

　　首先，《唐诗类苑》是现存最早、规模最大的分类唐诗总集。

历代总集常见的类型有三种，即分体、分类、编年。唐诗选本自唐顾陶《唐诗类选》始以类编排，继之以北宋李昉等人的《文苑英华》、王安石的《唐百家诗选》（分类本今存残卷）、南宋赵孟奎的《分门纂类唐歌诗》、宋末元初方回的《瀛奎律髓》，至明代张之象《唐诗类苑》的出现，才算是真正意义上的分类编排的唐诗总集。原因如下。

顾陶《唐诗类选》已佚，唯《文苑英华》卷七一四载有顾陶《唐诗类选序》和《唐诗类选后序》，能推知此书概貌一二；《文苑英华》并不是严格意义上的唐诗总集，而是一部收录南朝梁末至唐五代的诗文总集，其编纂体例是先分体后分类；王安石的《唐百家诗选》分类本现存只有宋刻残本，即《百宋一廛赋》所注在小读书堆的分类宋椠残本，现藏日本静嘉堂文库，中国国家图书馆藏有静嘉堂文库于日本昭和十一年（1936）影印宋刻分类本；赵孟奎的《分门纂类唐歌诗》已残缺，现存仅11卷，即"天地山川类"5卷、"草木虫鱼类"6卷，今有宛委别藏录绛云楼藏本《分门纂类唐歌诗残本》11卷；方回的《瀛奎律髓》是一部专选唐宋五言、七言律诗的诗歌选本，也不是严格意义上的唐诗选本。因此，作为分类编排体系的唐诗总集，张之象编纂的《唐诗类苑》是现存规模最大、编纂较早、体系较为完备的唐诗分类总集，是分类唐诗总集的扛鼎之作。通过分析《唐诗类苑》的编纂体例和整体规模，将其与前后不同时期编纂的唐诗总集进行比较，能够大致勾勒出明人对唐诗全集的真实构想。《唐诗类苑》长期未被纳入研究者的视野，直至日本学者中岛敏夫整理本的刊印，才引起国内学人们的研究兴趣，故而外界对其基本面貌、编纂体例、性质归属、学术价值等方面不甚明了，对张之象《唐诗类苑》的利用和研究更是几近空白，而这些恰恰是《唐诗类苑》研究中最不可或缺的内容。深入考察《唐诗类苑》的整体情况，在唐诗文献整理研究领域具有一定的代表意义，对于研究唐诗总集的流播史亦有重要的参考价值。

其次，《唐诗类苑》在前代学者研究的基础上对于唐代诗史的划分，使"四唐分期说"更加完善。

通过深入研究《唐诗类苑》的基本面貌和整体情况，既可以对唐代相同题材的诗歌进行纵向和横向的比较，又可以对历代类编唐诗总集进行纵向和横向的比较，还可以对张之象编纂的几部诗文总集进行综合比较，从而为全面把握某一题材作品的发展演进规律、深入探究某位作家的审美取向与其作品的传播情况等方面提供更为精准的理论依据和内容支撑。如关于唐诗的分期问题，学术史上有三分法、四分法、五分法、八分法等，传统上多是以"初、盛、中、晚"划界的"四唐说"为主流。钱仲联先生在《唐诗演进论序》中指出："述论三唐之诗，宋人开其先河，计有功《唐诗纪事》、严羽《沧浪诗话》有发凡起例、设坛树帜之功。其后辛文房《唐才子传》、高棅《唐诗品汇》、胡应麟《诗薮》、胡震亨《唐音癸签》、许学夷《诗源辩体》、叶燮《原诗》，皆一时之力作，而王世贞、钱谦益、王夫之、王士禛、赵执信、袁枚、赵翼、潘德舆、陈衍诸公，祖唐祧宋，取径不同，然皆自成一家，其说嘉惠学林。"以下将历代有关唐诗分期的著述文字一一摘引，以彰显张之象对"四唐说"形成的独特贡献。

宋杨时《龟山先生语录》卷二："诗自《河梁》之后，诗之变至唐而止，元和之诗极盛，诗有盛唐、中唐、晚唐，五代陋矣。"

宋严羽《沧浪诗话·诗体》："唐初体（唐初犹袭陈隋之体），盛唐体（景云以后，开元、天宝诸公之诗），大历体（大历十才子之诗），元和体（元、白诸公），晚唐体。"

宋刘克庄《中兴五七言绝句序》："昔人有言，唐之文三变，故有盛唐、中唐、晚唐之体。"

宋末元初方回《瀛奎律髓》卷一〇评许浑《春日题韦曲野老村舍》："予选诗以老杜为主，老杜同时人皆盛唐之作，亦皆取之。中唐则大历以后，元和以前，亦多取之。晚唐诸人，贾岛开一别派，姚合继之，沿而下亦非无作者，亦不容不取之。"

元杨士弘《唐音》卷首《正音》："自武德至天宝末六十五人，为唐初、盛唐诗。……自天宝至元和间四十八人，为中唐诗。……自元和至唐末四十九人，为晚唐诗。"

明高棅《唐诗品汇》卷前《诗人爵里详节》"公卿名士"："自武德至开元初得一百二十五人为初唐（618～713），自开元至大历初得八十六人为盛唐（713～766），自大历至元和末得一百五十四人为中唐（766～820），自开成至五季得八十一人为晚唐（836～907～960）。"

明张之象《唐诗类苑·四唐分期》："武德至开元初为初唐（618～713），开元至大历为盛唐（713～766），大历至元和长庆为中唐（766～824），宝历开成以后为晚唐（825～907）。"

明徐师曾《文体明辨序说·近体律诗》："由高祖武德初至玄宗开元初为初唐，由开元至代宗大历初为盛唐，由大历至宪宗元和末为中唐，自文宗开成初至五季为晚唐。然盛唐诗亦有一二滥觞晚唐者，晚唐诗亦有一二可入盛唐者，要当论其大概耳。"

由上述排列的材料可以看出：严羽为我们勾画了唐诗流变的基本轮廓，从严羽的"五体"辨到明代的"四唐说"，严羽确立的宗唐范式影响着整个明代的主流诗学；方回在《瀛奎律髓》中明确划分出"中唐"的概念，实现了"五体"向"四唐"的转变；杨士弘的《唐音》正式列出"初、盛、中、晚"的标目，为"四唐"做了初步断限，为明代学者对"四唐"分期的界定打下了基础，但并没有进一步从理论上加以阐发；高棅的《唐诗品汇》，将"四唐说"扩展成一个完整的系统，"中唐"到"晚唐"之间有十多年的空隙，远远不够完善，但对明代以后的诗论影响深远；张之象明确提出具体的"四唐"界限，弥补了《唐诗品汇》的分期缺陷，使得"四唐分期说"更加完善；稍晚于张之象的徐师曾，在其《文体明辨》中对四唐分期的说法直接套用了高棅的分期，并无新的创见。因此，张之象《唐诗类苑》的编成，从理论建构到实践运用两个方面完善了"四唐说"的建构体系。

最后，《唐诗类苑》是明清时期一些文人编修类书或总集时共同的采录对象，可以梳理和总结出明清时期文学文献的存佚和利用情况。

　　一方面，通过梳理《唐诗类苑》的文献来源和收录实况，既能够总结明代中期唐诗文献的利用状况，又能够探究由唐至明唐诗总集、诗文别集、稗史小说、诗文评、类书等文献的渊源流变，对于认识和整理明清唐诗学的发展有很大的帮助，还可以为研究明代文学思潮的嬗变提供不同的视角。另一方面，可以梳理和总结出明清时期文学文献的存佚和利用情况。据《四库全书总目》记载："自《艺文类聚》《初学记》始以咏物之诗分隶各类；后宋绶、蒲积中有《岁时杂咏》，专收节序之篇；陈景沂有《全芳备祖》，惟采草木之什；未有搜合遗篇、包括历代、分门列目、共为一总集者。明张之象始有《古诗类苑》《唐诗类苑》两集，然亦多以人事分编，不专于咏物。其全辑咏物之诗者，实始自是编（《佩文斋咏物诗选》）。所录上起古初，下讫明代，凡四百八十六类，又附见者四十九类，诸体咸备，庶汇毕陈，洋洋乎词苑之大观也。"[①]

第二节　《唐诗类苑》的影响

　　《唐诗类苑》编成于明嘉靖年间，而刊刻时已是万历二十九年（1601），中间间隔达半个世纪之久。他在编纂《唐诗类苑》的过程中，充分利用当时的类书与通行的各种别集、总集对勘，以订正文献刊刻过程中所产生的文字上的讹脱衍倒；同时还大量利用前代和当代的研究成果，收罗了当时相对完备的唐诗资料。作为一部分类编排的诗歌总集，《唐诗类苑》对当时和后世的影响主要体现在总集和类书的编纂两个方面。

　　第一，《唐诗类苑》的编纂体例影响了明代中后期诗文总集的编纂。

　　《唐诗类苑》的稿本一经编成，就受到世人的关注。据黄体仁《古诗类苑序》称，《唐诗类苑》和《古诗类苑》是张之象历经20多年编成的，

──────────

① （清）永瑢等：《四库全书总目》卷一九〇《御定佩文斋咏物诗选提要》，中华书局，1965，第1726页。

但因家贫不能杀青，于是把稿本托付给俞显卿；俞显卿"业已缮写雠校，一旦捐宾客而不能卒业，笥而藏者十余载"；直至万历二十九年（1601），《唐诗类苑》才"始刻于吴门曹氏家坊"，次年《古诗类苑》由俞显谟刻于海上。书稿未刻之先，"玄超集其成而厄于空囊；子如将广其传而抑于短晷；令寓内骚人墨卿日喁喁如壁间枕中之秘，争以不得睹为恨"。万历十四年（1586），"浙人卓澂甫偶得其稿，乃割初、盛唐梓之，自为名而掩先生劳"①，《四库全书总目》卷一九二《唐诗类苑提要》亦对此加以考辨。卓氏虽有攘美之嫌，但因卷前有当时文坛领袖王世贞所撰《唐诗类苑序》，故客观上使此书流布更广、影响更大。

《唐诗类苑》对总集编纂的影响，还体现在对明代中后期诗文总集编纂的影响。嘉靖、万历年间，古诗和唐诗合选似乎成为一种风气，各类合集相继涌现。张之象所辑的《古诗类苑》130 卷、《唐诗类苑》200 卷，在当时诗坛上具有首开风气之功。除了张氏这两部书，较为有名的系列选本还有以下几部。

冯惟讷《古诗纪》156 卷，黄德水、吴琯等《唐诗纪》170 卷；

臧懋循《古诗所》56 卷，《唐诗所》47 卷；

钟惺、谭元春编《古诗归》15 卷，《唐诗归》36 卷；

唐汝谔《古诗解》24 卷，唐汝询《唐诗解》50 卷；

陆时雍《古诗镜》36 卷，《唐诗镜》54 卷；等等。

这些古诗与唐诗合选的做法，均与当时的选诗风尚有关。特别是冯惟讷的《古诗纪》一书，借鉴了张之象《古诗类苑》和《唐诗类苑》的体例和内容，并以其"穷本知变以窥风雅之旨"②的编纂意图和"诗以人系，人以代分，代以时次"的编排特点，为古诗的辑佚与研究提供了借鉴。尽管清修四库馆臣对张之象"以类系诗"的编排方法颇有微词，认

---

① （明）冯时可：《唐诗类苑序》，《唐诗类苑》卷前。

② 《古诗纪》卷首张四维《古诗纪原序》，《四库全书》本。

为很多著作都是受到张之象《唐诗类苑》的负面影响，如《四库全书总目提要》卷一九三《诗宿提要》云"是编采周、秦、汉、魏、六朝、三唐之诗，区别差次，为部二十八，子目一百五十有四。陈、隋以上，诗体不甚异者都称古诗，惟以时代为序；唐则类以题分，人以诗分，诗以体分，亦张之象《唐诗类苑》之流亚也"，《四库全书总目提要》卷一九三《唐诗所提要》亦谓"每门之内又各以题目类从，饾饤割裂，亦张之象《唐诗类苑》之流也"，但这也从一个侧面反映出张之象这部唐诗总集在当时和后世文坛的广泛传播和深远影响。比如明人章嘉桢就曾在《臧懋循墓志铭》中谈到，臧懋循退隐归家之后，"辄叹《三百篇》而后，章什不啻浩繁矣，音格乖舛，若《纪》，若《函》，若《品汇》，若《类苑》，又多挂漏，殚精搜辑厘正之。以古诗若干卷为《古诗所》，唐诗初、盛若干卷为《唐诗所》"[1]，可知臧懋循编纂《唐诗所》时曾将《唐诗类苑》作为重要的参考文献。再如明人曹学佺编辑《石仓十二代诗选》时，编选有《石仓唐诗选》110卷，并在其撰写的《唐诗选序》中指出，"近日之为《诗所》《诗类》，皆本于《唐诗类苑》，又重在类，而不在选也"[2]，从中可以推知《唐诗类苑》刚一刊行，就受到许多学者的仿效或参照。张之象所辑的《古诗类苑》和《唐诗类苑》，在这一诗学思潮中仍以其开创之功而受到后世研究者的重视。

第二，《唐诗类苑》的编纂宗旨影响了清代大型类书《渊鉴类函》的编纂。

《唐诗类苑》因为体例上的特别，所选作品的多样性与同类作品的相对集中性，有利于学者进行其他范围的学术研究，从而使其具有更为广泛的影响，故而经常被人当作类书来使用。康熙四十年（1701），张英等人奉命编成大型类书《渊鉴类函》，"恭率翰詹诸臣商确凡例，胪列区分，

---

① 陈伯海等编著《唐诗总集纂要》，上海古籍出版社，2016，第408页。
② （明）曹学佺：《唐诗选序》，《石仓十二代诗选》卷首，明崇祯四年（1631）刻本收录。转引自陈伯海等编著《唐诗总集纂要》，上海古籍出版社，2016，第461页。

益以他书，句栉字比"，"谨誊写稿本四百五十卷、目录四卷，奉表恭进以闻"①。《渊鉴类函凡例》云此书搜采"今自初唐以后，五代、宋、辽、金、元，至明嘉靖年止。所采《太平御览》《事类合璧》《玉海》《孔帖》《万花谷》《事文类聚》《文苑英华》《山堂考索》《潜确类书》《天中记》《山堂肆考》《记纂渊海》《问奇类林》《王氏类苑》《事词类奇》《翰苑新书》《唐诗类苑》及二十一史、子、集、稗编，咸与搜罗，悉遵前例编入"。② 该书前有康熙四十九年（1710）十月《御制渊鉴类函序》，《四库全书总目》卷一三六收有《御定渊鉴类函提要》，对此书的编纂始末记载颇详，其真实性毋庸置疑。

《渊鉴类函》除了在《凡例》中把《唐诗类苑》和《太平御览》《事类合璧》《玉海》《孔帖》《万花谷》《事文类聚》等类书一起著录，其具体的类目也跟《唐诗类苑》非常吻合。《渊鉴类函》共 450 卷，分为天部、岁时部、地部、帝王部、后妃部、储宫部、帝戚部、设官部、封爵部、政术部、礼仪部、乐部、文学部、武功部、边塞部、人部、释教部、道部、灵异部、方术部、巧艺部、京邑部、州郡部、居处部、产业部、火部、珍宝部、布帛部、仪饰部、服饰部、器物部、舟部、车部、食物部、五谷部、药部、菜蔬部、果部、花部、草部、木部、鸟部、兽部、鳞介部、虫豸部等 45 大类。其中天部、岁时部、地部、帝王部、帝戚部、乐部、边塞部、人部、道部、方术部、巧艺部、州郡部、居处部、产业部、器物部、果部、花部、草部、木部、鸟部、兽部、鳞介部、虫豸部等 23 类与《唐诗类苑》完全一样；较《唐诗类苑》多出后妃部、储宫部、火部、珍宝部、五谷部和药部 6 类，而少了山部、水部、儒部、寺观部、祠庙部和杂部。另外还有一些部类，系名异而实近。兹将二书中对应的相近

---

① 康熙四十年（1701）十二月张英、王士禛等《进呈类函表》，《渊鉴类函》卷前，中国书店 1985 年影印上海同文书局石印本。

② 康熙四十年（1701）十二月张英、王士禛等《渊鉴类函凡例》，《渊鉴类函》卷前，中国书店 1985 年影印上海同文书局石印本。

类目对比如下。

《渊鉴类函》与《唐诗类苑》类目比较

《渊鉴类函》类目	《唐诗类苑》类目
京邑部	京都部
设官部	职官部
封爵部/政术部	治政部
礼仪部	礼部
文学部	文部
武功部	武部
释教部	释部
灵异部	祥异部
仪饰部/服饰部/食物部	服食部
布帛部	玉帛部

《渊鉴类函》中的一些类目，如京邑部、设官部、封爵部/政术部、礼仪部、文学部、武功部、释教部、灵异部、仪饰部/服饰部/食物部、布帛部等，与《唐诗类苑》中京都部、职官部、治政部、礼部、文部、武部、释部、祥异部、服食部、玉帛部分别对应，可见后者对前者影响之深。

第三，《唐诗类苑》对清代编修的几部大型文献典籍《御定佩文斋咏物诗选》《全唐诗》《唐诗百名家全集》等也产生了不同程度的影响。

按照清人对"集部"的分类，除唐人别集、诗文评之外的唐诗集子都属于总集的范畴，主要包括以《唐音统签》《全唐诗》为代表的唐诗全集和以《唐四家诗》《唐百家诗》为代表的唐诗合集以及以《河岳英灵集》《唐诗三百首》为代表的唐诗选集三大类型。由于研究旨趣的限定，很多学者关注富于理论价值的"文章衡鉴"类总集，而"著作渊薮"类诗文总集则乏人问津，缺少更加深入的开掘。张之象的《唐诗类苑》就属于后一类总集，特别是其"网罗放佚，使零章残什，并有所归"的功能尤为突出，故不仅可供披沙拣金，使其作为一部诗歌总集的意义得到彰显，还对于此后类书的编纂具有重要的借鉴意义。

康熙四十五年（1706）编成的《御定佩文斋咏物诗选》486卷，对张之象《古诗类苑》《唐诗类苑》二书评价甚高。据《四库全书总目》卷一九〇《总集类》五《御定佩文斋咏物诗选提要》记载："自《艺文类聚》《初学记》始以咏物之诗分隶各类；后宋绶、蒲积中有《岁时杂咏》，专收节序之篇；陈景沂有《全芳备祖》，惟采草木之什；未有搜合遗篇、包括历代、分门列目、共为一总集者。明张之象始有《古诗类苑》《唐诗类苑》两集，然亦多以人事分编，不专于咏物。其全辑咏物之诗者，实始自是编。所录上起古初，下讫明代，凡四百八十六类，又附见者四十九类，诸体咸备，庶汇毕陈，洋洋乎词苑之大观也。"① 因推崇备至，故必有所学，则官修《御定佩文斋咏物诗选》受《唐诗类苑》之影响，就是自然而然的事情了。

《唐诗类苑》对清编《全唐诗》也有直接或间接的影响。清编《全唐诗》共900卷，是康熙时彭定求、沈三曾、杨中讷、潘从律、汪士铉、徐树本、车鼎晋、汪绎、查嗣瑮、俞梅等十人奉敕编纂的，由曹寅负责刊刻事宜。据康熙四十六年（1707）四月所撰《御制全唐诗序》称，这部巨著乃康熙"发内府所有《全唐诗》，命诸词臣，合《唐音统签》诸编，参互校勘，搜补缺遗，略去初、盛、中、晚之名，一依时代分置次第"，共收诗48900余首，作者2200余人，"于是唐三百年诗人之菁华，咸采撷荟萃于一编之内，亦可云大备矣"。据有关史料考证，清编《全唐诗》除以明胡震亨《唐音统签》、清季振宜《全唐诗》稿本为底本外，对《唐诗类苑》亦采录不少。以下试从《全唐诗》的成书时间、编纂人员的构成等方面简要加以分析。

首先，从成书时间来看，《全唐诗》的文献来源中应该有《唐诗类苑》。《全唐诗》始编于康熙四十四年三月，次年十月成书。《全唐诗凡例》第十八条云："全唐诗集，或分体，或分类，或编年。止缘唐人撰集

---

① （清）永瑢等：《四库全书总目》卷一九〇《总集类》五《御定佩文斋咏物诗选提要》。

及宋人校刻，体例不一，当时缮写，悉依所见本集。今仍照全唐写本。其太冗杂者，略为诠次，不必更张。"则康熙帝命曹寅领衔编纂《全唐诗》时，参照的唐诗总集有分体、分类、编年几个体系。《唐诗类苑》作为分类编排的大型唐诗总集，又是内府所藏，政府同一时段组织编修的其他大书，如大型类书《渊鉴类函》450 卷、大型总集《御定佩文斋咏物诗选》486 卷等，都把《唐诗类苑》作为采录对象，则《唐诗类苑》与《全唐诗》的成书有着某种渊源，亦为顺理成章之事。

其次，从编纂人员的构成看，《全唐诗》的编纂者对《唐诗类苑》相当熟悉。清修《全唐诗》始编于康熙四十四年，这一年玄烨出巡江南，命江宁织造曹寅征调江浙两省的在籍翰林到扬州参加编纂《全唐诗》。这一年五月，彭定求、沈三曾、杨中讷、潘从律、汪士铉、徐树本、车鼎晋、汪绎、查嗣瑮、俞梅等 10 位翰林在扬州天宁寺开局编书。经过 1 年 7 个月的工作，迅速完成了《全唐诗》900 卷的编纂工作。而据《渊鉴类函·职名》所载，《渊鉴类函》以张英、王士禛、王掞、张榕端 4 人为总裁，翰林院编修杨中讷等 16 人任分纂官，翰林院编修汪士铉、潘从律、查嗣瑮、俞梅等人任校勘官。由此可见，《全唐诗》的 10 位重要编纂者当中，同时又有 5 人系《渊鉴类函》编修组的编修人员，故这两部大书的文献来源应当有不少交叉或重合。

最后，从季振宜《全唐诗稿本》和清人钱谦益编录的唐诗文献的关系来看，《唐诗类苑》对《全唐诗》也可能产生间接的影响。如清编《全唐诗》的工作底本之一就是季振宜的《全唐诗稿本》717 卷，而季氏编成此书之前则得到钱谦益编录的部分诗稿①；钱氏以《唐诗纪事》作为辑录的基础，曾经整理出一部分唐诗资料，而他在重新整理唐诗的过程中亦参

---

① （清）季振宜《全唐诗稿本序》云："顾余是集窃有因也矣，常熟钱尚书曾以《唐诗纪事》为根据，欲集成唐人一代之诗，盖投老为之，能事未毕，而大江之南，竟不知有此书。予得其稿子于尚书之族孙遵王，其篇帙残断也已过半，遂踵事收拾而成七百十七卷。"

照过张之象《唐诗类苑》。① 钱谦益《列朝诗集小传》丁集上收有《张经历之象传》，称之象"所著诗赋外，有《诗苑繁英》二百卷、《司马书法》一百卷"②，这里《诗苑繁英》和《司马书法》当为《唐诗类苑》和《太史史例》两部书的别称。以钱氏的博洽通识，必然会对《唐诗类苑》有所涉猎，而他对此书材料的采录，亦会间接影响到季振宜编纂的《全唐诗稿本》，进而与清编《全唐诗》产生某些内在的联系。

《唐诗类苑》在清代的深远影响，表现在除了前面提到的是清初几部官修大书的重要文献来源外，其他学者也经常利用这部书作文献辑佚和考证等工作。如清康熙四十一年（1702），席启㝢辑《唐诗百名家全集》时，"自大历、贞元讫唐末、五代，更检《文粹》《英华》《纪事》《类隽》《类苑》诸书及家藏诸书，集为补遗，于各卷之末注明字有异同，总计为卷二百八十有奇，为帙四十"③，对此书征引颇多。但席氏卒于该集付梓当年，其后人屡因迁徙，至光绪年间才得以刊刻完毕，《唐诗类苑》的作用并没有得到很好的发挥。

袁枚《随园诗话》卷一四曾对诗文选本的共同弊病进行过归纳梳理，指出"选家选近人之诗，有七病焉；其藉此射利通声气者，无论矣。凡人全集，各有精神，必通观之，方可定去取；倘捃摭一二，并非其人应选之诗，管窥蠡测：一病也。《三百篇》中，贞淫正变，无所不包；今就一人见解之小，而欲该群才之大，于各家门户源流，并未探讨，以己履为式，而削他人之足以就之：二病也。分唐界宋，抱杜尊韩，附会大家门面，而不能判别真伪，采撷精华：三病也。动称纲常名教，箴刺褒讥，以为非有关系者不录；不知赠芍采兰，有何关系而圣人不删，宋儒责蔡文姬不应登《列女传》；然则'十七史'列传，尽皆龙逢、比干乎学究条规，令人欲呕：四病也。贪选部头之大，以为每省每郡，必选数人，遂至勉强搜寻，从宽滥录：

---

① （清）钱谦益：《列朝诗集小传》"张之象"条，上海古籍出版社，1983。
② （清）钱谦益：《列朝诗集小传》丁集上，上海古籍出版社，1983，第451页。
③ （清）孙星衍：《廉石居藏书记》，转引自陈伯海、朱易安《唐诗书录》，第157页。

五病也。或其人才力与作者相隔甚远，而妄为改窜；遂至点金成铁：六病也。徇一己之交情，听他人之求请：七病也。末一条，余作《涛话》，亦不能免"。其见解相当精辟，也极具典型意义。除了上述所提到的积极影响外，《唐诗类苑》自身也存在不少缺陷，如署名紊乱、作家作品归属错误以及对作品的大肆删节等，至于把诗话、笔记中所述本事或诗题中涉及的人名，即用为作品的署名，亦层出不穷，也反映了编选的粗疏。前文提到席氏《唐诗百名家全集》从《唐诗类苑》中误录张籍诗二十五首，造成以讹传讹的负面影响，就是一个典型的例子。但正是有了《唐诗类苑》这种拓荒期的幼稚和粗疏，才有后来者的完善。此外，体例不一也是其一大缺憾。原因在于：一是辑诗不注出处。《唐诗类苑》中的很多诗作是从类书中辑出的，张之象不注出处，会让后人产生误会，以为该诗是从本集中抄录而来。二是因妍媸不择而贻误后人。张之象收诗遵循求全求备的原则，妍媸不择，往往割裂原集的次序，贻误后人。三是以讹传讹。《唐诗类苑》为历代学者不断采用，以致产生了不少以讹传讹的现象。我们在利用其中的文献材料，与通行的各种别集、总集对勘，以订正文献刊刻过程中所产生的文字上的讹脱衍倒时，仍有必要作认真的清理和考辨，但不应过于苛求。

正如陈寅恪先生在《〈顺宗实录〉与〈续玄怪传〉》所说的那样："通论吾国史料，大抵私家纂述易流于诬妄，而官修之书，其病又在多所讳饰，考史事之本末者，苟能于官书及私著等量齐观，详辨而慎取之，则庶几得其真相，而无诬讳之失矣。"这一观点非常精辟，对研究唐代的诗学文献同样具有指导意义。因此，对于张之象编纂的《唐诗类苑》的贡献和不足，我们应该辩证地看待。至于书中存在的一些问题，确实是张之象学力不足所致的结果，但是也与当时查阅图书资料不方便、很多珍贵文献流传不广或者尚未面世的现实情况有关。张之象在《唐诗类苑》的编纂过程中进行的系统而全面的深入研究，具有敏锐的学术眼光和独特的学术视野，能够提出自己独立的见解，这些都足以确立《唐诗类苑》在唐诗史上的地位。

结　语
特色与争议并存的明代类编唐诗总集

　　明人张之象编纂的《唐诗类苑》一书，是现存最早按诗的主题分门类编次而成的唐诗总集。这部皇皇 200 卷的类编唐诗总集，参照《艺文类聚》《初学记》等类书的编排方法，借鉴唐宋以来诗文总集的编纂体例和选诗标准，"取数百家之言，积二十余载之力而始成"，编成之后对明清诗文总集和类书的编纂产生了不同程度的影响，在唐诗史上具有一定的典范意义和学术影响。但由于此书在张之象去世十多年后才得以刊刻，自清代流入内府后在民间少有传播，当时又颇受四库馆臣之诟病，因此学界对此书的基本情况知之甚少，相关的研究相对较少。深入探讨其人其书，在唐诗文献整理研究领域具有一定的代表意义，对于研究唐诗的流播史亦有重要的参考价值。

（一）《唐诗类苑》是一部颇具特色的类编唐诗总集

　　《唐诗类苑》200 卷，共收录 1472 位诗人（无名氏除外）的 28067 首诗作。张之象在编纂《唐诗类苑》时把"以类系诗"作为自己遵循的总原则，常常利用类书来进行文献辑佚，还大胆地借用类书的编排方法来指导自己的编纂实践。他先后采录了 170 多种文献典籍，包括 107 种诗文别集、48 种诗文总集、18 种其他类型的文献典籍，将有唐 300 年的诗歌按题材分类汇于

一编，共分为天文、地理、帝王、职官、礼乐等 39 个大类，下面又分为
1093 个小类目，保存了大量的唐代诗学文献，内容涵盖初、盛、中、晚四
个时期，成为唐诗选集向唐诗总集过渡中不可或缺的一个重要环节。

《唐诗类苑》专收唐五代人诗作，与张之象编纂的另一部专收唐以前
诗作的诗歌总集《古诗类苑》130 卷体例相同，合称《诗纪类林》。《唐
诗类苑》的命名蕴含着选者的诗学倾向和学术旨趣。大致有以下三层含
义：一是受刘孝标《类苑》和李昉《文苑英华》等文献典籍命名的影响。
二是受《艺文类聚》《初学记》等类书编排方法的影响。张之象编纂《唐
诗类苑》的思路可谓别出心裁，谓"诗无类书，诗之有类书也，自兹刻
始"，意图将有唐 300 年间的全部诗歌按照题材进行分类，并在此基础上
汇编成诗中的类书。三是受唐顾陶《唐诗类选》，宋赵孟奎《分门纂类唐
歌诗》、王安石《唐百家诗选》，明高棅《唐诗品汇》等诗歌总集编纂内
容和编纂体例的影响，意在编纂一部与众不同的唐诗总集。由此可知，张
之象《唐诗类苑》在名称上有袭用《类苑》或《文苑英华》之意，而在
编排方法上则继承了《艺文类聚》《初学记》等类书的编纂传统，"类则
甲乙兼收，苑则妍媸不择"，在编纂内容和体例上则借鉴了《唐诗类选》
《分门纂类唐歌诗》《唐百家诗选》《唐诗品汇》等诗歌总集的长处，意在
通过编纂成一部有特色、有影响的唐诗总集而留名青史。

《唐诗类苑》别出心裁的收录标准，对于当时与后世唐诗总集和类书
的编纂都产生了极大影响，既体现出作者独特的学术视野，又为学界研究
古代文学思潮的嬗变提供了相对独特的视角，其中明清时期编纂的《唐
诗纪》《全唐诗》《渊鉴类函》《御定佩文斋咏物诗选》等大型文化典籍
都不同程度地受其影响。

（二）《唐诗类苑》反映了明代学者在总集编纂方面的实践探索

任何一部文献典籍的编纂，都离不开编纂者所处的时代环境和学术背

景。张之象于明代嘉靖中后期编成的诗歌总集《唐诗类苑》,既继承了前代学者关于诗文总集的编纂经验,又反映了编纂者在诗文总集编纂方面的实践探索,还折射出明代中后期文学批评的共性特征和个体实践的典型意义。

编纂规模如此巨大的唐诗总集,必须要有丰厚的文献储备作基础。明代以前的诗歌总集为张之象编纂《唐诗类苑》提供了可供参照的范本。一是唐人编纂的诗文总集。唐人编纂的诗文总集主要分为三种类型:第一类是专选唐代以前作品的诗文总集,如许敬宗撰《丽正文苑》、郭瑜撰《古今诗类聚》等;第二类是合选唐代和前代诗作的诗歌总集,如释慧静撰《续古今诗苑英华集》、元兢《古今诗人秀句》、李康成《玉台后集》等;第三类是专选唐人作品的诗歌总集,即"唐人选唐诗"类总集,如孙季良《正声集》、崔融《珠英学士集》、元结《箧中集》、殷璠《河岳英灵集》等。张之象主要学习参照的是第三种类型,即"唐人选唐诗",既包括唐人根据自己的诗学倾向编纂唐代诗歌总集的学术活动,又涵盖了唐人品评唐代诗歌总集的学术活动,生动地反映出唐代诗歌创作和文学批评的繁荣景象。二是宋金元人编纂的诗文总集。宋金元时期以类编纂的诗歌总集为数众多,主要有"罗、唐两士"所编的《唐宋类诗》、宋绶《岁时杂咏》、蒲积中《古今岁时杂咏》、赵孟奎《分门纂类唐歌诗》、孙绍远《声画集》等,而专选唐诗的总集有王安石《唐百家诗选》、郭茂倩《乐府诗集》、洪迈《万首唐人绝句》、释志南《天台三圣诗集》、赵蕃等合选《注解章泉涧泉二先生选唐诗》、赵师秀《二妙集》、李龏《唐僧弘秀集》、时天彝《续唐绝句》、刘克庄《唐五七言绝句选》、杨士弘《唐音》等,还有一些唐宋诗歌合选的总集如刘克庄《分门纂类唐宋时贤千家诗选》、方回《瀛奎律髓》等,对后世古代典籍的整理也发挥了重要作用,产生了相当深远的学术影响。

明人编纂的诗文总集对张之象编纂《唐诗类苑》的影响更为深刻。明代诗坛崇唐尊唐风气颇盛,明人选唐诗数量众多,流派纷呈,诗论主张亦各有侧重，形成了唐诗整理与研究的又一高峰。张之象生活在明代中后期，不可避免地要受到时代思潮和前代学者诗学观念的熏染。他受明初高棅《唐诗品汇》的影响极大，突出表现在对唐五代诗人世次排列和"四唐说"的进一步发展。《唐诗类苑》卷前除《刻唐诗类苑序》《王屋先生传》《唐诗类苑凡例》《唐诗类苑·引用诸书》等类目外，其《四唐年号》和《诗人总目》两项内容也直接借鉴了《唐诗品汇》中的《诗人爵里详节》。与此同时，随着《艺文类聚》《初学记》等大型类书的刊刻逐渐兴盛，嘉靖时期一些学者开始利用类书来辑录前代诗歌，为参加科举考试的士子提供借鉴。如张谦等人编纂的《六朝诗汇》、冯惟讷编纂的《古诗纪》等，就是对类书辑录颇多的代表性成果。张之象深谙其妙，将《文选》《文苑英华》赋、诗、文的分类范式，化用到《唐诗类苑》编纂的具体操作过程中，较之《文选》和《文苑英华》的先分体、再分类，可谓条分缕析、纲举目张，这也成为《唐诗类苑》最具特色的学术价值所在。

由于受《唐诗类苑》编纂体例的影响和历代对类书的界定，《唐诗类苑》常常被归为类书，如清编《渊鉴类函》和《天禄琳琅书目后编》都把《唐诗类苑》归为类书，《唐诗类苑凡例》也自称是"诗中类书"。但从类书和总集的含义界定、类书和总集载录诗文的完整性、历代书目的著录和采录文献的来源来看，《唐诗类苑》跟《文选》和《文苑英华》等文学典籍具有相同的性质，符合一般总集的特征，故应当归属于文学总集。

（三）《唐诗类苑》的编纂有得有失

《唐诗类苑》是一部规模宏大、收录有唐一代诗歌的断代总集，具有很高的文献价值，是我们整理和研究唐五代诗歌的重要文献依据。首先，《唐诗类苑》集中保存了许多重要的唐诗史料。此书收录的近3万首诗作，其中诗篇数目位居前80名的主要诗人诗数，占清编《全唐诗》的80%以上。《唐诗类苑》所保留的文学史料往往被分类集中在一起，比分散在别集中的资料更便于采摘或进行比较研究；它既是直接按类研究唐代诗歌的重要文献，还可对在后代已经亡佚的诗集的编选、流传与存世情况有所了解，同时又大致反映出明代学术的分类状况。其次，《唐诗类苑》具有很高的辑佚和校勘价值。《唐诗类苑》编成以来，流传范围较小，真正利用也较少。但仍有一些颇具眼光的学者，利用《唐诗类苑》进行辑佚，从中获得了许多珍贵资料，补充到一些唐人别集和总集中。如清代学者席启寓辑刻《唐诗百名家全集》时，就曾从《唐诗类苑》中辑佚不少。最后，《唐诗类苑》所著录的诗文，可以反映出某些文集在后世的存佚与流传情况。以中晚唐的诗人章孝标为例，其诗作在《新唐书·艺文志》中著录为"《章孝标诗》一卷"，《宋史·艺文志》著录为"《章孝标集》七卷"，《百川书志》录作"《章孝标集》一卷"，名称变化不大；只有《唐诗类苑》的《引用书目》中著录为"《章进士集》"，从而说明章孝标的作品有多种版本流传。

《唐诗类苑》的文献价值应该得到肯定，但也存在着不少缺陷，如采录文献尚未完备、引用校勘不精、作品误收错收等。如《唐诗类苑》在四唐分期、引用书目、诗人总目等内容上，都对高棅的《唐诗品汇》有直接或间接的借鉴，但《唐诗类苑》把《唐诗品汇引用诸书》第一项的"唐诸家诗集"，细化为107种唐五代人的诗文别集，对《唐诗品汇》的四唐分期有所补充与完善，但对于"诗人总目"的改订和"引用书目"的排序则暴露出其学术缺陷。此外，张之象对所选录作品划分的类目中存在着许多欠妥的地方，很多类目大小不一，颇有琐碎烦冗和分布不均衡之感。

总体来说，《唐诗类苑》是明代众多诗文选本中极有特色又颇具争议的一部作品。此书编纂虽稍显粗疏，但因具有相对独特的编纂视角，即"诗无类书，诗之有类书也，自兹刻始"，既保存了大量的唐代文学文献，又能作为探讨唐诗总集和分类体系从唐到明的发展与演变过程中的典型文献载体，因此对于明清时期诗歌总集和类书的编纂，对于人们认识中国古代类书和当代类书的分类体系等方面都具有重要的借鉴意义，在唐诗学史和中国文学史上理应有其一席之地。

张之象年谱 （1507～1587）

　　张之象，字月鹿（一作月麓），一字玄超，号王屋、王屋山人，人称王屋公或王屋先生，自称碧山外史。

　　关于张之象生平事迹的记载，主要散见于各种文献典籍中。

　　一是正史。《明史》卷二八七收录《张之象传》，附见于《文徵明传》。

　　二是地方志。方岳贡《崇祯松江府志》卷四二、宋如林《嘉庆松江府志》卷五二、《同治上海县志》卷一八、《光绪华亭县志》卷二〇分别收录有《张之象传》。

　　三是各种文集中的人物传记。莫如忠《崇兰馆集》卷一九《故浙江按察司知事王屋张公墓志铭》（下文简称《张王屋墓志铭》）、王彻《王屋先生传》、俞宪《盛明百家诗·张王屋集》卷前"诗人小传"、过庭训《本朝分省人物考》卷二六《张之象传》、王兆云《皇明词林人物考》卷一一《张玄超传》、范濂《云间据目抄》卷一《张之象传》、钱谦益《列朝诗集小传》丁集上"张之象"条、朱彝尊《明诗综》卷四八《张之象传》、陈田《明诗纪事》卷一九《张之象小传》等文献均有记载，唯详略不同，情节稍异。

　　四是各种序跋中的零碎资料。张之象《太史史例序》《刻史通序》

《刻文心雕龙序》、何良俊《唐雅序》、茅坤《茅鹿门文集》卷一三《楚范序》、《朱邦宪集》卷五《题桥集序》、黄姬水《白下集》卷八《猗兰集序》、魏留耘《彤管新编后序》、冯时可《唐诗类苑序》、赵应元《刻唐诗类苑序》、黄体仁《古诗类苑序》、徐献忠《何礼部集序》等序跋，记载的内容多与张之象著书立说情况相关。

松江上海人。

关于张之象的籍贯，各种典籍中说法不一。现结合各种地方志、人物的传记资料等文献来定其里籍。崔桐《朝列大夫张君传》记载其祖父张萱为"松江上海人"。《张王屋墓志铭》《本朝分省人物考》《崇祯松江府志》《嘉庆松江府志》《同治上海县志》等典籍载张之象籍贯为"上海"，张之象自称"云间"，钱谦益《列朝诗集小传》作"华亭"，朱彝尊《明诗综》作"松江华亭"，《同治上海县志》称其因遭倭乱而徙于华亭郡。

关于华亭得名的由来。宋杨潜《绍熙云间志》卷上有关于"华亭"历史沿革的记载，称华亭地属吴郡，因建安二十四年（219）孙权封陆逊为华亭侯而始见于吴志。唐天宝十载（751）以华亭为县，属苏州治。唐杜佑《通典》和宋乐史《太平寰宇记》中称"地有华亭谷，因以为名"。

关于"云间"与"松江"的关系。"云间"一词，作为地名最早见于《世说新语·排调》，讲述西晋名士吴郡陆机（字士龙）与颍川荀隐（字鸣鹤）在张华（字茂先，范阳方城人）家中相遇。张华告诫二人"勿作常语"，陆、荀二人遂以"云间陆士龙"和"日下荀鸣鹤"相对。《正德松江府志》卷一《沿革》有详尽的记载，指出松江地处古扬州之域，春秋时期属于吴地，"吴子寿梦始筑华亭，盖亭留宿会之所也"；吴灭入越，越灭入楚；晋天福五年，以嘉兴县为秀州，割华亭隶属之；元至元十四年（1277）升为华亭府，十五年（1278）改松江府，二十九年（1292）割华亭东北五乡为上海县，直隶省府。明陶宗仪《辍耕录》卷三〇《诗谶》称谷水和云间都是松江的别名。

关于上海与松江华亭之关系，《弘治上海县志》卷一《疆域志·沿革》的记载最为清晰，称"上海县旧名华亭海"，宋代设华亭镇，置市舶提举司及榷货场；至元二十九年（1292），割东北五乡立县于镇，隶松江府；泰定三年（1326）罢府，隶嘉兴路，因为地处"海之上洋"，故名。《同治上海县志》记载相类似，只是增加了明代上海的沿革情况，指出上海"明初属松江府，直隶南京。嘉靖二十一年（1542），析县西境地置青浦县，寻废。万历元年（1573），复析置青浦县"。

其先祖名讳张铁一，自严陵迁徙至上海。

张之象先世所居有两种说法：一曰龙华里，一曰高阳里。

莫如忠《张王屋墓志铭》对其先辈迁徙至上海的情况有明确的记载："先世有铁一者，自严陵徙上海之龙华里，家焉。"严陵位于浙江省桐庐县南，因东汉严光隐居于此而得名。北魏郦道元《水经注》卷四〇《浙江水》和清姚之骃《后汉书补逸》卷三《严光传》均有相关记载。《嘉庆松江府志》卷二《疆域志》"上海县"条有关于"龙华"的记载："在二十六保，以龙华古刹得名。"

崔桐《朝列大夫张君传》中有不同的记载："自其先桂五居上海之高阳里，得名张家浜，张姓始著。"

综上所述，张之象祖上本是浙江严陵人，后迁至松江上海，到了嘉靖年间避倭乱再徙华亭，故松江华亭、松江上海、云间等说法均有所据。

七世祖张杰，曾任余姚县知县。

张杰，字民畏，景泰元年进士，曾任余姚知县。事见莫如忠《张王屋墓志铭》、《崇祯松江府志》卷三四、《嘉庆松江府志》卷四五、《同治上海县志》卷一五。

八世祖莱州府同知与大父张萱，官至湖广参议。

张萱，字德辉，一作德晖，弘治十五年（1502）进士。张萱为官颇有政声，官至湖广参议，茶陵人常常把他与西汉时卓有政绩的何武相提并论。事见崔桐《朝列大夫张君传》、莫如忠《张王屋墓志铭》、屈万里《明代登科录汇编·弘治十五年会试录》、《崇祯松江府志》卷三四《进士科》和卷三九《张萱传》。

父张鸣谦，正德十一年（1516）举人，历官温州司理、顺天通判；母亲李氏，封为宜人。鸣谦弟鸣岐，正德十四年（1519）举人，曾任博野令。

张之象之父张鸣谦和其叔父张鸣岐的生平事迹，主要附见于张萱传记资料、张之象传记资料以及各种地方志中；张之象的两个姑姑没有留下姓名，只知分别嫁给了山拱宸和朱朝宠。莫如忠《张王屋墓志铭》："九世为公考顺天府通判文洲公鸣谦及从父博野令鸣岐。"崔桐《朝列大夫张君传》称张萱有二子二女，长子鸣谦，领正德丙子乡荐；次子鸣岐；长女适山拱宸，次女适朱朝宠。

张鸣谦为人颇有风骨，为官清廉不阿，对百姓不假颜色，平日性喜施赈，照顾内外宗族。事见《崇祯松江府志》卷三九、《嘉庆松江府志》卷五二《张鸣谦传》。二志记载内容颇类似，当从前志略改而成。《同治上海县志》卷一八《张萱传》所载内容与前面两种地方志亦相仿，只是增加了阁臣张治为张鸣谦榜庐"完名勇退"的细节。

张鸣岐亦以科举入仕，曾任博野县令，为政有清廉能干的美誉。其事迹多附见于兄长鸣谦之后。《崇祯松江府志》《嘉庆松江府志》记载基本相同。但《同治上海县志》则认为张鸣岐是张萱的从子、张鸣谦的从弟，因《同治上海县志》后出，所以此处以《朝列大夫张君传》和《张王屋墓志铭》的记载为依据。

张之象有兄弟五人，姐妹一人。兄张之英，嫂唐氏。

王宠《雅宜山人集》卷一〇《张君汝益妻李孺人墓志铭》中有相关记载，但所录人名与其他文献材料迥异，称李孺人生男五人，长幼名字分别是仕、化、储、引岁、燕贻，有一女受姚蕃聘。《同治上海县志》卷一八《张之象传》载"之象兄之英，天性至孝。六岁丧母，卧棺旁不食，遂成羸疾。年二十一，临卒，犹呼母"。之英妻唐氏，亦为之殉身。

张之象元配唐氏。

莫如忠《张王屋墓志铭》记载："配唐氏，墓在望湖泾之原葬。"

张氏一门枝繁叶茂，子孙众多。

张之象共有 7 个儿子、5 个女儿，14 个孙男、9 个孙女、3 个曾孙子、3 个曾孙女，大多英特婉顺，可谓济济一堂，尤以长子、长孙最为优秀。事见莫如忠《张王屋墓志铭》。

长子张云门，字九夏，隆庆四年（1570）举人；次子张云辂，字九游。莫如忠《张王屋墓志铭》记载："其长嗣云门、元孙齐颜俱领乡荐，他奋起郊庠、振厥家声者，济济未艾也。诸名字、婚娶具见太史状中，不著。"范濂《云间据目抄》卷一《张之象传》记载："公有子讳云门，登隆庆庚午乡荐，先公卒。"《嘉庆松江府志》《同治上海县志》有类似记载。

长孙张齐颜系张云门之子，字友回，万历七年（1579）举人，以奇才洁行，卓荦一时；张云辂之子张齐华，幼慧能文，明朝灭亡后，他将满腔的悲愤寄予吟咏，各赋短章吊祭殉难诸臣。事见范濂《云间据目抄》《嘉庆松江府志》《同治上海县志》，表现出诗礼传家的深厚渊源。

张齐颜之子张宝臣和张荩臣俱有文名，其中张荩臣字子念，万历四十三年（1615）举人，后官至南京工部郎中。张齐华之子名斌臣，中崇祯六年（1633）武科；其妻杨氏，入列女传。事见《嘉庆松江府志》《同治上海县志》。

另，四库馆臣认为王颖、陈甲系张之象的女婿，实误。王颖、陈甲乃俞显谟之婿，曾参与刊刻《古诗类苑》。黄体仁《古诗类苑序》所云与四库馆臣说法有异，指出王颖、陈甲是俞显谟的女婿。按：俞显卿亦为松江人，曾任刑部主事，撰有《和陶诗》一卷，已佚，《嘉庆松江府志》卷七二有著录。黄体仁，字长卿，号谷城，上海人，其生平事迹见《云间志略》卷二二《黄宪副谷城公传》。黄体仁与俞显卿几乎同时，其说法当更为可信。

明武宗正德二年（1507）十二月十二日，张之象出生。

莫如忠《张王屋墓志铭》记载："公卒之岁为万历丁亥正月朔，距生正德丁卯十二月十二日，享年八十有一。"

正德四年己巳　1509　三岁

友人莫如忠、何良傅出生。

莫如忠，字子良，号中江，松江华亭人。嘉靖十七年（1538）进士，累官浙江布政使，善草书，诗文俱有体要。所著有《崇兰馆集》。

何良傅，字叔皮，号大釐，松江华亭人。嘉靖二十年（1541）进士，官至南京礼部郎中，有《何礼部集》传于世。事见何良俊《何翰林集》卷二五《弟南京礼部祠祭郎中大釐何君行状》。其兄何良俊（1506～1573），字元朗，号柘湖，又称柘湖居士，松江华亭人。年少时笃学，二十年不下楼，家中藏书四万卷，涉猎殆遍。嘉靖年间岁贡士，官至南京翰林院孔目，后辞官归隐，专事著述。有《何翰林集》《四友斋丛说》《何氏语林》等著作传于世。何良俊、何良傅兄弟俱有俊才，时人以"二陆"方之。

正德五年庚午　1510　四岁

祖父张萱改任政和县。

事见崔桐《朝列大夫张君传》。

王宠开始参加科举考试，却屡试不第。

王宠（1494～1533），初字履仁，后字履吉，号雅宜山人，长洲人。《明史》有传。宠天资聪颖，才华横溢，于书无所不窥，行楷深得晋法精髓，文徵明之后推为第一。生平事迹见于文徵明《甫田集》卷三一《王履吉墓志铭》。王宠在当时卓然名家，"声称甚藉，隐为三吴之望"，很多跟随他学习的人往往能够考取高科，身登显仕，可是他自己"自正德庚午至嘉靖辛卯，凡八试辄斥"，最后遗憾地卒业太学。所著有《雅宜山人集》10卷，纂修有《东泉志》4卷和《济宁闸河志》4卷。王宠与张汝益、张之象父子均有交往，并为张汝益之妻李孺人撰写墓志铭。

友人董宜阳出生。

董宜阳，字子元，号紫冈，自号七休居士、紫冈山樵。生平事迹详见

《朱邦宪集》卷一〇《董子元先生行状》。董子元为太学生，博学工诗文，博览群书，屡试不第，后专攻诗赋古文词，对于当代典故和郡中文献也非常重视。其文法先秦两汉，诗歌早法高岑，晚年尤嗜元白；楷书师法虞永兴，行草师法僧智永；自称生平所嗜好者，唯有书史、石刻、名帖，所以常常日坐一室，手持丹铅校勘，直至丙夜犹不休。董子元的交游十分广泛，与文徵明、顾璘、蔡羽、袁袠、王宠、袁袠、彭年、陆师道、马汝骥、安守益、许谷、黎民表、梁柱臣、欧大任、沈明臣、王寅等海内名硕或成为文字之交，或千里遗书定交；又与同里徐献忠、何良俊、张之象几人以文采雁行，游争上下，人称"云间四贤"。嘉靖四十年（1561），董子元与同里顾从义、俞允文、朱邦宪、沈明臣等人一同游赏荆溪，俞允文将众人诗酒唱和之作编为《荆溪唱和诗》一卷。所著有《名臣琬琰录》《皇明金石录》《云间先哲金石录》《云间诗文选略》《云间近代人物志》《松志补遗》《上海纪变录》《董氏族谱纪年》《中园杂记》《赋临近时》《云间百咏》《金兰集》若干卷，藏于家。

正德七年壬申　1512　六岁

张萱擢守茶陵州。

事见崔桐《朝列大夫张君传》。

正德八年癸酉　1513　七岁

曾祖母卒。

事见崔桐《朝列大夫张君传》。王宠《张君汝益妻李孺人墓志铭》（下文简称《李孺人墓志铭》）记载了李孺人十余年间悉心侍奉张之象曾祖母潘孺人之事。

友人冯惟讷出生。

事见焦竑《国朝献征录》卷七一《光禄寺卿冯公惟讷墓志》，记述其父宪副公担任萧县县令时"生公于萧"。按：冯惟讷（1513～1572），字汝言，别号少洲，青州临朐人。惟讷系正德癸酉宪副，领嘉靖甲午乡荐，登戊戌进士，历官宜兴县令、江西左布政使、松江府同知、光禄寺卿等职。惟讷、惟健、惟敏三兄弟讲艺谈诗，发为文章，先以诗文名齐鲁间，后至南京参加文人社团，古歌诗取则建安，近体则师法中唐，著述蔚为大观。除了著作《冯光禄诗集》《风雅广逸》《楚辞旁注》《选诗约注》《杜律删注》《唐音翼》《文献通考纂要》外，还编纂有大型诗歌总集《汉魏六朝诗纪》（亦称《古诗纪》）和《青州府志》十八卷，行于世。《古诗纪》"上薄古初，下迄六代，有韵之作，无不兼收。溯诗家之渊源者，不能外是书而他适，固亦采珠之沧海，伐木之邓林矣"①，是臧懋循《古诗所》、梅鼎祚《八代诗乘》等诗歌总集的纂修蓝本，被时人奉为诗家圭臬，称其与《昭明文选》为并辔之作，也受到清四库馆臣的赞誉。

正德十一年丙子　1516　十岁

父亲张鸣谦中举人。

王宠《李孺人墓志铭》记载："宠结发与汝益交。汝益种学绩行，高自树立，以丙子领乡荐，将显名当世。"《嘉庆松江府志》有类似记载。

正德十二年丁丑　1517　十一岁

祖父张萱改知潞州，擢升湖广佥事。

事见崔桐《朝列大夫张君传》。

正德十四年己卯　1519　十三岁

先辈马汝骥因谏阻武宗南巡，遭杖罚，贬泽州知州。

据《明史》卷一六《武宗本纪》记载，当时边关不靖，武宗分别于正德十三年（1518）九月、正德十四年（1519）二月，两次下诏加封自己，要南巡两畿、山东，祀神祈福，受到大臣们的极力谏阻。三月，盛怒的武宗下令将强烈谏阻的兵部郎中黄巩等 6 人下于锦衣卫狱，修撰舒芬等107 人遭到杖贬，死伤者数人。② 马汝骥也因此被贬为泽州知州。王维桢《赠礼部尚书谥文简西玄先生行状》中将事件的前因后果记载得非常详

---

① （清）永瑢等：《四库全书总目》，中华书局，1974。
② （清）张廷玉等：《明史》，中华书局，1974，第 210 ~ 211 页。

细，收入《槐野先生存笥稿》卷一二。

叔父张鸣岐中举人。

《嘉庆松江府志》卷四五"正德十四年（1519）己卯科"："松江府学：张鸣岐，字汝桢，丙子鸣谦弟，顺天府治中，上海人。"

正德十六年辛巳　1521　十五岁

武宗驾崩。兴长子厚熜先嗣兴王，后即帝位为世宗。

据《明史·武宗本纪》《国榷》等文献典籍记载，（三月）丙寅，武宗崩于豹房，年三十有一。经大学士杨廷和等人定议，由慈寿皇太后传下遗诏，召兴献王长子朱厚熜嗣位，再从湖广安陆迎其进京即皇帝位，是为世宗。

四月，大礼议起。

五月，上尊谥，庙号武宗。

《明史》卷一六《武宗本纪》、谈迁《国榷》卷五二记载的内容相同，二者当为同一资料来源。《明史·武宗本纪》卷后例有赞语，对明武宗的功过是非也进行了简要的评论，比较客观公允。

十月，朝廷同时追尊世宗生父、祖母及母妃。

据《明史》卷一七《世宗本纪》记载，正德十六年（1521）冬十月己卯朔日，世宗命追尊生父兴献王为兴献帝，祖母宪宗贵妃邵氏为皇太后，母妃为兴献后。[①]

世宗嘉靖元年壬午　1522　十六岁

世宗命称兴献帝后为本生父母，上慈寿皇太后等人尊号。

《明史》卷一七《世宗本纪》记载："（嘉靖元年）正月，命称孝宗皇考，慈寿皇太后圣母，兴献帝后为本生父母。"又载，"（三月）丁巳，上慈寿皇太后尊号曰昭圣慈寿皇太后，武宗皇后曰庄肃皇后。戊午，上皇太后尊号曰寿安皇太后，兴献后曰兴国皇后"。[②]

---

① （清）张廷玉等：《明史》，中华书局，1974，第216页。
② （清）张廷玉等：《明史》，中华书局，1974，第217页。

张萱擢升湖广参议。

崔桐《朝列大夫张君传》述及张萱此年职务升迁的大致情况，以及治理地方政事时因刚直不阿而忤意巡抚、被迫致仕的原因："嘉靖壬午，擢本省参议，主粮储。……卒以直亮不阿，忤意巡抚，引疾致政。"

嘉靖二年癸未　1523　十七岁

四月，文徵明授翰林院待诏。

事见文徵明《甫田集》卷三六《先君行略》。

嘉靖三年甲申　1524　十八岁

友人朱邦宪出生。

朱察卿，字邦宪，号象冈，自称醉石居士，人称黄浦先生，上海人。生平事迹详见《朱邦宪集》附录中沈明臣所撰《黄浦先生传》、潘恩所撰《故太学生象冈朱君墓志铭》、李维桢《明诰赠奉宜大夫工部营缮清吏司员外郎象冈朱公墓表》① 等。著有《朱邦宪集》。朱邦宪与吴越之地和上海同郡的文人雅士交往甚密。其为人慷慨任侠，连举有司而不第，遂绝意科举，退而专攻古文辞，字字不凿空，时时铸伟辞，为时人所称道。

嘉靖四年乙酉　1525　十九岁

友人徐献忠中举人。

徐献忠的生平事迹见于王世贞《徐先生墓志铭》② 《明史·徐献忠传》《嘉庆·松江府志·徐献忠传》等文献典籍。著有《长谷集》《六朝声偶集》《吴兴掌故集》等传于世。

友人许谷中举人。

许谷（1504～1586），字仲贻，号石城，上元人。自幼好读书，博涉精诣，以文章名世。俞宪《盛明百家诗后编·许石城集》卷前有作者小传。著有《省中集》《二台集》《归田集》等。

---

① 此文又见（明）李维桢《大泌山房集》卷一○六《赠工部员外郎朱公墓表》。
② （明）焦竑《国朝献征录》卷八五著录为王世贞撰《奉化知县徐先生献忠墓志铭》。

嘉靖五年丙戌　1526　二十岁

张之象约于此年三月首次参加科举考试，未中。

嘉靖六年丁亥　1527　二十一岁

春，文徵明归家，隐居玉磐山房。

文徵明《甫田集》卷三六载文嘉所撰《先君行略》有记载。

三月十六日，祖父张萱病卒。

崔桐《朝列大夫张君传》记录了张萱归居田园直至去世之前 5 年间的生活状态，述其致仕归家后构颐拙亭，每日在家教授二诸孙，5 年后因病去世，享年 69 岁，时为嘉靖丁亥三月十有六日。

嘉靖七年戊子　1528　二十二岁

九月，继祖母孔恭人卒。

王宠《李孺人墓志铭》记载："继陆以孔孺人，事之如陆。""孔卒，孺人以劳遘疾，越七月竟死。"考张之象的母亲李孺人于嘉靖八年四月去世，则孔恭人的去世时间应为嘉靖七年九月。

嘉靖八年己丑　1529　二十三岁

四月，母亲李孺人卒。

莫如忠《张王屋墓志铭》有关于其母亲李氏的简单介绍。王宠《李孺人墓志铭》中则较为详细地记载了其母亲李氏的名讳、生卒年、埋葬地以及张王两家世交的情况等，文曰："嘉靖己丑四月庚寅，上海张君汝益丧其妻李孺人，卜以卒之年十二月甲申葬曹乌泾之原，袝先姑氏，兆谒于铭于宠。维汝益与宠世雅善寔耳，悉孺人之贤不诬，乃按其兄祠部君宗文所为状，叙而铭之。孺人讳素明，世松之华亭人。""孺人生成化丁未（1487）十月三日，年四十有三。"

嘉靖十年辛卯　1531　二十五岁

友人茅坤、何良俊、何良傅、薛方山等人都参加了当年的科举考试，同时落第。何良俊兄弟二人携行卷谒见顾璘，巧遇王宠，几人相交甚欢。[1]

---

① （明）何良俊：《四友斋丛说》卷一五。

同年，顾璘以浙江布政使致仕。

屠隆撰《明河南按察司副使奉敕备兵大名道鹿门茅公行状》（下文简称《鹿门茅公行状》）有记载，称茅坤于辛卯下第归家，其父南溪公将他痛骂一顿，从此"下帷发愤。业大就，理勿伤气，法勿窘材，弘雅瑰奇，卓尔名世"。何良俊在其文集中多次提及当年科举考试下第后与王宠初见面的情况，称自己"辛卯年与先生俱试于南都"，后来又"皆见黜于有司，相继以拔贡去"。同书卷二八《跋金元宾所藏胡可泉中丞诗翰卷》亦云："余忆辛卯冬与舍弟叔皮同会元宾于雅宜先生之石湖草堂，尔时风期俊迈，凌厉霞表，自谓天禄石渠之宾，正我辈人耳，讵意蹭蹬，至今又廿三年矣。"

嘉靖十一年壬辰　1532　二十六岁

三月，蔡汝楠中壬辰科进士。张之象、徐献忠再次落第。

俞宪《盛明百家诗前编》之《蔡白石集》卷前"作家小传"云："君名汝楠，字子木，壬辰进士。浙之德清人。"按：蔡汝楠（1516~1565），字子木，浙江德清人。嘉靖壬辰（1532）进士，以诗名于世。侯一元《自知堂集序》记述较为简略："白石蔡子，十七登朝，为行人。数使方域，遍览名山川，行求古文奇帙。"① 谈迁《国榷》卷六四记载比较详细生动。

何三畏《张宪幕王屋公传》有关于张之象多次参加科考未第的记载，赞许其处变不惊的风度，以及"暗想平生何所忏，三辰晏起一科头"的无奈之情。② 徐献忠《长谷集》亦录有《壬辰复下第》诗。

嘉靖十二年癸巳　1533　二十七岁

何良俊应岁贡。

事见何良俊《何翰林集》卷二四《先府君讷轩先生行状》，称良俊"郡庠生，应嘉靖十二年岁贡"。《嘉庆松江府志》卷四六《明贡生表》记载较为简明："嘉靖元年至四十五年岁贡：松江府学，何良俊，字元朗，翰林院孔目。"

---

① （明）蔡汝楠：《自知堂集》，清华大学图书馆藏明嘉靖刻本。
② 三辰，分别指嘉靖壬辰、嘉靖甲辰、嘉靖丙辰，均系朝廷科举考试之年。

四月，王宠卒。

文徵明《甫田集》卷三一《王履吉墓志铭》："君生弘治甲寅十一月八日，卒嘉靖癸巳四月三十日，享年四十。"按：王宠自幼就表现出超常的文学艺能，但其于科举一途很不走运，自正德庚午（1510）至嘉靖辛卯（1531）二十一年间，先后八试参加科举考试而不第，遂转而致力于学术。有《雅宜山人集》传于世。

张之象约于此年刻王宠《白雀集》。

王宠的弟子朱浚明于丁酉（1537）七月望日撰写的《雅宜山人集序》，详细记述了王宠在楞伽山中讲授课业的情形和王宠诗学思想的主要精髓，认为"师志好山水，故游乐多在石湖"，强调"文不法孟氏，诗不法陶谢"的诗学倾向，可惜天不假年，竟然在辛卯岁因游南雍得疾而去世，临终之前嘱托朱浚明可将其著作《白雀集》传于后世，藏之石湖草堂。朱浚明将王宠的遗作搜集整理后，寄给王宠的同母兄长王守［1492～1550年，字履约，号涵峰，嘉靖五年（1526）进士，官终南京都察院御史，掌院事］，请其"付之梓人，传诸海内"，后由张之象刊刻于松郡。

嘉靖十三年甲午　1534　二十八岁

莫如忠、黎民表、茅坤、冯惟讷乡试中举人，何良俊不第。

莫如忠于嘉靖十三年（1534）甲午科中举人的文献记载，事见于《嘉庆松江府志》卷四五《明举人年表二》。

黎民表，字惟敬，自号瑶石山人，从化人。嘉靖十三年（1534）举人。《明人传记资料索引》有著录。

茅坤中举事，见屠隆所撰《鹿门茅公行状》一文，称茅坤甲午年中举，时年二十三岁。

冯惟讷中举事，见余继登《光禄寺卿冯公惟讷墓志》一文，称冯惟讷"一试辄受廪，领嘉靖甲午乡荐"①。

---

① （明）焦竑：《国朝献征录》卷七一《光禄寺卿冯公惟讷墓志》。

何良俊科举不第事,见何良俊所撰《薛方山随寓录序》中,备述自己因屡试不第而归隐读书的经历。

嘉靖十四年乙未 1535 二十九岁

许谷会试第一。

俞宪《盛明百家诗后编·许石城集》卷前"作者小传"对许谷的科举仕宦经历记载颇为详尽,称其于乙未年会试第一。

茅坤会试下第。

屠隆《鹿门茅公行状》记载了茅坤当年科举下第后更加奋发有为而致声名鹊起的情形,称其于乙未年下第,归而益肆力古文辞,不久即声名鹊起。

九月,友人何良俊之父病卒。

何良俊《先府君讷轩先生行状》记载颇为详尽,言称其父于嘉靖乙未年三月遘疾,当年九月二十日病卒,享年七十九岁。

嘉靖十七年戊戌 1538 三十二岁

三月,莫如忠、茅坤、冯惟讷同科考中进士。

莫如忠事见《嘉庆松江府志》。

茅坤事见《鹿门茅公行状》。

冯惟讷事见《光禄寺卿冯公惟讷墓志》。

嘉靖十八年己亥 1539 三十三岁

张之象所辑《韵经》一书由长水书院刊刻而成。

张之象辑成《韵经》5卷,由长水书院刊行,清钱陆灿曾为此本进行批注。

嘉靖十九年庚子 1540 三十四岁

何良傅中举人。

事见何良俊《何大璧行状》、《嘉庆松江府志》。

七月,黄省曾卒。

事见黄省曾《临终自传一首》和《临终自祭文一首》,收入《五岳山人集》卷三八。

嘉靖二十年辛丑　1541　三十五岁

正月，蔡羽卒。

事见文徵明《翰林蔡先生墓志》。

三月，何良傅中进士。

事见《何礼部集》卷六、何良俊《何翰林集》卷二五、《嘉庆松江府志》卷四五等。

友人朱大韶中举人。

事见《嘉庆松江府志》卷四五。

四月，张之象编成《唐雅》一书。

事见《何翰林集》卷八《唐雅序》。

嘉靖二十二年癸卯　1543　三十七岁

张之象完成《注盐铁论》。

嘉靖癸丑闰三月，张之象撰成《注盐铁论原序》，《汉魏丛书》本收录此书。

朱大韶中举人。

事见《云间志略》卷一五《朱司成文石公传》。

嘉靖二十三年甲辰　1544　三十八岁

三月，朱曰藩中进士，张之象又未第。

朱曰藩事见《皇明词林人物考》卷九。

七月，陆深卒。

事见许赞《陆深墓表》、《国榷》卷五八、《明史》卷二八六。俞宪《盛明百家诗前编·张王屋集》中亦收录有诗作《上巳日过世具馆中观文裕陆公遗帖感怀》，诗云："小楼烟雨昼冥冥，春晚风光草正青。人物永和那可见，只怜遗迹在兰亭。"从侧面反映出对陆深这位师长的崇仰与怀念。

张之象与顾璘、徐献忠等师友结社唱和。

事见《崇祯松江府志》卷四二《何良傅传》，记载何良傅与顾璘、徐献忠、张之象等一群师友结社作文之情状。徐献忠《甲辰解官归承张子济之何子元朗包子元达吴子之仲张子玄超莫子子良董子子元过访》一诗，生动地反映出当时亲朋友人济济一堂的盛况。

嘉靖二十四年乙巳　1545　三十九岁

闰正月，前辈友人顾璘卒。

文徵明《甫田集》卷三二《故资善大夫南京刑部尚书顾公墓志铭》有关于顾璘生卒年等情况的详细介绍："嘉靖二十四年（1545）乙巳闰正月八日辛巳，南京刑部尚书顾公以疾卒于金陵里第。……其生成化丙申七月二日，享年七十。"何良俊《四友斋丛说》卷一五也记载了不少生活的细节，文曰："顾东桥文誉藉甚，又处都会之地，都下后进皆来请业，与四方之慕从而至者，户外之履常满。先生喜设客，每四五日即一张宴，余时时在其坐。先生每宴必用乐，乃教坊乐工也，以筝琶佐觞。"① 按：顾璘（1476～1545），字华玉，号东桥居士，上元人。一生历仕三朝，阅五十年，晚年罢归后，构筑息园，大治幸社，虚己好士，如恐不及，所以客常满园。除了前面提及的金陵同好、江南诸家、江东才子外，顾璘还经常与从弟顾瑮、蒋山卿、景旸、赵鹤、王宠等人聚集一堂，谈诗论文，他们"注重作品的情感、文彩、格调，批评中唐以来理化和俗化的倾向，主张以汉魏盛唐为师，在根本上与整个复古派保持一致"②，逐渐形成了自己的文学主张和创作风格，对当时规模宏大的南京作家群和江南文坛都产生了深远的影响。有《顾璘文集》《息园诗文稿》《浮湘集》《山中集》《凭几集》《国宝新编》《近言》等传于世。顾璘与张之象的父亲张汝益交情颇深，所以张之象对他极为敬重，以长辈视之。

嘉靖二十五年丙午　1546　四十岁

三月，皇甫涍卒。

文徵明《甫田集》卷三三录有为皇甫涍所撰墓志铭，称其生于弘治

① （明）何良俊：《四友斋丛说》，中华书局，1959，第124页。

② 廖可斌：《明代文学复古运动研究》，上海古籍出版社，1994，第80页。

丁巳（1497）六月某日，卒于嘉靖丙午（1546）三月九日，享年五十。
按：皇甫涍（1497～1546），字子安，号少玄，长洲人。涍为嘉靖十一年
（1532）进士，好学工诗，与其兄长皇甫冲及弟皇甫汸、皇甫濂四人皆有
才名，时人称为"皇甫四杰"。曾任礼部主事、春坊司直兼翰林检讨、广
平通判、南京刑部主事，官终浙江按察司佥事。《明史》卷二八七有小
传。著有《皇甫少玄集》《续高士传》。

嘉靖二十六年丁未　1547　四十一岁

三月，友人朱大韶中进士。

朱大韶，字象玄，号文石，松江华亭人。嘉靖二十六年（1547）进
士。朱大韶文思如云涌川决，顷刻之间数千言立就，颇得馆中诸大老之器
重。旋即解任归家，筑精舍以藏书，构文园事友朋，与吴承恩、张之象、
何良俊、何良傅、黄姬水等人交游甚密。卒年六十一岁。生平事迹见于过
庭训《本朝分省人物考》卷二六《朱大韶传》、何三畏《云间志略》卷一
五《朱司成文石公传》。著有《经术堂集》。俞宪《盛明百家诗前编·张
王屋集》中收录了多首交游唱和之作，其中《朱少司成象玄谢政还乡乃
翁余山先生有诗贻之予与子元过访因次韵赋此见意》一首诗借朱大韶谢
政还乡之事以咏怀，既感慨世事之多艰，又表露出朋友之间相亲相爱的拳
拳深情。诗云："年来世事苦奔湍，早得维舟静里看。故国且宜闻鹤唳，
危机终不到鱼竿。山中采蕨供亲膳，海上流霞待客餐。莫信古云交态薄，
依然门径有任安。"

嘉靖二十八年己酉　1549　四十三岁

三月，张之象撰成《剪彩集》。

事见何良俊《何翰林集》卷九，内录何良俊所撰《剪彩集序》。

**七月，东南沿海倭寇猖獗，嘉靖之世自此无宁岁，对张之象的思想和
创作也产生很大的影响。**

俞宪《盛明百家诗前编·张王屋集》中收录有不少讲述倭寇劫掠东
南沿海而造成百姓苦难的诗作，其中《乱后经故居感怀》等诗作较为生

动传神，读后令人感同身受，具有较强的感染力。《乱后经故居感怀》诗云："乌鹊飘零月满溪，绕林何处得安栖。万方多难疲征敛，百战无功厌鼓鼙。荒迳客归惟见草，故邻人去不闻鸡。携家欲问桃源路，只恐云深路已迷。"

嘉靖二十九年庚戌　1550　四十四岁

　　张之象应举又未第，编辑成《太史史例》100 卷。

　　事载《朱邦宪集》卷五《题桥集序》。

　　十二月，何良傅升南京礼部主事。

　　事载何良傅《何礼部集》卷六《乞恩致仕疏》。

嘉靖三十年辛亥　1551　四十五岁

　　四月，莫如忠、何良俊、袁太冲等人同作泛泖之行。

　　何良俊《何翰林集》卷一五《初夏泛泖记》载："嘉靖辛亥之四月，莫中江督学、袁太冲秋官先后祗命，南归至家。甫旬日，而太冲尊公雨山郡博以二君久客都城，不无峰泖云物之思，既返家山，可无游适，乃撰辰招客，作泛泖之行。"

嘉靖三十一年壬子　1552　四十六岁

　　何良俊等人避倭乱离家。

　　事见何良俊《与五山兄长书》。

嘉靖三十二年癸丑　1553　四十七岁

　　海贼王直勾结倭寇，劫掠江浙等地三月有余，上海破。

　　闰三月，海盗王直勾结倭寇大举入犯，滨海数千里同时告警。倭寇所到之处，景象惨不忍睹。何良俊《何翰林集》卷九《寿卜朴庵七十序》记载了当时倭寇劫掠台州、宁波、嘉兴、湖州、苏州、松江、淮北等地的惨状，何良俊因此携家带口避地卜居青溪之上。

　　何良俊谒选入金陵。

　　事见何良俊《寄赠衡山先生一首》序、何良傅《送仲兄元朗谒选入都》、聂豹《赠翰林孔目何元朗之南都序》。

嘉靖三十三年甲寅　1554　四十八岁

因避倭乱，张之象及其亲朋故旧颠沛流离，徙居各处。

徐献忠因避倭乱迁徙至吴兴。

朱邦宪的继室沈氏在避倭乱过程中疾发身亡。

张之象因避倭乱携子孙徙居华亭。

何良俊因避倭乱徙家青溪。

何良傅乞归栖居金陵。

张之象辑《彤管新编》成。

张之象所编《彤管新编》8卷，是一部专录从先秦至元代女性作家作品的诗文总集。此书卷前有吴门魏学礼《彤管新编序》，卷后有吴门魏留耘所撰《彤管新编后序》。

张之象与何良俊等友人唱和于市隐园。

事见张之象《原白制渔查成夏日过市隐园池中临泛浩歌一首》，收入俞宪《盛明百家诗前编·张王屋集》卷上；何良俊《夏日同邢雉山太史张王屋太学舍弟叔皮祠部夜集姚秋涧市隐园杂咏四首》，收入《何翰林集》卷二。

嘉靖三十四年乙卯　1555　四十九岁

张之象与何良俊、盛仲交、文文水等人在南京交游唱和。

事见《何翰林集》卷七收录的几首诗作。

黄姬水侨寓金陵。

事见黄姬水《白下集序》。

张之象撰成《翔鸿集》和《猗兰集》。

事见黄姬水《猗兰集序》。另，张之象《翔鸿集》，现有明嘉靖刻本。

嘉靖三十五年丙辰　1556　五十岁

张之象参加科考未第。

事见何良傅《春雪席上送王屋张兄赴选》。

朝廷平定倭乱。

张之象编成《唐诗类苑》《古诗类苑》。

张四维《古诗纪原序》称《古诗纪》的编纂时间自甲辰之冬（1544）至丁巳之夏（1557），编成后于次年刊行。因冯惟讷借鉴过张之象《古诗类苑》，则张氏二书至迟在这一年编成。

嘉靖三十六年丁巳　1557　五十一岁

何良傅自金陵还故里。

事见《何礼部集》卷三、《长谷集》卷四、《何翰林集》卷九中相关诗歌的内容。

黄姬水撰成《白下集》。

黄姬水《黄淳父先生全集》卷二四附录有吴郡皇甫汸所撰《墓志铭》，称黄姬水在金陵"交游既广，篇什遂多，因成白下之编"。此外，黄姬水《白下集序》也有相关介绍。

嘉靖三十七年戊午　1558　五十二岁

何良俊乞休。

事见何良傅《次韵答翰林家兄元朗致仕》一诗。

嘉靖三十八年己未　1559　五十三岁

二月，文徵明卒。

事见文徵明《甫田集》卷三六《先君行略》。这是关于文徵明生平事迹最权威、最详细、最全面的文献资料。文徵明才华超群，交游甚众，既与名士大家驰骋文坛，又不忘提携周遭后进，许多文人对其都非常景仰。《明史》卷二八七《文徵明传》、《何翰林集》卷二二《与文太史衡山书》中有关于张之象、董子元、何良俊等人与文徵明交往的记载。

嘉靖三十九年庚申　1560　五十四岁

黄姬水自金陵归家。

事见黄姬水《黄淳父先生全集》卷五、卷一二收录的诗作内容。

文嘉等人将文徵明灵柩暂置花泾桥之原。

事见文嘉《先君行略》。

嘉靖四十年辛酉　1561　五十五岁

俞显卿中举人。

事见《嘉庆松江府志》卷四五《明举人表》。

何良俊移居吴门。

朱曰藩卒。

事见《皇明词林人物考》卷九。

嘉靖四十一年壬戌　1562　五十六岁

何良傅卒，年五十四。

事见《何翰林集》卷二五《何大壑行状》。俞宪《盛明百家诗后编·何翰目集》卷前"作者小传"亦有相关记载。

徐光启生。

徐光启曾参与校订《古诗类苑》，此书有二十卷卷首记载此事。

嘉靖四十二年癸亥　1563　五十七岁

张之象约在此年任浙江提刑按察司经历司知事。

事见俞宪《盛明百家诗前编·张王屋集》卷前"作者小识"。又，文彭《送张月鹿浙江宪幕》诗，亦为一证，诗见《文氏五家集》卷八《博士诗集》下。

嘉靖四十三年甲子　1564　五十八岁

俞宪编成《张王屋集》。

事见该书卷前俞宪识语。

嘉靖四十四年乙丑　1565　五十九岁

张之象《太史史例》由长水书院刊行。

事见该书卷首张之象撰《太史史例序》和书后的刊行牌记。

徐献忠《长谷集》刻成。

事见《长谷集》卷前收录的董宜阳撰《刻（长谷）集序》。

何良俊《何翰林集》刻成。

事见莫如忠撰《何翰林集序》。

嘉靖四十五年丙寅　1566　六十岁

十二月，世宗崩，穆宗即位。

据《明史》卷一八《世宗本纪》二记载，嘉靖四十五年"十二月庚子，（帝）大渐，自西苑还乾清宫。是日崩，年六十，遗诏裕王嗣位"。[①] 穆宗继承皇位后，下令将"方士悉付法司治罪，罢一切斋醮工作及例外采买"，社会风气为之一变。

友人彭年卒。

穆宗隆庆元年丁卯　1567　六十一岁

张之象投劾归隐。

事见莫如忠《张王屋墓志铭》《张宪幕王屋公传》，朱邦宪《张玄超免官归却寄》诗二首。

隆庆三年己巳　1569　六十三岁

八月，徐献忠卒。

事见《嘉庆松江府志》卷五三《徐献忠传》。

隆庆四年庚午　1570　六十四岁

张之象之子张云门中举人。

事见《嘉庆松江府志》《同治上海县志》。

隆庆五年辛未　1571　六十五岁

冯时可中进士。

事见《嘉庆松江府志》卷五四《冯时可传》。

按：冯时可，生卒年不详，字元成，一字敏卿，号文所，松江华亭人。与邢侗、王穉登、李维桢、董其昌并称"中兴五子"。著有《易说》《诗意》等集。冯时可曾为明万历年间刻本《唐诗类苑》撰序，则其年齿当比张之象稍晚，主要生活年代应在明隆庆、万历年间。

---

① （清）张廷玉等：《明史》，中华书局，1974，第250页。

隆庆六年壬申 1572 六十六岁

二月，友人董宜阳卒。

事见《朱邦宪集》卷一〇《董子元先生行状》、《嘉庆松江府志》卷五三《董宜阳传》。按：董宜阳（1510~1572），字子元，上海人。与张之象、徐献忠、何良俊等人交情颇深，号称"四贤"。

三月，友人冯惟讷卒。

事见余继登《光禄寺卿冯公惟讷墓志》。

五月，穆宗崩于乾清宫。

事见《明史》卷一九《穆宗本纪》。①

六月，神宗朱翊钧即皇帝位。

事见《明史》卷一九《穆宗本纪》。②

十月，友人朱察卿卒。

事见《朱邦宪集》附录潘恩撰《故太学生象冈朱君墓志铭》，对朱察卿的生平事迹记载较为详细。李维桢《明诰赠奉宜大夫工部营缮清吏司员外郎象冈朱公墓表》称其先世自姑苏迁徙至上海。《嘉庆松江府志》卷五三《朱察卿传》记载与上述两种文献相类似，但又稍有区别："朱察卿，字邦宪，上海人。父豹，官福州守。察卿幼敏慧，九岁丧父，哀毁如成人。事母蔡孝敬备至，邑令黄文炜、推官陈懋观并重之，然察卿未尝有私谒。后两人殁于官，为经纪归其丧。生平慷慨，重然诺。韩谦贞之没，独力葬之；他婚嫁、读书、习业、亲友难其事者，察卿若有簿稽，促其期而赐给随之。少习举业，稍长，闳览典籍，不屑为时文。诗笔古雅绝伦，所著有《朱邦宪集》十五卷，太仓王世贞以为徐孺子、郭林宗之流，人以为允。"

万历元年癸酉 1573 六十七岁

友人何良俊卒。

---

① （清）张廷玉等：《明史》，中华书局，1974，第258页。
② （清）张廷玉等：《明史》，中华书局，1974，第261页。

何良俊与张之象自童蒙时即为友人，相交一生，感情甚笃，唱和较多。俞宪《盛明百家诗后编·何翰目集》收录有《春日花前听李节筝歌作张王屋黄质山每夸余以歌馆之乐书此贻之并要和篇》《送张玄超秋暮归山》两首诗。何良俊《何翰林集》中收录有《唐雅序》《剪彩集序》等诗文作品，或唱和、或赠诗、或提及、或赠序，均与张之象有直接或间接的关系，可以看出何良俊与身边友人相处融洽。其中《送张玄超秋暮归山》一诗通过临别之际对朋友的殷殷嘱咐，表现出何良俊与张之象两人之间的深情厚谊，诗云："千林木落水微波，此日因君感慨多。凤游台高数眺望，雀罗门静日经过。羁怀尚自牵江郭，归梦先应绕涧阿。戎马未平恩未报，莫将年鬓易蹉跎。"因此民国时期的学者姚光指出，何氏兄弟二人"仕途皆不得志，挂冠而归，悠游林下。元朗风神朗彻，襟度豪爽；叔皮雅敦友谊，尤笃内行"，"庶其为江左风流之嗣响乎"①。

友人文彭卒。

文彭（1489～1573），字寿承，号三桥，系文徵明长子。文彭以明经廷试第一，官南京国子监博士。彭少承家学，能诗善书，尤工古隶。事见《明史》卷二八七、《皇明词林人物考》卷一一。

万历二年甲戌　1574　六十八岁

五月，友人黄姬水卒。

事见吴郡皇甫汸所撰《墓志铭》、王世贞《白下集序》。

万历三年乙亥　1575　六十九岁

约在此年，张之象元配唐氏卒。

事见莫如忠《张王屋墓志铭》、茅坤《再与张王屋书》。张之象之妻唐氏与茅坤之妻姚氏先后去世，茅坤得知消息后急忙给张之象写信，安慰友人。

---

① 姚光：《影印云间两何君集跋》，《云间两何君集》卷末，1932 年金山姚氏复庐影印明嘉靖刻本。

万历四年丙子　1576　七十岁

隐居细林山，专事著述。

事见何三畏《云间志略》。

八月，张之象辑录成《楚骚绮语》6 卷。

张之象所辑《楚骚绮语》6 卷，收入明万历初年吴兴凌氏桂芝馆刊刻的《文林绮绣本》和《融经馆丛书》，书前有凌迪知撰写的序文，题作"万历丙子秋八月谷旦前进士司空尚书郎吴兴凌迪知稚哲父撰"。

万历五年丁丑　1577　七十一岁

五月，张之象刊刻《史通》。

明万历五年《史通》刻本是张之象根据秦柱家藏宋本《史通》校刻而成。该本版式为每半叶 7 行 12 字，白口，单鱼尾，左右双边，书后有张之象所撰《刻史通序》。清代校勘家何堂曾用华亭朱氏影抄本对明万历刻本进行核对，称"从从叔小山假得李氏所藏华亭朱氏影宋抄本，与此张氏刻互勘，无大相乖舛，知序中所云曾见梁溪秦氏家藏宋本不虚也"，足证此本文献价值之珍贵。傅璇琮先生认为，"张之象的刻本对《史通》是有着摧陷廓清之功的。因为陆深虽是明朝第一个整理《史通》的人，但由于他所见的本子少，校订工作也因此做得不多，而张之象根据完整的宋本校正重刻，就比陆深'抱残守缺'的方式要好得多了"①，给予其以极高的学术评价。

友人朱大韶卒。

事见《本朝分省人物考》卷二六《朱大韶传》。

万历七年己卯　1579　七十三岁

春，张之象刻成《文心雕龙》。

万历七年春，张之象又以秦柱家藏本为底本刊刻而成《文心雕龙》，后有《刻文心雕龙序》，详细说明了刊刻《文心雕龙》的经过。文曰：

―――――――――――

① 傅璇琮：《〈史通〉出版说明》，中华书局，1961 年影印本。

"方今海内，文教振兴。缀学之士，竞崇古雅。秘典奇编，往往间出。独是书世乏善本，伪舛特甚，好古者病之。比客梁溪，见友人秦中翰汝立藏本颇佳，请归研讨，始明彻可颂。且闻之山谷黄太史云：'论文则《文心雕龙》，评史则《史通》，二书均有益后学，不可不观也。'予遂梓之，与《史通》并传，不使掩没，又安得如休文者共披赏哉？"清四库馆臣亦云"是书自至正乙未刻于嘉禾，至明弘治、嘉靖、万历间，凡经五刻"，而万历刻本的文献价值很高，表现出张之象对待学术一贯审慎的态度。

茅坤编刻成《唐宋八大家文钞》。

事见茅坤《唐宋八大家文钞原叙》。

其孙张齐颜中举人。

事见《嘉庆松江府志》《同治上海县志》。

万历八年庚辰　1580　七十四岁

青浦知县屠隆宴请张之象等人。

事见屠隆《白榆集》卷五《夏夜衙斋宴集张玄超莫廷韩诸君限韵》。

万历九年辛巳　1581　七十五岁

八月，张之象撰成《梅坞贻琼序》。

事见周履靖《梅坞贻琼》卷首张之象《梅坞贻琼序》。

万历十年壬午　1582　七十六岁

友人吴承恩卒。

吴承恩（约1506～1582），字汝忠，号射阳山人，山阳（今江苏淮安）人。承恩为嘉靖中岁贡生，六十岁时官长兴县丞。承恩工书，英敏博洽，下笔立成，清雅流丽，很多金石之文皆出自其手。著有《射阳先生存稿》《西游记》。

张之象撰《黄道婆祠记》①。

---

① 《古今图书集成》卷三七一《明伦汇编·闺媛典·闺职部》，中华书局、巴蜀书社影印出版。

《古今图书集成》卷三七一《明伦汇编·闺媛典·闺职部》收录有这篇文章，把修建黄道婆祠的经过详细记录了下来。

万历十一年癸未　1583　七十七岁

友人屠隆任青浦知县。

事见《崇祯松江府志》卷二七《守令题名》和同书卷三三《屠隆传》。

友人文嘉卒。

万历十四年丙戌　1586　八十岁

友人许谷卒。

事见吴自新《刻许太常归田稿序》。

张之象主持纂修《上海县志》。

事见莫如忠《张王屋墓志铭》、何三畏《云间志略》、《同治上海县志》等。陆树声《万历上海县志序》讲述了修志经过，称其"参互采摭，条分胪列，较若指掌。总之则义达而事例明，文核而体要备，斌斌乎质有其文，于邑志称良焉"。

万历十五年丁亥　1587　八十一岁

正月，张之象卒。郡人为之增祀，名五贤祠。

事见莫如忠《张王屋墓志铭》、《嘉庆松江府志》卷一八《建置志》。另，陈田《明诗纪事》卷一九著录有张之象《晋司徒掾张翰》，诗云："季鹰性旷达，本自山林人。浮生贵适意，何物羁我身。命驾凌秋风，拂衣还海滨。野脍恋琼鲈，溪羹甘紫莼。一杯幸可托，万钟宁足论？黄花有遗唱，情素藉此申。"①

---

① （清）陈田辑：《明诗纪事》，上海古籍出版社，1993，第 2196～2197 页。

附录二
评阅专家意见

　　《〈唐诗类苑〉研究》是一篇甚具功力的优秀博士论文。论文以明人张之象编纂之《唐诗类苑》为论文选题，既表明了其识度，亦有较大的开拓空间，故显得择题精当。全文利用现存的文献资料，钩沉索隐，揭其端委，述其源流，考校事实，颇多精解，可谓对《唐诗类苑》的探讨达成诸多新的认识，使相关课题研究有了进一步的提升。论文作者有良好的文献学功底，非惟征引各种材料如数家珍，涉及相关议题概念明确，兼亦熟悉历代诸多唐诗选本的体例和特色。该文将《唐诗类苑》放在唐诗流播的过程中来考察，颇能洞见该书的真实面貌，往往体现出丰富的历史感受，比较接近事物的实际本相。而通过考核张之象的生平、交游和思想，从文学、史学、文献学三个方面作综合审视，揭示《唐诗类苑》的编纂宗旨及其不可替代的价值，厘析该书的基本面貌及编纂者的心眼所在等，都显得实事求是，言之成理。鉴于论文提供了充分的依据，故整体结论可以成立。论文已达到攻读博士学位的学术水平，足以表明作者具有独立从事科学研究的能力，同意进入论文答辩。

——复旦大学博士生导师陈允吉教授

明中叶张之象编《唐诗类苑》二百卷，是《唐音统签》之前，当时最大的一部唐诗总集。以后，清康熙编《全唐诗》刊行，此书被掩，四百年来几乎无人研究过，当代唐诗学界也是少有人深知。论文即选取了此书为对象，放在明代诗学思潮历史背景下，以张之象家世、生平、学术活动为起点，探讨了《唐诗类苑》的性质、编纂、刊刻、文献来源、收录标准及其对后世的影响，全面揭开了这部唐诗总集的整体面貌，在唐诗文献学研究领域，具有课题开拓性。论文主题明确，结构严谨，层次清晰，引文、注释规范详实，具备一定的理论水平和扎实的文献基础。不足之处：对年谱、年表的编纂，细节考证尚欠功力，对张之象交游群中，大量有关的诗文尚需进一步排比确定系年，当然，这与论文写作时间紧张有关。另外，学术语言尚待锤炼。

——河南大学博士生导师佟培基教授

该论文以《唐诗类苑》为研究对象，对张之象生平和思想及文献来源、地位作了全面探讨，选题新颖，对唐诗学史的研究有填补空白的意义。该论文对所研究课题的国内外发展动向的综述全面而切中要害，特别是作者对相关文献的调查分析下了功夫，充分利用现存文献资料、文物资料，并加以比勘整理，显示出作者认真严谨的治学态度和实事求是的学风。更为可贵的是，作者立足于文献工作，又能将宏观与微观、文献考索与理论分析结合起来，将张之象《唐诗类苑》放在中日诗学发展和明代诗学的文化背景下加以考察。总之，该论文文献资料扎实，论述严谨，有不少创见，是一篇比较优秀的博士论文，可以进行答辩。

——华南师范大学博士生导师戴伟华教授

该论文分四部分对明人张之象纂修的《唐诗类苑》（以下简称《类苑》）进行多角度多层面的解读研究，填充了张氏生平思想研究中的诸多空白点，指出《类苑》乃唐代诗歌结集史上前所未有的鸿篇巨集，全书二百卷，收录作品二万多首，作家一千余人，从而成为类聚有唐一代诗歌的最多的本子。文章在排比材料的基础上，盛赞《类苑》是现存最早、规模最大的唐诗分类总集的扛鼎之作，对《全唐诗》的编纂起了导夫先路的作用。文章作者对学界有关本课题的研究现状有相当深入的了解，对运用的丰富资料有细致深切的把握，论证充分，剖析透辟，不虚美，不隐恶，结论中肯辩证。语言平实，论述详明，文章布局合理，架构熨帖，内在逻辑联系紧密。从文章可以看出，作者具有坚实宽广的基础理论和系统深入的专业知识，完全具备了独立从事科学研究的能力。同时，文章中还显示作者治学态度扎实深入，科研作风规范，不掠他人之美以为己有，显示了应当具备的学术道德。完全同意安排进行学位论文答辩。

——河南大学博士生导师齐文榜教授

该文是全面研究《唐诗类苑》的一个宏大选题。论文的主要创新之处有三：一是对《唐诗类苑》编纂宗旨、编纂体例的总结和归纳；二是对《唐诗类苑》性质归属的认定，认为它是一部分类编纂的文学总集，而不是以往人们认定的类书属性；三是对《唐诗类苑》编纂得失的总结，认为它在文献保存、辑佚、校勘等方面，有着不可替代的文献价值和学术史意义，但也存在诸多缺陷。作者从《唐诗类苑》的编纂体例、性质归属、文献来源等几个主要方面做出的考察，有一定的学术创新意义，为学界相关的研究提供了有价值的学术借鉴。论文作者具有坚实宽广的古典文献学专业基础，有很好的理论功底和运用材料、驾驭材料的能力，具有独立解决重大学术问题的能力。论文符合学术规范，有严谨的科学态度，是一篇合格的博士学位论文，同意此论文参加博士学位论文答辩。

——河南大学博士生导师李振宏教授

课题成果鉴定专家意见之一

该成果对明张之象《唐诗类苑》进行了多方面、多层次地探讨，指出张氏乃学人兼诗人，此乃编纂《类苑》的学术基础和质量保障。张氏编纂《类苑》，目的在于宣传自己的诗学主张，保存有唐一代的诗歌文献，以期青史垂名，并对后进的科举仕进有所裨益。《类苑》以类系诗，因而追求"网络全备"、"妍媸不择"，并注意录存作品的完整性，编排以四唐为序，且对重出误收作品及异文，阐发作出自己的处理。在分析的基础上，该成果指出，《类苑》虽以类系诗，但却与一般意义上的类书不同，其上承《文苑英华》编纂追求，已具备常见意义上文学总集的特征，因而属于分类纂修的文学总集，从而辨正了《四库全书》馆臣对《类苑》的贬斥。

该成果还对《类苑》的文献来源及《类苑》与唐代类书、前代诗文总集和明代其他诗文总集进行了比较研究，从而指出《类苑》文献来源非常广泛，摘录典籍异常丰富，征引的典籍达170种，其中唐人别集即达百种之多，具有独特的文献价值和学术价值。《类苑》乃现存最早、规模最大、体系较为完备的唯一一部分类编排的唐诗总集，是分类唐诗的扛鼎之作。《类苑》依"四唐"编次唐诗，使唐诗的"四期"划分进一步完善，并对清编《全唐诗》产生一定影响，因而在中国诗学史上有着重要地位。

该成果架构合理，材料丰富，分析深入细致，论证严谨周密，逻辑性强。

该成果乃学界首部全面、系统、深入研究《类苑》的著述。对张氏生平、仕履、交游的研究，能从原始传记和方志中发掘出全新的史料，并撰为《张之象简谱》附后，这些均具创新性质。对《类苑》一书性质的辨析，在学界亦属新见，因而在《类苑》研究和唐诗学研究方面皆具有重要的学术价值和参考价值。

建议作者在指明《类苑》所引百余家唐别集的基础上，进一步探讨所用各家唐集的具体版本，这对认识《类苑》所用唐集的版本价值和校勘价值，极有裨益。

课题成果鉴定专家意见之二

　　该项目成果主要通过大量相关文献的爬梳，对明人张之象所编唐诗总集《唐诗类苑》作出了全面而具体的专题研究。原成果尝试从编纂背景、著录面貌、文献来源、同类比较及地位和影响五大视角考阐《唐诗类苑》之成书经过、编排方法与整体特点，借以彰显其在明代唐诗学史中的应有地位，揆发原集对后续这种研究的诗学意义与参考价值，其内容致有一定的创新性和学术启示性。成果文献丰赡，引证规范，视野开阔，评述客观，行文中尝试做到了点面结合、纵横结合、宏观与个案结合，结论令人信服，总体写法中规中矩，且成果内容不涉及政治敏感问题。总体上说，原成果已经完成项目研究的既定目标，达到了项目结项的学术要求，同意结项。

　　有三点建议供参考：

①文中个别引文字体字号应保持一致，如第34页之引文。

②第三章第二节选集罗列简单，应重点说明古论题之关系。

③第四章第三节内容略薄弱，开掘不够深入。

课题成果鉴定专家意见之三

　　张之象《唐诗类苑》作为胡震亨《唐音统签》和清编《全唐诗》之前卷帙最富的唐诗总集，虽一直也为唐诗研究者言及，但认真的研究并不多见，对此书的成就和得失也没有深入的评估。本文从编纂背景、基本面貌、文献来源、与其他选本比较、地位和影响五个方面对该书加以深入的探讨，这些问题以往学界较少涉及，或浮光掠影，未作深入探索，本文都在认真梳理文献的基础上进行了细致的考察，对编者张之象的生平事迹、编纂《唐诗类苑》的过程、全书的体例和特点作了较为具有总结意义的论述。作者能将《唐诗类苑》放在历代唐诗文献流传和总集编纂的历史进程中加以考察，在对此书的特点和得失作出公允评价的同时，注意到它对唐诗学史的参与意义（如对高棅"四唐说"的修补和细化），让我们对它的文献价值和诗学史有了更清晰和全面的了解，这是本课题研究的价值所在。

　　通观全稿，作者对相关文献和前人研究掌握得比较充分，研究思路清晰，语言表述明快畅达，注释详明，体现了较严谨的学风。

　　但从更严格的意义上来要求，则本稿也有一些可改进之处。最突出的是，有一些章节没有将力气用到点子上，比如第三章"《唐诗类苑》文献来源研究"共计 50 页，占全书篇幅四分之一，主要是罗列《类苑》所引书籍，介绍各书的基本情况，而不是考察张之象如何使用这些书，采录了哪些内容，致使 50 页内容多流于重复常识，较少学术含量。其他章节给人的感觉也是列举和综合学界现有的成果多，出于个人独到发现的结论相对较少。尤其是对《类苑》所录作品的作者、数量、版本等总集、选本研究的重要问题，论述殊觉简略，还有充实、加强的必要。

　　写作中内容每每有重复，如第 56-57 页列举张之象著述，第 58-59 页引述张氏交游资料，虽出于不同文献，但明显出于同源，既非考证、辨析，殊无重复征引的必要；第 165 页与 169 页两次全文引述《四库提要》《御定佩文斋咏物诗选》，也可以用互见法处理。其他细节问题，如第 2 页说《唐诗类苑》在体例上受到王安石《唐百家诗选》、高棅《唐诗品汇》的影响，第 7 页引罗时进文称赵孟奎《分门纂类唐歌诗》和《唐诗类苑》"收诗都超过 40000 首"，明显有误。第 33-37 页根据史料言及云间四贤游成均，考证应为松江府学。按：何良俊和董宣阳传记都有游国学的经历，在未确认张之象生员的性质及经历之前，似不宜轻否前人之说。

课题成果鉴定专家意见之四

《唐诗类苑》在明代唐诗选集的编纂中有其独特价值，但由于该书流布不广，较少受到学界关注。该成果是较为系统全面研究《唐诗类苑》的第一部专著，对于深化明代唐诗学的研究有较为实出的创新意义。

成果较为系统化梳理了《唐诗类苑》的基本面貌及文献来源等，对该书与前代者表唐诗选集进行了比较研究，对其他位与影响进行了论析，对该书的系统研究建立了基本的框架。格局较为开阔，结构合理完整，许多讨论都颇有识见。对该书的认识评价也较为客观公允，既指出了其重要的文献价值，也指出了其在资料取舍、编排、校勘上的瑕疵，这种求实的态度值得肯定。

该成果在文献的搜寻运用上颇为成功，尤其在对该书文献来源的梳理上表现较为集中。作者指出该书共采用了170多种相关文献，并对这些文献分类论列，进一步呈现了当时对唐诗文献的利用状况等。文末所附的一家年谱，并建构于大量相关文献之上，具有一定的学术价值。

成果较多地使用了比较研究的方法，以揭示《唐诗类苑》的编纂特色与其尚唐诗影响的相互关系，这使某些部分的讨论较为深入。

该成果尚有可以再加提升之处。有些地方提出了很好的问题，但讨论可以更加深入细致。有些材料的使用可以根据注记的类别需要再加精练。

课题成果鉴定专家意见之五

　　该成果以明代《唐诗类苑》为研究对象，不涉及政治敏感问题，没有违背马克思主义原理，没有违背中央现行方针政策的内容。

　　《唐诗类苑》是现存最早按诗的主题分门类编次而成的唐诗总集，对明清诗文总集和类书的编纂产生过不同程度的影响。在唐诗学史上有一定的典范意义，因此该选题有一定的学术价值。成果的理论价值主要体现在：能够不停留于选本本身，较为深入地分析了作者的文学旨趣和诗学倾向，对于拓清明代纷乱的文论主张有一定促进作用；成果在比较研究中涉及了较多的唐诗和古代诗歌选本，体现出了作者相当的学术探求欲望和广阔视野，对于唐诗学史上给予《唐诗类苑》和此类选本的相应历史定位有较大促进作用；成果对研究对象收录标准和分类方法的说明对于选本研究的全面体系建立有促进作用。

　　成果对《唐诗类苑》的编纂背景、基本面貌、文献来源等方面进行了认真细致的梳理，对研究对象与唐代类书和前代、同时代诗歌总集的编纂进行了比较，并对其历史定位和影响加以力所能及的论述，在学界已有成果的基础上，较为完整和全面的呈现了研究对象的方方面面。成果体例完整，逻辑清晰，遵守学术规范。

　　成果的创新体现在发现了这一特殊类型选本，并大胆进行了宏观定位和微观解析，使得以往学界大多认为是"类书"性质的《唐诗类苑》得以总集面目进行较为全面的展示。成果的突出特色在于，一是资料丰富，**爬梳细腻**，体现出作者较好的文献功底，例如对编者同时期文人文学思想的背景展示，对编者文学思想的挖掘起到了映衬作用；二是成果体现出了"历史"意识和"特色"探寻，从行文及讨论过程中能够看到作者的这种努力，这也是其学术意识和高追求的体现。

　　成果也存在一些不足。其一是对背景性文献资料的说明不厌其烦，旁逸斜出的地方较多，可进一步压缩，比如"唐人选唐诗"的现代研究成果部分。其二是对"类书"性的选本有展示和比较，但提升不够，未能从当时论争和后世影响角度进一步定位此种选本到底意义何在、价值何在。三是在历代诗歌选本的比较说明中，缺乏概况和归纳，罗列介绍多，深入挖掘少。特别是《唐诗类苑》的产生对明代中后期的学术史意义还是大有开拓空间的。

　　该成果研究较为专门，当不会引起较大的学术观点争议。课题达到了预期目标，同意结项。

参考文献

[1]《史记》，汉司马迁撰，中华书局，1959。

[2]《汉书》，汉班固等撰，中华书局，1962。

[3]《隋书》，唐魏徵等撰，中华书局，1973。

[4]《旧唐书》，后晋刘昫等撰，中华书局，1975。

[5]《新唐书》，宋欧阳修等撰，中华书局，1975。

[6]《旧五代史》，宋薛居正等撰，中华书局，1976。

[7]《新五代史》，宋欧阳修撰，中华书局，1974。

[8]《宋史》，元脱脱等撰，中华书局，1985。

[9]《明史》，清张廷玉等撰，中华书局，1974。

[10]《明史稿》，清王鸿绪撰，清康熙年间敬慎堂刊横云山人集本。

[11]《国史经籍志》，明焦竑撰，江苏宝应县图书馆藏明万历三十年
（1602）刻本。

[12]《国榷》，明谈迁撰，中华书局，1958。

[13]《明鉴》，清印鸾章撰，上海书店1984年影印本。

[14]《明史纪事本末》，清谷应泰撰，中华书局，1977。

[15]《明会典》，明李东阳等撰，文渊阁影印四库全书本。

[16]《典故纪闻》，明余继登撰，中华书局，1981。

[17]《国朝典汇》，明徐学聚撰，书目文献出版社，1996 年影印本。

[18]《唐诗纪事》，宋计有功撰，中华书局上海编辑所，1965。

[19]《云间志略》，明何三畏撰，台北学生书局影印明天启三年（1623）刊本。

[20]《云间人物志》，明李绍文撰，上海图书馆藏明万历抄本。

[21]《国朝献征录》，明焦竑撰，明万历四十四年（1616）徐象枟曼山馆刻本。

[22]《本朝分省人物考》，明过庭训撰，北京大学图书馆藏明天启刻本。

[23]《皇明词林人物考》，明王兆云撰，北京大学图书馆藏明万历刻本。

[24]《皇明词林人物考》，明王兆云撰，复旦大学图书馆藏明万历刻本。

[25]《两浙名贤录》，明徐象梅撰，明天启间光碧堂刻本。

[26]《明人小传》，清曹溶撰，国家图书馆藏清抄本。

[27]《明遗民录汇辑》，南京大学出版社，1993。

[28]《列朝诗集小传》，清钱谦益撰，上海古籍出版社，1983。

[29]《史通》，唐刘知幾撰，明万历五年（1577）张之象刻本。

[30]《太史史例》，明张之象撰，明嘉靖四十四年（1565）长水书院刻本。

[31]《绍熙云间志》，宋杨潜撰，北京大学图书馆藏明抄本。

[32]《弘治上海县志》，明唐锦等撰，上海书店影印明弘治十七年（1504）刻本。

[33]《正德松江府志》，明顾清等撰，上海图书馆藏明正德七年（1512）刻本。

[34]《嘉靖吴江县志》，明徐师曾撰，台北学生书局影印明嘉靖四十年（1561）刊本。

[35]《嘉靖青州府志》，明冯惟讷等撰，明嘉靖刻本。

[36]《万历长洲县志》，明皇甫汸等撰，台北学生书局影印本。

[37]《崇祯松江府志》，明方岳贡、陈继儒撰，书目文献出版社影印明崇

祯刻本。

[38]《云间杂志》,明华亭撰人阙,清乾隆三十三年(1768)陆煊校订石印本。

[39]《嘉庆松江府志》,清宋如林、孙星衍等撰,清嘉庆二十三年(1818)松江府学刻本。

[40]《同治上海县志》,清叶廷眷撰,清同治十年(1871)上海县学刻本。

[41]《光绪华亭县志》,清杨开第撰,清光绪四年(1878)刊本。

[42]《云间第宅志》,清吴省兰撰,艺海珠尘本。

[43]《崇文总目》,宋王尧臣等撰,台北商务印书馆,1967。

[44]《郡斋读书志》,宋晁公武撰,台北商务印书馆,1978。

[45]《直斋书录解题》,宋陈振孙撰,台北商务印书馆,1978。

[46]《通志》,宋郑樵撰,浙江古籍出版社,1988。

[47]《文献通考》,元马端临撰,浙江古籍出版社,1988。

[48]《文渊阁书目》,明杨士奇撰,台北商务印书馆,1967。

[49]《云间据目抄》,明范濂撰,民国申报丛刊本。

[50]《云间据目抄》,明范濂撰,民国上海进步书局校印本。

[51]《云间韩氏藏书目》,民国年间印本。

[52]《明代书目题跋丛刊》,书目文献出版社,1994。

[53]《明代登科录汇编》,屈万里主编,台北学生书局,1969。

[54]《天禄琳琅书目后编》,清彭元瑞等撰,中华书局,1995。

[55]《四库全书总目》,清永瑢等撰,中华书局,1965。

[56]《增订四库简明目录标注》,邵懿辰、邵章等撰,上海古籍出版社,1979。

[57]《续修四库全书总目》,中国科学院图书馆整理,齐鲁书社,1999。

[58]《万历邸钞》,江苏广陵古籍刻印社影印台湾"中央"图书馆所藏抄本。

［59］《史书占毕》，明胡应麟撰，四库全书本。

［60］《少室山房笔丛》，明胡应麟撰，中华书局，1958。

［61］《南村辍耕录》，元陶宗仪撰，中华书局，1959。

［62］《四友斋丛说》，明何良俊撰，中华书局，1959。

［63］《玉堂丛语》，明焦竑撰，中华书局，1981。

［64］《皇明世说新语》，明李绍文撰，中国科学院图书馆藏明万历刻本。

［65］《郑堂读书记》，清周中孚撰，商务印书馆，1958。

［66］《香祖笔记》，清王士禛撰，上海古籍出版社，1982。

［67］《日知录》，清顾炎武撰，上海古籍出版社，1985。

［68］《十驾斋养新录》，清钱大昕撰，上海书店，1983。

［69］《廿二史札记》，清赵翼撰，中华书局，1984。

［70］《四库提要辨证》，余嘉锡撰，中华书局，1980。

［71］《藏园群书经眼录》，傅增湘撰，中华书局，1983。

［72］《中国善本书提要》，王重民撰，上海古籍出版社，1983。

［73］《中国古籍善本书目·史部》，上海古籍出版社，1991。

［74］《中国古籍善本书目·集部》，上海古籍出版社，1996。

［75］《中国地方志联合目录》，中国科学院北京天文台主编，中华书局，1985。

［76］《唐五代人物传记资料综合索引》，傅璇琮等撰，中华书局，1982。

［77］《明人传记资料索引》，台湾"中央"图书馆编，中华书局，1987。

［78］《八十九种明代传记综合引得》，田继综编，上海古籍出版社，1986。

［79］《明史人名索引》，李裕民撰，中华书局，1985。

［80］《历代名画记》，唐张彦远撰，上海人民美术出版社，1964。

［81］《艺文类聚》，唐欧阳询等撰，中华书局，1965。

［82］《初学记》，唐徐坚等撰，中华书局，1962。

［83］《白氏六帖》，唐白居易编纂，文物出版社，1987年影印本。

［84］《太平广记》，宋李昉等编纂，中华书局，1982。

［85］《古今图书集成》，中华书局、巴蜀书社，1985。

［86］《渊鉴类函》，清张英等编纂，中国书店，1985 年影印本。

［87］《本事诗》，唐孟棨撰，历代诗话续编本。

［88］《唐摭言》，五代王定保撰，上海古籍出版社，1978。

［89］《开元天宝遗事》，五代王仁裕撰，上海古籍出版社，1985 年点校本。

［90］《唐语林》，宋王谠撰，中华书局，1987 年校注本。

［91］《唐郎官石柱题名考》，清赵钺、劳格撰，中华书局，1992 年点校本。

［92］《唐御史台精舍题名考》，清赵钺、劳格撰，中华书局，1997 年点校本。

［93］《唐登科记》，清徐松撰，中华书局，1984 年点校本。

［94］《明画录》，清徐沁撰，读画斋丛书本。

［95］《怀麓堂集》，明李东阳撰，清嘉庆刊本。

［96］《顾司寇集》，明顾璘撰，明俞宪刻盛明百家诗前编本。

［97］《顾华玉集》，明顾璘撰，文渊阁四库全书本。

［98］《浮湘稿》，明顾璘撰，文渊阁四库全书本。

［99］《山中集》，明顾璘撰，文渊阁四库全书本。

［100］《凭几集》，明顾璘撰，文渊阁四库全书本。

［101］《凭几集续编》，明顾璘撰，文渊阁四库全书本。

［102］《息园存稿诗》，明顾璘撰，文渊阁四库全书本。

［103］《息园存稿文》，明顾璘撰，文渊阁四库全书本。

［104］《缓恸集》，明顾璘撰，文渊阁四库全书本。

［105］《顾华玉集》，明顾璘撰，民国翁长森金陵丛书本。

［106］《文翰诏集》，明文徵明撰，明俞宪刻盛明百家诗前编本。

［107］《文氏五家集》，明文徵明等撰，四库全书本。

［108］《甫田集》，明文徵明撰，四库全书本。

［109］《俨山集》，明陆深撰，文渊阁四库全书本。

［110］《俨山续集》，明陆深撰，文渊阁四库全书本。

［111］《陆文裕公行远集》，明陆深撰，明陆起龙刻清康熙六十一年（1722）陆瀛龄补修本。

［112］《行远外集》，明陆深撰，明陆起龙刻清康熙六十一年（1722）陆瀛龄补修本。

［113］《陆文裕公集》，明陆深撰，明俞宪刻盛明百家诗后编本。

［114］《蔡翰目集》，明蔡羽撰，明俞宪刻盛明百家诗前编本。

［115］《崔东洲集》，明崔桐撰，明嘉靖二十九年（1550）曹金刻三十四年（1555）周希哲续刻本。

［116］《崔东洲续集》，明崔桐撰，明嘉靖二十九年（1550）曹金刻三十四年（1555）周希哲续刻本。

［117］《五岳山人集》，明黄省曾撰，南京图书馆藏明嘉靖刻本。

［118］《二黄集》，明黄省曾、黄姬水撰，明俞宪刻盛明百家诗前编本。

［119］《续黄五岳集》，明黄省曾撰，明俞宪刻盛明百家诗后编本。

［120］《泾野先生文集》，明吕柟撰，明嘉靖三十四年（1555）于德昌刻本。

［121］《西玄诗集》，明马汝骥撰，原北平图书馆藏明嘉靖刻本。

［122］《马西玄集》，明马汝骥撰，明俞宪刻盛明百家诗前编本。

［123］《续马西玄集》，明马汝骥撰，明俞宪刻盛明百家诗前编本。

［124］《双江聂先生文集》，明聂豹撰，明嘉靖四十三年（1564）吴凤瑞刻隆庆六年印本。

［125］《二朱诗集》，明朱应登、朱曰藩撰，明俞宪刻盛明百家诗前编本。

［126］《长谷集》，明徐献忠撰，北京图书馆藏明嘉靖刻本。

［127］《六朝声偶集》，明徐献忠撰，辽宁省图书馆藏明华亭徐氏文房刻本。

[128]《吴兴掌故集》，明徐献忠撰，清吴兴刘氏嘉业堂刊本。

[129]《唐文恪公文集》，明唐文献撰，北京大学图书馆藏明杨鹤、崔尔进刻本。

[130]《雅宜山人集》，明王宠撰，明嘉靖十六年（1537）董宜阳、朱浚明刻本。

[131]《王履吉集》，明王宠撰，明俞宪刻盛明百家诗前编本。

[132]《王氏存笥稿》，明王维桢撰，明嘉靖三十六年（1557）刻本。

[133]《王祭酒集》，明王维桢撰，明俞宪刻盛明百家诗前编本。

[134]《槐野先生存笥稿》，明王维桢撰，明万历三十四年（1606）刻本。

[135]《司成遗翰》，明王维桢撰，明万历三十八年（1610）刻本。

[136]《省中稿》，明许谷撰，明嘉靖四十二年（1563）黄国卿刻本。

[137]《容台稿》，明许谷撰，北京图书馆藏明嘉靖黄希宪等刻本。

[138]《符台稿》，明许谷撰，北京图书馆藏明嘉靖黄希宪等刻本。

[139]《二台稿》，明许谷撰，北京图书馆藏明嘉靖黄希宪等刻本。

[140]《许太常归田稿》，明许谷撰，明万历十五年（1587）吴自新等刻本。

[141]《许石城集》，明许谷撰，明俞宪刻盛明百家诗后编本。

[142]《欧司训集》，明欧大任撰，明俞宪刻盛明百家诗后编本。

[143]《欧虞部集十五种》，明欧大任撰，北京大学图书馆藏清刻本。

[144]《朱山人集》，明朱察卿撰，明俞宪刻盛明百家诗后编本。

[145]《朱邦宪集》，明朱察卿撰，明万历六年（1578）朱家法刻增修本。

[146]《十岳山人诗集》，明王寅撰，南京图书馆藏明万历程开泰等刻本。

[147]《王十岳乐府》，明王寅撰，南京图书馆藏明万历程开泰等刻本。

[148]《自知堂集》，明蔡汝楠撰，清华大学图书馆藏明嘉靖刻本。

[149]《张王屋集》，明张之象撰，明俞宪刻盛明百家诗前编本。

[150]《何翰林集》，明何良俊撰，明嘉靖四十四年（1565）何氏香严精舍刻本。

［151］《何翰林集》，明何良俊撰，金山姚氏复庐影印明嘉靖本。

［152］《何翰目集》，明何良俊撰，明俞宪刻盛明百家诗后编本。

［153］《何礼部集》，明何良傅撰，金山姚氏复庐影印明嘉靖本。

［154］《崇兰馆集》，明莫如忠撰，明万历十四年（1586）冯大受、董其昌等刻本。

［155］《二莫诗集》，明莫如忠、莫是龙撰，明俞宪刻盛明百家诗后编本。

［156］《白华楼藏稿》，明茅坤撰，明嘉靖万历间递刻本。

［157］《白华楼续稿》，明茅坤撰，明嘉靖万历间递刻本。

［158］《白华楼吟稿》，明茅坤撰，明嘉靖万历间递刻本。

［159］《玉芝山房稿》，明茅坤撰，明万历十六年（1588）刻本。

［160］《耄年录》，明茅坤撰，上海图书馆藏明万历刻本。

［161］《茅副使集》，明茅坤撰，明俞宪刻盛明百家诗后编本。

［162］《茅鹿门先生文集》，明茅坤撰，中国科学院图书馆藏明万历刻本。

［163］《冯少洲集》，明冯惟讷撰，明俞宪刻盛明百家诗前编本。

［164］《白下集》，明黄姬水撰，原北平图书馆藏明万历刻本。

［165］《高素斋集》，明黄姬水撰，山西省祁县图书馆藏明万历刻本。

［166］《黄淳甫先生全集》，明黄姬水撰，明万历十三年（1585）顾九思刻本。

［167］《隆池山樵诗集》，明彭年撰，北京图书馆藏明刻本。

［168］《黎瑶石集》，明黎民表撰，明俞宪刻盛明百家诗后编本。

［169］《清泉精舍小志》，明黎民表撰，北京大学图书馆藏明隆庆三年（1569）刻本。

［170］《瑶石山人稿》，明黎民表撰，四库全书本。

［171］《奉使集》，明唐顺之撰，北京图书馆藏明唐鹤征刻本。

［172］《唐中丞集》，明唐顺之撰，明俞宪刻盛明百家诗前编本。

［173］《俞仲蔚集》，明俞允文撰，明俞宪刻盛明百家诗前编本。

［174］《皇甫昆季集》，明皇甫涍等撰，明俞宪刻盛明百家诗前编本。

[175] 《孙山人集》，明孙一元撰，明俞宪刻盛明百家诗前编本。

[176] 《太白山人漫稿》，明孙一元撰，四库全书本。

[177] 《郭山人集》，明郭第撰，明俞宪刻盛明百家诗前编本。

[178] 《王上舍集》，明王穉登撰，明俞宪刻盛明百家诗前编本。

[179] 《梅坞贻琼》，明周履靖撰，涵芬楼影印明万历刻夷门广牍本。

[180] 《来禽馆集》，明邢侗撰，明万历四十六年（1618）刻清康熙十九年（1680）郑雍重修本。

[181] 《白榆集》，明屠隆撰，明万历龚尧惠刻本。

[182] 《由拳集》，明屠隆撰，明万历刻本。

[183] 《栖真馆集》，明屠隆撰，明万历十八年（1590）吕氏栖真馆刻本。

[184] 《棠陵文集》，明方豪撰，天津图书馆藏清康熙十二年（1673）方元启刻本。

[185] 《许文穆公集》，明许国撰，明万历许立言等刻本。

[186] 《卓光禄集》，明卓明卿撰，南京图书馆藏明万历卓尔昌刻本。

[187] 《弇州史稿、续稿》，明王世贞撰，明万历四十二年（1614）刻本。

[188] 《弇山堂别集》，明王世贞撰，四库全书本。

[189] 《大泌山房集》，明李维桢撰，明万历三十九年（1611）刻本。

[190] 《澹园集》，明焦竑撰，中华书局，1999年李剑雄点校本。

[191] 《石民四十集》，明茅元仪撰，北京图书馆藏明崇祯刻本。

[192] 《文选》，梁萧统编，中华书局，1977。

[193] 《文苑英华》，宋李昉等编，中华书局，1982。

[194] 《分门纂类唐歌诗残本》，宋赵孟奎编，商务印书馆影印宛委别藏录绛云楼藏本。

[195] 《乐府诗集》，宋郭茂倩编，中华书局，1979。

[196] 《瀛奎律髓汇评》，元方回编，上海古籍出版社，2005年校点本。

[197] 《唐诗品汇》，明高棅编，上海古籍出版社，1982年影印本。

[198] 《唐诗正声》，明高棅编，明嘉靖何城重刻本。

[199]《唐百家诗》，明朱警编，明嘉靖十九年（1540）刻本。

[200]《中唐十二家诗集》，明蒋孝编，明嘉靖二十九年（1550）蒋孝刻本。

[201]《唐十二家诗》，明张逊业编，明嘉靖三十一年（1552）江都黄埻东壁图书府刊本。

[202]《唐诗类钞》，明顾应祥编，明嘉靖三十一年（1552）顾氏自刻本。

[203]《唐诗二十六家》，明黄贯曾编，明嘉靖三十三年（1554）刻本。

[204]《唐雅》，明张之象编，浙江图书馆藏明嘉靖二十年（1541）长水书院刻本。

[205]《彤管新编》，明张之象编，北京图书馆藏明嘉靖三十三年（1554）刻本。

[206]《唐诗类苑》，明张之象编，明万历二十九年（1601）曹仁孙刻本。

[207]《古诗类苑》，明张之象编，北京大学图书馆藏明万历三十年（1602）刻本。

[208]《唐宋八大家文钞》，明茅坤编，四库全书本。

[209]《古诗纪》，明冯惟讷编，文渊阁四库全书本。

[210]《古诗镜》，明陆时雍编，文渊阁四库全书本。

[211]《唐诗镜》，明陆时雍编，文渊阁四库全书本。

[212]《诗薮》，明胡应麟编，上海古籍出版社，1979。

[213]《唐音癸签》，明胡震亨编，上海古籍出版社，1981。

[214]《诗镜总论》，明陆时雍编，中华书局历代诗话续编本。

[215]《万首唐人绝句》，明赵宦光等编，书目文献出版社，1983。

[216]《文章辨体序说》，明吴讷撰，人民文学出版社，1962年校点本。

[217]《文体明辨序说》，明徐师曾撰，人民文学出版社，1962年校点本。

[218]《诗源辨体》，明许学夷撰，人民文学出版社，1987年排印本。

[219]《明诗综》，清朱彝尊编，河南大学图书馆藏清康熙年间刻本。

[220]《明诗别裁集》，清沈德潜等编，上海古籍出版社，1979。

[221]《全唐诗》，清彭定求等编，中华书局，1960。

[222]《历代诗话》，清何文焕撰，中华书局，1981。

[223]《历代诗话续编》，丁福保撰，中华书局，1983。

[224]《明诗纪事》，清陈田撰，上海古籍出版社，1993。

[225]《全明词》，饶宗颐、张璋等编，中华书局，2004。

[226]《中国古方志考》，张金淦撰，中华书局上海编辑所，1962。

[227]《隋唐制度渊源略论考》，陈寅恪著，中华书局，1963。

[228]《史通笺记》，程千帆著，中华书局，1980。

[229]《文心雕龙校证》，王利器著，上海古籍出版社，1980。

[230]《中国历代文论选》，郭绍虞著，上海古籍出版社，1980。

[231]《唐代诗人丛考》，傅璇琮著，中华书局，1980。

[232]《唐集叙录》，万曼著，中华书局，1980。

[233]《唐诗论丛》，陈贻焮著，湖南人民出版社，1980。

[234]《史部要籍解题》，王树民著，中华书局，1981。

[235]《唐诗通论》，刘开扬著，四川人民出版社，1981。

[236]《辞海·地理分册·历史地理》，上海辞书出版社，1982。

[237]《中国文献学》，张舜徽著，中州书画社，1982。

[238]《中国古代的类书》，胡道静著，中华书局，1982。

[239]《全唐诗作者索引》，张忱石等编，中华书局，1983。

[240]《先秦汉魏晋南北朝诗》，逯钦立编，中华书局，1983。

[241]《照隅室古典文学论集》，郭绍虞著，上海古籍出版社，1983。

[242]《方志论集》，黄苇著，浙江人民出版社，1983。

[243]《中国文学论集》，朱东润著，中华书局，1983。

[244]《中国类书总目初稿》，庄芳荣著，台北学生书局，1983。

[245]《谈艺录》，钱钟书著，中华书局，1984。

[246]《宋金元文论选》，陶秋英著，人民文学出版社，1984。

[247]《目录学与工具书》，蒋礼鸿著，浙江古籍出版社，1985。

［248］《明史考证》，黄云眉著，中华书局，1985。

［249］《文史通义校注》，清章学诚著，叶瑛校注，中华书局，1985。

［250］《唐音质疑录》，吴企明著，上海古籍出版社，1985。

［251］《唐才子传校笺》（全五册），傅璇琮等著，中华书局，1987～1995。

［252］《校雠广义·目录编》，程千帆、徐有富著，齐鲁书社，1988。

［253］《校雠广义·版本编》，程千帆、徐有富著，齐鲁书社，1991。

［254］《校雠广义·校勘编》，程千帆、徐有富著，齐鲁书社，1998。

［255］《校雠广义·典藏编》，程千帆、徐有富著，齐鲁书社，1998。

［256］《士与中国文化》，余英时著，上海人民出版社，1987。

［257］《唐诗书录》，陈伯海、朱易安著，齐鲁书社，1988。

［258］《唐诗学引论》，陈伯海著，知识出版社，1988。

［259］《明代文学批评研究》，简锦松著，台北学生书局，1989。

［260］《唐诗大辞典》，周勋初主编，江苏古籍出版社，1990。

［261］《明代文学批评史》，袁震宇、刘明今著，上海古籍出版社，1991。

［262］《中国文学家大辞典·唐五代卷》，周祖譔著，中华书局，1992。

［263］《河岳英灵集研究》，李珍华、傅璇琮著，中华书局，1992。

［264］《唐代文学研究（第五辑）》，广西师范大学出版社，1994。

［265］《明代文学复古运动研究》，廖可斌著，上海古籍出版社，1994。

［266］《唐诗汇评》，陈伯海主编，浙江教育出版社，1995。

［267］《唐人选唐诗新编》，傅璇琮编撰，陕西人民教育出版社，1996。

［268］《全唐诗人名考证》，陶敏著，陕西人民教育出版社，1996。

［269］《全唐诗重出误收考》，佟培基著，陕西人民教育出版社，1996。

［270］《中国的类书、政书和丛书》，戚志芬著，商务印书馆，1996。

［271］《万历十五年》，黄仁宇著，北京三联书店，1997。

［272］《古书版本鉴定》，李致忠著，文物出版社，1997。

［273］《唐代文学丛考》，陈尚君著，中国社会科学出版社，1997。

［274］《明代人口流动与社会变迁》，牛建强著，河南大学出版社，1997。

[275]《昭明文选研究》，穆克宏著，人民文学出版社，1998。

[276]《中国文学批评史》，郭绍虞著，百花文艺出版社，1999。

[277]《隋唐五代文学思想史》，罗宗强著，中华书局，1999。

[278]《马茂元说唐诗》，马茂元导读，上海古籍出版社，1999。

[279]《唐诗论学丛稿》，傅璇琮著，京华出版社，1999。

[280]《中国评点文学史》，孙琴安著，上海社会科学院出版社，1999。

[281]《宋明理学与中国文学》，许总著，百花洲文艺出版社，1999。

[282]《唐诗分类研究》，张浩逊著，江苏教育出版社，1999。

[283]《明清之际的士大夫研究》，赵园著，北京大学出版社，1999。

[284]《周勋初文集》，周勋初著，江苏古籍出版社，2000。

[285]《昭明文选研究》，傅刚著，中国社会科学出版社，2000。

[286]《唐诗的风采》，刘开扬著，上海书店出版社，2000。

[287]《唐代歌诗与诗歌》，吴相洲著，北京大学出版社，2000。

[288]《王学与中晚明士人心态》，左东岭著，人民文学出版社，2000。

[289]《张彦远评传》，许祖良著，南京大学出版社，2001。

[290]《唐诗百话》，施蛰存著，华东师范大学出版社，2001。

[291]《隋唐五代文学史料学》，陶敏、李一飞著，中华书局，2001。

[292]《中国思想史》，葛兆光著，复旦大学出版社，2001。

[293]《唐代集会总集与诗人群研究》，贾晋华著，北京大学出版社，2001。

[294]《明永乐至嘉靖初诗文观研究》，黄卓越著，北京师范大学出版社，2001。

[295]《中国画论研究》，王世襄著，广西师范大学出版社，2002。

[296]《中国目录学史》，姚名达著，上海古籍出版社，2002。

[297]《唐史史料学》，黄永年著，上海书店出版社，2002。

[298]《方回的唐宋律诗学》，詹杭伦著，中华书局，2002。

[299]《中国诗学史·明代卷》，朱易安著，厦门鹭江出版社，2002。

[300] 《中国选本批评》，邹云湖著，上海三联书店，2002。

[301] 《唐代科举与文学》（增订本），傅璇琮著，陕西人民出版社，2003。

[302] 《历代唐诗论评选》，陈伯海主编，河北大学出版社，2003。

[303] 《唐诗与政治》，孙琴安著，上海人民出版社，2003。

[304] 《明代州县官群体》，柏桦著，天津人民出版社，2003。

[305] 《明末清初诗论研究》，孙立著，广东高等教育出版社，2003。

[306] 《明代政治史》，张显清、林金树著，广西师范大学出版社，2003。

[307] 《唐诗学史稿》，陈伯海著，河北人民出版社，2004。

[308] 《初唐诗》，〔美〕宇文所安著，贾晋华译，北京三联书店，2004。

[309] 《盛唐诗》，〔美〕宇文所安著，贾晋华译，北京三联书店，2004。

[310] 《明代社会生活史》，陈宝良著，中国社会科学出版社，2004。

[311] 《明代南京学术人物传》，沈新林著，南京大学出版社，2004。

[312] 《日本现藏稀见元明文集考证与提要》，黄仁生著，岳麓书社，2004。

[313] 《中国古代文学通论·隋唐五代卷》，傅璇琮、蒋寅主编，辽宁人民出版社，2005。

[314] 《全唐文补编》，陈尚君辑校，中华书局，2005。

[315] 《唐诗选本提要》，孙琴安著，上海书店出版社，2005。

[316] 《文苑英华研究》，凌朝栋著，上海古籍出版社，2005。

[317] 《明代山人文学研究》，张德建著，湖南人民出版社，2005。

[318] 《中国古典诗学理论史》，萧华荣著，华东师范大学出版社，2005。

[319] 《明代儒学生员与地方社会》，陈宝良著，中国社会科学出版社，2005。

[320] 《明代史学探研》，杨艳秋著，人民出版社，2005。

[321] 《布衣与学术》，王嘉川著，商务印书馆，2005。

[322] 《明中后期文学思想研究》，黄卓越著，北京大学出版社，2005。

[323]《唐诗类苑研究》(七卷本),〔日〕中岛敏夫著,上海古籍出版社,2006。

[324]《唐代歌行论》,薛天纬著,人民文学出版社,2006。

[325]《地域文化与唐代诗歌》,戴伟华著,中华书局,2006。

[326]《明代唐诗接受史》,查清华著,上海古籍出版社,2006。

[327]《中国历代状元诗·明朝卷》,王鸿鹏著,北京昆仑出版社,2006。

[328]《唐代三大地域文学士族研究》(增订本),李浩著,中华书局,2008。

[329]《唐五代文学编年史》,傅璇琮主编,辽海出版社,2012。

[330]《唐诗接受史》,张毅著,人民文学出版社,2012。

[331]《蒋勋说唐诗》(修订版),蒋勋著,中信出版社,2014。

[332]《唐人编选诗文总集研究》,卢燕新著,中国人民大学出版社,2014。

[333]《迦陵谈诗》,叶嘉莹著,北京三联书店,2016。

[334]《唐诗总集纂要》,陈伯海编著,上海古籍出版社,2016。

[335]《唐代舞蹈诗研究》,杨名著,人民出版社,2016。

[336]《六朝声律与唐诗体格》,杜晓勤著,北京大学出版社,2017。

[337]《唐诗求是》,陈尚君著,上海古籍出版社,2018。

[338]《上海得名、设镇、建县年代辨误》,黄苇撰,《文汇报》1962年2月18日。

[339]《关于上海建镇年代问题·熙宁七年建镇说比较可靠》,洪铭声撰,《文汇报》1962年5月8日。

[340]《关于上海建镇年代问题·宋时上海并未正式建镇》,丘祖铭撰,《文汇报》1962年5月8日。

[341]《上海得名和建镇的年代问题》,谭其骧撰,《文汇报》1962年6月21日。

[342]《历代的唐诗选本述略》,祁欣撰,《唐代文学研究年鉴》,1985。

［343］《唐诗选本与明代复古诗论》，陈国球撰，《唐代文学研究第五辑》，1994。

［344］《唐人选唐诗考述四则》，傅璇琮撰，《中国韵文学刊》1994 年第1 期。

［345］《诗渊全编求原》，陈尚君撰，《文献》1995 年第1 期。

［346］《试论唐诗别裁集编撰之得失》，胡幼峰撰，《古典文学第十集》，台北学生书局，1988。

［347］《评中岛敏夫整理本唐诗类苑及其研究》，袁行霈、佐竹保子撰，《中国典籍与文化》1996 年第3 期。

［348］《清编〈全唐诗〉与重编〈全唐五代诗〉》，罗时进撰，《古典文学知识》1996 年第4 期。

［349］《吴承恩与南京国子监》，戴萌撰，《南京史志》1998 年第5 期。

［350］《论明代文学复古的思想意义》，孙学堂撰，《中国诗歌研究第1辑》，2002。

［351］《明清古诗——唐诗系列选本中的乐府体例之争》，李锦旺撰，《浙江教育学院学报》2002 年第5 期。

［352］《张司业集版本源流考》，焦体检撰，河南大学2002 年硕士学位论文。

［353］《明代诗学文献》，朱易安撰，《南京师范大学文学院学报》2003年第1 期。

［354］《唐宋诗分题材研究与构想——以考古诗、邸报诗及类分意识为中心》，沈文凡撰，《吉林大学社会科学学报》2003 年第6 期。

［355］《唐音统签研究》，冉旭撰，复旦大学2004 年博士学位论文。

［356］《〈卓氏藻林〉辨伪》，眭骏撰，《古籍整理研究学刊》2005 年第5 期。

［357］《张之象楚范题解》，陈炜舜撰，《文献》2006 年第2 期。

［358］《明人选唐的价值取向及其文化蕴涵》，查清华撰，《文学评论》2006 年第4 期。

[359]《明代松江府作家研究》，秦凤撰，上海师范大学 2006 年硕士学位论文。

[360]《明代女性作品总集研究》，王艳红撰，上海师范大学 2006 年硕士学位论文。

[361]《明代中古诗歌批评研究》，陈斌撰，福建师范大学 2007 年博士学位论文。

[362]《明代古诗选本研究》，解国旺撰，河南大学 2007 年博士学位论文。

[363]《张之象〈古诗类苑〉编纂考》，杨焄撰，《华东师范大学学报》2007 年第 1 期。

[364]《明代所纂女子诗集及其主要价值》，莫立民撰，《古籍整理研究学刊》2008 年第 3 期。

[365]《唐诗类苑研究》，杨波撰，河南大学 2008 年博士学位论文。

[366]《从〈玉台后集〉到〈瑶池新咏〉——论唐总集编纂对女性诗什的接受》，傅璇琮、卢燕新撰，《文学评论》2009 年第 3 期。

[367]《明代华亭诗人徐献忠简谱》，陈斌撰，《中国韵文学刊》2010 年第 4 期。

[368]《嘉靖"云间四贤"唐诗接受研究》，武光杰撰，山东大学 2010 年硕士学位论文。

[369]《张之象〈唐诗类苑〉编刻考》，杨波撰，《中国文化研究》2010 年秋之卷。

[370]《张之象与〈唐诗类苑〉》，杨波撰，《中州学刊》2011 年第 5 期。

[371]《何良俊研究》，翟勇撰，上海大学 2011 年博士学位论文。

[372]《徐献忠生平及诗学著述考》，陈斌撰，《福建师范大学学报》（哲学社会科学版）2012 年第 3 期。

[373]《论〈唐诗类苑〉的学术价值》，吴河清、钱振宇撰，《中国文化研究》2012 年冬之卷。

[374] 《张之象〈唐诗类苑〉编纂得失》，杨波撰，《中原文化研究》2013 年第 6 期。

[375] 《从类书到总集——〈唐诗类苑〉重要参考文献述略》，杨波撰，《唐代文学研究》（第十五辑），广西师范大学出版社，2014。

[376] 《张之象〈韵经〉研究》，毛姣姣撰，福建师范大学 2015 年硕士学位论文。

[377] 《明代女子诗文总集的性别视角》，乔琛撰，《社会科学家》2015 年第 5 期。

[378] 《〈唐诗别裁集〉：一个选集经典的确立》，李成晴撰，《文艺评论》2016 年第 2 期。

[379] 《"唐诗选学"论纲》，李定广撰，《学术界》2016 年第 8 期。

[380] 《张之象〈唐诗类苑〉研究述略》，杨波撰，《中州学刊》2017 年第 12 期。

[381] 《论明代明诗总集的编纂特色》，潘林撰，《江南大学学报》（人文社会科学版）2017 年第 2 期。

[382] 《论选本的文体批评功能》，党圣元撰，《甘肃社会科学》2019 年第 3 期。

后　记

　　这部书稿是我在河南大学读博士时撰写的学位论文基础上完成的。

　　我的求学之路相对曲折，却又充满幸运。1994 年，我从河南省汝南师范毕业后，回到豫南一所乡村小学任教，在那里整整工作了 8 年。任教期间，出于对知识的渴望，我曾先后到驻马店教育学院中文系和河南教育学院中文系脱产进修，最初的目的只是想多读几年书，将来当一名合格的中学语文教师。后来因缘巧合，在河南教育学院学报原主编闵虹教授的鼓励和指导下，我踏上了考研之路，也开启了一段新的人生历程。

　　2002 年 9 月，我有幸考入河南大学文学院，先后师从吴河清教授和佟培基教授从事唐诗文献整理与研究，在开封铁塔湖畔度过了 6 年非常充实的学习时光，分别于 2005 年和 2008 年获得硕士和博士学位。在确定硕士学位论文选题时，我听从吴河清教授和佟培基教授的建议，决定选择难度相对较大的唐诗总集研究，最终确定以《方回〈瀛奎律髓〉的唐诗观》作为硕士学位论文选题。在准备博士论文选题时，佟先生提到他在 20 世纪 80 年代就想做关于明代唐诗总集《唐诗类苑》的研究，一直没有机会。为了完成先生的心愿，又考虑到《瀛奎律髓》和《唐诗类苑》都是按类编排的唐诗总集，算是有章法可循，我抱着"无知者无畏"的心理，最终确定以卷帙更加浩繁的《唐诗类苑》作为研究对象，也循序渐进地取得了一些阶段性成果。

正当一切按部就班进行的时候，一个小生命的孕育打破了原来的进程。其时我已过而立之年，既担心读书期间生育有影响，又害怕不能按时完成毕业论文。左右为难之际，怀着惴惴不安的心情把这个消息告诉了亦师亦母的吴河清教授。吴老师把我的情况告诉了佟先生，没想到平时给人印象很威严的佟先生，竟然安慰我说："你年龄也不小了，结婚生子都是正常的事情，身体第一，大不了延期毕业。"老师的宽容和理解让我很是感激，也给了我极大的鼓励，我暗下决心，争取按时毕业。因为前期的资料搜集工作已基本到位，佟先生要求我在确定撰写提纲之后，把每一部分内容都按定稿的标准去写，减少后期大幅修改论文的时间。孕期前6个月，我大部分时间待在学校，像往常一样查资料、写稿子，还时时享受着老师和同学们无微不至的关爱呵护。后来，佟先生让我在郑州家里写作，每完成一部分稿子，就到学校跟他见一次面，老师再把上次的修改意见反馈给我，这样交新稿改旧稿，时间和内容安排得比较紧凑。等到预产期之前，我的论文已经完成了大部分内容，心里也稍微松了口气。女儿出生刚满月，我又投入论文的撰写过程中，最终顺利完成毕业论文，按时毕业。在那段紧张、充实而又充满感动的日子里，老师的无私关爱、长辈的耐心指教、同学的细心呵护，一直鼓励着我和我的家人努力前行，所有这些我都一直铭记在心。

2008年8月，我应聘到河南省社会科学院文学研究所工作。院里良好的工作环境，文学所温暖的工作氛围，院图书馆丰富的研究资料，为我的工作提供了诸多便利条件。2011年，我以博士论文为基础同题申报国家社科基金青年项目时又侥幸立项。从确定博士论文选题到完成国家课题结项，一晃12年过去了，其中发生过太多感人的故事。我研究的作家张之象是明代松江上海人，博士论文送审的专家中恰好有两位上海学界的前辈，一位是上海社会科学院文学研究所原所长、博士生导师陈伯海先生，一位是复旦大学中文系的资深教授陈允吉先生。两位先生都给我的论文提出过比较精辟的意见和中肯的建议。2018 年 8 月在上海参加唐代文学会议时，我幸运地同时见到了两位慈祥可亲的先生，还得到陈伯海先生关于如何兼顾科研和管理工作的谆谆教导，既完成了向他们当面表达谢意的心愿，又收获了更多教益，还得到了蒋哲伦先生的签名赠书，心中那份感动远远超过了参加高规格学术会议的兴奋。同时，在论文撰写和课题完成过程中，还分别得到陈尚君先生、薛天纬先生、戴伟华先生、齐文榜教授、杨国安教授、李景文教授等学界前辈的指教，得到了河南省社会科学院资深研究员王永宽先生、葛景春先生、韩宇宏先生、袁凯声先生、卫绍生先生、许凤才先生、张新斌所长、毛兵主任、郑志强社长、闫德亮社长等人的学术指导，得到了李立新所长、王玲杰处长、李太淼社长、屠青女士等人的关怀和帮助，每每想起，都觉得非常温馨，在此一并致谢。

一个人生命中最重要的不只是惊天动地的壮举，还有很多细微处的感动。感谢闵虹老师和吴河清老师对我无微不至的关怀和鼓励，让我学到很多做人和做学问的道理；感谢袁若娟老师慷慨地把房子借给我无偿使用，让我能够兼顾论文写作和照顾襁褓中的孩子；感谢杨亮师兄逐字逐句帮我修改论文，感谢师弟马铁浩在北京读博士期间帮我复印了整整三大本明人传记资料，感谢焦体检、白金、朱腾云、尼志强等同门师兄弟，岳淑珍、张自然、谭宝刚、苏士梅等同届师姐师兄，冯卫红、李晓莉等同窗好友用不同方式表达的关心与爱护。

最后，我还想把本书献给我的家人。曾经看到这样一句话："哪里有什么岁月静好，不过是有人负重前行。"感谢生我养我的父母和替我照顾父母的妹妹弟弟，你们的宽厚、善良和坚韧是我勇往直前的不竭动力；感谢勤劳善良的婆婆，您的无私付出是我们踏实工作的坚强后盾；感谢朝夕相伴的先生肖理奇，是你坚实的肩膀扛起了我们小家庭的责任，是你付出的艰辛成全了我的科研工作，我所取得的点点滴滴的进步，无不倾注着你的心血；感谢我亲爱的女儿肖子杨，你不仅是爸爸妈妈的贴心小棉袄，而且是爸爸妈妈奋斗的希望所在，盼望将来能早点看到你为妈妈的图书绘制插图。

韶华易逝，岁月难追。吾虽驽钝，此心不渝。任时光匆匆，与人为善的心境始终未变，热爱读书的情怀始终未变。

2019 年 9 月 9 日于河南郑州

图书在版编目（CIP）数据

《唐诗类苑》研究 / 杨波著. -- 北京：社会科学
文献出版社，2019.12
　（中原学术文库·青年丛书）
　ISBN 978 - 7 - 5201 - 5826 - 8

　Ⅰ.①唐…　Ⅱ.①杨…　Ⅲ.①唐诗 - 诗歌研究　Ⅳ.
①I207.227.42

　中国版本图书馆 CIP 数据核字（2019）第 267046 号

中原学术文库·青年丛书
《唐诗类苑》研究

著　　者 / 杨　波

出 版 人 / 谢寿光
组稿编辑 / 任文武
责任编辑 / 高振华　李艳芳
文稿编辑 / 刘善军　郭瑞杰

出　　版 / 社会科学文献出版社·城市和绿色发展分社（010）59367143
　　　　　地址：北京市北三环中路甲 29 号院华龙大厦　邮编：100029
　　　　　网址：www.ssap.com.cn
发　　行 / 市场营销中心（010）59367081　59367083
印　　装 / 三河市尚艺印装有限公司

规　　格 / 开　本：787mm × 1092mm　1/16
　　　　　印　张：23.5　字　数：334 千字
版　　次 / 2019 年 12 月第 1 版　2019 年 12 月第 1 次印刷
书　　号 / ISBN 978 - 7 - 5201 - 5826 - 8
定　　价 / 98.00 元